シェトランド署の刑事サンディ・ウィルソンは，実家のあるウォルセイ島にいた。祖母のミマから電話で請われ，久しぶりに彼女の小農場を訪ねたサンディは，こともあろうにその祖母の死体の第一発見者となってしまう。ミマは一見，ウサギ狩りの銃弾に誤って撃たれたように見えた。親族間に潜む長年のわだかまりや，本土からきた調査班が小農場の敷地でおこなっている遺跡の発掘とは無関係の，単なる事故のはずだった。だが……。島に渡ったペレス警部がえぐり出す，事件の真相とは。現代英国ミステリの最高峰〈シェトランド四重奏〉，圧巻の第三章。

登場人物

サンディ・ウィルソン……シェトランド署の刑事
ジェマイマ（ミマ）・ウィルソン……サンディの祖母
ジョゼフ・ウィルソン……サンディの父
イヴリン・ウィルソン……サンディの母
マイクル・ウィルソン……サンディの兄
ロナルド・クラウストン……サンディの従兄弟
アンナ・クラウストン……ロナルドの妻
アンドリュー・クラウストン……ロナルドの父
ジェーコビーナ（ジャッキー）・クラウストン……ロナルドの母
ポール・ベルグルンド……考古学者、大学教授
ハティ・ジェームズ……大学院生
グウェン・ジェームズ……副大臣、ハティの母
ソフィ……ハティの助手
デイヴィ・ヘンダーソン……漁師
セドリック・アーヴィン……ホテルの経営者兼バーテンダー

ビリー・ワット……………………フェリーの乗組員
ヴァル・ターナー…………………考古学者
マーク・エヴァンス………………看護師
ローナ・レイン……………………地方検察官
ジェームズ（ジミー）・ペレス……シェトランド署の警部
フラン・ハンター…………………画家、ペレスの恋人

野兎を悼む春

アン・クリーヴス
玉木　亨訳

創元推理文庫

RED BONES

by

Ann Cleeves

野兎を悼む春

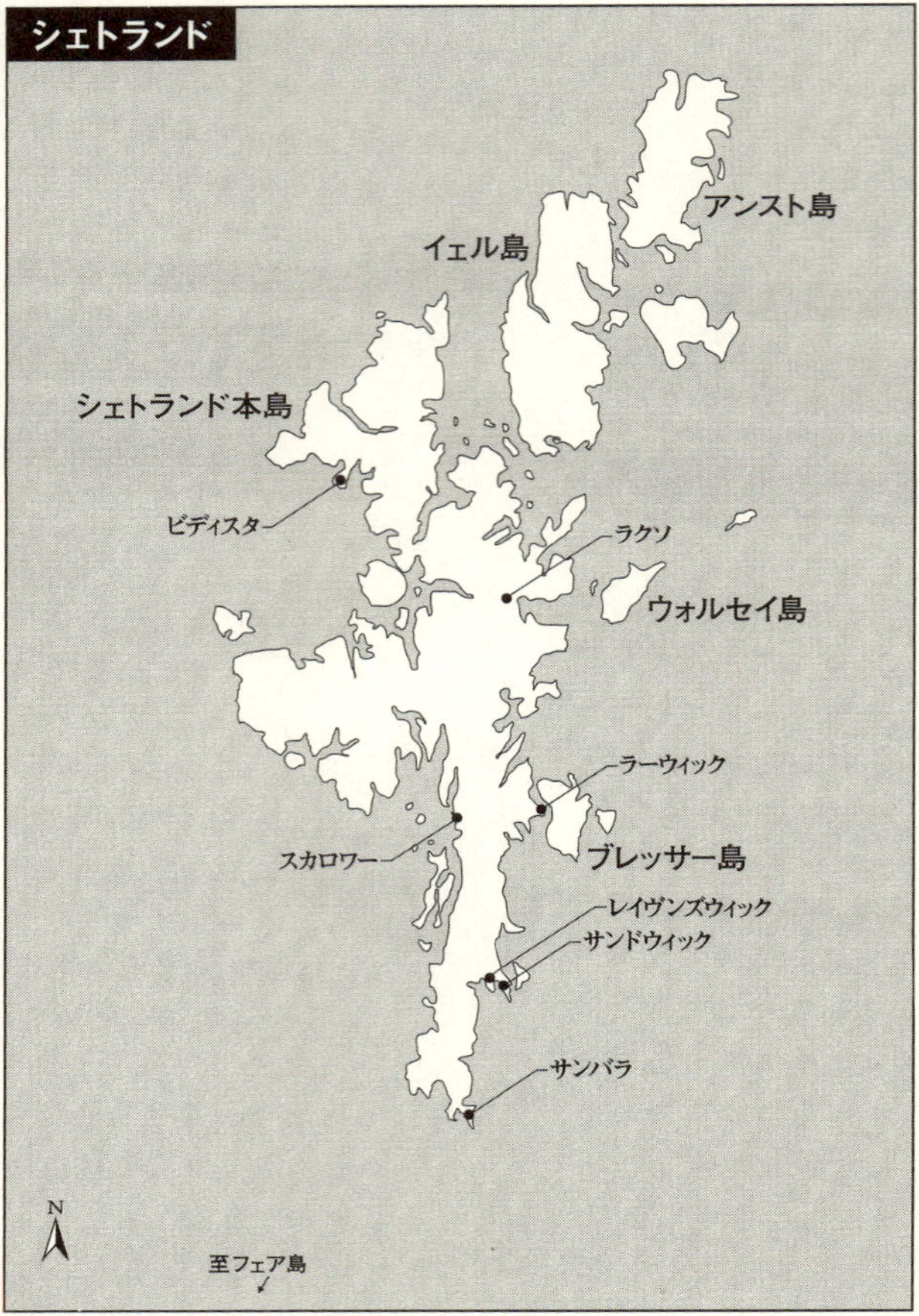

シェトランド
アンスト島
イェル島
シェトランド本島
ビディスタ
ラクソ
ウォルセイ島
ラーウィック
スカロワー
ブレッサー島
レイヴンズウィック
サンドウィック
サンバラ
N
至フェア島

1

目をあけると、ひと組の手が見えた。血にまみれて、光っている。顔はどこにもない。耳をつんざく悲鳴。いま自分はウトラの小農場にいるのだ、とはじめは思った。夫のロナルドがジョゼフを手伝って、また豚を処理しているところなのだと。それなら、血だらけの赤い手も、おぞましい甲高い悲鳴も、説明がつく。そのとき、悲鳴をあげているのが自分だということに気づいた。

ひたいに乾いた手がのせられ、理解できない文句がつぶやかれる。アンナはその男にむかって罵詈雑言《ばりぞうごん》を浴びせかけた。

さらに痛みが襲ってくる。

これが死ぬってことなのね。

薬の効き目が薄れたにちがいなく、ふいに意識が鮮明になった。ふたたびあけた目に、明るい人工的な光が飛びこんでくる。

ちがう。これが子供を産むってことなんだわ。

「赤ちゃんはどこ？」鎮痛剤のせいで舌がすこしもつれているのがわかった。

「自力呼吸に問題があって、いま酸素をあたえたところよ。元気だから、心配しないで」女性の声。シェトランド人だ。すこし恩着せがましいが、説得力がある。そして、いまいちばん肝心なのは、その点だった。

すこし離れたところで、肘まで血だらけの男性がすまなそうな笑みを浮かべた。

「もうしわけない」という。「胎盤遺残です。手術室につれていくより、ここで摘出したほうがいいと判断したんです。鉗子《かんし》分娩のあとではきついかと思ったんですが、どのみち快適な処置ではないので」

アンナは、ふたたびジョゼフのことを思い浮かべた。丘で子羊を産む雌羊。くちばしや鉤爪で胎盤をつかんで飛び去る大鴉たち。これは予想していたのとはちがっていた。出産がこれほど激しくて生なましいものだとは思っていなかった。首をまわすと、ロナルドの姿が目にはいった。まだ彼女の手を握っていた。

「あなたにあたりちらして、ごめんなさい」アンナはいった。夫が泣いていたのがわかった。

「すごく怖かったよ」ロナルドがいった。「きみが死ぬんじゃないかと思って」

2

「きのうの晩、生まれたんだってさ」ミマがいった。「難産だったみたいだね。二十時間かかったっていうから。念のため、アンナは何日か入院するそうだよ。男の子だから、〈カサンドラ〉号にあとつぎができたわけだ」そういうと、ミマは共謀者めいた目でハティを見た。アンナがお産で苦しんだのを、面白がっているような感じだった。騒ぎや混乱、他人の不幸といったものが大好きなのだ。話のネタになるし、元気のもとだ、というのが本人の弁だった——すくなくとも、キッチンで紅茶やウイスキーを飲みながら島の出来事をハティに話して聞かせていたときには、そういっていた。

アンナ・クラウストンの赤ん坊について、ハティはどんな感想を述べたらいいのかよくわからなかった。赤ん坊は理解不能な存在で、魅力を感じたことがなかったからである。厄介ごとがひとつ増えるだけではないか。ハティはいま、ミマといっしょにセッターの小農場にいて、農家の裏にひろがる野原をながめていた。春の陽射しが、青いビニールシートでこしらえた間に合わせの風除けや手押し車やテープを張りめぐらせた試掘溝に、さんさんとふりそそいでいる。こうして見ると、ハティは自分たちが小農場のこちら側をめちゃくちゃにしてしまったことを、あらためて意識せずにはいられなかった。彼女の調査班が大学からくるまで、ミマはこの場所からなだらかな草地の先にある入江まで見渡すことができた。ところがいまは、作業が再開されてまだ間もないのに、あたりは建設現場みたいにぬかるみ、土の山が視界をさえぎり、手押し車のわだちがいくつも草地に残されていた。

ハティは蹂躙《じゅうりん》された土地のむこうの地平線に目をやった。ここは、これまで作業したなかでもっともむきだしの現場だった。シェトランドには、空と風しかなかった。遮蔽物となる木は存在しないのだ。

この土地が好き。ふと、そんな想いがハティの胸にこみあげてきた。世界中のどこよりも好き。残りの一生を、ここですごしたい。

その年にしては驚くほどしなやかな動きで、ミマは紐にかけたタオルを洗濯ばさみで留めていった。すごく小柄なので、背伸びをしなくては洗濯紐に手が届かない。つま先立ちになって跳ねまわっているところは、まるで子供のようだった。洗濯籠は空っぽになっていた。「なかで朝食を食べてきなよ」ミマがいった。「すこし体重をつけなきゃ、風に吹き飛ばされちまうよ」

「それは、おたがいさまでしょ」ミマのあとから草地をよこぎって家のほうへとむかいながら、ハティはいった。実際、彼女のまえを急ぎ足で進んでいくミマはすごく華奢《きゃしゃ》で軽そうに見えたので、いまにも強風にさらわれて海へとはこばれていきそうな感じがした。だが、たとえそうなっても、ミマは凧のしっぽみたいに身体を風にもてあそばれながら、まだおしゃべりをつづけて笑っていることだろう。その姿が視界から消えるまで。

キッチンの窓台には満開のヒヤシンスの鉢があり、白い筋のはいった薄いブルーの花の香りが室内にたちこめていた。

「きれいだわ」ハティは椅子から猫を押しのけ、テーブルのまえに腰をおろしながらいった。

「春らしいし」

「こんなもの、いったいなにがいいんだか」ミマが手をのばして、棚から平鍋をおろした。

「みっともない花だし、この匂いときたら。イヴリンがくれたんだけど、感謝してもらいたいらしい。でも、あたしはすぐに枯らしちまうね。いままで鉢植えを枯らさずにすんだためしがないんだ」

イヴリンというのはミマの息子の嫁で、姑《しゅうとめ》からさんざんないわれようをしていた。

ミマの家にある食器類はどれもすこし汚れていたが、ふだんはひどく潔癖で食欲にむらのあるハティも、ミマが作ってくれる料理ならなんでも食べた。きょうは炒り卵だった。「雌鶏がまた卵をよく産むようになってね」ミマがいった。「キャンプ小屋《ポッド》にいくつかもってくといいよ」ミマは泥と藁におおわれた卵をそのまま割って鉢にいれると、フォークで泡立てはじめた。半透明の白身と濃厚な黄身が、防水布のテーブルクロスに飛び散る。それから、おなじフォークをつかってバターをひとかたまり包みからすくいとり、調理用こんろにかけてあるフライパンにふり落とした。バターがじゅーっと音をたて、そこに卵がくわえられる。ミマがホットプレートにパンを二枚じかにのせると、パンの焼ける匂いがただよってきた。

「けさは、ソフィはどうしたんだい?」ふたりで食べはじめたとき、ミマがたずねた。食べものをほおばっているうえに入れ歯がきちんとあっていないので、ハティは相手の言葉を理解するのにすこし時間がかかった。

ソフィは試掘現場でハティの助手をつとめていたが、ふだん計画をたてたり準備をととのえたりするのはハティの役目だった。結局のところ、これはハティの博士号であり、プロジェクトなのだ。そして、彼女はものごとをきちんとやらないと気がすまないたちだった。だが、けさのハティは、とにかく一刻もはやく現場にいきたかった。ときどきソフィから離れているのも悪くなかったし、ミマとふたりきりでおしゃべりできるのもすごく楽しみだった。

ミマはソフィを気にいっていた。前回の調査のとき、ハティとソフィは集会場でひらかれたダンス・パーティに参加したが、ソフィは大もてだった。大勢の男たちが八人で踊るリール《エイトサム》に彼女を誘おうと列をなし、ソフィはその全員と——妻帯者までふくめて——いちゃついた。ハティがその光景を非難と心配、それに嫉妬の念とともにながめていると、うしろからミマがちかづいてきて、音楽に負けじと耳もとで叫んだ。「あの娘を見てると、あれくらいのときの自分を思いだすね。あたしにも男たちがむらがったもんさ。あの娘はちょっと楽しんでるだけだよ。意味なんてありゃしない。あんたもすこし肩の力を抜くといいよ」

冬のあいだ、ウォルセイ島が恋しくてたまらなかった！　ハティはあらためて、そう思った。それに、ミマのことも！

「ソフィは、キャンプ小屋《ポッド》でもうすこしやることがあるの」ハティはいった。「作業記録の整理よ。すぐにくるわ」

「で？」ミマがマグカップのむこうで鳥のような目をきらきら輝かせながらたずねてきた。「島を留守にしてたあいだに、いい男をみつけたのかい？　男前の学者さんでも？　冬の長い夜にベッドで身体を温めてくれる相手を？」

「からかわないで、ミマ」ハティはトーストの角をかじったが、あとは残した。もうおなかはすいてなかった。

「島の男なんて、いいかもしれないよ。サンディにはまだ嫁さんがいない。そう悪くない子だよ。すくなくとも、あの母親ほど退屈じゃない」

「イヴリンはいい人だわ」ハティはいった。「あたしたちによくしてくれてる。この島の人たちは、みんながみんな発掘を支持してくれてるわけじゃない。けど、彼女はずっとあたしたちの味方だった」

だが、ミマはまだハティの愛情生活の話をやめる気がなさそうだった。「間違った相手をえらばないように気をつけるんだよ。傷つきたくはないだろ。あたしにはよくわかってるんだ。亡くなった亭主のジェリーは、みんながいうような聖人君子じゃなかったからね」それから、ふいに方言になってつづける。「男なんて、いなくたって平気さ。あたしは六十年ちかくも男なしで生きてるよ」

そういってミマがウインクするのを見て、ハティは思った。つまり、六十年間やもめ暮らしをしてきたかもしれないけれど、そのあいだに男はたくさんいた、というわけね。ほかにミマは、なにをいおうとしているのだろう？

皿洗いをすませると、ハティはすぐに現場に戻った。ミマはそのまま家にとどまった。きょうは木曜日で、〝男性訪問客〟のセドリックをもてなす日なのだ。冬のあいだ、この土地に対する想いがずっと恋人のようにハティを温めてくれていた。考古学のこと、この島のこと、そこに住む人びとのことが頭から離れず、それらがひとつに溶けあっていた。ウォルセイ島。プロジェクト。夢。何年かぶりに、彼女はわきたつような興奮をおぼえていた。こんなふうに感じる理由なんてどこにもないのに、いったいどうしてしまったんだろう？　気がつくと、ハティはにやけた笑みを浮かべていた。注意しないと、みんなから頭がおかしくなったと思われて、また閉じこめられてしまうわよ。だが、そう考えると、さらに笑みが大きくなるだけだった。

ソフィが到着すると、ハティは彼女に練習用の溝《トレンチ》を準備するように指示した。「イヴリンがボランティアとして手伝いたいっていうのなら、きちんとしたやり方を覚えてもらわないと。中心となる現場から離れたところに用意しましょう」

「冗談でしょ、ハット！　ほんとうに彼女を現場にいれなくちゃいけないの？　そりゃ彼女は親切だけど、すごく退屈な人よ」ソフィは背が高く、締まった身体つきで、黄褐色の長い髪の持ち主だった。冬のあいだアルプス山脈にあるスキー小屋で友人の手伝いとしてメイドをしていたので、肌がブロンズ色に輝いている。のんびりした性格で、なんでも自分のペースで処理する彼女といると、ハティは自分が神経過敏な働き蜂になったような気がした。

「地元の人たちの参加を奨励することが、シェトランドで発掘作業をする際の条件のひとつなの」ハティはいった。「それは、あなたも知ってるでしょ」まったくもう、とハティは心のな

やって！

かでつぶやいた。まるで中年の学校教師みたいな口の利き方じゃない。すごくもったいぶっ
ちゃって！
　ソフィは黙って肩をすくめると、いわれた仕事にとりかかった。
　しばらくして、ハティはウトラの小農場にいってくると宣言した。現場作業の訓練について
イヴリンと話をするためだが、それは口実にすぎなかった。島に戻ってきてから、まだ一度も
リンドビー一帯のお気にいりの場所を再訪する機会がなく、太陽が雲間から顔をのぞかせてい
るこの好天を無駄にする手はなかった。家のそばを通ると、ちょうどセドリックが車で走り去
るところで、ミマがキッチンの窓から車にむかって手をふっていた。ハティの姿を目にして、
ミマがあけっぱなしのドアのところまで出てくる。
「なかにはいって、お茶でも飲んでくかい？」
　だが、おそらくミマは、ハティからもっと話を聞きだして助言をあたえたいだけなのだろう。
「いいえ、けっこうよ」ハティはいった。「きょうは時間がないの。でも、ソフィはもうすぐ休
憩だから、よかったら声をかけてあげて」
　そういうと、ハティは日の光を顔に浴びながら、小道を歩いていった。学校をさぼろうとし
ている子供になったような気分だった。

3

アンナの赤ん坊は、生まれて最初の晩を集中治療室ですごした。助産婦によると、なにも心配はいらないとのことだった。可愛い男の子で元気にしているが、まだ呼吸するのにすこし助けが必要なので、しばらくは保育器のなかだという。それに、アンナは疲れきっていて、休息をとらなくてはならなかった。朝になったら赤ん坊と再会し、授乳の手ほどきを受けることになっていた。数日中には、母子そろって退院できるだろう。

アンナは途切れがちにうとうとした。医師からさらに鎮痛剤をあたえられており、ひじょうに鮮明な夢を見た。一度、はっと目がさめたときに、ドラッグをやるとこんな感じがするのだろうか、という考えが頭をよぎった。大学にいたころ、彼女はその誘惑に負けたことがなかった。つねに自制心をおもんじていたのだ。

そばにロナルドがいることに、アンナは気づいていた。夫が携帯電話で話をしているのが、何度か聞こえた。相手は両親だろう。病院で携帯電話をつかっちゃいけないのよ、とアンナはいいかけたが、だるくてたまらず、言葉がきちんと出てこなかった。

目をさますと外は明るくなっており、アンナはいつもの自分がだいぶ戻ってきているように感じた。すこしぐったりしていたが、頭はさえていた。ロナルドは隅の椅子に腰かけたまま、熟睡していた。頭をのけぞらせて口をあけ、大きないびきをかいている。助産婦があらわれた。

「赤ちゃんは？」あの出産体験が夢ではなく、実際に赤ん坊がこの世に存在していると信じるのは、いまとなってはむずかしかった。きのうの晩の出来事は、まったく自分とは無関係なことのような気がした。

「いまつれてくるわ。すごく元気で、もう自力で呼吸してるのよ」

ロナルドが椅子のなかで身じろぎし、目をさました。あごに無精ひげが生えていると、お父さんのアンドリューにそっくりだ。まだ寝ぼけているのか、目がすこしうつろだった。

赤ん坊は、水槽を連想させるプラスチックの箱のなかに寝かされていた。あおむけで、肌がすこし黄色がかっている。アンナは本を何冊か読んでいたので、それが正常な状態であることを知っていた。頭はふわふわした黒いうぶ毛でおおわれており、両脇にピンクの痕がついている。

「心配しなくても大丈夫よ」アンナの考えをわかっているつもりらしく、助産婦が安心させようとしていった。「鉗子《かんし》分娩でついた痕だから、数日で消えるわ」助産婦が赤ん坊をかかえあげて毛布にくるみ、アンナに手渡した。アンナは小さくて完璧な耳を見おろした。

「それじゃ、母乳をあげてみましょうか？」

ロナルドは、いまではすっかり目をさましていた。アンナをあいだにはさんで助産婦と反対側のベッドの上に腰をおろし、指をさしだして、赤ん坊がそれをつかむのをながめている。

助産婦は授乳の最適なやり方をアンナに指導していた。「こんなふうに膝の上に枕をおいて、こっちの手で赤ん坊の頭を支えるの。そして、こうやって赤ん坊の唇を乳首にちかづけて……」

ふだんならこうした実用的なことを得意とするアンナも、いまはぎごちなさといたらなさを感じていた。やがて赤ん坊が乳首をくわえて吸いはじめると、腹の底からひっぱられるような感覚をおぼえた。

「ほら、できた」助産婦がいった。「上手いわ。なにも問題なければ、あしたには退院できるはずよ」

助産婦が部屋から出ていったあとも、アンナとロナルドはベッドの上にすわって、赤ん坊をながめていた。赤ん坊がいきなりすやすやと眠りはじめると、ロナルドが注意深い手つきで息子を取りあげ、プラスチックの小児用ベッドに戻した。アンナの部屋は個室で、灰色の家並みとそのむこうの海まで見晴らすことができた。ふたりは『シェトランド・タイムズ』に載せる出生告知を書きあげた。


三月二十日、ロナルドとアンナのクラウストン夫妻に、息子ジェームズ・アンドリューが誕生。ウォルセイ島のリンドビー在住のアンドリューとジェーコビーナのクラウストン夫妻、およびイングランドのヘレフォード在住のジェームズとキャサリンのブラウン夫妻の初孫。

アンナの人生におけるすべてのこと同様、赤ん坊を産む時期はあらかじめ計算されていた。赤ん坊をこの世に迎えるのに春以上にふさわしいときはない、と彼女は考えていたのだ。それに、ウォルセイ島は子育てをするのに最高のところだった。出産には想像していたよりもはるかに大きな痛みと混乱がともなったが、それが終わったいま、かれらの家庭生活が上手くいかない理由はどこにもなかった。

ロナルドは息子から目を離せずにいた。彼が子煩悩な父親になるかもしれないことは、予想がついてしかるべきだった。

「うちに帰ったら？」アンナはいった。「シャワーを浴びて、服を着替えてくるといいわ。みんな、この知らせを聞きたがってるだろうし」

「そうしようかな」夫が病院に居心地の悪さをおぼえているのが、アンナにはわかった。「今夜、またきたほうがいいかい？」

「こなくていいわ」アンナはいった。「車でだいぶかかるし、フェリーに乗ってる時間もあるでしょ。あすの朝いちばんで、迎えにきてちょうだい」息子としばらくふたりきりになるのも、悪くなかった。ロナルドが島じゅうをまわって出産と息子のことを吹聴して歩くところを想像すると、アンナの口もとは自然とほころんだ。きっと親戚全員を訪問して、ふたりで生協で買い物をしていたときに破水したこと、難産だったこと、赤ん坊が泣き叫びながら世界にひっぱりだされてきたときのことを、何度もくり返し話させられるのだろう。

4

きょう一日イヴリンがセッターの現場にこなくても、ハティはいっこうにかまわなかった。ウォルセイ島に戻ってまだ一週間しかたっておらず、ほかにもいろいろと考えることがあったのだ。胸の奥には喜びだけでなく、さまざまな不安がうずまいていた。それに、いまは現場の――彼女の現場だ――発掘作業を進めたかった。現場には去年の秋から覆いがかけられていたが、日がのびて天候も穏やかになったいま、彼女はプロジェクトを完成させるために、こうしてふたたびシェトランドに戻ってきた。一刻もはやく、いちばん重点をおいている溝《トレンチ》の調査を再開し、ふるいがけや年代測定に必要な試料の採取をつづけ、その几帳面な記録を仕上げたかった。自分の仮説の正しさを証明し、過去に没頭したかった。セッターの小農場にある遺跡が中世の貿易商の家屋のものだと立証できれば、彼女は博士号の取得に必要な独自の研究課題を手にいれたことになる。さらに重要なのは、建物の年代とその主の地位を特定するような人工遺物の発見によって、資金援助の申請、ひいては試掘調査の延長が可能になるという点だった。そうなれば、シェトランドにとどまる口実ができる。シェトランドを離れなくてはならないかもしれないと考えるだけで、ハティの胸は痛んだ。もう二度と都会では生きていけないような気がしていた。

だが、イヴリンは地元のボランティアで、訓練を受けさせる必要があった。それに、ハティは彼女を味方につけておかなくてはならなかった。自分がボランティアのあつかいが上手くないことを、ハティは自覚していた。忍耐強さに欠けていて、あまりにも多くを相手に期待しすぎてしまうのだ。ボランティアには理解できっこない単語をつかうこともあった。きょうは大変な一日になりそうだった。

けさも目覚めたときには太陽が顔をのぞかせていたが、いまは霧が海のほうからやってきて、日の光を弱めていた。ミマの家は遠くにある影にしかすぎず、すべてのものの輪郭がぼやけて、より自然と一体化して見えた。測量用の棒は地面に生えた柳、掘りだされた土の山は人の手のくわわっていない土地の起伏のようだった。

練習用の溝《トレンチ》は、すでにまえの日にソフィが用意してくれていた。中心となる現場からすこし離れたところにある芝土をはがして、砂を大量にふくんだ乾燥した土壌と草木の根をむきだしにし、いつでも練習がはじめられるように根掘り鍬《ぐわ》でたいらにならしてある。はがされた芝土は、まえからあった土の山につけくわえられていた。イヴリンが約束どおり十時にやってきたとき、準備はすっかりととのっていた。イヴリンはコーデュロイのパンツに厚手の古いセーターという恰好で、相手を喜ばせようとするその熱心な態度は、教師にへつらう生徒を思わせた。ハティは彼女に手順をひととおり説明した。

「それじゃ、やってみましょうか？」イヴリンの熱意はわかっていたが、それでももっと真剣に取り組んでもらわないと困る、とハティは考えていた。メモさえとっていないではないか。

現場を細かく記録していくやり方を説明したものの、それがきちんと理解されたのかどうか、いまひとつはっきりとしなかった。「移植ごてをつかってみる、イヴリン？　こういう現場では、すべてをふるいにかけるわけじゃないの。浮遊選別《フローテーション》用タンクをつかうことはあるかもしれないけれど。それから、出土品はすべて、みつかったときの状況を保持しておく必要があるわ。それがとても重要だということは、わかるわよね？」

「ええ、わかるわ」

「あと、作業は終わったところから、まだ終わってないところへと移動していくのが原則よ。だから、移植ごてをつかうときには、つねにうしろへ進むようにして。掘りだしたものを踏んづけたら、まずいでしょ」

イヴリンが顔をあげて、ハティを見た。「そりゃ、あたしは博士号をとろうとがんばってるわけじゃないけど、馬鹿じゃないのよ。話はきちんと聞いてたわ」穏やかな口調だったが、ハティは顔が赤くなるのを感じた。ほんとうに人づきあいが下手なんだから、と頭のなかでつぶやく。物とか概念とかしか相手にできないんだわ。過去のことならよく理解できるのに、生身の人間とはどう接していいのかわからない。

イヴリンは溝《トレンチ》のなかでしゃがみこむと、移植ごてでためらいがちに地表をひっかきはじめた。まず隅のほうの表面をけずりとり、その土を上においてあるバケツにいれる。

イヴリンは、毎日の宿題に集中している子供のように顔をしかめていた。それから半時間、ハティが目をやるたびに、彼女の顔にはおなじ表情が浮かんでいた。ハティが仕事ぶりを確認しようとしたとき、イヴリンのほうから声をかけてきた。

「これはなにかしら？」

ハティは伸びをしてから、見にいった。砂っぽくてまわりよりも色が明るい土と貝殻のかけらのあいだから、なにやら固いものがのぞいていた。ハティは思わず興奮した。陶器の破片かもしれない。よその国からもちこまれた陶器の破片なら、ここにあった家が彼女の望んでいたような地位の人物のものであったことになる。練習用の溝《トレンチ》を住居跡の試掘現場から離れたところに設置したのは、まさにこういう事態——素人が取りあつかいに注意を要する出土品を掘りあてること——を避けるためだったが、もしかするとそのおかげで、偶然にも住居ちかくのごみの山をさぐりあてたのかもしれなかった。それどころか、住居の増築部分を発見した可能性だってある。ハティは押しのけんばかりの勢いでイヴリンのそばにしゃがみこむと、むきだしの物体から土を払いのけていった。陶器ではないが、粘土のような赤茶色をしている。そう、骨だ。まだ学部学生だったころ、ハティは古い骨が白やクリーム色や灰色をしているものと思いこんでおり、実物の色の鮮やかさに驚かされていた。まだ一部しか見えていなかったものの、どうやら丸みをおびた骨の大きなかけらのようだった。

ハティはがっかりしたが、それをおもてには出さないようにした。初心者は最初の発見に興奮をおぼえるものだ。シェトランドの発掘現場ではしょっちゅう骨の破片が発見されていたが、たいていは羊のものだった。一度など、ほぼ全身がそろった馬の骨格がみつかったこともあった。

ハティはそのことをイヴリンに説明しはじめた。動物の骨から、その集落についてどのようなことがわかるのかを解説する。

「ただ掘りだせばいいってものじゃないの」ハティはいった。「考古学的状況を保持したまま、すこしずつ移植ごてで土をはがしていかないと。いい練習になるわ。ここはあなたにまかせて、あとでまたくるから」自分なら肩越しにのぞきこまれながら作業するのはすごく居心地が悪いだろう、とハティは考えたのだ。それに、彼女には自分の仕事もあった。

しばらくして、みんなでミマの家へいき、休憩をとった。ミマはサンドイッチをこしらえてくれ、そのあと作業の様子を見るために、いっしょに現場までついてきた。イヴリンが練習用の溝《トレンチ》にはいって作業を再開するのを、そばでじっとみつめている。黒い合成繊維のズボン。膝のあたりまであるゴム長靴。肩に羽織った着古した灰色のフリース。その恰好で息子の嫁の作業を見守っているところは、まるでズキンガラスのようだった。餌のかけらをかすめとろうと狙っているズキンガラスだ。

「ねえ、イヴリン。あんたがいまなんに見えるか、わかるかい?」ミマがいった。「そうやってよつんばいになってると、家畜みたいだよ。これくらいの明るさだと、あんたのとこの豚がそこの地面を掘り返してるといっても、わかりゃしない。気をつけないと、ジョゼフに喉を掻っ切られて、ベーコンにして食われちまうよ」あまりにも大笑いしたので、ミマは咳きこんでいた。

イヴリンはなにもいわずに、膝立ちになって姑《しゅうとめ》をにらみつけていた。ハティはイヴリンに同情をおぼえた。ミマがこれほど残酷になれるとは、知らなかった。ハティは溝《トレンチ》のなかにいるイヴリンの隣に飛びおりた。骨は土から突きだしており、すでに大部分が露出していた。ジーンズのポケットから自分の移植ごてを取りだし、全神経を集中して、さらに土をどけていく。刷毛《はけ》をかけると、骨の形がよりいっそうはっきりとしてきた。きれいなカーブを描いていて、なかが空洞になっている。

「前頭骨眼窩部《パーズ・オービタリス》だわ」ハティはいった。驚きと興奮のあまり、知識をひけらかさずにイヴリンにも理解できる簡単な単語をつかおうという先ほどの決意は、どこかへふっ飛んでいた。

イヴリンがハティを見た。

「目のまわりのくぼみのことよ。これは人間の頭蓋骨の一部だわ」

「まさか、そんな」ミマの声が聞こえた。ハティが目をあげると、ミマの顔は蒼白になっていた。「そんなはずない。いいえ、あり得ないよ」

ミマはむきなおると、あわてて家のほうへと戻っていった。

5

サンディ・ウィルソンは、あぶなっかしい足どりで野原を突っ切っていった。試掘現場で頭蓋骨が発見されてから二週間後の、春によくある真っ暗な晩だった。寒くはないものの、低い雲が島の上空をおおい、途切れることのない霧雨が、月や星だけでなく、彼の後方にある家の窓の明かりまで隠してしまっている。サンディは懐中電灯をもっていなかったが、そんなものは必要なかった。ここで育ったのだ。縦六マイル、幅二・五マイルの島で暮らしていたら、十歳になるころには島の隅ずみまで知りつくしているものだ。そして、そうやって身に染みついた地図は、島を離れたあとでも消えることはない。サンディはいまラーウィックの町なかで暮らしていたが、目隠しをされてウォルセイ島のどこかに置き去りにされても、数分で自分の居場所がわかるだろう。足もとの地形やちかくの石塀の感触だけを頼りに。

飲みすぎたのはわかっていたが、それでもあの時点で〈ピア・ハウス・ホテル〉をあとにしてきたのは、われながら上出来だった。あと何杯かで確実にできあがっていただろうし、そうなれば、おそらく寝ずに彼の帰りを待っている母親から、毎度お馴染みの小言——完全に酒を断った兄のマイクルをひきあいに出しての自制心についての小言——を聞かされていたにちがいない。途中で祖母の家に立ち寄っても、いいかもしれなかった。祖母のミマは濃いブラック・コーヒーをいれてくれるだろうし、それを飲めば、家に帰りつくころにはすっかりしらふになっているはずだ。週のはじめにミマから電話があり、今度ウォルセイ島に帰ってきたらセッターの小農場に会いにきてくれ、といわれていた。彼がすこしくらい酔っぱらっていても、ミマは気にしなかった。そもそも、彼にはじめて酒を飲ませた張本人なのだ。ある朝、サンディが中等学校へ登校するときのことだった。肌寒い日で、ミマはウイスキーを飲めば身体が冷えずにすむといった。サンディはまずい薬でも飲んだみたいにむせて咳きこんだが、それ以来、すこしずつその味がわかるようになった。ミマは子供のころからウイスキーに親しんでいそうだったが、それでもまったく影響を受けていないように見えた。祖母が酔ったところを、サンディは一度も目にしたことがなかった。

ミマが暮らすセッターの小農場へとつうじる小道を目指して、野原を下っていく。銃声が聞こえてきて、一瞬、サンディはぎくりとした。だが、それ以上は気にとめなかった。ロナルドが強力な大型懐中電灯をもちだして、ウサギを狩っているのだろう。彼の家に生まれたばかりの赤ん坊を見にいったとき、そんな話をしていたし、ウサギを狩るにはいい晩だった。懐中電灯の光に目がくらんだウサギは、彫像みたいに立ちつくして、撃たれるのをおとなしく待っている。違法行為だが、シェトランド諸島ではウサギの被害が大きいので、誰もとやかくいわなかった。ロナルドはサンディの従兄弟だった――というか、従兄弟のようなものだ。サンディは正確な血縁関係を把握しようとしたが、家系図がこみいっているうえに酔っぱらっていたので、途中でわからなくなってあきらめた。彼がセッターの小農場まで歩いていくあいだじゅう、散発的にショットガンの銃声が鳴り響いていた。

カーブした小道に沿って進んでいくと、やがて予想どおりミマの家のキッチンの明かりが見えてきた。ミマの家は丘の奥に押しこまれたような位置にあり、いきなり視界に飛びこんでくるのだ。島の住人の多くは、この家が小高い土地に囲まれて外から見えないことを喜んでいた。というのも、かなり荒れはてていたからである。雑草の生い茂る庭。ペンキのはげた腐りかけの窓枠。サンディの母親のイヴリンはセッターの小農場の荒廃ぶりをひどく恥じており、どうにかするようにと夫のジョゼフをせっついていた。「お義母さんのかわりに、ちょっといってかたづけてきたら?」だが、ミマはそれを許そうとはしなかった。「この家はあたしよりも長持ちするよ」そういって、悦にいっていた。「いまのままがいいんだ。あんたたちに、あちこちいじくりまわされたくないね」サンディの父親は妻よりも母親のほうに配慮する人物だったので、小農場はそのまま放っておかれた。

セッターの小農場は、ウォルセイ島でもっともよく風雨から守られている小農場だった。まえの年に本土の大学からきた男の考古学者によると、ここには何千年もまえから人が住んでいたという。考古学者は大学院生のプロジェクトのためだといって、ミマの家ちかくの野原に溝を何本か掘らせてもらえないかと頼んできた。この土地に豪壮な住居があった、と大学院生のひとりが考えていたからである。土地はもとどおりに戻すことになっていたが、サンディが思うに、おそらくミマはその約束がなくても発掘を許可していただろう。彼女はこの考古学者を気にいっていたのだ。「えらくハンサムだね」目を輝かせながら、サンディにそういっていた。そのときサンディは、若かりしころの祖母がどんなだったか、わかったような気がした。大胆。破廉恥。島のほかの女たちがミマに気を許さないのも、無理なかった。

小道のすぐわきで音がした。銃声ではない。つぶやき、ひきちぎり、足を踏み鳴らすような音だ。サンディがふりむくと、ほんの数フィート先に雌牛の影があった。いまでも牛の乳を手で搾っているのは、ウォルセイ島ではミマひとりだった。ほかのものたちは、何十年もまえにやめていた。手間のかかる作業だし、衛生法の規制にひっかかるため、そうやって搾った牛乳は売れないからだ。とはいえ、低温殺菌していない牛乳を好む人たちはまだいて、かれらはミマの家の屋根を修理したり、こっそりウイスキーのボトルを差し入れたりするかわりに、毎朝黄色がかった液体を水差しでわけてもらっていた。もっとも、ミマが乳搾りをしているところを実際に目にしていたら、かれらがそれほど熱心に欲しがるかどうかは怪しかったが。このまえサンディがその作業を見ていたとき、ミマは洟《はな》をかんでいた汚いふきんで、そのまま牛の乳房を拭いていたのだ。だが、サンディの知るかぎりでは、誰もそれで病気にかかってはいなかったし、彼自身、その牛乳を小さいころからずっと飲んでいて、なんの問題もなかった。彼の母親でさえ、大型ミルク缶のてっぺんにできる乳脂《クリーム》をすくいとってポリッジにかけるのを楽しみにしていた。

キッチンのドアをあけたとき、サンディは祖母が膝に猫をのせて調理用こんろのそばの椅子にすわっているところを想像していた。おそらく、かたわらには空のグラスがあり、テレビでは暴力的な番組がながれていることだろう。ミマは昔から宵っぱりで、ほとんど眠らないという印象があったし、暴力には目がないのだ。サンディの職業選択を喜んだのは、家族のなかでミマだけだった。「いいじゃないか」彼女はいった。「警官なんて!」ミマの目には、夢見るような表情が浮かんでいた。きっと、ニューヨークの大都会とか銃撃戦とか車での追跡劇を夢想していたにちがいない。ミマは本土に一度しかいったことがなく——アバディーンで葬式があったときだ——世界にかんして彼女がいだいているイメージは、すべてテレビをつうじて得たものだった。シェトランドの警察業務はそのイメージとはかけ離れていたが、それでもミマはサンディの話を聞くのを楽しみにしていたし、サンディのほうは祖母を喜ばせるために、すこしばかり話に色をつけて誇張するようにしていた。

テレビはつけっぱなしで、やかましいくらい音が大きかった。ミマは耳が遠くなってきていたが、家族に対してそれを認めようとはしなかったのだ。猫だけが、椅子の上に寝そべっていた。大きな黒い猫で、飼い主以外にはすごく意地が悪く、サンディの母親は〝魔女の猫〟と呼んでいた。サンディはテレビの音を小さくしてから、家のほかの部分につうじるドアをあけて、大きな声でいった。「ミマ！　おれだよ！」祖母がまだ起きているのは、わかっていた。ミマは明かりとテレビをつけたままで寝たりしないし、この猫は椅子だけでなく、ベッドでもつねに飼い主に寄り添っているのだ。ミマはまだ若いころに、夫を海の事故で亡くしていた。そのあとのふしだらな後家ぶりにかんしてはいろいろなうわさがあったが、サンディの知るかぎりでは、ミマはずっとひとりで暮らしていた。

ミマからの返事はなく、サンディは急に酔いがさめるのを感じながら、家のほかの部分を見てまわった。廊下の片側に三つならんだ部屋を順番にのぞいていく。サンディの記憶では、ミマの寝室に足を踏みいれるのは、これがはじめてだった。祖母は病に伏せたことがないのだ。部屋は四角く、黒っぽい木でできた大きな洋服だんすと、踏み段なしではミマがよじのぼれそうにない高さのベッドで占められていた。床はキッチンとおなじ濃い茶色のリノリウムで、そこにすこし毛のもつれた羊皮の敷物――かつては白かったが、いまでは灰色になっている――がおいてあった。クリーム色の生地に小さなバラがデザインされたカーテンは色あせてぼろぼろになっており、あけたままだ。窓枠に、夫の写真が飾ってあった。もじゃもじゃの赤いあごひげ。真っ青な瞳。防水服に長靴。サンディは自分の父親を思いだした。ベッドは整えられており、四角い布をかぎ針編みで縫いあわせたキルトが掛かっていた。ミマの姿はどこにもなかった。

浴室はもっと最近になってから家の裏手に建て増しされたものだが、それでもサンディが物心つくころには、すでにそこにあった。浴槽と洗面台は不自然なまでのブルーで、ここも床は茶色のリノリウムだが、おかれているのは毛足の長い鮮やかなブルーの敷物だった。室内は、湿気と濡れタオルの匂いがした。巨大な蜘蛛が排水口のまわりをはいまわっている。それ以外には、誰もいなかった。

サンディは冷静に考えようとした。失踪事件の取り調べにかかわった経験から、家族がいつでも必要のないパニックを起こすことを知っていたからである。受話器をおいたあとで、彼はよくこういって、心配している親やパートナーを茶化していた。「きのうの晩、ダンカンの屋敷でパーティがあったから、きっとまだそこにいるのさ」だが、いまの彼は、誰かが突然いなくなって居場所がつかめないときのショックが痛いほどよくわかった。ちかごろでは、ミマは日没後に外出しなくなっていた。サンディの両親の家で家族の集まりがあったり、結婚式のような島の一大行事があるときは別だが、その場合は必ず誰かが彼女を車に乗せていくので、サンディの耳にもそのことがはいってくるはずだった。ミマには本当の友人がいなかった。ウォルセイ島の住人の大半が、彼女をすこし恐れていた。サンディは自分の思考にまとまりがなくなりつつあるのを感じて、冷静さを保とうと努めた。こんなとき、ジミー・ペレスならどうするだろう？

　夜になると雌鶏を鶏小屋のなかにおいこむのが、ミマの日課だった。そのときに足をすべらせて、転んだのかもしれない。発掘作業のおこなわれている溝は家から離れたところに掘られていたが、ミマはもういい年だし、飲酒のせいでついに判断力が鈍ってきた可能性もあった。溝のあるほうへ迷いこんだのだとしたら、いつ足を踏みはずしてもおかしくない。

　サンディはキッチンに戻って、テーブルの引き出しから懐中電灯を取りだした。どの家にも夜間の二時間くらいしかもたない自家発電機があったころから、そこにしまってある懐中電灯だ。外に出ると、調理用こんろの熱で温まったあとでは、霧雨の冷たさが身にこたえた。もう真夜中ちかいはずで、いまごろ母親は彼がどこにいるのかと考えていることだろう。サンディは家の裏手にまわった。そこには、ミマが乳を搾るときに雌牛をつれてくる小屋があった。いったん目が暗闇に慣れると、家からもれてくる明かりだけで行く手がはっきりと見えた。彼は浴室の明かりをつけたままで、その窓がこちら側に面していたのである。懐中電灯は、まだ必要なかった。雌鶏たちは、すでに鶏小屋のなかにおいこまれていた。木造の鶏小屋の掛け金を確認したとき、なかでがさごそと動く音がした。

　きょうは天気が良く、ミマは洗濯をしたにちがいなかった。家から試掘現場のほうへのびているナイロン製の洗濯紐に、タオルとシーツが洗濯ばさみで留められたままになっている。それらは凪にとらわれた船の帆のように、だらりと重たそうにぶらさがっていた。島のほかの女たちなら、天気が悪くなった途端に洗濯物を取りこむところだが、ミマはそれが夕食中だったり読書中だったりしたなら、おそらく放っておくだろう。この怠惰なところが、一部のご近所の顰蹙《ひんしゅく》を買っているのだった。どうして体裁を気にせずにいられるのか？　家をあんなだらしのない状態にしておけるのか？

サンディは洗濯物のそばを通って、試掘現場のほうへと歩いていった。現場の範囲をあらわすためか、測量のためか、二本の棒のあいだに紐が張られている。金属製の杭とブルーのビニールシートでこしらえた風除け。きれいに積みあげられた芝土と掘りだされた土の山。直角にぶつかっている二本の溝。サンディは懐中電灯で溝のなかを照らしてみたが、水たまりがいくつかあるだけだった。ここはまるで、ミマの好きなテレビ番組に出てくる犯行現場みたいだな。ふと、そんな考えがサンディの頭に浮かんだ。

「ミマ！」サンディは叫んだ。その声はひどくか細く、甲高く聞こえた。とても自分の声とは思えなかった。

家に戻ることにして、サンディは懐中電灯を消し、ひき返しはじめた。家からウトラの小農場に電話をかければいい。母親なら、ミマがどこにいるのか知っているだろう。ウォルセイ島で起きていることなら、なんでも知っているのだから。そのとき、サンディは洗濯紐から落ちたコートが草地の上でくしゃくしゃになっているのに気がついた。発掘作業にきている学生たちが着ているレインコートだ。泥を落としてやるといって、おそらくミマが預かったのだろう。サンディはそのまま放っておこうとした。どうせ洗いなおさなくてはならないのなら、わざわざ拾ってどうなる？　だが、それでも彼はレインコートを持ち帰ろうとかがみこんだ。

　そこにあったのは、レインコートだけではなかった。彼の祖母もいっしょだった。黄色いコートのなかで、ひどく小さく見える。人形みたいだ、とサンディは思った。やせこけていて、腕も脚も小枝くらいしかない。サンディは祖母の顔にふれ――冷たくて、蠟のようにすべすべしていた――それから脈をとろうとした。医師を呼ぶべきだとわかっていたが、動けなかった。ショックのあまり、身体が固まっていた。それに、ミマが死んでいるという事実を受けとめるための時間が必要だった。ぬかるんだ地面の上にある蒼白の顔を見おろす。これはミマじゃない、とサンディは思った。そんなはずない。なにかの間違いだ。だが、もちろん、それは彼の祖母だった。きちんとあっていない入れ歯とまばらな白髪をみつめる。気分が悪くなると同時に、完全に酔いがさめているのを感じた。だが、サンディは自分の判断力を信用しなかった。彼はサンディ・ウィルソンなのだ。いつだってへまをやる男だ。もしかすると、脈をとるのに失敗したのかもしれない。ほんとうはミマはまだ生きていて、きちんと息をしているのかも。

　サンディはミマを家のなかにはこびこもうと、両腕でかかえあげた。祖母を冷たい地面の上に残していくなんて、耐えられなかった。キッチンにたどりついたところで、はじめて彼はミマの腹部にある傷と血に気づいた。

6

ジミー・ペレス警部は、朝いちばんのフェリーでウォルセイ島に渡った。シェトランド本島の東側に位置するラクソのターミナルでウォルセイ島からくるフェリーを待っていたとき、埠頭にいたのは彼ひとりだった。朝のこの時間帯だと、往来の大半はウォルセイ島から本島にやってくる客だ。町で仕事をするために、より大きな島にかよってくる人たち。年齢的にウォルセイ中等学校では間にあわなくなり、寝ぼけまなこでラーウィック行きのバスにむかう十代の若者たち。ペレスは、フェリーから降りてきた半ダースほどの車が走り去り、アンダーソン高校の第六学年生たちがバスへと歩いていくのを見届けたあとで、車のエンジンをかけた。きょうフェリーの運航を担当しているのは、ビリー・ワットだった。乗組員は、全員がウォルセイ島の出身者だ。シェトランド諸島の島々を結ぶフェリーでは、どの航路でもそういう仕組みになっていた。ビリーが手をふって、ペレスの車を誘導する。車がゆっくりと前進して、バンパーが鉄製の傾斜路の数インチ上を通過すると、それを見守っていたビリーがにこやかにうなずいてみせた。ウォルセイ島の人びとは、愛想の良さで知られていた。道路で車がすれちがうときに、おたがい手をふりあう土地柄なのだ。料金を徴収しにきたビリー・ワットは、ペレスがいまここにいる理由を訊いてこなかった。その必要はないのだ。おそらく、いまごろウォルセイ島の住民の大半が、ミマ・ウィルソンの事故のことを知っているのだろう。

ペレスは第六学年のときにビリー・ワットと机をならべていた。そのころのビリーは青白い顔をした物静かな少年で、フランス語でいつもトップの成績をとっていた。いまでも彼はその才能を、シェトランド諸島にやってくる外国からの訪問者を相手に発揮してみせているのだろうか？　もっとも、ウォルセイ島は観光客向けの地図ではほとんど無視されており、宿泊場所といえば、学生やバックパッカーに人気の高いキャンプ小屋《ボッド》と一軒のホテルしかなかったが。フェリーが発着するシンビスターは業務用の港で、シェトランド諸島の八隻の遠洋漁業船のうち、七隻までがここを拠点にしていた。そのおかげで、ウォルセイ島の住民は、お茶会をひらいたり手編みの手袋を売ったりせずとも暮らしていけるのだ。いまでも昔ながらのおもてなしや編み物の伝統は残っていたが、それに金がからんでくることはなかった。

ペレスはサンディからの電話でたたき起こされていた。そのときまず感じたのは恐怖だったが、それは彼が刑事であることとはまったく関係がなかった。復活祭にかけて、恋人のフランが娘のキャシーをつれて二週間ほど本土に帰っていたのだ。「うちの両親は、もう何カ月も孫娘に会ってないのよ」フランはそういった。「それに、あたしも友だちと会って、いろいろと話がしたいし。ここで暮らしてると、つい疎遠になっちゃうから」自分でも馬鹿げているとわかっていたが、それでもペレスはロンドンを〝危険〟と結びつけて考えずにはいられなかった。そのため、フランが娘を数カ月ぶりの再会ででれでれになっているお祖父ちゃんとお祖母ちゃんに預けて友だちと夜の観劇に出かけることに思いを馳せているあいだ、ペレスは銃犯罪とか刃傷沙汰とかテロ事件のことを考えていたのだった。

眠っているあいだも、その不安がペレスの頭の片隅にあったにちがいない。それで、電話の音で、あれほどあわてふためいたのだ。ペレスはベッドのなかでさっと起きあがると、受話器をつかんだ。心臓がどきどきいっており、完全に目がさめていた。「もしもし?」

だが、聞こえてきたのは、サンディ・ウィルソンの声だった。まさにサンディにしかできないやり方で、家族のこと、銃の事故のこと、祖母が亡くなったことを、とりとめもなくぼそぼそと説明していく。ペレスの頭は、その話を半分でしか聞いていなかった。あとの半分は安堵感にひたっており、気がつくと、口もとには笑みが浮かんでいた。サンディの祖母が亡くなったことにではなく、フランにもキャシーにもなにごともなかったことに対する反応だ。ベッドわきのテーブルにある時計に目をやると、夜中の三時にちかかった。

「どうして、それが事故だとわかるんだ?」ペレスはようやく口をはさんだ。

「従兄弟のロナルドはウサギを撃ちに出てて、視界はひどく悪くて、そうなってもおかしくなかったからです。ほかにどう考えられるっていうんです?」間があく。「ロナルドはよく飲むし」

「それで、ロナルドはなんといってる?」

「どうしてこんなことが起きたのかわからない、って。あいつの銃の腕はしっかりしてますし、ミマの土地のほうへは撃たなかったそうです」

「酒は飲んでたのか?」

「飲んでなかったといってます。それほどは」

「おまえの意見は？」

「ほかに考えようがありません」

　ペレスはフェリーの船上にとめた車から降りると、階段をのぼって、風除けのついた甲板にむかった。自動販売機でコーヒーを買って腰をおろし、汚れたガラス越しに、ウォルセイ島が夜明けと霧雨のなかからあらわれてくるのをながめる。なにもかもが、くすんだ緑と灰色だった。彩りに欠け、輪郭がぼやけている。シェトランドらしい天気だ、とペレスは思った。島にちかづくにつれ、丘の上にある家がはっきりと見えてきた。豪邸ばかりだ。ウォルセイ島の連中の裕福さについては幼いころからいろいろ聞かされてきたが、それがどれくらい真実にちかいのかは、ペレスは知るよしもなかった。シェトランドには、埋められた財宝とかこびと《トロウ》族の黄金といったたぐいの話がくさるほどあるのだ。こんな話もあった。ある年のこと、自分の支払う税金について心配した船長が、会社の資産をいくらか減らす必要があると考えた。クリスマスの日の朝、彼の船で働く乗組員たちが埠頭に呼びだされていってみると、そこにはそれぞれの名前が書かれたレンジローヴァーの新車があったという。ウォルセイ島の男がレンジローヴァーを運転しているところをペレスは見た記憶がなかったし、そもそも船はどれも共同で運営されているので、そんな独断が許されるはずはなかった。とはいえ、なかなかよくできた話だった。

　ペレスを出迎えるために、サンディが自分の車で埠頭までできていた。フェリーが接岸するまえに車から降りてきて、両手をポケットに突っこんだまま、フードで湿気を避けながら立っている。ペレスがフェリーから車をおろすと、サンディがちかづいてきて助手席に乗りこんだ。彼が一睡もしていないのは、あきらかだった。

「お祖母さんは、お気の毒だったな」

一瞬、なんの反応もなかった。それから、サンディは陰気な笑みを浮かべてみせた。「望んでたような死に方だったから」という。「昔から、すこしはでなのが好きだったんです。どこかの老人ホームで眠ったまま静かに逝くってのは、嫌だったんじゃないかな」間があく。「それに、この件でロナルドが面倒なことになるのも、嫌がると思います」

「残念ながら」ペレスはいった。「そいつは彼女の決めることではない」

「どうしていいのか、わからなくて」それは、サンディにとってはいつものことだったが、自分から認めるのはめずらしかった。「ほら、ロナルドを逮捕すべきだったのかとか。やつが罪を犯したのは間違いない、でしょう？　たとえ事故だったのだとしても。ショットガンの無謀な使用とか……」

〝無謀〟というのは、法律上、なかなか証明しにくい事柄だった。そのことを念頭において、ペレスはいった。「おまえにできることは、なにもなかった。そもそも、おまえは関係者だ。死体を発見したし、全員と知りあいだ。手を出すことは許されない。それにもちろん、ロナルドを逮捕するかどうかを決めるのは、おまえの仕事じゃない」そして、おれの仕事でもない、とペレスは思った。地方検察官の仕事だ。この事件の正式な担当者は、地方検察官だった。そして、ペレスはいまの地方検察官をよく知らなかったので、彼女がこの件にどう対処するのか予想がつかなかった。フロントガラスが水蒸気で曇っていたので、布切れでぬぐう。いまや外の世界は、完全に霧だけになっていた。フェリーはすでに別の車をのせて、ラクソへの帰路につこうとしていた。あんなふうに島と島のあいだを往来する仕事というのは、のんびりしているんだろうな、とペレスは思った。ビリー・ワットは、そこに惹かれたのかもしれない。だが、しばらくすると、飽きてきそうな気がした。

「おまえは、もうラーウィックに戻ったほうがいい」ペレスは部下にいった。「事件の捜査は、わたしにまかせて」これが事件であればの話で、その可能性は薄かった。

サンディはげっそりして見えた。座席のなかでもじもじしていたが、車から降りようとはしなかった。自分の身内が突然亡くなったときの気持ちを、ペレスは想像しようとした。もしもフランやキャシーの身になにかあったら……。過去に一度、ふたりがペレスの手がけている事件にひどく密接にかかわったことがあった。そのときのペレスは、捜査をほかの誰かにまかせて立ち去ることなど、とてもできなかった。

「わたしはウォルセイ島をよく知らない」ペレスはゆっくりといった。「しばらく同行して島を案内してもらえると、助かるな。ただし、口をはさむんじゃないぞ。わたしを関係者に紹介したら、あとは黙ってるんだ。いいな？」

サンディが感謝するようにうなずいた。金色の長い前髪が、ひたいの上ではためいた。

「それじゃ、そっちの車はここに残していこうか。おまえは運転できるような状態じゃない。

まずセッターの小農場にいって、おまえがお祖母さんを発見したところを見てみよう」

「おれは死体を動かしたんです」サンディが認めた。「暗くて寒かったし、そのときはまだ傷が見えなくて。具合が悪いだけで、まだ生きてるかもしれないと思ったんです。すみません」

みじかい沈黙のあとで、ペレスはいった。「わたしでも、まったくおなじことをしたさ」

ペレスはサンディの指示にしたがって、彼の祖母の家へと車を走らせた。ペレスがウォルセイ島にきた回数は、片手で数えられるほどしかなかった。破壊行為の捜査で一度――レース用のヨール（硬質煉瓦で造った小船）に穴があけられ、港に投げこまれたのだ。ほかに誰も手が空いておらず、ペレスは好奇心から捜査を担当していた。それから、フランといっしょにサンディの誕生日パーティに招かれたことがあった。サンディの両親がリンドビーの集会場でひらいたパーティだ。まえの晩にサンディはもっと若い友人たちとラーウィックにくりだしていたが、ペレスはそちらへは呼ばれなかった。ウォルセイ島でひらかれたパーティは、昔ながらの地元の祝宴といった感じだった。熱々にゆでた羊肉とジャガイモ。バンド演奏とダンス。ペレスは故郷のフェア島でひらかれるダンス・パーティを思いだした。騒々しくて和気藹々《わきあいあい》とした集まりだ。

たまにしかウォルセイ島を訪れないので、ペレスは島の地理や人間関係をよく知らなかった。外の人間はシェトランド諸島をひとつの共同体と考えているが、それは誤解もいいところだ、とペレスは思った。いったいラーウィックの住人のどれだけが、フェア島やファウラ島にいったことがあるだろう？　ビディスタの一部の人たちは、何十年も自分たちの秘密を外部から守りとおしていたではないか。われわれ地元民なんかより、観光客のほうがよっぽどいろんなところに出かけている。

サンディのいうとおりにシンビスターから右にむかって進んでいくと、ほどなくして島の南岸沿いにひろがるリンドビーという集落についた。海辺まで小農場が散在しており、その周辺の地域には古い廃屋の崩れかけた壁が残っている。イングランド人のいういわゆる〝村〟というのとは、すこしちがっていた。羊が草を食む丘と泥炭の土手と葦にふちどられた入江によって隔絶されたところで、そのほとんどが血縁関係にある半ダースほどの家族が暮らしている場所だ。

セッターの小農場は、ペレスにひと昔まえの故郷フェア島のことを思いださせた。農作業が手に負えなくなってきても他人の助けを拒んでいた老人の小農場のことを。

誰かの手で小屋から出されていた雌鶏たちが、ぐしょ濡れになりながら、戸口のそばの雑草だらけの地面をついばんでいた。なにもかもが雑然としていて、ほったらかしの感じがした。古すぎて正体のわからなくなった農機具が、さびついた状態で牛小屋の壁にもたせかけてある。最近の人たちは、こうした小自作農で得られる以上の稼ぎを望んでいた。フェア島では、本土から家族で越してきた連中が小農場を買いあげ、IT関連とか家具作りとかボート作りといった小さな事業を立ちあげていた。アメリカから移住してくるものさえいた。自分が感傷的なロマンチストなのはわかっていたが、それでもペレスは昔ながらの小農場のほうが好きだった。

「ここはどうなるんだ？」ペレスはサンディにたずねた。「お祖母さんはこの小農場を所有してたのか？　それとも、借地人だったのか？」

「所有してました。もとから、そうでした。自分のお祖母さんから譲り受けたんです」

「ご主人は？」

「すごく若いときに死にました。おれの親父がまだ小さかったころに」

「お祖母さんは遺書を残していったのかな？」

サンディは考えてみたこともないようだった。「全部そのまま親父のものになるだけだと思います」という。「ほかに身内はいなかったから。親父がここをどうするつもりなのかは、わかりません。土地だけもらって、家は売るのかも」

「従兄弟がいるといってたな。ロナルドか。彼に権利は？」

「ロナルドは母方の親戚です。ミマが死んだからといって、なにも手にははいりません」

ふたりはまだ家のまえに立っていた。ペレスは、地元の連中がいうところの〝黒いシェトランド人〟だった。沈没したスペインの無敵艦隊の船から浜に打ち上げられた男を祖先にもち、その男から名前と黒い髪と地中海人風の肌を受け継いでいた。いまこうして寒さが骨にまで染みいるように感じているところをみると、どうやら太陽の輝きへの愛着も受け継いでいるようだった。彼は夏の訪れが待ちきれなかった。

「死体があった庭を立入禁止にしたほうがいいな」ペレスは穏やかな口調でいった。「地方検察官が事故と判断するような場合でも、いまの時点では、そこを犯行現場の可能性のある場所として取りあつかう必要がある」

サンディがぎくりとして、ペレスのほうに顔をあげた。お決まりの警察仕事の手順が口にされたことで、あらためて祖母の死を実感したのだろう。

サンディが戸口のドアを押しあけ、ふたりはキッチンにはいっていった。そこでペレスは、ふたたびフェア島での子供時代を思いだした。彼の祖父母、それに年老いたふたりの叔母は、ちょうどこんな家で暮らしていたのだ。ペレスの郷愁の念をかきたてたのは、調度品だけではなかった。匂いだ。石炭の粉と泥炭の煙の匂い。ある銘柄の石鹼の匂い。湿ったウールの匂い。とりあえず、キッチンは暖かかった。まえの晩に固形燃料が足してあったにちがいなく、調理用こんろからはまだ大量の熱が発せられていた。ペレスはそのまえに立ち、鉄板の覆いに両手をあてた。

「雌牛はどうするのかな」サンディがいきなりいった。「けさは親父が乳を搾ったけど、毎日二度もそんなことはやってられないだろうし」

ペレスはしぶしぶ調理用こんろから離れた。

「外に出よう」という。「お祖母さんが倒れていた場所を見せてくれ」

「ずっと考えてたんです。あのとき最後の一杯を飲まずに店を出てたら、ミマを救えてたかもしれないって」サンディがいった。「ミマが外に出るのをとめられてたかもしれない」ここで言葉をきる。「でも、おれがここにきたのは、両親の家に帰るまえに酔いをさますためにすぎなかった。まっすぐ家に帰ってたら、けさいちばんのフェリーで本島に戻ってただろうし、そしたら誰か別の人間がミマをみつけてただろう」間があく。「週のはじめにミマから電話があって、今度はいつ家に帰ってくるのか訊かれたんです。〝うちに寄って、いっしょに一杯やっとくれよ、サンディ。もうずいぶんおしゃべりしてないからね〟。仲間といっしょにバーにいったりせずに、ミマと夜をすごしてればよかったんだ」

「夜のそんな時間に、彼女は外でなにをしてたんだろう?」ペレスはたずねた。老女を暖かい火のそばからひきはなし、日が暮れたあとの寒くて暗くてじめじめとした野原へつれだすものといったら、なにがあるのか?

「洗濯物が干してあったから、それを取りこもうとしてたのかもしれない」

ペレスはなにもいわなかった。サンディのあとについて、家の裏手へまわる。洗濯物は、まだそこに干したままだった。ぐしょ濡れで、下の草地にぽたぽたと水滴がたれている。そこは庭というよりもでこぼこの牧草地で、洗濯紐と平行に種まき用の細長い溝が掘られていた。ペレスがそれを見ているのに気づいて、サンディがいった。「親父が掘ったんです。ミマはジャガイモと蕪を一列ずつ植えるつもりだった。親父は毎年、雌牛にやるためのキャベツの苗床を作ってます」

「洗濯物をいれる籠がない」ペレスはいった。「洗濯物を取りこむために出てきたのなら、なにをいれるつもりだったんだろう?」

どうしてそんな細かいことにこだわるのか理解できないとでもいうように、サンディがかぶりをふった。

「あそこでは、なにを?」ペレスは野原のはずれにある数本の溝のほうにうなずいてみせた。

「試掘調査です。考古学の大学院生が、博士号を取得するために掘ってます。あと数カ月はつづく予定で、助手といっしょに作業してます。大学院生と助手は、どっちも女性です。去年はここに数週間いて、つい最近また戻ってきました。ふたりはキャンプ小屋《ボッド》に滞在してます。いまの季節、あそこに泊まりたがる人は多くないですから。ときどき教授がやってきて、作業を監督していきます。いまもちょうど〈ピア・ハウス・ホテル〉に滞在してます。学生たちといっしょにきたんです」

「その教授と話をする必要があるな」ペレスはいった。

「そういうかもしれないと思って、フェリーを待つあいだに、〈ピア・ハウス・ホテル〉に電話しておきました。教授とは、ここで会うことになってます」

サンディがこれほどの自主性を発揮してみせたことに、ペレスは驚きをおぼえた。彼をほめるべきだろうか？　それとも、そんなことをすれば、相手を見下すことになるだけか？　仕事場でのサンディは、いつでもちょっとしたもの笑いの種だった。ペレスもときどき、おなじように低い評価をくだすことがあった。ペレスがどう対応したものか決めかねていると、大きな人影が霧のなかからあらわれた。まるで、サンディが教授の話をすることで、本人を出現させたかのようだった。男は防水性のジャケットを着て、大きなブーツをはいていた。大柄で、まばゆいばかりの金髪をみじかく刈りあげている。男はちかづいてくると、手をさしだした。

「どうも、ポール・ベルグルンドです。お話があるということでしたが」

外国人風の名前にもかかわらず、アクセントは北イングランド人のものだった。ごつごつした声は、その外見にぴったりあっている。自分が学者にどういうものを期待していたのか、ペレスはよくわからなかった。とにかく、こんな断固としたしゃべり方をする、髪をみじかく刈りあげた大男でないことだけは、確かだった。

「サンディからお聞きになったと思いますが、昨夜、ここで事故が起きました」ペレスはいった。「きょう一日、あなたの学生さんたちに現場にちかづかないでいてもらいたいんです」

「問題ありません。ハティとソフィは、じきに作業にかかるためにあらわれるでしょう。わたしがここに残って、ふたりになにがあったのかを伝えます。家のなかで待っていても、かまいませんか？　ここは、すこしじめついているので」

一瞬、ペレスはためらった。それから、これが事故にすぎないことを思いだした。やたらと騒ぎたてても、仕方がないだろう。「それでかまわないかな、サンディ？」

サンディはためらわなかった。ウォルセイ島の親切心が、ここでも頭をもたげていた。「もちろんです」

ベルグルンドはむきなおると、ふたりを残して家のなかにはいっていった。話があっという間にすんでしまったので、ペレスはすこしおかしくなった。だが、いまのところ、この男に訊くことはなにもなかった。考古学のことについて質問していたら、自分の無知をさらけだしていただけだろう。それに、考古学の調査がミマ・ウィルソンの死とどう関係してくるというのか？　かわりに、ペレスはサンディに質問した。

「学生たちは、なにかみつけたのかな？」ペレスは、こつこつとなにかを掘りだして生計をたてるという考えに魅了されていた。自分にあっていそうな気がした。粘り強く、几帳面に、他人の生活をすこしずつ調べていく。その手の事件に遭遇したときの捜査でペレスがいちばん好きなのは、まさにそういう作業だった。

　サンディは肩をすくめてみせた。「あまり興味がないんで」という。「大したものはみつかってないと思います。壺のかけらくらいで、興奮するようなものはなにも。でも、二週間ほどまえに、古い頭蓋骨が出てきました。シェトランド環境保全《アメニティ》トラストにかかわってる考古学者のヴァル・ターナーが署にきて、報告していきました。彼女の話では事件性は低いということで、地方検察官は興味を示しませんでした」

　ペレスは食堂で、その話を耳にしたことがあるような気がした。

「骨が出てきたとき、お袋はその場にいたんです」頭蓋骨の話になった途端、サンディの声はすこし明るくなっていた。だが、金の延べ棒とか宝石といった財宝でも出てこないかぎり、この男が興奮することはないだろう、とペレスは思った。まだ子供みたいな男なのだ。

　ペレスとサンディはしばらくその場に立ち、湿気に対して肩をすぼめながら、地面に掘られた溝をのぞきこんでいた。墓穴のそばにたたずむ会葬者のようだ、という考えがペレスの頭をよぎった。

7

ロナルド・クラウストンは、海岸ちかくの新築の家に住んでいた。ペレスがフェリーから目にしたどの家よりも大きそうな屋根窓付きの平屋建ての家で、やはり平屋の細長い増築部分がついている。ペレスは家のまえにとめた車のなかにしばらくすわって、サンディからこの家族にかんする情報を仕入れた。

「ロナルドのお袋さんとおれのお袋は、又従姉妹になるんです」サンディがいった。顔をしかめて、一生懸命考えている。「たしか、それで間違いないはずです。ロナルドは、親父さんからこの土地を売ってもらいました。結婚したばかりの奥さんといっしょに住む家を、どこかに建てようとしてたんです。この家は、二年前に完成しました」ここで言葉をきる。「こいつのところには赤ん坊が生まれたばかりで、おれがウォルセイ島にいるのは、それもあるんです。お祝いの贈り物を渡したくて」

「彼の親父さんは、すんなり土地を手放したのか？」

「ここはでこぼこの牧草地にすぎなかったし、親父さんは農夫じゃないから」

「ロナルドの仕事は？」

「親父さんの遠洋漁業船で働いてます。〈カサンドラ〉号っていう、そりゃもう見事な船です。建造されて四年たつけど、まだ最新式です」ペレスの予想していたとおりだった。夜中にウサギを狩りにいく飲んだくれのイメージにぴったりだ。ウォルセイ島の船は、たいていが家族単位での所有だった。漁師の生活はすごくきついので、男たちは陸に戻ると、よくストレスを発散させていた。

「学校じゃ、ロナルドはできるやつでした」サンディがつづけた。「実技はあまり得意じゃなかったけど、試験のほうは楽勝だった。ちょっと、ぼうっとしたところがありました。大学に進んだところで、親父さんが病気で倒れて、船の人員に空きができた。で、ロナルドはそれをひき継ぐしかなかった。まあ、よくある話です。大学をやめる口実ができてロナルドは喜んでたのかもしれない、どうせ卒業は無理だったろうから、っておれのお袋はいってます」

お袋さんの言葉にはすこし嫉妬が感じられるな、とペレスは思った。というか、サンディのお袋さんとロナルドのお袋さんという又従姉妹どうしのあいだに存在する、息子をめぐるライバル意識か。サンディが〝頭のいい子〟といわれたことは、一度もないだろうから。

「ロナルドの奥さんは、シェトランド人なのか?」

「いいえ。アンナはイングランド人です。でも、結婚式はここであげました。二年前です。彼女の親戚が全員こっちにきて、盛大な式でした」一瞬、サンディのまぶたがたれ下がったが、すぐに彼はかぶりをふって、外の霧雨に目を凝らした。フロントガラスの内側を、結露が伝い落ちていく。

それにしても、この家は夫婦ふたりと赤ん坊には大きすぎる、とペレスは思った。ロナルドは、どこで奥さんのアンナと出会ったのだろう? シェトランドの男たちは、昔から外へ出かけていって嫁さんをみつけてきた。ロナルドの場合は、大学にしばらくかよっていたときかもしれない。ペレスも、イングランド人の女性と結婚していた。美人でやさしい、金髪のサラだ。だが、ペレスは彼女が望むような夫になる資質をそなえていなかった。いつでもすぐに、ほかの人たちの問題に気をとられていた。「あたしはいつだって、あとまわしね」とサラはいっていた。「まず仕事とあなたのご両親がきて、それからご近所の不良息子や配管工の猫の問題解決がくる。あたしとすごすころには、あなたはもうくたくたで、抜け殻みたいになってるわ」サラがそんなことをいうのは流産を体験したばかりだからだ、と当時のペレスは考えていた。だが、いまでは彼女の言葉にいくばくかの真実がふくまれているのがわかっていた。彼は他人の問題にくちばしを突っこまずにはいられないのだ。それが優秀な刑事の条件だ、と彼は自分に言い聞かせていたものの、仕事がからんでいないときでも、その穿鑿《せんさく》好きは変わらないだろう。

ペレスと別れたいま、サラは医師と再婚して、夫と子供たち、それに犬といっしょに、ボーダーズ州でまえよりも幸せに暮らしていた。そしてペレスは、また別のイングランド人女性とつきあいはじめていた。やはり離婚を経験している、フラン・ハンターと。サラはいつでもペレスを必要としていた。一方、フランはまったく彼を必要としてないように思えた。

サンディが座席のなかで、もぞもぞと身体を動かしていた。ペレスが長いこと黙っていると、いつでも落ちつかなくなるのだ。「そろそろ、なかにはいりませんか?」

「おまえは口をひらくんじゃないぞ」ペレスはそう念を押してから、サンディが祖母を亡くしたばかりであることを思いだし、いまの発言をやわらげるために笑みを浮かべてみせた。「わたしを紹介したら、あとは黙っているんだ」

サンディはうなずき、車から降りた。

家をここに建てたのは眺めがいいからだろう、とペレスは推測した。低い岬の上にあって、三方を海に囲まれている。西に目をやれば、シェトランド本島とラクソが見えそうだった。海上を行き来するフェリーの姿を確認するだけで、いま何時ごろか見当がつくだろう。家は四角い平屋建てで、二階がないという点では伝統的な小農場の家だったが、木造で屋根に窓がついているところは北欧風だった。色はブルーに塗られていて、長くのびた増築部分には母屋よりも低い斜めの屋根がついていた。あの増築部分はなににつかわれているのだろう、とペレスは考えた。曇りガラスの窓がならんでいるところをみると、家畜小屋ではあるまい。家の裏手には小さな庭があって、海岸につうじていた。空積みの壁で風から守られている花壇では、霧雨のなか、ラッパスイセンが色のかたまりとなって浮かびあがっている。ひっくり返した小船が、満潮時の潮位線より上までひっぱりあげてあった。サンディが玄関のドアをあけて、大きな声で呼びかけた。どこか奥のほうからくぐもった返事があり、ペレスはサンディのあとについて家のなかにはいっていった。

クラウストン夫妻はキッチンにいて、腰かけていた。サンディが家に飛びこんできてミマの死を告げたあとで、三人はいっしょにセッターの小農場に出かけていた。そして、そこから戻って以来、夫妻はほとんど動いていないように見えた。ショックで凍りついてしまったのだ。

「どうしてそんなことをしたんだ?」ミマを残してクラウストン夫妻の家に急行したことをサンディが白状したとき、ペレスはそう詰問していた。まったく、その男は容疑者になるかもしれないんだぞ。

「いま島には医者がいません。休暇で留守にしてるんです。救急用の飛行機をここに呼ぶのは時間がかかるとわかってました。で、思ったんです。誰かほかにも、どうするのがいちばんいいのかわかっている人間がいるはずだって。あの家はセッターの小農場にいちばんちかかった」

サンディは顔をあげて、ペレスをじっと見た。自分が馬鹿なことをしたのは、わかってます。でも、今回は見逃してください。今回だけは。きょうは大目玉をくらうのに耐えられない。

「そして、アンナはしっかりとした、できる女性です」

どうすればいいのかを彼女に指示してもらいたかったんだろ、とペレスは考えた。おまえはいつだって、ひとりで行動するのが苦手だからな。

そういうわけで、いまクラウストン夫妻は寝起きに身につけたジーンズとセーターという恰好のまま、黙ってすわっているのだった。サンディと年がちかくて学校でいっしょだったのだとすれば、ロナルドは二十代後半にちがいなかった。だが、それよりも年とって見えた。どことなく老けている。おまえは人を殺したのだと告げられたら、そうなるものなのだろう、とペレスは思った。ペレスがサンディといっしょにキッチンにはいっていくと、ロナルドが顔をあげて、椅子から立ちあがろうとした。それから、とても無理だとでもいうように、ふたたび腰をおろした。女性のほうは黒い髪を頭のうしろでまとめていたが、それがほどけかけていた。目の下に隈があり、見るからに疲れているが、それでも背筋をぴんとのばしてすわっている。ペレスは彼女が怒っているような印象を受けた。あまりにも怒りが激しくて、口をひらいたら自分でもなにをいいだすかわからない、とでもいうような感じだ。その怒りが夫にむけられたものなのか、サンディにむけられたものなのか、それとも自分たちのいまおかれた状況にむけられたものなのかは、さだかでなかった。かれらの不幸に無理やり押しいってきたペレスに対する怒りかもしれない。作業台のひとつに、皮をはいで内臓を取りだすまえのウサギが半ダースほどならべられていた。天井から吊るされた物干しラックには、赤ん坊の服がぶらさがっている。

「こちらは、おれの上司のジェームズ・ペレス警部だ」サンディはいわれたとおり、それ以上はなにもしゃべらず、キッチンの隅の壁にもたれて目立たないようにしていた。ペレスは、クラウストン夫妻のあいだの空いている椅子に腰をおろした。ふたたび、部屋のなかの張りつめた空気を意識する。

「サンディが、あなたの銃を預かりました」ペレスはいった。質問ではなかった。銃の件は、すでに確認済みだった。すくなくともサンディは、捜査手順のその部分はきちんとこなしていた。話のきっかけとして、銃のことを口にしたにすぎない。無難に事実を述べたのだ。

ロナルドがふたたび顔をあげた。「どうしてこんなことになったのか、わからない」という。いまにも泣きだしそうだった。「こことセッターの小農場のあいだで撃ってただけで、ミマの家や庭にはちかづかなかった」

ロナルドは妻のほうをむいた。アンナは無表情にまえをみつめていた。これとおなじ会話が、ひと晩じゅうつづいていたのだろう。夫は何時間もかけて今回の悲劇が自分のせいではないことを妻に納得させようとし、妻は許しをあたえて夫の罪の意識を軽くすることを拒んでいたのだ。ロナルド・クラウストンは、抱きしめてもらおうと必死な子供のように見えた。

「あたりはとても暗かった」ペレスはいった。「視界は最悪でした。きっと自分の位置がわからなくなっていたんでしょう。よくあることです」ペレスは思わず、この男に同情をおぼえていた。彼の欠点だ。別れた妻は、これを〝感情のたれ流し〟と呼んでいた。どんなときでも、相手の立場からものを見ることができてしまうのだ。

アンナ・クラウストンは、じっと動かなかった。

「きのうの晩の行動について、くわしく聞かせてください」ペレスはいった。

ここでようやく、アンナが口をひらいた。「この人は飲んでました」という。辛辣で、責めるような口調だ。「仕事をしてないときは、毎晩そうなんです」

「ふた缶だけだ」ロナルドが顔をあげ、懇願するような目でペレスを見た。ペレスは相手を安心させてやりたい衝動にあらがった。「金曜の晩だ。ふた缶くらい、許されるだろ」

「きのうは、お仕事は？」ペレスはたずねた。事実という安全地帯へと戻る。

「なかった。ちかごろじゃ、年に二、三度、遠洋漁業船で長い航海に出るだけでね。ひと月くらいまえに戻ってきた」

「では、一日じゅう家にいた？」

「いや、ラーウィックに出かけてた。図書館に用があって」

この男がどんな本を借りたのか、ペレスは質問してみたかった。仕事に直接関係がなくても、他人の生活のこうした些細な事柄に興味をひかれるのだ。だが、ロナルドは先をつづけていた。

「それから、スーパーマーケットでいろいろ買い物をした。シンビスターの店も悪くないけど、ときどきちょっとちがったものが欲しくなるんだ。赤ん坊を家につれて帰ってからは、なかなか町に出られなくて。帰ってきたのは、七時半ごろだった」

「八時にちかかったわ」アンナがいった。夫の言葉を否定するというよりも、たんに正確さを期そうとしているような感じだった。すこしリラックスしてきたのだろう、とペレスは思った。すくなくとも、いまは会話に参加しようとしている。ペレスは彼女に頬笑みかけた。「でも、あなたは家にいた」

「ええ。サンディからもうお聞きかもしれませんけど、二週間前に赤ん坊が生まれたばかりなんです。まだ夜きちんと寝てくれなくて。ですから、夫が留守のあいだに、すこし休んでたんです」そういわれてみると、彼女がひどく疲れているのが見てとれた。この騒ぎでアドレナリンが出ていなければ、立ったまま眠ってしまいそうな感じだった。

「赤ん坊が生まれるまえは、なにかお仕事を？」関係のない質問だったが、ペレスは知りたかった。彼女のことを、もっとよく理解したかった。

「ええ。自宅で仕事をしてました。なので、できるだけはやく復帰できればと考えています」

「具体的には、どんなお仕事を？」

「伝統工芸品を作っています」アンナがいった。「紡いだり、機《はた》で織ったり、編んだりして。ほとんどがウォルセイ島の羊毛をつかったものです。自然色の羊毛か、自分で染めた羊毛です。魚はすでに数が減りはじめていますし、羊の値段は下落しています。それに、石油はもうあまり残っていないでしょう。いつかは、シェトランドであたらしい産業を生みださなくてはなりません。さもないと、以前の生活に戻るしかない」昔からある主張だ、とペレスは思った。彼女は何度もこの議論を闘わせてきているようだった。ウォルセイ島の裕福な漁師一家は、彼女のこの意見をどう考えているのだろう？

「ご自分で作った服を売っているんですか？」

その質問にアンナがとまどっているのがわかった。これが老女の死と、いったいどんな関係があるのか？　だが、ペレスの示した関心に、彼女は喜んでもいた。「ほとんどはインターネットで販売しています。このビジネスを発展させて、昔の技術をほかの人たちに教えられたら、と考えているんです。そのために、家を増築しました。滞在式の繊維講習会をひらきたいと思って。去年の末に告知をはじめたばかりなんですけど、すでにいくつか予約がはいっています。今年の夏は、アメリカから小さな団体がくる予定です。ここに泊める準備はまだできていないでしょうから——生まれたばかりの赤ん坊がいるので、なおさらです——その人たちにはホテルに滞在してもらって、ここでひらく講習会にかよってもらうつもりです」一瞬、怒りが消えたらしく、アンナの表情が明るくなった。彼女にとって、仕事は大きな意味をもっているのだ。「今回の一件が耳にはいったら、かれらはどう思うかしら？　これは口コミでお客を獲得していくビジネスです。撃たれるかもしれないと思ったら、誰もこの島にはこないわ！」

「繊維講習会？」なんだか変わった名称に思えてペレスは訊き返したのだが、この話をつづけることでアンナが落ちついてくれれば、という思惑もあった。

「羊毛を素材とした手工芸品なら、なんでもあつかいます」

　ペレスはこのときはじめて、アンナが身につけているのが彼女の手作りの品にちがいないということに気がついた。手編みのセーターは自然な色のままの羊毛で、ほとんどが灰色と濃い《ムー》茶色《リット》だ。「きのうの晩、おふたりはほとんどずっといっしょだったんですね？」

「ロナルドが帰ってくると、わたしは夕食を作りました」アンナがいった。「ふたりとも、まえの晩はあまり寝ていませんでした。赤ん坊が疝痛《せんつう》でむずかったんです。ロナルドが疲れているのは、わかってました。赤ん坊のほうは、午後じゅうほとんど寝てましたけど」

　またしてもペレスは、ふたりがどこで出会ったのかを質問したくなった。紹介されたばかりだというのに、すでにこの夫婦からはちぐはぐなカップルという印象を受けていた。もしかすると、サンディから聞いていた説明で、先入観ができていたのかもしれない。とにかく、ペレスの目に映るロナルドは、たとえミマの死によるショックを考慮にいれたとしても、優柔不断で、受身だった。それに対してアンナは、夫よりも若わかしく、説得力と覇気があった。とはいえ、彼女は食事の用意をするくらい、夫を愛していた。自分同様、夫の一週間も長くて疲れるものだったことに理解を示すくらい。

「誰か訪ねてきた人は？」

「え？」ロナルドが顔をしかめた。

「きのう、訪ねてきた人はいますか？」

「ランチのときに、サンディが赤ん坊を見にきた」

「それで、夜は?」

「ちょうど食事が終わったころに、イヴリン叔母さんが」

アンナはどんな料理を作るのだろう、とペレスは考えていた。シェトランドの古い手工芸に興味があるというのなら、やはり料理も伝統的なものを作るのか? 手がかりとなる料理の匂いや流しの汚れた鍋が残っていなくて、残念だった。どうして、そんなことが気になるのだろう? どうして自分は、他人の生活の取るに足りないことに、これほど興味をひかれるのだろう? ペレスは、ロナルドがウサギ狩りに出かけるまえのキッチンの情景を頭のなかで再現したかった。

「イヴリン叔母さんというのは?」ふたたび会話に集中しようとしながら、ペレスはたずねた。

「イヴリン・ウィルソン。サンディのお袋さんだ」ロナルドは従兄弟のほうにちらりと目をやった。サンディは立ったまま眠っているみたいに、作業台にだらしなく寄りかかっていた。

「そのとき、ショットガンはどこに?」

「アンナの仕事部屋の戸棚に、鍵をかけてしまってあった。つかわないときは、いつもそこにおいてある」

「それで、鍵は?」

「アンナの机の引き出しだ。これはいったいなんなんだ? ほかには誰もショットガンをもちだしちゃいない。あとで出かけようと決めたとき、ショットガンはきちんとそこにあった」ロナルドが手で顔をぬぐった。部屋のなかはそれほど暑くなかったが、彼のひたいには汗が浮かんでいた。

「ミセス・ウィルソンは、どれくらいここに?」

「彼女はお茶を飲んでいきました」アンナがいった。「試掘現場の話をしにきたんです。そこで人間の頭蓋骨のかけらがみつかって、いま年代測定に出されています。イヴリンは地元のプロジェクトにすごく熱心なんです。ウォルセイ島の地域評議会では議長をつとめていますし、わたしの講習会をウォルセイ島のウェブページに載せたらどうかといってくれています」

「あなたのことを気のあう同志だと考えている?」

「ええ」アンナが考えながらいった。「たぶん。この島の誰もが、こういうことに大きな関心をもっているわけじゃありません。ロナルドは昔から歴史が大好きで——大学では、それを専攻してたんです——わたしもセッターの発掘にはすごく興味があります」

アンナが夫のほうを見た。おそらく、それがふたりの共通点なのだろう、とペレスは思った。だが、いまのロナルドには、考古学への熱意はほとんどみられなかった。あいかわらず無表情で、蒼白な顔をしていた。

「ミセス・ウィルソンがここにいたのは、三十分くらいですか?」ペレスはたずねた。

「それくらいです」アンナが立ちあがって、伸びをした。「コーヒーはいかがです? もっとまえにうかがうべきだったのに。わたしったら、どうしちゃったのかしら。きっと、ショックのせいね」

「あなたはミマが好きでしたか?」

間があいた。「彼女がわたしを好きだったのかどうかは、わかりません。でも、もちろん、わたしは彼女が亡くなったことを悲しく思っています」

驚くくらい、丁寧で率直な説明だった。突然の死のあとでは、たいていの人がありもしなかった親密さを装うものなのだが。

「コーヒーをいただけますか」ペレスはいった。「ブラックで、お願いします。サンディの好みは、ご存じでしょう。糖蜜みたいになるまで、砂糖をたっぷりいれる」

アンナがやかんを火にかけているあいだ、ほかの三人は黙って待っていた。アンナが手をのばして、高いところにある食器棚からマグカップを取りだす。それをながめながら、ペレスは彼女の胴回りがすでにすっきりしてきていることに気がついた。健康に気をつかう女性で、八〇年代に大量にながれこんできた石油関係の金《オイルマネー》で造られた地元のプールに定期的にかよっているのだろう。アンナがジョギングしているところが、目に浮かぶようだった。ロナルドは彼女に銃の撃ち方を教えたことがあるのだろうか？

「それで、ミセス・ウィルソンが帰ったのは何時ごろでしたか？」

「九時ごろだったかしら」アンナはサンディのマグカップに砂糖をいれて手渡すと、別のマグカップをペレスのまえにおいた。サンディのいっていたとおりだった。夫婦のうちでしっかりしているのは彼女のほうで、ペレスの質問にも率先してこたえていた。「赤ん坊が目をさましたので、お乳をやらなくてはならなかったんです。イヴリンはそのまま帰っていきました」

「そのあとで、おふたりはなにを？」

「喧嘩をしました」アンナがいった。「この人の飲酒のことで」急に怒りが戻ってきていた。彼女はまだ立ったままで、こうして背筋をのばして目をきらきらと輝かせていると、かなりの迫力だった。もしかすると、出産の直後で、ホルモンが関係しているのかもしれない。とにかく、その怒りが自分ではなくロナルドにむけられていることを、ペレスはありがたく思った。

「この人ときたら」アンナがつづけた。「毎晩飲まずにはいられないんです」部屋の隅にいたサンディが、ペレスの視線に気づいて、急にしおらしい顔になった。ひと晩でも酒をひかえることに困難をおぼえる男は、シェトランドに大勢いることだろう。「一度でいいから挑戦してみたら、っていったんです。わたしたちは健康的な食事をして、たっぷり運動をすべきなんです。これからは、赤ん坊のことを考えなくてはいけないんですから」

「ふた缶だけだ」ロナルドがマントラのようにくり返した。賛同を求めて、部屋にいるふたりの男のほうを見る。

「でも、そのあとで銃を取りだした」アンナがいった。いまにも自制心を失いそうになっているのが、ペレスにはわかった。「家にいてと頼んだわたしを、いらつかせるためだけに。わたしは一日じゅう家にいて、話し相手が欲しかった。それが、そんなに大それた望みかしら？自分がなにをしたか、わかってるの？　あなたは裁判にかけられるのよ。刑務所にいれられるかもしれない。家族のところで働いてるのでなければ、まず間違いなく失業していたところよ。それに、ここがどんなところか知ってるでしょ。どこへいっても、わたしたちのうしろでささやく声がする。〝ほら、あれがミマ・ウィルソンを撃ち殺したアホだぞ〟って。とても耐えられそうにないわ」アンナはしゃくりあげると、すすり泣きはじめた。

ロナルドは憔悴しきっていた。立ちあがって、おずおずと妻の身体に両腕をまわす。一瞬、アンナが夫の肩に頭をもたせかけた。

そのとき、別の部屋から赤ん坊の泣き声が聞こえてきた。耳をつんざく執拗な音。ペレスは両耳をおおいたくなる衝動を抑えなくてはならなかった。こんなにうるさい音を聞きながら、どうやって暮らしていけるのだろう？　アンナは夫から身体を離すと、部屋を出ていった。

気まずい沈黙がながれた。海岸でハジロコチドリが鳴いているのが聞こえた。アンナはロナルドを変えられると信じて結婚したのだろう、とペレスは考えた。彼女の夫への接し方は、恋人どうしというよりも親子のようだった。そして夫のほうは、いたずらっ子のようにふるまっていた。妻の感情の爆発に決まり悪さをおぼえた様子で、ロナルドが自分の椅子へと戻っていく。

ペレスはコーヒーをひと口すすった。インスタントだが、濃くて熱かった。「昨夜は何時に出かけたんです？」

「十時だ。もうすこし遅かったかもしれない。帰ってきたのは、十一時半だった。アンナはもうベッドにはいってた。自分でも、なにを考えてたのかわからない。赤ん坊の世話で、いらだってたのかも。子供ができたらどれほど生活が変わるのか、もっとよく考えておくべきだった。突然、責任が生じるんだ。あの子に生活をのっとられたような気がする。もっと思いやりをもつべきだったんだろうけど、とにかく外に出て、頭をすっきりさせたかった。ほんのしばらくでいいから、家族のことを忘れたかった。いろいろと考えることがあった。もしかすると、彼女へのあてつけだったのかもしれない。あいつの小言につきあう必要はないってことを、見せつけるためだったのかも。どうしてミマに弾があたったのかは、わからない。彼女の家のちかくでは撃たなかったんだ。それに、彼女が外をうろついてるなんて、思ってもみなかった。まるで、悪い夢でも見てるみたいだ。目がさめたら、なにもなかったことになってるような気がしてならない」

「外にいたのは、あなただけでしたか？」

「ああ、間違いない！」ロナルドがまっすぐペレスを見た。「きのうの晩は、ほかに誰も外で銃を撃ってなかった。そんなやつがいたら、聞こえていただろう。ほかの誰のせいでもない。ただ、どうしてあんなことになったのかが、わからない。流れ弾があたったのか、それとも、あんたがいったみたいに霧のなかで自分の位置を見失ってたのか。これから、どうなるんだ？」

「供述書をとらせてもらいます」ペレスはいった。「ラーウィックまできてもらわなくてはならないでしょう。でも、いますぐでなくても、けっこうです。あとで連絡します」

「起訴されるのか？」

「それは、わたしが決めることではありません。地方検察官の仕事です」ふたたびペレスは、いま目のまえにいる男を安心させてやりたいという衝動にかられていた。ひとつの愚かな行動が恐ろしい結果を生みだし、それが一生ついてまわることになるのだ。おそらくは、痛ましい事故というところで落ちつくだろう。ああいった状況でショットガンを撃つのは無茶で無謀な行動だが、犯意はなかった。それは誰の目にもあきらかだ。それに、ウサギはみんなの嫌われものだ。だが、守れるかどうか確信のない約束をするのは、親切でもなんでもなかった。ペレスはほんとうに、どういう決定がくだされるのかわからなかった。

ペレスは立ちあがった。「こちらからまた連絡するまで、家にいてください。すこし寝たほうがいい」

「やってみるが、ミマの姿が頭から消えなくて。あんなに小さいなんて。撃たれたタシギみたいだった。すごく華奢《きやしや》で」

部屋を出るときにペレスが急に立ちどまったので、あとからのろのろとついてきていたサンディがぶつかりそうになった。ペレスはロナルドのほうにむきなおった。「奥さんとは、どこで知りあったんですか？」やはり、どうしてもその質問をせずにはいられなかった。会話のあいだじゅう、ずっと頭にひっかかっていたのだ。

ロナルドは、すぐにこたえた。「アンナは休暇でシェトランドにきてた。まえから伝統工芸に興味をもってたんだ。ウォルセイ島へきたのは、この島の編み物についてイヴリンから話を聞くためだった。どうやら、ウォルセイ島の編み物の模様は独特らしい。そして、イヴリンはそれについてかなりくわしい。アンナとは、ある晩〈ピア・ハウス・ホテル〉で出会って、そのあともおたがい連絡を取りつづけた。彼女は何度か島にやってきた……。もしかすると、この土地に恋してたのかもしれないな。そこに住む男にではなく」

サンディはロナルドを頭の切れる男だと説明していたが、いまはじめてペレスもその片鱗を目にしていた。ロナルドがふいに顔をそむけ、両手で頭をかかえこんだ。ペレスとサンディは、そのまま彼を残して立ち去った。

8

サンディは完全にばてていた。あまり寝なくても平気だというのが彼の昔からの自慢で、バイキングの火祭りであるアップ・ヘリー・アーのときには、酒や踊りや仲間の力を借りて、二、三日ベッドにいかなくても活動できた。だが、きょうはちがった。おそらく、ショックのせいだろう。仕事柄、彼は身内を亡くしたばかりの人と接する機会があり、そのときのかれらの反応がよく理解できずにいた。同情を感じるべきだとわかっていたものの、相手の鈍い反応やぼうっとした目つきに、いつでもいらだちをおぼえた。相手の身体を揺さぶって、目をさまさせてやりたくなった。これからは、もっと忍耐強く接することができるようになるかもしれない。ジミー・ペレスが到着したとき、彼はほんとうにほっとしていた。ラクソからのフェリーがちかづいてくるのを必死の思いでみつめ、すこしでもスピードが出るようにと念じていた。上司に責任をひきついでもらいたがるなんて、たしかに情けなかった。だが、そう願わずにはいられなかった。

ペレスがロナルドに対して丁寧に接してくれたので、サンディは感謝していた。ロナルドとは、小さいころからすごくうまがあった。ロナルドとちがって、サンディは一度も学校でいい成績をとったことがなかった。それでも、彼はロナルドをいちばんの親友と考えていたし、誰かと結婚する踏ん切りがついたときには、彼に新郎の付き添い役を頼むつもりでいた。ふたりの母親であるジャッキーとイヴリンは、昔からあまり仲が良くなかった。ふたりのあいだには、つねに妬みと競争心があった。一方、ジョゼフとアンドリューという父親どうしの関係はもっと礼儀正しいものだったが、サンディはそこにも張りつめたものがあるのを感じていた。もしかすると、サンディとロナルドがこんなにも仲良くなったのは、ひとつには自分たちの両親がそれを快く思っていなかったことに原因があるのかもしれなかった。

　クラウストン夫妻の家を出てから、ペレスはひと言も口をきいていなかった。例外は、草地がびしょ濡れだから長靴をもってくればよかった、といったときだけだった。半時間でも、ずっと黙っていられる男なのだ。サンディにしてみれば、それはとんでもないことだった。彼は人の声が好きで、それがただうしろでしているおしゃべりの声であってもかまわなかった。自分のフラットでひとりでいるときには、いつでもラジオかテレビをつけていた。

　車のところへ戻ったふたりは、乗りこまずにそばに立っていた。「つぎはどこへいきます？」サンディはたずねた。せっつかなければ、ペレスはこのまま一日じゅうでも海岸のほうをみつめていかねなかった。

「そっちはどうだか知らないが、わたしは腹ぺこだ。どこかまともな朝食をとれるところはないかな？」

「島にカフェはありません。でも、お袋の揚げ物料理はいけますよ」そう口にした瞬間、サンディは自分の提案の愚かさに気づいた。おそらく母親は、彼に気恥ずかしい思いをさせるだろう。ペレスに息子の子供時代のことを話して聞かせ、彼が水疱瘡にかかったときの写真を見せ、息子があとどれくらいで昇進の申請をできそうかをたずね、エディンバラであたらしい仕事についた長男のマイクルのことを話題にするだろう。シェトランドの話も出るかもしれないが、主題はあくまでも息子たちだ。とはいえ、いまさら申し出をひっこめるわけにはいかなかった。ペレスはすでに車に乗りこみ、エンジンをかけていた。まえに身をのりだして、汚れたハンカチでフロントガラスの結露を拭きとっている。

「そいつは願ったりかなったりだ。で、どっちへいけばいい？」

車はセッターの小農場のわきを通って、夏になるとアビの繁殖地となる入江に沿って進んでいった。豚用の覆いと四頭の赤茶色の豚が見える野原に出る。小農場で飼育されている家畜のなかで、サンディは豚がいちばん好きだった。彼の母親は小道をやってくる車の音を耳にしたにちがいなく、ドアのところで車の到着を待ち受けていた。ウトラの小農場は、リンドビーでいちばん大きな小農場だった。というのも、いまではセッターの小農場の大部分を吸収していたからである。サンディの父親は、息子たちの部屋とまともな広さの浴室を欲しがった母親にせっつかれ、何年もかけて家を拡張していった。当時、家の家計は苦しかった。父親は船で働いておらず、漁師たちほど稼ぎが良くなかったのだ。母親は決してこぼしたりしなかったが、ほかの女たちがベルゲンやアバディーンで買ってきた服でお洒落しているのを見るのは、かなりつらかったはずだ。

「さあ、なかへどうぞ」サンディとペレスが車から降りるやいなや、イヴリンがいった。「身体を温めないと。それに、おなかがすいてるでしょう。ちょうどお湯がわいたところよ。なんてひどい事件かしら！　サンディから話を聞いたときには、ほんと信じられませんでしたよ。かわいそうなジャッキー。こんなことになって、いたたまれないんじゃないかしら」

母親の声にふくまれる満足げな響きに、サンディは不快感をおぼえた。ペレスがそれに気づかないでいてくれることを願う。母親がなにを考えているのかは、いわれなくてもわかった。あの女の息子は立派な教育を受けて大金を稼いでいるけど、それもいまの彼にはなんの役にもたたないわね。母親の抱擁を避けるためにうしろにさがっていたサンディは、霧雨がやんで空がすこし明るくなってきているのを見てとった。もしかすると、もうすぐ晴れるのかもしれない。そのとき、彼は思った。もちろん、警部は彼の母親の考えを正確に読みとっているにちがいない。読心術師か魔術師みたいに、人の頭のなかをのぞきこむことができるのだから。

家のなかにはいると、サンディはペレスの目をとおして、自分の母親を見た。小柄で、丸みをおびた身体つき。ラーウィックにいくひまがないときは自分で切っているみじかい髪。きょうは客がくることを予想して、いちばんいい手編みのセーターを着ている。シェトランド水力発電所も顔負けのエネルギッシュな行動力。紅茶をいれる用意をしたあとも、まだしゃべりつづけている。でも、馬鹿じゃない、とサンディは思った。そして、ペレスはそのことも見抜くだろう。去年、母親は地元のアマチュア劇団のために芸術財団から必要な資金を獲得しており、これまでで最高の地域評議会の議長だ、とみんなからいわれているのだ。

調理用こんろのそばにおかれた段ボール箱のなかに、生まれたばかりの子羊がいた。「親がいなくて」イヴリンがいった。「人間の手で育ててるんですよ。わざわざそんなことする人はほかにはいないだろうけど、うちの人はやさしいから」

紅茶がはいるのを待つあいだ、イヴリンがふたたび部屋のほうにむきなおった。「なにをお出しすればいいかしら？　自家製のベーコンがいくらかあるし、きのうミマから卵を一ダースもらったから、たっぷり食べてってくださいな。そのふたつで、かまわないかしら？」

サンディは気がつくと、父親が豚を処理した日のことを思いだしていた。自分の家で食べる分なので食肉処理場にまわす必要はなかったが、それはえらく大変な作業だった。豚はいつでも喉を切り裂かれるまえに、大きな悲鳴をあげる。まるで、これから自分の身になにが起きるのかを察知しているかのように。サンディはちょうどそのとき島にいたが、あまり役にはたたなかった。アンナといっしょに、そばで立って見ていた。父親が力仕事を担当し、ロナルドがそれを手伝った。そして、母親が鉢で血を受けとめた。

「それは美味しそうですね、ミセス・ウィルソン」ペレスがいった。すでに、すっかりくつろいでいた。張り出し玄関で靴を脱ぎ捨て、テーブルのいつもサンディの父親がすわっている席についている。イヴリンはにこやかに頬笑むと、壁から重たいフライパンをおろしてきて、調理用こんろのホットプレートの覆いをあけた。

「ミセス・ウィルソンだなんて！　この家でそんなふうにあたしを呼ぶ人は、このまえの選挙で票集めにきたスコットランド民族党の候補者以来だわ」

キッチンは暖かく、サンディは自分がうとうとしかけているのを感じた。ペレスと母親の会話が、ずっと遠くのほうから聞こえてくるような気がした。

「最後にミマとお会いになったのは、いつですか？」ペレスがたずねた。

「二時ごろでした。試掘現場のことでおしゃべりしようと思って、セッターの小農場を訪ねていったんです。大学からきているふたりの娘さんもいました。ほんとうにいい娘さんたちだけど、ハティのほうはもうすこし食べたほうがいいわね。骨と皮だけで、がりがりにやせてるから」言葉をきって、ひと息いれる。

サンディは、母親が自分をこの〝ほんとうにいい娘さんたち〟のひとりとくっつけたがっているのを知っていた。そろそろ身をかためて孫を作ってもらわないと困る、と考えているのだ。なにせ、マイクルのほうはその望みどおり、エディンバラの弁護士と結婚して、すでに私立保育園にかよう娘までいるのだから。だがそれは、孫がそばにいて、あれこれ世話してやれるのとはちがっていた。いまでは、その点でもジャッキーが勝ちをおさめていた。サンディはどちらの娘もけっこう好きだったが、ハティのほうはそれほどでもなかった。ぴりぴりしているし、彼には頭が良すぎる。ソフィはもっとのんびりしていた。ビールもそこそこいけるし、面白いし、色気がある。いいとこのお嬢さまっぽかったが、つんけんしていなかった。サンディはつきあう女性がころころ変わるのを仲間たちにからかわれていたが、本人はそろそろ身をかためる時期ではないかと考えはじめていた。女の尻をおいかけるのに疲れてきていたし、シェトランドの独身男性の数は女性よりも多いのだ。とはいえ、自分はほんとうにロナルドのようになりたいのだろうか？　がみがみ小言をいって威張りちらす女性と結婚したいのか？　それでは、また実家で暮らすようなものではないか。

「あの試掘現場は、そりゃもうわくわくするんですよ！」サンディの母親は、いま夢中になっていることでミマの死をまぎらせていた。「あそこには貿易商の家があったって、ハティは考えています。ハンザ同盟が崩壊しはじめて、〝今後はベルゲンをつうじて交易することを禁ずる〟といわれていたころに建てられた家だと。お聞きになったでしょうけど、あたしは頭蓋骨をみつけたんです。その一部を。骨は家を建てた貿易商のものかもしれない、とハティは考えていて、いま放射性炭素による年代測定に出されてます。おなじ溝を調べていったら、ソフィがさらにいくつか骨を発見しました。あばら骨の一部と、骨盤らしきものを。あそこをきちんと発掘したら、観光の目玉になるんじゃないかしら。かつての家屋を、そっくりそのまま再現するんです。講習会をひらいたり、家族連れの日をもうけたりして。島の若い世代に仕事を提供しようと思ったら、未来を見据えていかないと」

サンディはあくびをこらえ、彼の母親とアンナはすごくよく似ている、とふたたび思った。島の未来なんて、彼にはどうでもよかった。母親から逃げられるようになるとすぐに、彼はウォルセイ島からラーウィックに移り住んでいた。そして、いまでは町にいるときのほうが、くつろぐことができた。「そのベーコン、焦げてるんじゃない、母さん？」

イヴリンはフライパンを揺すり、二枚の薄切りベーコンを炒める自分の能力に疑問を呈した息子にむかって顔をしかめてみせた。

「訪ねていったとき、ミマは家のなかにいましたか？　それとも、その大学からきた娘さんたちといっしょに外に？」ペレスがたずねた。

「みんな、なかにいましたよ。ちょうど天気が悪くなったところで、ミマがふたりを家に招いて、温かい飲み物をふるまっていたんです。あたしがついたときには三人ともキッチンにいて、なにか馬鹿げた冗談でくすくす笑ってました。知らない人が見たら、ミマはほかのふたりとおない年かと思ったでしょうね。今回の試掘調査で、ミマはなんだか若返ったみたいだった。だからこそ、この馬鹿げた事故がよけい残念でならなくて」

このときはじめて、サンディは母親が心から悲しんでいるのを感じた。母親は、いつでもミマを厄介者あつかいしていた。家族に恥をかかせる、やりたい放題の十代の娘といったふうに。だが、いまはその死に寂しさをおぼえているのが、はっきりとわかった。だからといって、今回の件でロナルドが大変なことになっているのを、喜ばずにいるわけではなかったが。

母親の話はまだつづいており、その声がサンディの思考のうしろを伴奏のようにながれていった。「みんなでいっしょに紅茶を飲んだあとで、学生さんたちはまた外に出ていきました。ふたりともずぶ濡れになってたから、ミマが彼女たちのコートとソックスを預かって、それを調理用こんろのそばで乾かしてました。洗濯室みたいに湯気が発生して、窓が結露だらけになってたので、外はなにも見えませんでしたよ。卵はもう用意してあったし、あたしはそれ以上おしゃべりをして時間を無駄にする余裕がなかったので、ミマから卵をもらって帰りました。

車できてたんですけど、家から車まで走っていくだけで、びしょ濡れになりました。それでも、学生さんたちは現場に戻ってましたね。車のなかからでも、あのふたりの明るい黄色のレインコートが見えてましたから」イヴリンはフライパンからベーコンをもちあげて、いちばん下のオーブンで温めておいた皿にのせた。

「では、ミマとふたりきりでいたのは、わずかな時間だったんですね？」

「ほんの数分です」イヴリンは卵を四個割ってフライパンに落とすと、ベーコンの脂をその上にかけ、テーブルに戻ってきてパンを切った。

「ミマの様子は、どんなでしたか？」

「さっきもいったとおり、元気でしたよ。なにかを企んでるような感じで。でも、いつもそんなふうだったから」

「その晩の予定について、なにかいってましたか？」

「いいえ。ミマは夜あまり出かけなかったんです。テレビを観るのが好きだったから」

「帰るとき、外に洗濯物が干してあるのに気がつきましたか？」ペレスがたずねた。

「家についたときに気づいて、かわりに取りこんでおこうかと訊きました。そしたら、もう二日間あそこに干しっぱなしだから、あと一日くらいどうってことない、といわれました。そういう人だったんです」

　イヴリンはテーブルの用意をして、料理をかれらのまえにならべた。サンディはかろうじて意識を保ったまま食事をつづけ、ペレスが母親の料理をほめ、豚を育てるときの問題点や日焼けした豚の乳首のいちばんいい治療法について議論するのを、ぼんやりと聞いていた。

ペレスの誘導で会話がふたたびミマの死のほうへむかうのを、サンディは賛嘆の念とともにながめていた。この先ずっと刑事をつづけたとしても、自分はこれほど巧みにいろいろと聞きだせないだろう。

「そのあとで、クラウストン夫妻の家を訪ねていったんですね？」これ以上自然な会話の流れはないといった感じで、ペレスがサンディの母親にたずねた。

「ええ、夕食のあとでね。サンディが週末で家に帰ってたんですけど、お友だちとつるむためにバーに出かけてしまって」非難するような目で息子を見る。サンディはそれに気がつかないふりをした。まえに何度も聞かされていたのだ。「この子ときたら、実家をホテルかなにかと勘ちがいしてるんですよ。うちの人はテレビでスポーツ中継を見てましたし、あたしは家にいても仕方がありませんでした。それに、昼間はアンナをわずらわせないようにしてるんです。生まれたばかりの赤ん坊がいると、寝られるときに寝ておかないといけませんし、アンナはいつだって忙しくしてますからね。ちかごろの若いお母さんたちときたら、休みなんて必要ないと考えてるみたいで」

「クラウストン夫妻は、どんな様子でしたか？」

「元気でしたよ。もちろん、疲れてましたけど、家に生まれたばかりの赤ん坊がいれば、そういうものですからね。アンナはいつもすごく明るい人なんですけど、このときはすこしぴりぴりしているようでした。夫婦喧嘩をしているところに来あわせたんじゃないかって、勘ぐっちゃいましたよ」

「それで、ロナルドのほうは？」

「ロナルドは、昔からむっつりした人だったから。子供のころから、そうだったわ」ここでサンディは、口をはさまずにはいられなくなった。「それはちがうよ、母さん。ロナルドはそんなやつじゃない。このときは、ひとりになりたかっただけかもしれない」

「あの女性をお嫁さんにできて、彼は運が良かったのよ。それなのに、あんなひどいあつかいをして」イヴリンは皿を流しに積みかさねると、水道の蛇口をまわして水をため、洗剤をくわえた。「しばらく浸けておいて、あなたたちが帰ってから洗うことにするわ」

「ひどいあつかいというと？」ペレスがたずねた。

「アンナはここでは新顔です。結婚して、まだ二年ですからね。彼女がここに溶けこむのに、ロナルドはもっと手を貸してあげないと。ロナルド・クラウストンの問題点は、なまけ者だってことです。努力しようとしないんです。ほんと、〈カサンドラ〉号の仕事がお似合いだわ。一年のうち、数カ月しか働かないんですからね。あとは、のんびり本でも読んでるだけで。まあ、稼ぎが気にいってるのは確かね。クラウストン家の連中は、みんなお金が好きだから。でも、地元に還元しようって気は、これっぽっちもありゃしない」イヴリンは調理用こんろについている横棒からタオルをとって手を拭くと、ふたたびきちんとたたんだ。

「漁師というのは、楽な仕事ではありません」ペレスがいった。「〈グッド・シェパード〉号でフェア島に帰郷するたびに、わたしは船酔いしてますよ。冬の大西洋で何週間もすごすなんて、まっぴらごめんですね」

「でもねえ」イヴリンがそっけなくいった。「ちかごろの最新鋭の船なら、ボタンを押すだけでしょ。オフィスで働くのと、そう変わらないわ」

母親が漁のなにを知っているというのだろう、とサンディは思った。ペレスがこの場にいなければ、皮肉たっぷりにこういってやるところだった。へえ、漁のことにくわしいんだ？　それじゃ、最後に風力8の北西の風が吹き荒れるなかで海に出たのは、いつだった？　みぞれと寒さ、氷だらけの甲板と魚の悪臭には耐えられた？

「あなたが家にいたとき、ロナルドは銃をもちだして狩りにいく話をしてましたか？」

「ロナルドは、あまりしゃべらなかったわね。アンナは発掘のための資金調達について、いくつかアイデアをもっていたわ。まえの仕事についてたときに、助成金の申請をしたことがあるんです。ロナルドは昔からウォルセイ島の歴史に興味があるといってるくせして、それを保存するために骨を折ろうとはしないんだから」

「こちらへくるまえ、アンナはなにをしてたんですか？」

「ソーシャルワーカーみたいなことで、青少年犯罪者を専門にしてました。でも、まえから伝統的な手工芸に興味をもっていて、それでこの地を訪れたんです」

警部が小さくにやりと笑ったのを、サンディは見逃さなかった。あの頭のなかでは、いったいどんな考えが渦巻いているのだろう？　アンナが夫を自分の担当する不良少年のひとりみたいにあつかっているところを、想像しているのかもしれない。

「あなたがいるとき、ロナルドはなにか飲んでましたか？」ペレスがたずねた。

「ビールをひと缶。でも、あたしがいたのは、たかだか三十分くらいだから」

「ロナルドは飲みすぎるんですか？」

「この島の男たちは、全員そうですよ」イヴリンが鋭い口調でいった。母親がこの件で不平をまくしたてようとしているのがわかったので、キッチンのドアをたたく音で邪魔がはいったとき、サンディはほっとした。誰かがそれに応えるまえに、ドアが押しあけられた。考古学の学生のひとりだった。小柄で、やせていて、十二歳くらいにしか見えない。みじかくて、ぼさぼさの髪。大きな黒い瞳。膝下の黄色い長靴まで裾のあるアノラックに、のみこまれてしまいそうな感じだ。

「イヴリン」ハティがいった。「ほんとうなの？　いま聞いたんだけど、ミマが亡くなったって？」

9

その日、ハティは朝早くに目がさめていた。羽毛の寝袋のなかで胎児のようにまるまっていても、まだ寒かった。まえの晩、試掘現場からキャンプ小屋《ポッド》に戻ったときに暖をとろうとつけておいた火は、そのあとで〈ピア・ハウス・ホテル〉に出かけたので、帰ったころにはすでに消えていた。〈ピア・ハウス・ホテル〉にいったのは人づきあいのためだったが、ハティはすぐに居心地が悪くなって、地元の若者ふたりと飲んでいるソフィを残して帰ってきたのだった。ソフィは男性に負けないいくらい飲むことができた。明け方に千鳥足で帰ってきても、ぐっすり寝て、翌朝には二日酔いもなくすっきりと目覚め、ふたたび試掘現場での仕事にとりかかることができた。ハティはどうしても酒の影響を受けずにはいられず、眠るのにも苦労した。さまざまな考えや計画が、頭のなかでかけめぐるような気がするのだ。まえの晩にソフィが帰ってきたときも、ハティはまだ起きていた。硬い木の寝棚にじっと横たわっていたものの、懐中電灯の揺れる光に気づいていたし、ソフィがつまずいて小声で悪態をつくのも、服を脱ぐ音につづいてすぐにゆったりとした規則正しい寝息がはじまるのも、しっかりと聞いていた。寝ているときのソフィは、子供のような音をたてた。動物のような音といってもいい。

いまも、おなじ音が聞こえていた。ソフィの寝袋はハティのものほど上等ではないが、それでも彼女が寒さで目をさますことはなかった。ハティは自分の懐中電灯をつけた。六時。外はまだ暗く、霧がたちこめていた。遠くのほうから、いつものように物悲しい霧笛が聞こえてくる。試掘調査のためにリンドビーに戻ってからというもの、ハティにとって、世界はウォルセイ島だけになってしまったように感じられた。まるで霧によって、島がほかの世界から断絶されているかのようだ。母親が政治家なので、ハティは子供のころから時事問題の議論を耳にしながら育ってきた。医療や教育や海外援助にかんする最新の政策が、日々の生活を支配していた。だが、ここでの彼女は、ほとんど新聞を読まなかった。テレビを見るのも、ミマの家かイヴリンの住むウトラの小農場でテレビがついているときだけだった。世界の出来事は、ここにいる彼女とは無関係だった。試掘現場に埋まっている家から土をすこしずつ削りとっているとき、気がつくと、政治情勢について夢中になって考えていることがあったが、それはハンザ同盟の衰退とかシェトランドにおける富裕層の出現といった事柄であって、いま現在の政治とはなんの関係もなかった。

ソフィはハティのことを野心家だと考えていた。たしかに、一時期の彼女は学者としての自分の将来しか眼中になかった。すなわち、いい大学で博士号を取得し、聡明で信頼できる考古学者という評判を確立することしか。だが、いまは別のもっと個人的な動機にとりつかれていた。なんとしてもシェトランドにとどまりたい、という想いに。

セッターの小農場で発見された遺跡は、ハティが最初に考えていたよりもはるかに豪壮な家屋のものだった。ウォルセイ島はバルト海と北海沿岸の都市を結ぶ中世の貿易共同体ハンザ同盟のなかでも重要な港であり、ハティはこの家の主が貿易商だったと推測していた。だが、所有者にかんしては、記録も名前も残っていなかった。大学は何年もまえからシェトランドで発掘調査をつづけており、ハティがはじめてここへきたのは、学部学生としてスキャットネスの現場で作業に参加したときだった。彼女は偶然、セッターの小農場で遺跡をみつけた。そして、それ以来、いつしかその謎の虜になっていた。これほど立派な家屋が、どうしてシェトランドの歴史から完全に抹殺されているのか？　昔のどの地図や記録にも、この家のことは記されていなかった。試掘調査によってそれに対する答えが出ることを、ハティは期待していた。彼女の指導教官ポールがまず考えたのは、火事によって建物の痕跡が跡形もなく消えうせたという可能性だった。だが、それを裏づける証拠は、なにも出てきていなかった。

ハティは子供のころから強迫観念にとりつかれやすく、気がつくと、この土地のことが頭から離れなくなっていた。十五世紀のシェトランド諸島で自分が暮らしているところを想像する。シェトランドが、まだ文化的にスコットランドよりもノルウェーにちかかったころだ。当時、ウォルセイ島はエディンバラやロンドンよりも、リューベックやハンブルグといったハンザ同盟のほかの港町に、より強い忠義を感じていた。シンビスターにつぎつぎと入港してくる帆船。貿易商をしている彼女の夫が、ヨーロッパ大陸から輸入した品物の代金を支払うために金貨を数え、島民たちからは塩漬けのタラや干した羊肉を買いあげる。この夢想のなかでは季節は春だが、太陽はつねに顔をのぞかせ、島は緑であふれている。

イヴリンが発見した頭蓋骨は、貿易商、もしくはその妻のものなのだろうか？　二本目の溝《トレンチ》でもさらに骨がみつかっており、すでにそれを確認できるだけの材料はそろっているのかもしれなかった。ときどきハティは、こうした夢想で自分の頭がおかしくなりかけていると感じることがあった。あたしだけじゃない、とハティは思った。この試掘調査は、ミマにも影響をあたえている。

七時になると、ハティがミマと最後にかわした会話は、かなり奇妙なものだった。

七時になると、ハティは寝袋のなかにすわったまま、服を着はじめた。日中、心地良くしているためには、何枚も着こむ必要があった。重ね着したTシャツの上に、誕生日にイヴリンが編んでくれた手編みのセーターを着る。

このキャンプ小屋《ボッド》はシェトランド諸島じゅうに散らばるバックパッカー用の宿泊所のひとつで、もともとは小農場の農家だった。小屋にはベッドが四台とテーブルがひとつ、それに携帯用のストーブがあるだけだ。平鍋と食器類のならぶ棚。泥炭をくべた暖炉。ひとつしかない蛇口からは水しか出ないので、ハティとソフィは風呂や洗濯のとき、ミマの家、もしくは——こちらのほうが多かったが——イヴリンの家をつかわせてもらっていた。イヴリンはハティとおなじくらいこのプロジェクトに情熱を燃やしており、ふたりの学生をしばしばウトラの小農場に招いて、夕食をごちそうしてくれた。まるで、母親のようだった。イヴリンはソフィを息子のお嫁さん候補として目をつけているのだろう、とハティはにらんでいた。ソフィはおおらかで明るく、イヴリンの出す料理をすべてたいらげ、サンディの冗談に笑った。だが、ソフィがサンディと結婚することは絶対にない、とハティにはわかっていた。ソフィには裕福な両親がいたし、彼女なりの野心があった。そして、その野心に、ラーウィックの警察官の妻になることはふくまれていなかった。もっとも、お楽しみのためにサンディと寝ることなら、あるかもしれないが。それがソフィだった。

ハティが携帯用のストーブに火をつけてコーヒーをいれたところで、ソフィが目をさました。大きく伸びをし、携帯用の灯油ランプの明かりのなかでまばたきしている。ハティはその様子を、あけっぱなしの寝室のドア越しに見ていた。ソフィはいつも裸で寝ており、いまもその状態でくつろいですわっていた。寒さはまったく感じていないようだった。むきだしの胸。肩のまわりになだれ落ちていく長い黄褐色の髪。ハティはうらやましさをおぼえた。あんなふうに自分の身体を意識せずにいられたことなんて、一度もなかった、と考える。子供のころだって、無理だった。こんなあたしと寝たがる男の人なんて、いるのだろうか？　寝袋に脚が隠れたままのソフィは、人魚のように見えた。でなければ、ハティの夢想のなかで貿易商の夫のために品物をはこんできた帆船の船首像といったところか。

まえの晩に〈ピア・ハウス・ホテル〉にいた人たちについて、ハティはたずねたかった。誰といっしょに遅くまで飲んでたの？　だが、いつものように、その質問は彼女の頭のなかにとどまったままだった。

「朝食になるようなもの、なにかある？」ソフィがたずねた。「おなかがぺこぺこよ」

ソフィはいつだって、おなかをすかせていた。馬並みに食べて、それでも太ることはなかった。生まれつきの運動家で、ハティが息切れするくらいのスピードで島じゅうをさっさと歩きまわり、一日働きづめだったあとでも、まったく疲れていないように見えた。最近ではアンナに誘われて、彼女のかわりにウォルセイ島の女性ボート・チームに参加していた。ハティはチームの練習を見たことがあったが、ソフィはまえかがみになってオールを漕ぎ、練習の終わりには笑いころげていた。どうして自分はあんなふうになれないのだろう？　ハティはいま、そう考えていた。あたしは世界を恐れてる。昔からそうだ。それをポール・ベルグルンドのせいにするわけにはいかない。指導教官の姿が頭に浮かんできて、その大きさと力強さのことしか考えられなくなった。かつての恐怖が蘇ってくるのを感じて、無理やり呼吸を落ちつかせる。ハティは、貿易商の家と、そこに住む彼女の夫の夢想へと戻ろうとした。

「おなかがぺこぺこよ」ソフィがくり返した。

「パンがあるわ」ハティはいった。「それと、イヴリンのマーマレードも」

「それで、ミマの家での午前のお茶までもつわね」ソフィが寝袋から出てきた。目のまえの裸体に、ハティは気まずさをおぼえると同時に、魅了されてもいた。そのひらべったいおなかと黄金色の恥毛、そして筋肉質な肩を、見ずにはいられなかった。ハティはすばやく目をそらして、パンを切りはじめた。

ふだんなら、ソフィはまえの晩のバーでの出来事について、ぺちゃくちゃとおしゃべりするところだった。島のうわさ話とか、昼間のうちにシンビスターに入港した外国のトロール漁船のこととか、自分に気のある男たちのことを。だが、けさはむっつりと押し黙ったまま、服を着た。ソフィが小屋の戸口をあけ、外を見た。

「まったくもう」という。「この霧が晴れるときなんて、あるのかしら？　ほんと、気が滅入るわ。お日さまと雲ひとつない青い空が恋しくない？　いまは春なのよ。本土じゃ、いまごろ葉が青々と茂って、桜草が咲いてるわ」

「とりあえず、雨が降ってないだけ、ましじゃない。あたしなんて、予備のレインコートをきのうミマのところにおいてきて、もう一着はまだ濡れてるのよ」だが、ハティもこの霧にはうんざりしていた。島をよぎっていく霧は視界を変化させ、この土地の歴史にかんする彼女の見方にも疑問を呈してきた。

ハティは切ったパンにマーマレードを薄く塗ると、ふたつ折りにして無理やり食べた。一時期、食事が原因で、母親と揉めていたことがあった。娘は拒食症だと考えた母親が、あわてて彼女を専門のクリニックへつれていったのだ。ハティの母親は保健省の副大臣をつとめており、そういったことに神経をとがらせていた。すくなくとも、娘のやせすぎに保健省のグウェン・ジェームズ副大臣がなんの手も打っていないと思われた場合のマスコミの反応に。ハティは母親が大騒ぎする理由が理解できなかった。食べないのはべつに拒食症だからではなく、彼女がかかえる別の問題がそういう形であらわれたにすぎないのだ。ハティはときどき仕事に没頭しすぎて、食べるのを忘れてしまう。それが、なんだというのか？　いまでは母親にうるさくいわれないためのお勧めとして、食事を忘れずにとるようにしていた。定期的に飲む薬とおなじだ。彼女は空腹を感じたことがなく、食べものから喜びを得ることもめったになかった。現場で一日じゅう作業をしてソフィが腹ぺこになっているときでさえ、そうだった。人びとが食事のことで頭を悩ませたり外食を楽しみだと考えていることに、ハティは驚きを禁じ得なかった。

ソフィはすでに朝食を終え、いまは髪にブラシをかけていた。彼女が唯一、自慢げに見せびらかすものだ。大麦の茎のような色をした髪で、背中の途中までのびている。彼女はそれをうなじのところで縛り、長くゆったりとしたポニーテールにしていた。「そろそろ出かけたほうがいいわね」という。「ボスが島にきてるときに、あまり遅くなっちゃまずいだろうから」

ボス。ふたりの指導教官をつとめるポール・ベルグルンドのことだ。ハティがもっと若いころにとりつかれた強迫観念のひとつ。いまの彼女は、その強迫観念が病的な妄想へと変化していたことがわかっていた。この件について、ソフィはなにも知らなかった。ハティとポール・

ベルグルンドのあいだに存在する緊張には、まったく気づいていなかった。ソフィにとって、ポール・ベルグルンドはただの〝ボス〟だった。ときおり現場にあらわれ、学生たちのやり方について偉そうに命令をくだし、機嫌が良いときにはラーウィックのレストランで食事をごちそうしてくれ、かれらの出費に承認をあたえる人物だ。彼がここを去る日をハティが指折り数えて待っていることなど、ソフィは知るよしもなかった。

指導教官がはじめからポール・ベルグルンドだったら、今回のプロジェクトは認可されていなかっただろう、とハティは考えていた。だが、彼がこの学部にきたのは、去年だった。ハティは、彼を紹介されたときのことを覚えていた。「ポール・ベルグルンドの名前は聞いたことがあるだろう」学部長がハティとソフィにむかっていった。「これ以上の指導教官は望めないぞ」ポールはハティと握手をかわし、いっしょに仕事をするのが楽しみだといった。ふたりがまえにも会っていることなど、おくびにもださなかった。彼の手は冷たく、乾いていた。ハティの手は汗ばんでいた。ハティは気分がすぐれないといったようなことをつぶやくと、オフィスから逃げだし、いちばんちかくにあった女性用トイレで吐いた。もしかすると彼は、ハティがこのプロジェクトをあきらめ、別の課題で博士号の取得を目指すことを期待していたのかもしれなかった。

だが、ハティは踏みとどまった。ウォルセイ島での試掘調査は、そもそも彼女の発案なのだ。ハティは、自分をプロジェクトからはずす口実をポール・ベルグルンドにあたえないように気をつけた。いまや彼女にとっては、ポール・ベルグルンドから逃げだすことよりも、貿易商の家のほうが重要だった。彼女が作成する現場記録は見事なものだったし、肉体的にはソフィほど丈夫でないものの、現場での作業は手際が良く、徹底していた。ポール・ベルグルンドがいっしょにいるとき、ハティはいつでも気を張りつめていた。彼を観察し、彼がいまどこにいるのかを、つねに意識していた。

「あなたが帰ったあと、ポール・ベルグルンドがバーにあらわれたのよ」キャンプ小屋《ポッド》を出てリンドビーへむかう途中で、ソフィがいった。小道のすぐ両脇までしか視界がきかず、霧のなかにいる羊たちは、まわりよりも薄暗い影にしかすぎなかった。

「あら、そうなの」ハティは無頓着な声を出そうとした。彼の話など、聞きたくなかった。

「ええ。ウイスキーを飲んでたわ。彼が酔うところを見たのは、はじめてよ。あんなに酔うところを見たのは」

あたしはまえに見たことがある、とハティは考え、フリースのなかで身震いした。「あたしが帰ったあとで、ほかにもなにかあったの?」話題をベルグルンドから遠ざけたかった。

「大したことは、なにも。サンディとおしゃべりしたけど、彼、あたしよりも先に帰ったわ。ママの待つ家に戻らなくちゃいけなくてね。それって、どうよ? まるで、いまだに十四歳みたいじゃない」ソフィは両肩に食いこむリュックサックの紐をずらした。「でも、彼にすこしちょっかい出してみても、いいかもね。彼、きっとラーウィックじゃ、悪いことをいっぱいやってるはずよ。母親の目のまえでおいたをさせられるかどうか、やってみるのも面白そうじゃない」

ハティは、なんといっていいのかわからなかった。ソフィは自分の面倒くらいみられるだろうが、それでもハティにいわせれば、セックスがらみのゲームはどんなものでも危険だった。とはいえ、ソフィとサンディがしばらくつきあうというのなら、それはそれで大歓迎だった。

ふたりは土地のくぼんだところまできていた。その先にあるのがセッターの小農場で、そこは島でもっとも風雨からよく守られている土地だった。貿易商はいい場所をえらんで、自分の豪邸を建てていた。その当時も、このあたりはおなじ名称で呼ばれていたのだろうか、とハティは考えた。似たような名称だったのが、長年のあいだに、いまのように変化してきたのかもしれない。ハティとソフィは作業にとりかかるまえに、いつでもミマに声をかけていった。それが礼儀であると同時に、自分たちがきていることを知らせておけば、ミマがやかんを火にかけて、あとで紅茶をもってきてくれるからである。家はいつになく静まりかえっているように思えた。ミマはラジオ2の人気司会者ウォーガンの番組がお気にいりで、知っている曲がかかると、いっしょに歌っていた。ソフィがドアをあけて声をかけたが、返事はなかった。

「彼女はいない」ポール・ベルグルンドが家の奥からあらわれた。ずんぐりした体格。みじかくて太い首。考古学の教授というよりも、兵士のようだ。彼がここでなにをしているのか、ハティには見当もつかなかった。ふだん、彼がこれほどはやく現場にくることはない。それに、まえの晩にずっと飲んでいたのなら、いまごろまだホテルで二日酔いをさましているところではないのか？「なかにはいりたまえ」家の主のような口ぶりだった。「キッチンへいこう。あそこは暖かい」

なにか恐ろしいことが起きたのだ、とハティは思った。彼は今度はなにをしたのだろう？

ハティがためらっていたので、ソフィが先に家のなかにはいっていった。いつもなら長靴を脱いでからはいるのだが、ポール・ベルグルンドが手招きしていたし、ふたりは彼の指示にしたがうことに慣れていた。ポール・ベルグルンドは、いつも現場に持参するナイフでリンゴを切っているところだった。ナイフはテーブルの上におかれており、ふたたびハティは、ここでわがもの顔にふるまう彼を図々しいと感じた。キッチンにはいると猫が脚にまとわりついてきて、ハティはつまずきそうになった。彼女が抱きあげると、猫は不満そうな声をあげた。

「ミマは亡くなった」ポール・ベルグルンドがいった。穏やかだが、淡々とした口調だった。「先ほどまで、警察がここにいた。けさはやく、〈ピア・ハウス・ホテル〉に電話があって、警察からここでおちあうようにと頼まれたんだ。昨夜遅く、恐ろしい事故が起きた。どこかの男がウサギ狩りをしていて、間違ってミマを撃ってしまったらしい」ここで言葉をきる。三人とも、まだ立ったままだった。「きょうの作業は、中止したほうがいいだろう。敬意を表して、一日休みをとるんだ。お望みとあらば、きみたちを車でラーウィックまで送っていこう。わたしは今晩のフェリーで本土にむかうので、どのみちラーウィックにいくから。家のほうで用事ができてね」

「ラッキー」ソフィはそういってから、それがどう聞こえるのかに気づいたにちがいなかった。「町まで車に乗せてもらえることとお休みのことで、ミマのことじゃないわよ。今回の件は、ほんと残念だわ。なんてひどい出来事かしら」

ソフィが残念なのは、雨の日にミマの家で火のまえにすわって、午前の紅茶を飲んだり手作りのクッキーを食べたりできなくなるからだ。ハティにはわかっていた。ソフィはミマを好きでもなんでもなかったのだ。

「きみはどうする、ハティ?」ポール・ベルグルンドがいった。「いっしょにくるかね?」

「いいえ。ここに残ります」意図していたよりもきつい口調になっていたらしく、ポール・ベルグルンドとソフィがハティをみつめていた。ハティは彼が急に本土に戻ることになった理由について考えていた。あと一週間はこちらにいると予想していたのだ。学生たちは、まだ復活祭の休暇中だった。「これからイヴリンのところへいって、お悔やみを伝えてきます。なにか力になれるかもしれないし」

そういうと、ハティはふたりに止められるまえに猫を床におろし、家を出て、ウトラの小農場へとむかった。途中まできたところで、目から涙がぼろぼろとこぼれ落ちていることに気がついた。

10

イヴリン・ウィルソンの家の戸口にあらわれた興奮気味の少女に、ペレスはとまどいをおぼえた。はじめは、地元の子供かと思った。十五、六歳といってもとおりそうな感じで、とても大学院生には見えなかったのだ。イヴリンに紹介され、本人がもっときちんと話せるくらいまで落ちついたあとでさえ、少女というふうにしか考えられなかった。甲高くて、かすれた声。育ちのいい子供の声だ。

彼女は小柄で、やせていた。大きな黒い瞳。漆黒の髪。髪をみじかくしているので、目がよけい大きく見える。そのまわりには灰色の翳《かげ》ができており、消耗しきっているのがわかった。ひどく悲しげで、ペレスは同情をおぼえた。彼女の気持ちをすこしでも楽にしてやれないかと考えている自分に気づいて、歯止めをかける。「それはあなたの責任じゃないわ。自分は世界を変えられると考えるのは、ある意味では思いあがりよ」フランから愛情といらだちをこめて何度もそういわれていたので、こういう状況になると、この文句が自然とペレスの頭に浮かぶようになっていた。

ハティが作業用の長靴を脱ぐために側柱にもたれかかった。まっすぐ立っているだけの力も残っていない、といった感じだった。長靴を脱ぐと、いっそう華奢《きゃしゃ》に見えた。足を床につなぎとめておく重しがなくなって身体が宙に浮かびあがっていくところを、ペレスは想像した。

イヴリンがハティに手を貸して、椅子にすわらせた。反射的にやかんを火にかける。ハティはテーブル越しにサンディのほうへ手をのばすと、ふれあう直前で止めた。「ほんとうに残念だわ」という。「ミマとはちかしかったんでしょ。彼女、いつもあなたの話をしてたわ」混乱のなかで、ハティはペレスの存在に気づいていないようだった。

「あなたがこんな形でミマの死を知ることになって、ごめんなさいね」イヴリンがいった。

「誰かがキャンプ小屋《ポッド》にいって、きちんと知らせるべきだったのに。ほんとうに驚いたでしょ！　でも、みんなばたばたしてて、思いつかなかったの。どんなふうにして知ったの？」

「ポール・ベルグルンドから聞いたの。あたしたちがセッターの小農場にいくと、彼が待ってた。彼の話では事故だということだけど、あたしには理解できなくて」

「サンディの従兄弟のロナルドが、ウサギ狩りに出てたの。彼は認めようとしないだろうけど、きっとセッターの小農場のほうにむけて撃ったのね。あんな晩にミマが外にいるなんて、思いもしなかったはずよ。それ以外に、説明のつけようがないわ」イヴリンは一瞬、立ちつくした。それから、むきなおって茶色い陶器のティーポットにお湯を注ぐと、縞模様の保温カバーをかけて、調理用こんろの奥においた。テーブルに戻ってきて、ハティの隣にすわる。「もうしわけないけど、ミマは撃たれたときに、あなたのレインコートを着てたの。もう二度と使い物にならないわ。かわりを用意するわね」

「いいえ」ハティの耳には、まだ最初のほうの言葉しかはいってきていないように見えた。ショックのあまり思考が停止して、一度にすべての情報を受けいれられないのだ。「その必要はないわ。もちろん」ハティがイヴリンのほうをむいた。「そんなふうにして起きたのは、確かなの？　あのレインコートがロナルドの目にとまらなかったなんてことが、あるかしら？　明るい黄色なのに」

「すごく暗かったから」イヴリンがいった。「それに、きのうの晩も霧雨が降ってたし」

「あたしには理解できない」ハティはそういうと、ふたたび泣きはじめた。

ペレスはポケットできれいなハンカチをみつけて、ハティに手渡した。ハティははじめて彼のことが目にはいった様子で、ぎょっとしてそれをみつめた。「ジミー・ペレスといいます」ペレスはハティがきたときにすでにイヴリンから紹介されていたが、それでもふたたび名乗った。「警察のものです。今回の不幸な出来事に納得のいく説明をつけるために、いくつか質問しなくてはなりません」

カメラのシャッターみたいに、ハティがすばやくまばたきする。さまざまな考えやイメージが彼女の頭のなかを駆け抜けていくところを、ペレスは想像した。「わたしがミマにあのレインコートをあげなければ」ハティがいった。「彼女は外に出なかったかもしれない」

「なにを馬鹿なことを」イヴリンがいった。「間違っても、そんなふうに考えちゃいけないわ。どうにかして防ぐ手だてがあったんじゃないかって、誰でも考えるものよ。こういった悲劇のあとでは当然のことだけど、それでどうなるってものでもないわ」そういうと、イヴリンは立ちあがった。ペレスが見守るなか、食器棚から古いビスケットのブリキ缶を取りだしてくる。彼女がふたをあけるとチーズ・スコーンの香りがして、またしてもペレスの脳裏に故郷の記憶が蘇ってきた。イヴリンはそれをふたつに割ってバターを塗ると、皿にならべ、マグカップに紅茶を注いだ。

「どうしてミマにレインコートをあげたんです？」ペレスはたずねた。

ハティはちょうどマグカップを手にとったところで、カップの縁越しにペレスをみつめた。「きのうの午後のことです」という。「雨が降ってたので、わたしたちは現場に戻るまえに、ミマの家でいったん服を乾かそうとしたんです。そのとき、ミマがわたしのレインコートをほめてくれました。彼女はとてもよくしてくれていたので、よかったらどうぞ、っていったんです。リュックサックに予備のレインコートがありましたから」

「ええ」イヴリンがいった。「そうだったわ。あたしも、その場にいた。ミマは、それはもう喜んでた。〝これを着て出かけたら、すごく似合うだろうね！　雌鶏どもには、あたしだってわからないだろうよ〟といって。おまえもミマのはしゃぎっぷりは知ってるだろ、サンディ」

サンディがうなずいた。しばらく沈黙がつづいたあとで、イヴリンがてきぱきとした口調になっていった。

「この件でプロジェクトに影響が出るだろうなんて、考えなくていいのよ。そんなこと、絶対にないから。すべては、これまでどおりよ。法律上の手続きがすんだら、セッターの小農場はうちの人のものになるわ。小農場をどうするかはまだ考えてもいないけど、試掘調査のほうはすぐにでも再開してもらってかまわないわ」

ペレスはサンディを見た。いまのはウィルソン家全体の意見なのだろうか？　だが、サンディはなにもいわなかった。

「きょうは現場の作業を中止してもらえると、ありがたいのですが」ペレスは穏やかにいった。「地方検察官が現場を訪れる必要があるかもしれないので。なんらかの行動をとらなくてはならないのか、その場合はどう進めていくべきなのか、決定をくだすのは彼女です」

「ロナルドは起訴されるんですか？」ハティがたずねた。

「その決定をくだすのも、わたしではありません」

「こんなに天気が悪いんだ」サンディがはじめて会話に参加していった。「どっちにしろ、けさは作業なんてしたくないだろ」

「あら、あたしはしたいわ」間髪いれずにハティがいった。「そりゃ、ずぶ濡れで作業するのは嫌だけど、発掘は人を夢中にさせるの。中毒になるといっても、いいくらい。あなたならわかるでしょ、イヴリン」

「正確には、なにをさがしているんですか？」仕事の話になると彼女はまるで別人のようだ、とペレスは思った。表情が明るくなり、目のまわりの灰色の翳も消えてしまったように見える。アンナ・クラウストンとおなじように、ここにもまたひとり、仕事に情熱を燃やす若い女性がいた。

「一九六〇年代に、地元の考古学者たちがあの場所で住居の痕跡をみつけたんです。でも、そのときは、ほとんどそれだけで終わりました。ミマの話では、セッターの小農場の土地は大部分が肥沃なのに、あそこだけはあまりものが育たないんだとか。彼女のお母さんは、あの小さな丘を〝こびと《トロウ》族の住まい〟と呼んでいたそうです。こびと《トロウ》族にまつわる言い伝えは、ご存じですよね。地中に小さな穴があって、かれらはそこに宝を隠しているんです。ミマがかれらのことを説明をして、いくつか話を聞かせてくれました」

ペレスはうなずいた。彼もまた、子供のころからこびと《トロウ》族の話をいろいろと聞かされて育ってきたのだ。こびと《トロウ》族というのはシェトランド諸島に住む小さくていたずら好きの生き物で、魔法で自分たちの王国を統治し、きらきら輝く宝石や黄金で家を飾っている連中だった。

ハティが話をつづけた。「その住居の痕跡は、最初の陸地測量図が作成されるまえに廃屋となった小農場の農家のものだろう、と考えられていました。現在ある農家のまえの代のもの、もしくは離れ家の跡かもしれない、と。わたしはワーキングホリデーで、大学講師のサリー・ウォーカーといっしょにシェトランド諸島へきました。そして、ふたりでセッターの小農場にある遺跡をもっとよく調べた結果、そこにあった家がこれまで考えられていたよりも立派なものだったらしいと推測しました。わたしは大学院での研究課題をさがしているところだったので、ちょうどぴったりでした。ソフィは大学を卒業したあとで一年間の休みをとっていて、ここを手伝うことに同意してくれました。ところが、サリー・ウォーカーが産休にはいってしまったんです。彼女は、わたしの指導をつづけるのは無理だと感じました」

ハティの口からは、まくしたてるように言葉があふれでてきていた。神経質になっているのだろうか？ ペレスは考えた。それとも、自分の研究課題に対する情熱のあらわれにすぎないのか？ 「それで、いまはポール・ベルグルンドがプロジェクトの責任者に？」

「ええ。彼がわたしの指導教官です」

彼女はあの男を好きではないのだ、とペレスは思った。それから、ハティの顔がふたたびこわばっているのに気づいた。いや、そうじゃない、とペレスは驚きとともに考えた。それ以上の感情だ。彼女はポール・ベルグルンドを恐れている。

「それで、なにがみつかったんです？」

「もちろん、まだ先は長いんですけど、物理探査の結果からみて、あの場所にかなり立派な建物があったことは、ほぼ間違いありません。前回の調査でおこなった試掘で、その点は確認がとれています。もしかすると、それは貿易商の家だったのかもしれない、というのがわたしの仮説です。ご承知のとおり、ウォルセイ島はハンザ同盟のなかの重要な貿易港でした。ハンザ同盟というのは、北海周辺の都市の共同体、いわば中世版のヨーロッパ共同体です。不思議なことに、この家、もしくはそこに住んでいた人物にかんする記録は、まったく残っていません。ほんとうに残念です。この家を建てた人物の名前をつきとめられたら、最高なんですけど。本格的な発掘への資金援助を得るためには、わたしの仮説を裏づける証拠をみつける必要があります。でも、ここにいられる時間は、あと二ヵ月しかありません。ですから、先日みつかった骨からなにかわかれば、と期待しているんです。骨は放射性炭素年代測定のために本土へ送られましたけど、わたしの考えでは、おそらく十五世紀のものでしょう。考古学的状況からみて、そうとしか考えられません」

「頭蓋骨のことは、サンディから聞きました」

「骨は、家からすこし離れたところに掘った溝《トレンチ》のなかで発見されました。その場所では、おなじ人物のものと思われる骨がさらにいくつかみつかっています。当時、死体は墓地に葬られることになっていたので、奇妙な話です。大学の関係者に問いあわせてみたところ、それは浜に打ち上げられた溺死者のものかもしれない、という返事がかえってきました。よそ者は必ずしも、きちんと埋葬されるわけではなかったんです。迷信では、溺死者は海に属することになっていたとか。とはいえ、セッターの小農場は海岸からかなり離れていますし、わたしはその説明に完全に納得してはいません。わたしとしては、発見された骨が問題の貿易商のものであると考えたいんです」ハティが顔をあげて、ペレスを見た。「あしたには作業を再開できればいいんですけど。もう時間がなくなりかけているので」

ペレスは、その質問には直接こたえなかった。「骨の鑑定は、誰が？」

「発見されたのが頭蓋骨だとわかった時点で、シェトランドの考古学者ヴァル・ターナーがのりだしてきました。彼女が骨を整理して、年代測定のためにグラスゴーにある研究室に送ったんです」

たんなる偶然だ、とペレスは思った。ひとつの場所で、数百年の時をへたふたつの死。おなじ庭でとれた複数の死体というわけだ。呪われた場所なんてものは存在しない、だろう？

「きのういっしょにいたとき、ミマはどんな様子でしたか？」

「元気そうでした。そうよね、イヴリン？」

「ええ。いつもどおりでしたよ」イヴリンがテーブル越しに手をのばして、紅茶を注ぎ足した。

「自分の土地を掘り返されることに、ミマは反対していなかったんですか？」ペレスはたずねた。そんなふうに侵入されて喜ぶ土地所有者は、シェトランドにはそう多くないだろう。

「いいえ、ちっとも」ハティがいった。「ミマはすごく興味をもってましたし、興味深い話をいくつも聞かせてくれました。彼女が子供だったころのウォルセイ島には、その昔リンドビーに漁師の息子が建てた大きな家があった、という言い伝えがあったそうです。現実に根ざした民話だったのかもしれません」

「そうねえ」イヴリンがきびきびと立ちあがった。「ミマのいうことを、すべて真に受けないほうがいいわ。彼女は話し上手だった。自分のお祖母さんから聞いた話を切れ切れに覚えていて、残りの部分は自分で作りあげたのかもしれない。セッターの小農場に大きな家があったなんて話、あたしは聞いたことがないもの。ミマはちょっと空想好きなところがあったから」

「たぶん、あたしは彼女のそういうところが好きだったんだわ」ハティはそういうと、自分の皿にのっていたスコーンをふたつに割って、指でぼろぼろにほぐしていった。彼女がスコーンを手にとったのは失礼にならないようにするためにすぎないのだろう、とペレスは思った。スコーンはひとかけらも彼女の口にはいることはなかった。ハティがふいに顔をあげ、しかめ面になった。「あの頭蓋骨が掘りだされたとき、ミマはショックを受けていたようだった。そうは思わなかった、イヴリン？」

「自分でこしらえた怖い話が、ほんとうに思えてきたのかもしれないわね」イヴリンがいった。

「さもなきゃ、こびと族《トロウ》のしわざだと思ったのかも」

ハティは頭蓋骨についてもっとなにかいうかに見えたが、結局そうはせずに、話題を変えた。

「ロナルドが起訴されないといいんだけど」という。「ミマはそんなこと望まなかっただろうから」

どうしてそれほど気にかけるのだろう、とペレスは不思議に思った。ハティがここにいたのは、ほんの数カ月だ。ミマに好意をもっていたのは当然としても、今回の事件のほかの関係者については、名前くらいしか知らないだろうに。「彼のことを、どれくらいよく知っているんですか？」

ハティは肩をすくめた。「〈ピア・ハウス・ホテル〉のバーで、何度か会いました。彼、大学で歴史を専攻していたんです。シェトランド諸島の神話とか伝説を、たくさん知っています。このプロジェクトにも興味があるらしくて、前回の調査のときには何度か現場にきました。わたしたちは地元の人たちの参加を奨励しています。それがシェトランドで発掘をおこなうときの条件になっているんです。ヴァル・ターナーからも、そうするようにいわれています。わたしたちの作業を地元の人たちに説明して、なるべくかれらをまきこむようにと。ロナルドの奥さんのアンナも、すごく興味があるみたいです」

「彼女もかわいそうにねえ」イヴリンがいった。立ちあがると、空になったマグカップをまとめて、流しへもっていく。ペレスはもっとくわしい説明がつづくものと期待していたが、イヴリンはそうするかわりに、ふいにハティのほうにふり返った。「ソフィはどこなの？　彼女もお茶を飲みにつれてくればよかったのに。サンディが喜んだだろうから」

ペレスの目のまえで、サンディの顔が見る見る赤くなっていった。母親は、たとえ子供が大人になってからでも、わが子に恥ずかしい思いをさせることができるのだ。ペレス自身の母親も、まったくおなじだった。

「ソフィはきょう、ラーウィックにいってるわ」ハティの声は淡々としていたが、ペレスはそこにかすかに非難の響きが聞きとれるような気がした。「ポール・ベルグルンドは今晩のフェリーで本土に戻ることになってて、彼女を町まで車に乗せていってあげたの」

「先ほど会ったときには、彼はウォルセイ島を離れることなどいってませんでしたが」もちろん、ポール・ベルグルンドがそれを口にすべき理由はどこにもなかったが、それでもペレスには奇妙に思えた。

「わたしたちも、彼がこんなにはやく帰っていくとは思っていませんでした。家のほうで、なにかあったとかで」仕事の話ではなくなったので、ハティの顔にはふたたび閉じこもったような表情が浮かび、目のまわりにも翳が戻ってきていた。

「彼が出発するまえに、もう一度会っておくべきかもしれない」ペレスはいった。「どうも、イヴリン、紅茶と朝食をごちそうさまでした」サンディは一刻もはやく母親のもとから逃げだしたいとでもいうように、すでに立ちあがっていた。

あいかわらず霧は濃かったものの、ペレスもやはり小農場のキッチンから出られて、ほっとしていた。車のほうへ歩いていくとき、イヴリンがハティにもっと食べるようにと勧める声が聞こえてきた。「まったく、もう。あなたったら、骨と皮だけじゃない」

〈ピア・ハウス・ホテル〉は、フェリーのターミナルのそばにある四角い石造りの建物だった。受付デスクのうしろには誰もおらず、ペレスはそのままぶらぶらとバーにはいっていった。ピンクのナイロンのうわっぱりを着たやせた中年女性が、色あせた絨毯に掃除機をかけていた。ニスを塗った茶色い羽根板が張りめぐらされた部屋は、うらぶれた陰気な雰囲気をただよわせている。夜になって客がはいり、暖炉に火がともされ、明かりがついていれば、居心地が良さそうに見えるのかもしれないが、いまこの部屋で時間をすごしたがる人がいると想像するのは、むずかしかった。

ペレスは掃除機をかけている女性にむかって大きな声をかけたが、彼女は背中をむけており、その声が耳にはいっていなかった。ペレスが彼女の肩をたたくと、べたつくナイロン越しにごつごつとした骨が感じられた。女が掃除機のスイッチを切った。

「ここの客をさがしているんだが。ポール・ベルグルンドだ」

「あたしに訊いても、無駄よ。掃除をしてるだけなんだから。それと、ここの切り盛りもね」グラスゴーからの移住者だ。にやりと笑って、自分がその役割に満足していることを示してみせる。「セドリックを呼んでくるわ」女は奥の部屋に消え、やがて年配の猫背の男をつれて戻ってきた。

「ポール・ベルグルンドはいるかな?」どうしてシェトランドを発つまえのベルグルンドにもう一度話を聞く必要があると感じているのか、ペレスは自分でもよくわからなかった。もしかすると、彼のことをしゃべるときのハティの様子のせいかもしれない。

ホテルの主人はペレスが何者かを問いただそうとしたが、車をとめてバーにはいってきたサンディの姿を目にして、相手が警官にちがいないと悟った。「もうチェックアウトしたよ。そのあとで、荷物をとりに戻ってきた。ちょうどいれちがいだったな。試掘現場で働いてる若い娘がいっしょだった」

ホテルの外に出ると、埠頭に停泊したフェリーが霧のなかの黒い影となって見えていた。ここからだと、乗客を降ろしているところなのか、車を積みこんだあとなのか、わからなかった。ペレスは猛スピードで車を走らせたが、桟橋についたときには、フェリーはすでにゆっくりと目的地にむかっていた。

「どうします？」サンディは霧のなかをじっとのぞきこんでいった。

「なにも」話を聞く必要があれば、ベルグルンドはいつでもつかまえられるだろう。それに、ペレスは今回の死が痛ましい事故として処理されるものと確信していた。ミマは老女だったし、彼女にかわって騒ぎたてる人物は誰もいない。「わたしは署に戻って、地方検察官と話をする。おまえは帰って、すこし寝ろ。二日ほど、特別休暇をとるんだ。週があけたら、また仕事に出てこい」

突然、ペレスはこの島を離れたくてたまらなくなった。ここにいたら、きちんとこの島のことを理解できない気がした。彼は幼いころから、ウォルセイ島の伝説に慣れ親しんできた。島の豊かさや人懐っこさや伝統を知っていた。だが、いまこうして霧につつまれていると、ウォルセイ島がシェトランド諸島のどの場所ともまったくちがうことがわかった。にぎやかなラーウィックの町なかはもちろんのこと、遠く離れて完全に孤立しているフェア島ともちがう。とはいえ、そのちがいがなんなのかは、はっきりしなかった。もしかすると、それはどうでもいいことなのかもしれない。ミマ・ウィルソンの死が事故だとするならば、彼女が一生をすごしたこの島に対するペレスの考えなど、なんの意味もないではないか？　だが、それでもペレスは、島を理解することが重要だと考えていた。それについてより明確に考えるためには、ウォルセイ島を離れる必要があると。

11

「ラーウィックまで、いっしょに乗ってくか？」ペレスがサンディにたずねた。「もちろん、おまえが町に戻りたければの話だが。そんなに疲れてちゃ、運転は無理だ。そっちの車は、あとでまたウォルセイ島にきたときに、運転して帰ればいい」一瞬、サンディは島を離れるほうに心がかたむいた。ふだん、彼はペレスにいわれたとおりにしていた。上司がつねに正しいと考えているからではなく、そのほうが楽だからである。それに、家族の面倒ごとをあとに残して車で走り去れたら、どんなにかいいだろう。ラーウィックの〈ザ・ラウンジ〉で仲間とビールを数杯飲んでから昼寝でもすれば、また気分も良くなるにちがいない。そもそも、彼がウォルセイ島にいて、なんの役にたつのか？　ミマの葬儀にかんする細かい実用的なことは母親がやるだろうし、彼はロナルドが必要としている励ましをあたえられる立場にはないのだ。

だが、サンディはペレスにむかって、もうひと晩島にとどまるといった。そうするのが正しいことだと、直感したからである。彼の父親なら、こうした状況で逃げだしたりしないだろう。そして、サンディが子供のころからなによりも望んでいたのは、父親のようになることだった。

ペレスが小さくうなずくのを見て、サンディは自分の決断が正しかったという思いを強くした。ペレスの車をのせたフェリーが港から出ていくのを見送りながら、ふいに彼は、胸にぽっかりと大きな穴があいたような感覚をおぼえた。

サンディの車は、ペレスを出迎えにきたときにとめておいた桟橋の上にそのままあった。エンジンをかけると、ダッシュボードの時計が明るくなった。まだ昼にもなっていなかった。いつも驚くのだが、ペレスは短時間のあいだに、じつに多くのことをこなすことができた。ペレスと会った人は、警部をすこしとろいのではないかと思う。彼がしゃべるまえにじっくりと考えるからだ。だが、それゆえ、警部が口にする言葉は、まさに本人の意図どおりのものであることがわかった。そう、ペレスはちっとももとろくなかった。魔法みたいに最初から的を射た質問をし、むずかしい状況のなかで手がかりをつかみ、行動すべきときを的確に判断することができた。

ウトラの小農場に戻る途中で、ロナルドの車が〈ピア・ハウス・ホテル〉のまえにとまっているのが見えた。サンディが急ブレーキを踏むと、タイヤが濡れた路面ですべり、彼の車もホテルのまえでとまった。ランチタイムに酔っぱらっているのは、ロナルドのためにはならないだろう。サンディはペレスほど頭が切れないかもしれないが、それくらいはわかった。

ピンクのうわっぱりの女性はバーの掃除を終えていたが、店内にはまだ前夜のビールと家具の艶出し剤の匂いがただよっていた。客がきて飲みはじめるまえのバーに共通する匂いだ。セドリック・アーヴィンが、立ったままグラスを磨いていた。サンディが物心ついたころから、彼は〈ピア・ハウス・ホテル〉の所有者だった。まだ未成年だったサンディに最初のパイントを出してくれたのが彼で、ウインクしながらグラスをすべらせて寄越した。奥さんがいたことはなく、住みこみの女性バーテンダーや家政婦がつぎつぎと入れ替わるだけだった。うわさでは、彼女たちは彼の必要をすべて満たしているとかで、いちばんあたらしいのが、このやせたグラスゴー出身の女性だった。セドリックとこれらの女性の関係については、誰もはっきりとしたことを知らなかった。しこたま酔っぱらった常連客の誰かがそれについてたずねると、セドリックはただ首を横にふって、紳士は決してその手の話を口外しないものだ、というのだった。「それに、この店にまた足を踏みいれたけりゃ、おまえさんも二度とその手の話はしないことだ」セドリックは、そういうしゃべり方をする男だった。彼にはどこか説教師っぽいところがある、とサンディは考えていた。

セドリックがグラスを磨く手を止め、サンディにむかって心からの笑みを浮かべてみせた。部屋の隅のほうにうなずいてみせる。小さな傷のたくさんついた銅のテーブルのまえに、ロナルドが陣取っていた。すでにパイントグラスのビールを飲み終え、いっしょに注文したウイスキーのグラスも半分空いていた。

「やつには友だちが必要だ」セドリックがいった。「ひとりで飲むのは、よくない。とくに、あんなふうに酔うためだけに飲むのは」

「あいつは落ちこんでるんだ」

「そりゃ、そうだろう。ミマは素晴らしい女性だった」

「誰が起こしても、おかしくない事故だった」サンディは、まえにも見たことがあった。若い連中がビールで酔っぱらい、ショットガンを手に車やヴァンに飛びのって、島を猛スピードで走りまわる。ウサギでもガンでも気のむくままに撃ちまくり、ときには獲物ではなく、おたがいにむけてぶっ放すこともあっただろう。これまでに似たような事故が起きなかったのは、運が良かったのだ。サンディ自身、こうした行為に何度もつきあったことがあった。歓声をあげてはやしたて、馬鹿みたいにふるまっていた。これはなにもウォルセイ島だけの話ではない。どこであれ、男どもは集まって飲みすぎると、必ず愚かな真似をしでかす。自分はもう二度とそんなことはすまい、とサンディは心に誓った。ミマを撃ち殺していたのが自分だったら、どんな気分がしていただろう？　だが、仲間といっしょにいれば、自分がまた別の愚行にひきずりこまれるのが、わかっていた。仲間に抵抗できたことなど、これまで一度もないのだ。

セドリックがサンディのために、ベルヘイヴンをパイントグラスに注いでくれていた。ロナルドは、従兄弟がバーにはいってきたことに、まだ気づいていなかった。ウイスキーのグラスはすでに空になっており、彼は窓の外をぼんやりとみつめていた。

「あいつのために、もう一杯ビールを頼む」サンディはいった。「それを飲んだら、やつをつれて帰る。誰かにこんなとこを見られて、騒ぎになるまえに」

サンディは二杯のビールをテーブルまではこんでいった。ようやく、ロナルドが顔をあげた。こんなに気分が悪そうにしているロナルドを見るのは、はじめてだった。

「赤ん坊の誕生祝いは、もうすんだと思ってたけどな」

ロナルドがにらみつけた。「この件に赤ん坊をまきこむな」

「おまえがここにいるのを、アンナは知らないんだろ」サンディはいった。「彼女に殺されちまうぞ」その言葉を口にした瞬間、サンディは後悔したが、ロナルドの耳にははいっていないようだった。

「自分があんなことをしでかしたなんて、まだ信じられん」その言葉は、悲鳴のように聞こえた。ロナルドはシャツとネクタイに着替えていた。敬意を表する彼なりのやり方なのかもしれないが、そのせいで、サンディの目には彼が別人のように見えた。あのままロナルドが大学にとどまって学位を取得していればなっていたかもしれない人物。博物館とか図書館で働く男だ。小学校で将来の夢について話しあったとき、ロナルドは公文書保管人になりたいといって、クラスのみんなを驚かせていた。その考えは、いったいどこからきたのだろう？　両親からでないことだけは、確かだった。

ロナルドがつづけた。「そりゃ、銃で無茶したことは何度かある。けど、きのうの晩はちがった。きのうの晩は、自分がどこにいて、なにをしてるのか、きちんとわかってた。でも、おれしかいないよな。きのうの晩は、ほかに誰も外にいなかったんだから。おれは頭がおかしくなりかけてるのかな、サンディ？　助けてくれよ。おれはどうすりゃいい？」

「まずは、ここを出るんだ」サンディはいった。「あんなことのすぐあとでバーにいるところを見られちゃ、まずいだろう。そのビールを飲んだら、おれが送ってってやる」

ロナルドはなみなみと注がれたパイントグラスを見てから、それを押しのけた。ビールがテーブルにこぼれた。「おまえのいうとおりだ」という。「おれは酒を一切口にしちゃいけないんだ。やめるよ。それでミマが生き返るわけじゃないが、おれがほかの誰かにおなじことをする危険はなくなるだろう。これからは、自分の子供のことを考えないと。それに、酒をやめれば、アンナも喜ぶ。たぶんな。ビールはおまえが飲んでくれ、サンディ」

だが、サンディも急にビールを飲む気がうせていた。ふたりは手つかずのパイントグラスをテーブルに残したまま、バーを出た。

車のまえで、ならんで立つ。霧がまだ低くたれこめており、防波堤より先はあまりよく見えなかった。巨大な巻き揚げ機とアンテナをそなえた漁船は、とげ状の背中とのこぎり歯のあごをもつ海の怪物へと変身していた。

「アンナはどうしてる?」サンディはたずねた。

「家にいる。助産婦がくることになってるんだ。おれはいても邪魔になるだけだからな」ロナルドの声にふくまれる苦々しさに、サンディは驚いた。そんなふうに自分は邪魔者だと感じさせられる女性と暮らすというのは、いったいどんなものなのだろう? サンディの母親は息子を頭が良くて教養のある女性と結婚させたがっていたが、それだけはごめんこうむりたかった。

ロナルドがつづけた。「ほんと、いまが漁の期間中だったらと思うよ。いつもならうんざりなんだが、いまは大西洋で数週間シロマスをおいかけるのも悪くないと思える」

その点も、サンディにはよく理解できなかった。いくらたっぷり稼げるからといって、どうしてうんざりするような仕事についているのか? おそらくロナルドは、父親のあとを継いで船に乗るようにと、家族から大きなプレッシャーをかけられていたのだろう。それに、船の仕事がもたらす大金がなければ、あの大きな家を維持していくことはできないはずだ。

「なにいってんだよ。赤ん坊が生まれたばかりだってのに」サンディはそういいながらも、赤ん坊は女たちを最悪の生き物に変えるからな、と考えていた。おそらく、あの平屋建ての家には女性の親類縁者がつぎつぎと押しかけ、赤ん坊をあやしながら出産の体験談をわかちあい、男どもの臆病さについて語りあっているのだろう。まえの晩にロナルドがひとりで銃をもって出かけていった気持ちが、サンディにはよく理解できた。

「ひとりで大丈夫か?」ロナルドのしゃべり方を聞いていると、なぜかサンディの頭には、彼があごの下にショットガンを押しつけて頭を吹き飛ばす光景が浮かんできた。もちろん、そんなことが起きるはずはなかった。ロナルドのショットガンはいま、ラーウィックに戻る途中のペレスの車のトランクのなかにあるのだ。とはいえ、シェトランドでは、本気で自殺しようと思ったら、簡単にできた。崖から飛びおりてもいいし、海で溺れるという手もある。

「心配いらない」

「うちに食事にこないか? アンナも誘えばいい。母さんは赤ん坊を見られて喜ぶだろう」

「そして、きのうの晩の出来事を叔母さんに話して聞かせて、楽しませろっていうのか? ごめんだね」

「ゴルフコースまでドライブするのでもいい。たんなる気晴らしで。積もる話もあることだし」

一瞬、ロナルドは心が動いたように見えたが、やはり首を横にふると、自分の車に乗りこんだ。ロナルドは運転が許されるぎりぎりのところまで飲んでいるように見えたが、いまは飲酒運転について説教をたれているときではなかった。サンディはクラウストン家へのわかれ道にくるまで従兄弟の車を追走し、それからそのまま実家へむかった。

家のまえの庭で、サンディは昼食をとりに戻ってきた父親と出くわした。彼が子供のころ、父親のジョゼフ・ウィルソンは建具師として、シェトランドの企業家ダンカン・ハンターの下でずっと働いていた。父親がひどいあつかいを受け、職人ではなく徒弟のようにこきつかわれても文句をいわずに耐えたのは、ひとえに週末にもらう給料袋のためだった。仕事を終わらせるためにラーウィックに泊まらなくてはならないことも、しばしばだった。小農場は趣味のようなもので、正業がすんだあとで片手間にやっていた。父親が息子たちとすごす時間は、ほとんど残されていなかった。

二年前、父親はダンカン・ハンターのところで働くのをやめ、小農場だけをやるようになった。金銭面をどうやりくりしているのかは謎だったが――母親は一度も外で働いたことがなかった――そういったことを両親と話しあうのは、サンディにはできない相談だった。あたらしい生活は、順調にいっているようだった。サンディの母親は夫が一国一城の主であるという状況に満足していたし、父親はまえから建具師としてよりも農夫として働いているときのほうが幸せそうだった。もしかすると両親は、父親がダンカン・ハンターの下で働いていたときに、どうにかしていくらか貯金していたのかもしれない。

最近、ペレスがダンカン・ハンターの別れた妻とつきあいはじめており、サンディはそれをどう受けとめていいものか、よくわからずにいた。恋人ができたことでペレスをからかいもしたし、フランはよさそうな女性だったが、サンディにいわせれば、ダンカン・ハンターとかかわったことのある人物は、誰でも厄介の種だった。

いまは羊の出産時期で、父親のジョゼフは雌羊の様子を確かめるために丘にのぼってきたところだった。島民の多くは、そこまできちんと羊の面倒をみなかった。丘にいる雌羊のほとんどは自力で出産できるし、いまではもう頭数にもとづく助成金が出ないので、たとえ何頭か子羊を失ったところで、痛くも痒くもないからである。だが、サンディの父親は真面目な人柄ゆえに、一年のこの時期になると、何マイルも歩きまわった。

父親は小道をちかづいてくる車の音を耳にして、家のまえでサンディを待っていた。「おまえか」サンディの父親は誰に対しても、こういって挨拶した。たとえ首相がここを訪れたとしても、おなじ言葉をかけるだろう。父親はキッチンのドアのところに立ち、サンディが庭をよこぎってくるのをながめていた。青い作業服に防腐剤が飛び散っていた。

サンディは、かける言葉につまった。ペレスみたいに、言葉を上手くあやつれればよかったのだが。いま彼の頭のなかではさまざまな文句が飛びまわっていたが、口から出てきたのは、これだけだった。「ミマがいなくなって、寂しくなるね。残念だよ」そういって、父親の肩に手でふれる。かれらのあいだでは、これが精一杯の肉体的な表現だった。父親がミマをすごく愛していたのを、サンディは知っていた。あるとき、ミマのやったことに激昂した母親が、兄のマイクルにむかってこういうのを耳にしたことがあった。「ミマは意地悪な魔女だよ。きっとおまえの父さんにも、なにか魔法をかけてるにちがいない」そして、まさにそのとおりだと思えることが、ときどきあった。父親がなにもかも放りだして、ミマの家の屋根のスレートを直しにいったり、彼女の野菜畑に鋤《すき》をいれにいったりしたときに。

一瞬、父親の顔に苦悩の色が浮かんだ。それから、頰笑もうとする。「まあ、あれこそミマが望んでたような逝き方だったのかもしれないし。ちょっとした事件は嫌いじゃなかったし、あっという間の出来事だっただろうし。ミマは、病気で病院にかよったりというのには耐えられなかったはずだ」ここで言葉をきる。「とはいえ、あと数年はぴんぴんしてると思ってたんだがな」

これが、サンディの父親のやり方だった。自分ではどうにもできないことは、とりあえず善処する。世界を敵にまわして闘ってもしょうがない、というのが父親の口癖だった。勝ち目はないのだから。それに父親には、かわりにそれをしてくれる人がいた。妻のイヴリンだ。父親はテレビのサッカー中継と夜のビールがありさえすれば、それで幸せだった。かつてはダンカン・ハンターのためにシェトランドじゅうをかけまわっていたのに、いまでは二度とウォルセイ島を離れることがなくても、不満はなさそうだ。父親のかわりに野心を燃やすのは、昔からイヴリンの役目だった。彼女が家のため、小農場のため、息子たちのために計画をたてた。ときどきサンディは、母親にはウォルセイ島は小さすぎるのではないか、と考えることがあった。ここを出て、マイクルとその家族がいるエディンバラとか、どこか別の土地にいるほうが幸せなのではないか。

　サンディと父親が家にはいっていくと、さしあたって母親は、そこで幸せそうにしていた。もしかするとミマ同様、ちょっとした事件が好きなのかもしれない。自分は役にたつ存在だと感じさせてくれるものを、必要としているのかも。なにはともあれ、母親は古い椅子に腰かけて、瓶から子羊に乳をあたえていた。夫と息子がいることに気づくまで、赤ん坊をあやすみたいに、わけのわからない言葉で子羊にむかって話しかけていた。ふたりの姿が目にはいると、彼女は子羊を箱のなかに戻して蛇口の下で手を洗い、調理用こんろのまえに立って、スープの平鍋をかきまわした。「リースティット・マトン（干した塩漬けの羊肉）のスープよ」という。「冷凍庫にいくらか残ってたの。あなたたち、好きでしょ。温めているとき、ミマのことを考えてたのよ。ミマの好物でもあったから」父親が手を洗いに流しへいくと、母親がうしろからちかづいていって夫を自分のほうにむきなおらせ、頰に軽くキスした。サンディはまだ靴を脱いでいるところだった。「サンディ、おまえももう食べるかい？　あの警部さんは、どうしたの？」

「地方検察官に会うために、ラーウィックに戻った。それじゃ、ちょっともらおうかな」

「あの警部さんは、おまえを高く買ってるよ。あたしにはわかる。ほんと、どっちも自慢の息子だわ」

「ミマのことを、マイクルに知らせたのか？」父親はテーブルにつくと、両手をひらいて油布のテーブルクロスにのせた。太くて、赤い指。豚を処理しようと奮闘した日のことが、サンディの脳裏にふたたび蘇ってきた。専用の斧で黙らせるまで、頭のなかに食いこんでくるように思えた悲鳴。血。

「けさ、家のほうに電話したら、あの子はもう仕事にいってたの。早朝会議とかで。出がけのアメリアをつかまえて、電話をするように伝言を頼んでおいたら、数分前にあの子からかかってきたわ。アメリアはなかなかマイクルをつかまえられなかったんですって」

でなければ、つかまえる努力をあまりしなかったかだ。サンディは、義理の姉を高慢ちきな女だと考えていた。いいケツをしているが、女房にするのなら、それ以上のものが必要だ。兄貴ならもっといい相手をみつけられただろうに、と思わずにはいられなかった。

母親はまだしゃべっていた。「あの子は、葬式がいつになるのかを知りたがってた。ペレス警部が遺体をいつ返してくれるのかはっきりするまで予定はたてられない、といっておいたわ。マイクルは絶対に参列するって。アメリアとオリヴィアについては、よくわからないみたいだったけど」

サンディには、よくわかっていた。アメリアと赤ん坊は、エディンバラにとどまるだろう。ひとつには、アメリアには仕事があり、彼女にとってはそのほうが家族よりも重要だからだ。アメリアは一度、赤ん坊をウォルセイ島につれてきたことがあった。産休中で、オリヴィアがまだ生後二カ月のときだ。義姉は不平と不安ばかり口にし、予定よりもはやく滞在を切りあげて帰っていった。「ベビーマッサージはどうしても欠かせないから。あれって、母子の絆を作るのに最適な方法だわ」ふだんはすごく頭が切れてすべてお見通しの母親が、どうしてこうも簡単にまるめこまれてしまうのか、サンディには不思議でならなかった。だが、なにもいわなかった。いまは喧嘩をしているときではない。

サンディは、母親が三つの深皿にスープをいれ、父親が席を立ってパンを切るのをながめていた。ふいに、セッターの小農場に祖母がいないという考えに耐えられなくなった。彼は父親のような楽天家ではなかった。ペレスにいったのとは裏腹に、彼はこれでよかったのだとは思っていなかった。

母親はしゃべるのをやめようとしなかった。ときどき、ストレスでそうなるのだ。いまはセッターの小農場のことをしゃべりつづけ、家と土地をどうするのか考えるよう、父親に迫っていた。サンディは母親の話をきちんと聞いていなかった。父親もそうなのではないか、という気がした。父親は機械のように規則正しくスプーンを口もとにはこび、よく嚙んでから飲みこんでいた。その様子はまるで、湯気のたつスープを口にながしこむことに自分の命がかかっているかのようだった。

「キャンプ小屋《ポッド》からきてる娘たちに、警察の許可がおりたら作業をつづけてもかまわないといったの。いいわよね、あなた?」返事はなかった。その必要はなかったし、期待されてもいなかった。「思ったんだけど、環境保全《アメニティ》トラストがあの家を買いたがるんじゃないかしら。すくなくとも、借りたがるかも。どうせ、うちの子たちはあそこに住みたがらないでしょ」母親は話しつづけていたが、父親のスプーンをもつ手は止まっていた。「マイクルはエディンバラを離れないだろうし、サンディはラーウィックに自分のフラットをもってるわ。試掘調査が終わったら、あの家はいい資料館になると思うの」

いまやサンディも、きちんと話に耳をかたむけていた。反対の声をあげようとしたとき、テーブルのむこうにいる父親と目があった。父親は、自分の妻に悟られないくらいかすかに首を横にふってみせた。その表情は、こう語っていた。おまえは心配するな。そんなことは決してさせない。いまは、いわせておけ。黙って、おれにまかせておくんだ。

12

助産婦が帰ると、アンナ・クラウストンは居間の窓辺にすわって、海のむこうをながめた。赤ん坊もいっしょで、膝の上に寝かせてあった。こんなふうに赤ん坊とふたりきりになることはめずらしく、おたがい他人どうしのように感じられた。これが自分の体内に九カ月間いたのとおなじ子供だとは、とても信じられなかった。もしかすると、病院からウォルセイ島に戻って以来、母子だけの時間がほとんどなかったせいかもしれない。家には、贈り物やケーキやキャセロールをもったお祝いの人たちが大勢押しかけていた。そして、けさは警察だ。

アンナは、ウォルセイ島での生活に慣れるのに苦労していた。隔絶された生活環境のせいではない。彼女はそれを楽しんでいた。変化に富んだ島の暮らしを気にいっていた。問題は、プライバシーがまったくないように感じられる点だ。アンナの人生は、もはや彼女ひとりのものではなかった。いろいろな人たちに、その進むべき方向を指示されているような気がした。なかでもいちばん大変だったのは、嫁いだ先が自分の実家とはまったくちがう、とわかったときだった。

彼女の両親は、中年になってから子供をもうけた。父親は、下級公務員だった。堅苦しく、無口で、すこしよそよそしかった。仕事にうんざりしており、自分は正当に評価されていないと感じていたようだった。仕事は決まりきったもので、積極的に昇進を求めるタイプではなかった。母親は小学校で教師をしていた。アンナと妹はこの家で、お金はつかうのではなく貯めるものだとして育てられた。倹約が奨励され、学校の成績が重視されたが、成績が良くても、それを見せびらかしてはならなかった。お楽しみというのは、一生懸命に勉強したあとのご褒美だった。教会にかよい、音楽のレッスンを受け、毎週図書館にいく、郊外の礼儀正しい生活。食事時にテーブルに肘をつくものはおらず、慎みは当然とされていた。

もちろん、大学ではちがう環境で育った人たちとの出会いがあったが、それでもアンナは、それまでの家庭観を維持したままで卒業していた。美味しそうな匂いのする日曜日の食事をオーブンから取りだす母親。夏の終わりの庭でバラの花を摘みとる父親。毎年もちだされてくる色あせた装飾品でクリスマスツリーを飾る妹。自分の家庭でもおなじ光景が再現されるものと、アンナは考えていた。もちろん、小さな変化はいくつかあるだろう。彼女は母親よりも我をとおすし――毎週日曜日にローストディナーを用意するなんて、とんでもない――父親よりもすこしばかり活気のある男性と結婚する。だが、基本的なパターンはおなじになるはずだった。それ以外の家庭など、考えられないではないか？

やがてアンナはウォルセイ島でクラウストン家と出会い、世の中にはまったく異なる形態の家族生活が存在することを知った。クラウストン家には、いつでも音があふれていた。ラジオの音。ロナルドの母親ジャッキーのおしゃべり。いれかわりたちかわり家にやってくる従姉妹や叔母さんやご近所さんが興じるうわさ話。慎みには、重きがおかれていなかった。義母のジャッキーは、あたらしいものが必要だと思えば、服でもキッチンでも車でも、なんでもすぐに手にいれた。まずお金を貯めてから、という発想はどこにもなかった。そもそもクラウストン家のお金はどこからきたのか、アンナは一度たずねてみたことがあった。〈カサンドラ〉号がこの家のものになったのはほんの数年前で、その購入資金はまえのトロール船の稼ぎから捻出されていた。「でも、そのまえは？」アンナはたずねた。「あなたのお父さんは、最初の船をどうやって手にいれたの？」

「身を粉にして働いたのさ」ロナルドはそうこたえた。「それと、危険をおかすことを恐れなかった」

義父のアンドリューが若いころ危険をおかす人物だったことは、アンナには容易に想像できた。彼の写真を何枚か見たことがあるが、大柄で力強く、頭をのけぞらせて笑っていた。やがて彼は病気で倒れ、妻のジャッキーは息子が大学をやめて船の仕事で父親のあとを継ぐことを望んだ。義母はそこでも自分の意見を押しとおした。ロナルドはちがう、とアンナは考えていた。思いやりがあって、それほど自分勝手ではない。だがいまは、彼がほかの家族とまったくおなじに見えた。結果はおかまいなしに、頑として自分の意見を押しとおそうとしているように。彼のわがままを考えると、アンナはふたたび怒りをおぼえた。首のうしろと両腕がこわばるのがわかった。こんなことがあったあとで、どうやっていままでどおり島で暮らしていけるというの？

赤ん坊が膝の上でもぞもぞと動き、両手の指を花びらのように大きくひろげて、彼女のほうにのばしてきた。目はとじられたままで、そのまわりの皮膚はしわしわだ。おまえはここで、どんな人間に育つのかしら？　アンナは考えた。やっぱり、自分勝手になっていくの？　そのとき、彼女は思った。この子もきっと、あたしから活力を奪いとっていくんだわ。ちょうどロナルドがいま、そうしているみたいに。

アンナはすごく疲れていたが、今夜は義理の両親の家に夫婦そろって食事に呼ばれていた。「料理する気分じゃないでしょ」ジャッキーはそういっていた。「それに、まだ赤ん坊が生まれたことを、きちんとお祝いしてないし。ぜひ、きてちょうだい」

赤ん坊が生まれた直後で、アンナとロナルドはすこしふたりきりですごしたがっているかもしれない――そんな考えは、ジャッキーの頭にはまったく浮かんでいなかった。彼女は、自分の欲求をほかの人の望みに転化してしまう癖があった。自分はもてなすのが好きだから、相手ももてなされて嬉しいだろう、というわけだ。ロナルドは、この招待に問題があるとは感じていなかった。なんであれ、母親に逆らうことはできない、と考えていた。「長居する必要はないさ」招待されてアンナが気の進まないそぶりを見せたとき、彼はそういった。「それに、まともな食事にありつけるんだ。悪くないじゃないか？」

赤ん坊がむずかり、アンナは自分のシャツのボタンをはずして、胸に赤ん坊の口をあてた。授乳は大変だろう、と彼女は考えていた。もともと身体をつかうことが得意なほうではないからだ。だが、お乳はたっぷり出たし、赤ん坊はそれをむさぼるように飲んだ。口の端から白くてさらりとした液体がこぼれだし、彼女の肌を伝い落ちていく。ときどきアンナは、自分が空っぽになるまで赤ん坊に吸いつくされているように感じた。時計に目をやり、ロナルドはいまどこだろうかと考える。彼はお昼まえに、きちんとした服装で出ていった。おそらく、ミマの家族に弔意を表しにいったのだろう。家に帰ってきたとき、彼はどんな気分でいるのだろう？

電話が鳴った。受話器をとるために手をのばしながら、アンナはそれが「いまから帰る」という夫からの電話であることを願った。静かな午後をすごしたせいで、心が落ちついていた。もしかすると、ふたりの関係を修復できるかもしれない。だが、電話をかけてきたのは、張りきって興奮気味のジャッキーだった。

「今夜は何時ごろ家《ザ・ハウス》にこられるのか、確認しておこうと思って」ジャッキーはいつでも自宅を、ただ〝家《ザ・ハウス》〟といっていた。まるで、リンドビーにはそれ一軒しか住居がないみたいに。

アンナは片腕で赤ん坊をかかえながら、失望の痛みを感じていた。幸せな家族の真似事を自分がつづけられるかどうか、自信がなかった。ミマの死で今夜の夕食会が中止になればいいのに、と願っていた。ウォルセイ島では、人が亡くなったときの作法や儀式にうるさいのだ。「そちらの都合にあわせます」アンナはいった。「楽しみにしてますから」実際、今夜は誰かといっしょにいるほうがいいのかもしれなかった。さもなければ、彼女とロナルドはひと晩じゅう今回の事件のことで言い争い、そのうちに、彼女がまずいこと、あとでほんとうに後悔するようなことを、口にしてしまいかねない。

受話器をおくと、ロナルドが玄関のドアをあける音が聞こえてきた。

「あたしたちは、ここよ」アンナはいった。

外ははやくも薄暗くなってきているらしく、部屋にはいってすぐのところで立ちどまったロナルドの姿は、アンナの目には影としか映らなかった。

「ああ、なんて光景だ」ロナルドが妻と赤ん坊を見ていった。まだ上着は脱いでいなかったが、ネクタイは首のまわりでゆるめられていた。きちんとした身なりをしていると、アンナには夫がほとんど別人のように見えた。彼は自分にむかってしゃべっており、アンナに話しかけるときよりも訛りがきつくなっていた。

これで、どうしてやっていけるの？　アンナは思った。あたしたち、しゃべる言葉さえちがってる。それぞれ別の世界からきた人間だ。彼のこと、あたしはなにも知りはしない。

「ウィルソン家の人たちに会ってきたの？」アンナはたずねた。

「いや。サンディにばったり出くわしたけど、あいつの親父さんにはなんて声をかけていいのかわからなくて」

「すごくぱりっとして見えるわ」アンナはいった。「そうやって、きちんとした恰好をしていると」

ロナルドは黙っていたが、やがて肩をすくめてみせた。「敬意を表するためかな。きょうはふだん着でいちゃいけないような気がして」

ロナルドはさらに部屋の奥まではいってくると、アンナのいる椅子のそばでしゃがんだ。妻の髪をなで、彼女が小指で赤ん坊の口を乳首からひきはなすのをながめている。アンナは赤ん坊を肩のところまで抱きあげ、背中をさすった。それから、息子を夫のほうへさしだした。

「おむつを替えたほうがいいみたい」という。

「それなら、ジェームズ、おれたちでできるよな？　おれたちふたりで」ロナルドは赤ん坊の髪の毛にむかってつぶやいていた。

「お義母さんから、さっき電話があったわ。今夜のことで」

「きみは、いいのかい？」ロナルドが赤ん坊の頭のむこうからアンナのほうを見ていった。

「無理そうだったら、いつだってとりやめてかまわないんだ」

「出かけるのは、いい気分転換になると思うわ」アンナはおずおずと夫に頬笑みかけた。「ごめんなさい。さっきは、あんなふうにつらくあたって。ショックを受けてたの。あなたの支えに、あまりなってなかったわね」

ロナルドが首を横にふった。「いいんだ。いろいろいわれて当然だよ。おれが馬鹿だったんだから」

ええ、そうよ、とアンナは思った。あなたはとんだ大馬鹿者だわ。だが、彼女にはそれを口にしないだけの分別があった。

しばらくして、ふたりは赤ん坊を毛布にくるみ、乳母車にのせて、丘の上の大きな家へとむかった。アンナにとってはその日はじめての外出で、顔にあたるそよ風が心地良かった。敷居をまたいだ瞬間、きょうの料理は初物の子羊肉だとわかった。その匂いは、ふたたびアンナに両親の家を思いださせた。教会にいったあとの静かなランチ。シェリー酒を飲み、日曜新聞を読んでいた父親。ジャッキーは上機嫌でかれらを出迎えた。アンナとロナルドを抱きしめ、若い夫婦が赤ん坊は寝かせておきたいといわなければ、孫も抱きあげそうな勢いだった。

あけっぱなしのドア越しに、アンナは食堂のテーブルがセットされているのを見てとった。これは特別な夕食会だということだ。すでにろうそくには火がともされ、ナプキンは凝った形に折りたたまれていた。ミマの事故のあとであることを考えると、悪趣味な気がした。これではまるで、彼女の死を祝っているみたいではないか。大勢の客が招かれているときでも、ふだん食事はキッチンでとっていた。ロナルドの父親のアンドリューはシャツに黒いズボンという恰好で、ジャッキーはいつもの趣味からするとやや上品でおとなしめの小さな黒いドレスを着ていた。アンナは自分がずんぐりしていて、服装がくだけすぎているのを感じた。わざわざ着替えてこなかったので、トップスの背中にはたぶん赤ん坊のげろがついているだろう。義母の控えめな服装は、ミマの死に配慮したものなのかもしれなかった。

だが、どうもそういうわけではないらしく、ジャッキーは意地でもパーティ気分にひたろうとしているようだった。

「シャンパンをあけましょうか？」ジャッキーが叫んだ。「二本、冷やしてあるのよ」彼女を先頭にしてキッチンにむかうと、テーブルにはひじょうに値の張るシャンパンがアイスバケットにいれておかれていた。今夜のためにわざわざアイスバケットを買ったのだろうか、とアンナは思った。ジャッキーは、インターネットでの買い物にすっかりはまりこんでいるのだ。だが、おそらくちがうだろう。クラウストン家では、誕生日とか記念日のたびにシャンパンが飲まれているのだから。ジャッキーが息子に腕をまわした。「ほら、ロナルド、あたしのかわりにボトルをあけてちょうだい」

アンナは夫がことわるのではないかと思った。母親に腕をまわされて、ロナルドが身体をこわばらせるのがわかった。ロナルドが身をくねらせ、その腕から逃れる。だが結局は、母親の期待どおりにする習慣が勝ちをおさめた。ロナルドは場の雰囲気にあわせてボトルを白いナプキンでつつみ、手がすべらないようにした。そして、自分が考えていたよりも大きな音をたてて栓が抜けると、母親にむかって顔をしかめるようにして笑みを浮かべてみせた。だが、母親がシャンパンを注いでまわったときには、グラスを受け取ろうとはしなかった。

「それじゃ、ビールにする？　お父さんも、これが好きじゃないし。あたしたちでよけいに飲めるわね、アンナ」

「おれは飲まない」ロナルドがいった。「きのうの晩、あんなことがあったあとなんだ」

ジャッキーはなおも勧めようとして、すんでのところで思いとどまった。そのための努力が、アンナには見てとれた。ジャッキーは背中をむけると、冷蔵庫からコーラの缶を取りだしてきて、息子に渡した。

「今夜は、その話はよしましょう」ジャッキーがいった。「これはパーティなんだから」彼女は自分のグラスにシャンパンのおかわりを注ぐと、ほかのものたちを食堂へと先導した。

ミマのことがふたたび口にされたのは、プディングを食べはじめたときだった。そして、このときミマの話題をもちだしてきたのは、ジャッキーだった。アンナは、知らず知らずのうちに食事を楽しんでいた。ワインで、リラックスしていた。きっと、すこし酔ってさえいたのだろう。なぜなら、気がつくと、ジャッキーが口にした冗談に大きすぎる声で笑っていたからだ。はしたない行為だ。夫がおかわりを注ごうとボトルをさしだしてきたとき、アンナはグラスに手をかぶせてことわった。もしかすると、なにもかも上手くいくのかもしれない、と彼女は考えた。あたしはこれをのりきれるかも。ジャッキーも食事のあいだじゅう、かなり飲んでいた。料理をしていたのと場を盛りあげなくてはという使命感から、顔が赤くなっていた。

「彼女がいなくなっても、誰も惜しむ人なんていやしないわ」

「彼女って?」ロナルドがスプーンをもつ手を止めていった。

ジャッキーが顔をあげて、息子を見た。「ミマ・ウィルソンよ。あの人、ひどい陰口をたたくことがあったじゃない。それに、あれは事故だったのよ。自分を責めちゃだめ」

「そんなことというのはよしてくれ」ロナルドの声はしっかりしていた。

沈黙がつづき、そのあいだにジャッキーは気を静めた。「ええ、おまえのいうとおりね。死者のことを悪くいうものじゃないわ」テーブルのむかいにいるアンナに、そっとめくばせする。この子に調子をあわせましょう。いまは動揺してるから。

発作を起こして以来、アンドリューはすらすらとしゃべれなくなっていた。頭のなかで文章をまとめ、それを口に出していうのに、ときとしてすごく時間がかかることがあった。かと思うと、ひとつのまとまった文章がいっきに口から飛びだしてきて、本人とまわりのものたちを驚かせることもあった。いままさに、それが起きた。

「彼女はべっぴんだった」アンドリューがいった。「若かりしころはな」それから、みんなにみつめられているのに気づいて、こうつけくわえた。「ジェマイマ・ウィルソンだ。おれがいってるのは、ジェマイマ・ウィルソンのことだ」ぎょっとした沈黙のなかへ、ふたたび自らもしりぞいていく。

「ええ、そうね。彼女はきれいだった」ジャッキーが苦々しい口調でいった。「そして、本人もそれを承知してたわ。中年のころ、自分の半分くらいの年の男たちといちゃついてたもの」

アンドリューもその若い男たちのひとりだったのだろうか、とアンナは思った。気まずい沈黙がながれた。

「ミマのことは、昔から大好きだった」ロナルドが静かにいった。「子供のころ、面白い話をいっぱい聞かせてもらった」

「そうね。たしかに、子供たちには人気があったわ。蜂が蜜の壺にむらがるみたいに、みんな彼女のところにたむろしてた」ジャッキーはその先をつづけるかに見えたが、急にやめた。

しばらく沈黙がつづいた。おのおのがミマの思い出にふけっているのかもしれなかった。

アンドリューが咳ばらいをしてから、ふたたび驚くようなことを口にした。「ある男が、ジエマイマ・ウィルソンのせいで死んだ」テーブルを見まわし、みんなが自分の言葉に耳をかたむけていることを確かめる。アンナには、彼が信じてもらおうと必死になっているように見えた。「ある男が、彼女のせいで死んだんだ」

ほかのものたちの注意をひきつけたと得心すると、彼はつづけた。「まあ、いまじゃ、あの女も旦那のところへいったわけだが。あのふたりは、似た者どうしだった。夢のようなカップルさ」間があき、それからむせぶような奇妙な笑い声がつづいた。「それとも、悪夢のようなカップルというべきかな」

13

ラクソの港で慎重に車をフェリーから降ろしているときに、ペレスは一瞬、うしろめたさをおぼえた。ウォルセイ島とサンディの家族から逃れられて、ほっとしていることへのうしろめたさだ。そう、彼は不慮の死につきもののごたごたから逃れられて、ほっとしていた。悲しみになら、まだしも対処できる。苦手なのは、利己的な反応のほうだった。死のあとで発生する、避けようのない不快な反応。まず最初にくるのは、欲だ。たとえ亡くなった人が裕福でなくても、ふつうなにかしら揉めごとの原因となる財産があるものだ。そのあとに、罪悪感がくる。ひとつには、愛する人の死のあとで欲を感じるなんてとんでもないことに思えるからであり、ひとつには、人間関係――とくに、家族のあいだの人間関係――が完璧ではないからである。ミマの遺族のすくなくともひとりは、過去に〝あんな女なんか死んでしまえばいいのに〟と考えたことがあるだろう。本気で願ったわけではないかもしれないが、それでも考えたことに変わりはない。そして、その人物はいま、そのことが頭から離れなくなっているにちがいない。

ペレスはラジオをつけ、シェトランド本島を南にむかって車を走らせた。仕事をつうじて出会う人たちのことを彼が心配するのは、ある意味で傲慢だ、とフランはいっていた。「あなたがかれらのことを気にかけるのは、いいことだと思うの。けど、なんのかんのいっても、あなたは司祭じゃない。苦しみには、自分で対処させなきゃ。その人たちの友だちだって助けられないときに、どうしてあなたにそれができると思うわけ？」いまペレスはその忠告にしたがって、サンディの疲れきった灰色の顔を忘れようとした。調理用こんろにかがみこむイヴリンの背中のこわばりを、心から締めだそうとした。かわりに、ザ・プロクレイマーズの曲にあわせて、大声で歌った。ラーウィックの町にちかづくにつれて、霧がすこし晴れてきた。そして、フェリーのターミナルのそばを通過するころには、淡い日の光の筋が波止場から反射してきていた。

ペレスは昼食をとるために、自宅に戻ることにした。フランやキャシーと話す必要があると感じていたが、署からでは、うるさいし邪魔がはいるので電話をかけられなかった。彼の自宅は水辺に建てられた間口の狭い古い家で、外壁には満潮線がついていた。いまでは霧がだいぶ晴れており、ブレッサー島が見えていた。この春いちばんの暖かい日で、ペレスは居間の窓をあけ、カモメの鳴き声と潮騒と塩気をふくんだ空気をなかにいれた。

思っていた以上に、彼はフランがいなくて寂しかった。もちろん、本人にそのことはいってなかった。フランはそれを馬鹿にし、彼の感傷のあらわれだと考えるだろう。彼が電話をかけると、フランはいつでも、ロンドンで出会った人たちや観てきたショーや訪れた画廊のことを興奮気味にまくしたてた。彼女はシェトランドに戻る気がうせてきているのではないか、とペレスはときどき心配になった。いまになって、彼はウォルセイ島で出会った女たちとフランの共通点に気づいた。サンディの父親も従兄弟のロナルドも、ここでの生活に満足している。一方、イヴリンとアンナは、どちらも外の世界に目をむけ、もっと多くを望んでいる。彼女たちはこの土地を愛していると主張しながらも、変化を求めることで、それをだめにしようとしているのかもしれない。ペレスには、そんな気がした。

ペレスは去年の夏の日曜日のお茶会で、中古のフィルター式のコーヒーメーカーを購入していた。フィルターをセットしてコーヒーの粉をいれ、コーヒーが滴り落ちるときの芳醇な香りがただよいはじめるのを待つ。そういえばフランは、彼が一日じゅう濃いブラック・コーヒーを飲んでも夜眠れることをうらやんでいた……。ペレスは、なにをしているときでも自分の頭のなかには彼女がいることに気がついた。つねに思考のどこかに潜んでいるのだ。

フランの両親の家に電話したが、誰も出ないまま留守番電話に切り替わったので、受話器をおいた。彼女の両親に、メッセージを聞かれたくなかった。口ごもりながらしゃべる彼の言葉は訛りがきつくて、かれらにはほとんど理解できないにちがいない。

フランに結婚を申しこむべきだという考えに、ペレスはとりつかれていた。去年の夏にふと思いついたことだが、いままたそれが戻ってきて、頭から離れなくなっていた。いっしょに住もうと提案したら、彼女はすぐに同意するとわかっていた。ふたりが知りあって一年以上になるし、ペレスは自宅ですごすのとおなじくらいの時間を、レイヴンズウィックにある彼女の家ですごしていた。最近、フランが冗談めかして――あきらかに彼の反応を試そうとして――こういっていた。「いっそ、どちらの家も売りはらったら、もうすこし広い家を買えるんじゃないかしら」ペレスはあいまいな返事をした。そして、フランが自尊心からおもてには出さなかったものの、内心ではその反応にがっかりしたのを知っていた。

ペレスは同棲することに対して、なんら道徳的な抵抗を感じていなかった。まわりからどう思われようと――たとえ、それが両親であっても――関係なかった。だが彼は、まだ結婚という考えにこだわっていた。要は、永続性と安定の問題だ。ペレスはフランがもうひとり子供を欲しがっているのを知っており、このままではばらばらの家族が生まれるのではないかと心配していた。結婚にこだわるのには、それほど高潔でない理由も存在していた。フランはダンカン・ハンターと結婚していた。その彼女がペレスとの結婚を拒めば、それは彼女がペレスをダンカンほど――浮気者でパーティ好きのダンカンほど――愛していないことを意味するのではないか？　ことわられるかもしれないと思うと悩ましかったが、それでもペレスは結婚のことを考えずにはいられなかった。

コーヒーのおかわりをマグカップに注ぐと、ペレスはフランの携帯電話のほうにかけた。彼女と話をしたかったので、うしろから聞こえてくる笑い声や車の音にも喜んで我慢するつもりだった。フランはすぐに電話に出た。

「ジミー！　元気にしてる？」

「いま話せるかな？」フランと電話でしゃべるとき、どうしてこういつも堅苦しいしゃべり方になってしまうのだろう？　まるで同僚のひとりに話しかけているような感じだ。

「ちょうどよかったわ。みんなで自然史博物館にきてるの。両親がキャシーをつれて恐竜の展示を見にいってるから、あたしはこっそり抜けだして、まともなコーヒーに一杯ありついてるところ」興奮で生き生きしている彼女の顔を、ペレスは思い浮かべることができた。どんな服装でいるのだろう？　それも頭に思い浮かべたかった。いまなにを着ているのかたずねたら、変なやつだと思われてしまうだろうか？

「こっちは自宅だよ」ペレスはいった。「おなじくこっそり抜けだして、コーヒーにありつこうと思ってね。それに、静かなところできみと話をしたかった」

「あたしもいま、そこにいられたらいいのに」

なら、帰ってこいよ。ヒースローを発つ最初のアバディーン行きの飛行機に乗って。ローガンエアの最終便は、こっちで予約しておく。それなら、今晩までには戻ってこられる。

そんなことに思いをめぐらせ、計画の実現性に気をとられていたので――彼女は荷造りしなければならないから、やはり時間が足りないだろう――ふと気がつくと、ふたりのあいだには沈黙がながれていた。フランが返事を待っていた。「ああ」ペレスはいった。「きみがいなくて、すごく寂しいよ」

ペレスの頭のなかでは、馬鹿げた文句がしつこくくり返されていた。結婚してくれ。結婚してくれ。結婚してくれ。これを聞いたら、フランは彼のことを馬鹿にするだろう。そして、感傷的な男と思われないようにする彼の努力は、また一から出直しということになる。

「あら」フランはいった。「もうすぐ会えるわよ。あと一週間もすれば」

「きみが都会を気にいって、こっちに戻ってきたくなくなるんじゃないかと心配なんだ」

「まさか、ジミー。そんなこと、あり得ないわ。帰るのが待ちきれないんだもの」

それを聞いて、ペレスの胃は嵐の日に〈グッド・シェパード〉号に乗っているときみたいにでんぐり返った。十六歳に戻って、またはじめて恋に落ちたような気分だった。だが、彼はそれだけで我慢しなくてはならなかった。キャシーとフランの両親が戻ってきたからだ。キャシーは母親から電話を奪うと、ティラノサウルスについて学んできたことを、すべてペレスに話して聞かせた。

警察署内は、サンディの祖母が亡くなった話題でもちきりだった。事故が起きた経緯について、さまざまな臆測が飛びかっていた。

「ロナルド・クラウストンとは、学校でいっしょだったんだ」ひとりがいった。「いつも、どこかぼうっとしてたよ。でも、銃のあつかいはしっかりしてそうだったがな。荒っぽい連中とも、つきあいはなかったし」

「サンディの話じゃ、酒好きだっていうじゃないか」

ペレスは会話を聞きながら、ロナルド・クラウストンが霧の晩にミマ・ウィルソンを撃ったことが人びとの記憶から薄れるまでに、どれくらいかかるだろう、と考えていた。どこへいこうと、そのうわさは彼についてまわる。たとえ刑事責任を問われなくても、死ぬまでつきまとわれるのだ。

うわさ話にまきこまれるのを避けるため、ペレスは受話器に手をのばして、地方検察官と会う手はずをととのえた。彼女のオフィスにいくまえに、要点を紙片に書きとめておく。地方検察官がどういう見方をするのか、彼にはまだ確信がなかった。この事件を軽く考えるつもりはなかったが——ロナルドは酒を飲んだあとで銃をもちだし、霧の晩に狩りに出かけるという愚かな真似をしでかしたのだ——それでもペレスは、地方検察官を説得して、これを〝故意〟ではなく〝無謀〟にできれば、と考えていた。

イングランドの同僚たちに地方検察官の役割を説明するのは、むずかしかった。フランでさえ、それを理解できずにいた。「それで、いったい彼女はなにをしてるわけ？」地方検察官とは治安判事と訴追側の弁護士をあわせたような存在だ、とペレスはいつも説明していたが、それでもフランはまだ納得していなかった。彼女に理解できたのは、地方検察官が彼のボスだということだけだった。

新任の地方検察官ローナ・レインは五十代の恰好のいい女性で、鋭い舌鋒とシェトランドでは場ちがいに見えるデザイナーブランドの服で知られていた。うわさでは、毎月エディンバラまで飛んで、髪を切ってもらっているという。ペレスはシェトランドのうわさ話を信じたことがなかったが、彼女のブロンドが地毛で、そのカットの仕方で十歳は若く見えるというのは、もうすこしで信じられそうだった。彼女はヨットにはまっていて、オークニー諸島から帆走してきたときに、シェトランドの島々に惚れこんだ。あたらしい博物館のオープニングで気がゆるんだのか、海から見るシェトランドは天国のようだった、と彼女はペレスに話してくれたことがあった。陸地から見たシェトランドはどうでしたか、とペレスはたずねたかったが、すでに彼女はもっと著名なゲストのところへ連れ去られていた。彼女はアイスのマリーナちかくにある旧校長宿舎にひとりで住んでおり、過去と現在を秘密のベールにしっかりとくるんでいた。唯一広く知られているのは、彼女がシェトランド諸島でもっとも高価で巨大な双胴船のヨットを所有しているということだけだった。

ペレスは、まだ彼女のことをよくわかっていなかった。仕事はできるが、すこし厳しい、というのがふだんの印象だった。彼女には政治的な野心がある、と地元ではうわさされていた。スコットランド議会の議員の席を狙っているというのだ。たしかに、彼女は権力が好きそうだった。

ペレスが部屋にはいっていくと、地方検察官は自分の机から立ちあがった。ふたりは小さなテーブルをはさんで、安楽椅子に腰をおろした。しばらくして、彼女の助手がコーヒーをはこんできた。

「ジェマイマ・ウィルソンの件ね」地方検察官はコーヒーを注ぐと、その完璧な顔をペレスのほうにむけた。

「どうやら、よくある不幸な事故のようです。日が暮れたあとで、男が懐中電灯を手に、ウサギを撃ちに出かけていく。男は老女が外をうろついているとは知らなかった。どうして老女が外に出ていたのかは、まだわかっていません」

「光でウサギの目をくらましてから狩る行為は、違法よ」地方検察官がいった。

「ええ。でも、誰もがやっていますし、これまでそれで起訴されたものはいません」

しばらく沈黙がつづいた。外のオフィスで、コンピュータのキーボードをたたく音がしていた。電話の鳴る音が聞こえてくる。

「ここに赴任したばかりのころ、ブレッサー島での集会で話をしてくれと頼まれたわ」地方検察官がいった。「スコットランド低地地方出身で女性の地方検察官を地元の人たちがどう思うかを主催者にたずねたら、彼はしばらく黙りこんでから、こういったわ。〝かれらはあなたを敵とはみなさないでしょう〟。それから、ふたたび黙りこんだあとで、こうつづけたの。〝そう、かれらの敵はウサギです〟」地方検察官が顔をあげて、頰笑んだ。「あながち、冗談ではなかったわけね」

「つまり、あなたは起訴すれば、人気を失う」

「光でウサギの目をくらませた件にかんしては、起訴しません。けれども、死亡事故のほうは話が別です。〝無謀〟という問題がからんできますからね」地方検察官はクリーム色のパンツスーツを着ていた。足首を交差させた拍子に、まったくおなじ色のほっそりしたフラットシューズが裾からのぞいた。「無謀な行為で責任を問うためには、ミセス・ウィルソンが夜遅く家の外にいる可能性があったことを、ミスタ・クラウストンが認識していなくてはなりません」

「日が暮れたあとでミマ・ウィルソンが外出しないことは、周知の事実でした」ペレスはいった。

「それでは、今回の件が故意の行為であったとは思えませんね」地方検察官が顔をあげ、ペレスに頬笑んだ。「あなたの考えは、警部？」

「もちろん、クラウストンを犯罪者だとは考えていません」

「でも？」地方検察官が顔をしかめた。正確にいうと、いらだちというよりも、驚きからだった。ペレスもこの判断に納得する、と彼女は考えていたのである。

「ロナルド・クラウストンは、ミマ・ウィルソンの土地にむけては発砲しなかった、と主張しています」自分の先ほどのためらいやかすかな語調の変化に彼女が気づかずにいてくれたらよかったのに、とペレスは思った。結局のところ、彼はここにきた目的のものを手にいれていたのだ。

「そういいたくなる気持ちは、わかります。彼は自分のしでかしたことを知って、すごく動揺したにちがいありません。おなじような状況におかれたら、誰でも罪の意識から逃れたいと思うでしょう。自分には責任がない、と自らを納得させようとする」

「かもしれません」

地方検察官はペレスを見ていた。この寸分の乱れもない女性が強風のなか、ひとりでヨットをあやつっているところを想像するのは、むずかしかった。だが、彼女にはそうした体験を楽しめるだけの強さがあることに、ペレスは気づいていた。「なにがひっかかっているのかしら、ジミー。ここだけの話ということで」

「あの悪天候の晩に、ミマ・ウィルソンが外でなにをしていたのかが気にかかるんです。それに、ロナルド・クラウストンがセッターの小農場にむけて銃を撃ったと認めてくれれば、もっとすっきりするんですが」

「なにがいいたいの、ジミー？　誰か別の人間が彼女を殺したとでも？」その声にあざけりにちかい皮肉がかすかにこめられているのを、ペレスは聞き逃さなかった。だが、彼女の表情には、それらはまったくあらわれていなかった。

「きのうの晩に外にいたのは自分だけだった、とクラウストンはいっています。責任をほかになすりつけようとはしていません」

「では、誰か別の人間がミマ・ウィルソンを殺したのだとすると、それは事故でなかったことになりますね。あなたがいいたいのは、そういうことでしょ、ジミー？　ロナルド・クラウストンが被害者の家のちかくで発砲しなかった可能性は、ごくわずかです。それだけを根拠に殺人事件の捜査が認められると、本気で期待しているわけではありませんよね。それが納税者にとってどれだけ大きな負担になるのか、わかっているでしょう」

　こうして言葉にされてはじめて、ペレスは現場を目にしたときからずっと、自分が頭のどこかで謀殺の可能性を考えていたことに気づいた。彼はそれを馬鹿げていて現実ばなれしているとして、否定していたのだ。「何者かがミマ・ウィルソンの死を望む理由に、思いあたるふしはありません」ペレスはいった。「被害者は、サンディ・ウィルソンの祖母です。生まれてからずっとウォルセイ島で暮らしていました。なにかと風評はありましたが、被害にあうような女性ではなかった。その彼女がどうしてこういうことになったのか、どうしても納得がいかなくて」

地方検察官が間をとって、コーヒーをすすった。「彼女の命を奪ったのがロナルド・クラウストンの銃であることは、間違いないのですね？」

「ショットガンの場合、それを判別するのは不可能です。ライフル銃のように、それぞれの銃が独自の痕跡を弾丸に残していくわけではないので。使用された弾薬は特定できるでしょうが、おそらくウォルセイ島では、全員がウサギ狩りのときにおなじ弾薬をつかっているでしょう」

地方検察官が椅子の背にもたれかかった。金のかかった化粧にもかかわらず、ひたいと目尻に細かいしわがあるのがわかった。

「いま手もとにある材料だけでは、この件を事故死とするしかありませんね」ようやく地方検察官がいった。「それ以外の判断をくだせば、亡くなった女性の家族に不必要な苦痛をあたえ、地域社会に無用な興奮状態をもたらすだけでしょう。あえてそうするだけの理由はありません」

ペレスはうなずいた。それ以外の判断は、あり得なかった。

「クラウストンを起訴しないという点で、わたしたちの意見は一致していますね？　起訴しても、地元には受けが良くないでしょうし」

「ええ」ペレスはいった。「異存はありません」

「細かい点にかんするあなたの懸念は、理解できます。いちばんいいのは、こっそり捜査をすることではないかしら。現時点では、公式にはなにもしない。いずれにしても、こうした死亡事件では検死解剖がおこなわれます。なにかあたらしい事実が出てくるか、一週間ほど様子をみてみましょう。それでは、連絡を絶やさないようにしてください」賢明な判断だ、とペレスは思った。きちんと保険をかけておく。たとえミマ・ウィルソンの死が殺人だったと判明した場合でも、自分がその可能性をはなから否定していたわけではないことを示せるわけだ。

ペレスはふたたびうなずいた。彼女はシェトランドにきてあまり長くないので、こういうことを秘密裏におこなうのは不可能にちかいことがわかっていなかった。ここでは、プライバシーなど存在しない。気づかれずにいることなど、なにもないのだ。地方検察官は、絶対に彼女の望みどおりにならないことをペレスにするように指示していた。そしてペレスは、そのことを彼女に指摘するだけの勇気がなかった。

ドアのところで、ペレスは足を止めた。もうひとつ、些細なことを思いだしたのだ。

「二週間ほどまえ、セッターの小農場で頭蓋骨が発見されました。ヴァル・ターナーからサンディに報告がありましたが、あなたのほうにも連絡がいきましたか？」

地方検察官の眉があがった。「それが、今回の件に関係あると？」

「わかりません」

「頭蓋骨は古いものでした」ペレスはつづけていった。「ほんのかけらです。考古学の試掘調査でみつかったものですから、偶然でしょう」

14

サンディは深い眠りから目覚めた。外で羊が鳴いており、パンを焼く匂いがしている。ここはラーウィックの散らかった狭苦しいフラットではなく、リンドビーのウトラの小農場にある実家だ、とすぐに気づいた。彼の母親は、毎日のように——たとえ、家に自分と夫しかいないときでも——パンを焼いていた。息子が帰ってきているとなれば、そうしないわけがない。サンディはしばらく横になったまま、見慣れた部屋を見まわした。彼が家を出たあとで、母親は部屋をかたづけていた。壁のポスターをはがし、ダーツ盤を取りはずし、あたらしい壁紙を張り、カーテンをかけかえていた。母親に部屋をあけ渡すまえに、彼は忘れずに十代のころからベッドの下に隠していたポルノ雑誌の山を処分した。スーパーマーケットの買物袋ふたつに雑誌を詰めこみ、こっそり家からはこびだしたときのことを思いだすと、思わず笑みがこぼれた。いほんと、情けないよな！　母親といると、いつでも自分が十四歳になったような気がした。いま、部屋はきれいにかたづき、個性がまったくなくなっていた。匂いさえ、ちがった。母親はここを、マイクルとアメリアがエディンバラからきたときの赤ん坊用の部屋にすることにしていた。もはや、サンディのいる場所ではないのだ。ベッドわきの時計に目をやる。朝の八時。

これがラーウィックでの休日なら二度寝するところだが、ウォルセイ島では事情がちがった。母親がいるのだ。息子に期待し、息子の行動を批判し、息子のためにパンを焼く母親が。母親にどう思われるのかを気にするなんて、まだ子供だと思われても仕方がなかった。この先、母親から完全に逃れられる日はくるのだろうか、とサンディは思った。

彼は伸びをして、よろよろと浴室へむかった。すでに母親が、その音を聞きつけていた。「サンディ！　ちょうどお湯がわいたところよ。おまえも紅茶を飲むかい？」息子が朝はコーヒーのほうを好むということを、母親はどうしても覚えられずにいた。

「まだいいよ。これからシャワーを浴びるから」サンディの声は、必要以上にとげとげしかった。彼と母親の関係は、こうしたちょっとした自立への闘いで成り立っていた。母親がそれに気づいていないのは確かで、そのせいで、母親とのやりとりがいっそういらだたしいものになるのだった。あたらしく取りつけたパワーシャワーの下に立ちながら、サンディは自分の父親とミマの関係について考えた。卵を産まなくなった鶏を処分するためにミマに呼びだされたとき、父親もおなじように憤慨したのだろうか？　決して、そんなことはなかったはずだ。サンディの父親はミマを愛しており、喜んで彼女といっしょにいた。おなじ冗談で、声をあわせて笑っていた。父親は、妻に打ち明けていないことでも、ミマには話していたにちがいない。一方サンディは、重要なこととなると、どうにかして母親には話さないようにしてきていた。

キッチンにいくと、彼はいつものように、いらだちと愛情のないまぜになった感情をおぼえた。母親はテーブルのまえに立ち、スウェットシャツの袖を肘までまくりあげて、生地をのばしていた。息子の好物だと知っているので、フルーツパイを作るつもりなのだろう。ほんとうに、エネルギーにあふれていた。もしかすると、母親はこの島に囚われているように感じているのかもしれなかった。ここでふたりの息子を育て、父親がダンカン・ハンターの下で働いているあいだ家族をまとめておくために、自分の夢をすべてあきらめてきたのかも。ジャッキー・クラウストンやほかの漁師の妻たちがつかいきれないくらいの大金をもっているときに、自分は家計のやりくりにおわれているというのは、決して楽なことではなかっただろう。もしもちがう家に生まれていたら、ちがう家に嫁いでいたら、自分もそうした贅沢な暮らしができていたのだから。そのことで母親がときどき落ちこんでいたのを、サンディは知っていた。

「紅茶がはいってるわよ」母親がいった。それから、思いだして顔をしかめた。「それとも、コーヒーのほうがよかったんだっけ？　すぐに用意できるわよ。やかんのお湯はまだ冷めてないから」

「紅茶でいいよ」

サンディは紅茶を注ぎ、自分で深皿にシリアルを用意すると、テーブルの上の空いているところをみつけた。

「あの感じのいい警部さんに電話して、いつ葬式を出せるのか訊いてみてくれないかね？」

マイクルがこっちにくる手はずをととのえられるようにするためだろ、とサンディは思った。そしたら母さんは、洒落たスーツに特注の靴で身をかためた自慢の息子を島じゅうに見せびらかすことができるからな。そのとき、自分と母親の関係が上手くいっていないのは、母親が兄のマイクルのほうを可愛がっているからだ、という考えがサンディの頭に浮かんだ。おれは嫉妬してるんだ、と彼はびっくりして考えた。つまりは、そういうことなんだ。いままでそれに気づかなかったなんて、なんて馬鹿だったんだろう。

「警部はウォルセイ島にくるかもしれない」サンディはいった。「地方検察官がなんていったかしだいだけど」

「つまり、ロナルドを逮捕しにくるのかい？」

サンディは肩をすくめた。そんなに嬉しそうな声を出さなくても、いいだろうに。でも、母さんも嫉妬してるんだ、とサンディは思った。ジャッキー伯母さんに。あの丘の上の立派な家に。毎年買い替えられる新車のＢＭＷに。ベルゲンへの船旅に。アンドリュー伯父さんが病気で倒れたあとでは、もううらやむものはないって気づいてよさそうなものなのに、それでもうらやまずにはいられない。母さんは本気でロナルドが告訴されるのを望んでいるわけじゃない。ただ、ジャッキー伯母さんの鼻をあかしてやりたいだけなんだ。

「父さんは？」

「セッターの小農場にいったよ。雌牛の乳を搾ってやらないといけないし、鶏や猫に餌をやる必要があるからね」

「あとで寄ってみるよ。手伝いが必要かもしれないから」

母親は彼をひきとめるかに見えた。もしかすると、自分たちの関係を、サンディと父親のような良好なものにしたいと考えているのかもしれない。だが、母親は思いなおしたようだった。

「そうね」という。「雨があがって霧も晴れたことだし、散歩日和だわ」

サンディがセッターの小農場につくころには、父親は動物たちの世話を終えていた。サンディは父親をキッチンでみつけた。入口で足を止め、キッチンで立ちつくしている父親をながめる。父親はもの思いにふけっているらしく、そこにうっかり足を踏みいれてはいけないような気がした。とはいえ、ただ外で待っているのも馬鹿みたいだった。ようやく、父親がサンディに気づいた。

「ミマのいないこの家を想像するのは、むずかしいな」父親はいった。「悪だくみやうわさ話をいっぱいかかえて、いまにもうしろからちかづいてくるような気がする」

「ミマはどうやって島の出来事をすべて把握してたんだろう?」サンディはまえにもそのことを不思議に思っていた。祖母はサンディの友だちの脱線行為や恋愛関係を、彼よりも先に知っていた。母親がミマのことを魔女と呼んでいたのも、無理なかった。「最後のほうは、あまり外出してなかったのに」

「ミマは二、三日おきにリンドビーの店にかよってたからな」父親がいった。「それに、いつでもいろんな人がここに訪ねてきてた。セドリックが毎週木曜日におしゃべりにきてたし、ミマとのつきあいを楽しんでたのは同年輩の年寄りだけじゃなかった。おまけに、ミマはスキャンダルにかんしちゃ鼻がきいた。ほかの人が腐った卵を嗅ぎわけるみたいに」父親は細かいところまで記憶に刻みこもうとするかのように、部屋のなかを見まわした。マイクルとアメリアが海外の休暇先から送ってきたいちばん最近の絵葉書が、食器棚に飾ってあった。この家のどの部屋にあっても場ちがいに見えそうな宗教的な図案の刺繡は、ミマが子供のころに自分で縫ったものかもしれない。大きなテレビ。流しのわきの汚れたグラス。戦争中に撮られたミマの夫の写真――ノルディック・セーターを着ていて、若く見える。サンディの母親は、これらすべてのものの埃を払い、ごしごしこすり、きちんとかたづけるまで、手を休めることはないだろう。サンディにも父親のジョゼフにも、そのことがわかっていた。

「いまでもまだ、ここがわが家だと思ってる？」そう口にした瞬間、サンディにはそれが馬鹿げた質問であるのがわかった。父親は結婚してから、ずっとウトラの小農場で暮らしていた。ウトラの小農場は母親の家族のもので、ふたりが越してきたときにはあばら家だった。父親はそこで、ほとんどゼロから〝わが家〟を築きあげたのだ。

だが、サンディの父親はこたえるまえに、じっくりと考えた。それから、質問には直接こたえずに、こういった。「子供時代をここですごすのは、楽じゃなかった。親父は、おれがまだ赤ん坊のころに亡くなった。そしてミマは、学校から帰ってきた子供に食事を出したり、毎朝きれいな服を用意しておいたりしてくれる母親じゃなかった。すごく小さいころから、おれは自分で自分の面倒をみるようになった。けど、幸せだった。ミマはいろんな話をしてくれた。おれたち親子は世界を相手に闘ってるんだ、とよくいってたよ」父親が笑った。「ミマはいつでも大げさな表現をつかってた。子供のころは、親父の話をよく聞かされたよ。親父が生きてさえいれば、おれたちはなに不自由なく暮らしてただろうって。〝おまえのお父さんは、欲しいものはなんでも買ってやると約束してくれたんだ。いい服でも、いい家でも〟。ミマは話をするのが大好きだった。島に実在する人物と作りごとと伝説をまぜあわせた話だ。おれは何時間でもミマの話に耳をかたむけていられたが、できれば満腹の状態でそれを聞きたいと思ったことが何度かあったよ」

父親が母親のどこに惹かれたのか、サンディははじめて理解した。母親は父親が仕事から帰ってくるまでに、いつでもきちんと夕食を用意していた。家のなかはつねに掃除してあったし、服は洗濯され、アイロンがかけられていた。

「あの晩、ミマはどうして外に出てたんだろう?」

「ミマのやることに、なにか理由なんてあったか?」父親が笑った。「生まれてからずっといっしょにいた息子のおれにさえ、謎だらけだったよ」

その答えは簡単すぎる気がして、サンディはもっと食いさがろうとした。だが、そのとき、あけっぱなしのドアをたたく音がした。試掘現場で働くふたりの娘が外に立っているのが見えた。ソフィは襟もとのあいたシャツを着ていた。胸のあたりのサイズがひとまわり小さすぎるシャツだ。下はショートパンツで、厚手の靴下にウォーキングブーツをはいている。おたくっぽく見えてもおかしくない恰好だが、彼女の脚は長く、茶色く日焼けして、均整がとれていた。サンディは、その脚をみつめないように努力した。頭のいい女性に惹かれたくなかったのだ。口をひらいたのは、ハティのほうだった。

「作業を再開してもかまわないのかどうか、わからなくて。警察の許可はおりてますけど、しばらくここをそっとしておきたいのであれば……いえ、それよりも、このプロジェクト自体を中止したいと考えているのかもしれませんね」

彼女がそれだけは避けたがっているのが、サンディにはわかった。彼女はいつも人ごみの端のほうにいて、〈ピア・ハウス・ホテル〉で仲間と飲んでいたときに、彼は何度かハティと話をしていた。話題といえば自分の研究のことだけ。おそらく情熱を燃やすことができるのも、それだけなのだろう。彼女がテーブル越しにロナルドのほうに身をのりだし、鉄器時代の道具のことを説明していたのを、サンディは覚えていた。リンドビーにこの娘たちがいるのは、いいことだった。ここをすこし活気づけてくれる。「どうする、父さん?」

父親は顔をしかめていた。

「父さん?」サンディはもう一度いった。ハティの先ほどの質問が耳にはいっていたのかどうかさえ、さだかでなかった。

「どうかな」父親がいった。「いろいろと事情が変わったし、この小農場をどうするかもわからない」

もしかして、父親はウトラの小農場を売って、ここに——すごく幸せな子供時代をすごしたこの家に——戻ってくることを考えているのだろうか? 母親がそれに賛成するとは、とても思えなかった。それはつまり、あたらしいキッチンとあたらしい浴室を捨てて、また最初からやり直すことを意味するのだから。

「でも、作業をつづけるのはかまわないだろ?」サンディはいった。「すくなくとも、ここをどうするか決めるまでは？　父さんも知ってるだろうけど、ミマは彼女たちがここにいるのをとても喜んでた」

父親がふたたびためらいを見せた。ことわるつもりだ、とサンディは思った。だが、結局は笑みを浮かべて、「もちろんだ」といった。「いいとも。せっかくだから、現場でどんなことをしてるのか、見せてもらえないかな？」

父親は、たんに他人が自分の母親のキッチンにいるのが気にいらなかっただけかもしれなかった。外に出ると、目に見えて愛想が良くなり、協力的な態度で学生たちに接するようになった。ミマが雨のなかで横たわっていた箇所にさしかかったとき、いつもとちがう感覚をおぼえたのはサンディのほうだった。棒切れみたいにやせこけたミマの身体を思いだして気もそぞろとなり、会話がほとんど耳にはいってこなかった。ふたたびそちらに注意をむけたとき、ハティはちょうど作業の説明をしているところだった。

「調査のための溝《トレンチ》を二本掘っているだけなんです。いまの段階では、これ以上この場所をひっかきまわすことはしません。もしも興味深いものがみつかった場合には、試掘調査を延長するための資金援助を申請します。もちろん、それにはそちらの許可が必要です。ミマはおおむね、すでに許可してくれていました。調査はまだはじまったばかりですけど、これまでの成果は素晴らしいものでした。イヴリンは、これが島にとって大きな宣伝になるのではと考えています」

ハティは心配そうにサンディの父親を見ていた。安心させてくれる言葉が返ってくることを期待しているのが、サンディにはわかった。もちろん、あんたたちは試掘調査をつづけてくれ。ミマが死んだからといって、なにも変わりゃしない。これがどんなに重要なことか、おれにはわかってるからな。

だが、父親はキッチンでしたように、ふたたび顔をしかめた。

「頭蓋骨がみつかったのは、ここか？」

「ええ、この練習用の溝《トレンチ》で発見されました。母屋の外にあたる場所です。年代測定のため、グラスゴーの研究所に送りました。十五世紀のものだと特定できればいいんですけど。それだと、この場所にかんするわたしの仮説と一致します。もちろん、もっと古い可能性だってあります。リンドビーには鉄器時代から集落があったことが、すでにわかっていますから。けれども、地表にすごくちかいところに埋まっていたので、それほど古いものではないと思います」

「もっと最近のものである可能性は？」

「あります。でも、おそらくちがうでしょう。十五世紀以降、このあたりに建物があったという記録はありませんから」

サンディの父親は、しばらくなにもいわなかった。

「試掘調査をどうするか決めるのは、まだはやすぎるな。急ぐ必要はない、だろ？　あとで、じっくり話しあえばいい」

ふだんはすごくおおらかな――とくに、可愛い娘がそばにいるときは――父親が、どうしてこの件ではこんなに意固地になるのか、サンディには理解できなかった。小農場のあのあたりには農作物はなにも植わっていないし、牧草地としてもつかわれていない。十人くらいの人がやってきて、そこいらじゅうを穴だらけにしたところで、それがなんだというのか？　父親は人づきあいが良く、パーティが大好きで、あたらしい話し相手を歓迎した。セッターの小農場にかんして、父親は独自の計画をもっているのだろうか？　だとすると、それはいったいどういうものなのか？

　サンディの携帯電話が鳴った。ペレスが自分の携帯からかけてきた電話だった。サンディは会話を誰にも聞かれないように、離れたところへ歩いていった。

「いま、ラクソにいる」ペレスがいった。「あと一歩のところで、フェリーに乗りそこねた。こちらから車をもってったほうがいいかな？　それとも、シンビスターまで迎えにきてもらえるか？」

「迎えにいきます」サンディは気分が明るくなるのを感じた。たとえ島の端までいくにすぎないにせよ、しばらく家族から離れていられる口実ができたのだ。埠頭にむかって車を走らせているとき、はじめて彼は、ペレスが島へくるのは悪いまえぶれかもしれないということに気がついた。ペレスはここにロナルド・クラウストンを逮捕しにくるのかもしれない。

15

ハティはじょじょに感情を制御できなくなりつつあった。シェトランドにいること自体は最高だったが、ロナルド・クラウストンに撃たれて雨のなかに横たわるミマの姿を想像するたびに、涙があふれてきて止められなくなった。その想像力が、彼女自身を苦しめていた。

もしかすると、また具合が悪くなっているのかもしれなかった。はじめて鬱になったのは大学に進むまえだったが、このときは症状が潜行していて軽微だったので、しばらくはまわりの人たちもなにが起きているのか気がつかなかった。ようやく母親が無理やり彼女を一般医のところへつれていったとき、医者は薬を処方してストレスについて説明し、おそらく再発はしないだろうといった。だが、大学のときに重症の鬱にかかり、その後も何度かみじかく発症したことがあった。

たいていの場合、鬱は強迫観念からはじまった。ある考えや思いつきが、頭について離れなくなるのだ。十八歳のときは、学業だった。歴史の授業で提出する自由研究だ。ほかの科目では、それほどのめりこむことはなかった。T・S・エリオットの『荒地』にはかなりはまったが、英語の教師が彼女の母親に語ったところによると、若者にはありがちなことだという。そう、実際に彼女の生活と夢を支配するようになったのは、実家のそばにあった十九世紀の私設救貧院についての研究だった。彼女はたまたま母親の友人をつうじて救貧院の記録の原本を手にいれ、整った小さな字で書かれた最初のページに目をとおした瞬間から、すっかりそれに魅了されてしまったのだ。

小論文の趣旨は、この記録を当時の社会状況と照らしあわせながら検証し、救貧院の創設を可能にした条件をさぐりだし、施設が当時の政治情勢とどうかかわっていたのかを調べるというものだった。だが、彼女がほんとうに惹かれたのは、収容者ひとりひとりの身の上だった。彼女は自分も救貧院の理事たちの厳格な管理体制のもとで暮らしているように感じ、収容者たちの目をとおして世界を見るようになった。医者に診てもらわなくてはならないくらい症状が重くなるまえに、彼女は大学での志望を歴史から考古学に変えていた。彼女にとって興味があるのは具体的な物や人間であって、政治とか方策ではなかった。土を掘ること以上に、具体的な研究活動があるだろうか？

彼女はどうにか試験を無事にすませ、小論文を提出した。彼女の精神が完全にバランスを失ったのは、学校が夏休みにはいり、復習と執筆といういつもの日課がなくなったときだった。やがて彼女は、救貧院にいた老女たちが自分に話しかけてくる声を耳にするようになり、それを頭からおいだせなくなった。

ふたたび鬱になったのは大学一年生の終わりころで、このときは症状が重かった。彼女は食べるのをやめ、母親は娘を専門医のところへつれていった。今回、病気の引き金となったのは学業ではなく、ポール・ベルグルンドだった。大学にはいるまえ、彼女は男やセックスにさく時間がなかった。友人たちの馬鹿げたふるまいを見て、おかしいのは自分ではなく彼女たちのほうだと考えていた。お洒落をして男といちゃつき、パーティに出かけていって必死で相手をさがすなんて……。男と恋に落ちるのは、食べることに興奮するのとおなじくらい、滑稽きわまりないことに思えた。やがて最初の長期休暇にはいり、彼女はベルグルンド教授の指導する発掘現場の手伝いに志願した。暑い夏で、雲ひとつない晴天が毎日つづいた。かれらはウォルセイ島のキャンプ小屋《ボッド》とよく似た納屋に滞在した。仲間ははみだし者や変わり者だらけで、ハティはすごく居心地良く感じた。ここにいると、彼女の変人ぶりは目立たなかった。夜になると、みんなでパブにくりだし、ビールを何杯も飲み、歌いながら帰路についた。

発掘現場は実をつけたトウモロコシ畑に囲まれており、はじめて彼女がポール・ベルグルンドの姿を目にしたとき、彼は畑のへりに沿って大またで歩いてくるところだった。首の部分がすこしほつれた黄色いTシャツを着ていて、畑の角度のせいで、下半身は見えなかった。彼は猪首の無愛想な北部人で、ハティがこれまでに出会ったどんな人物ともちがっていた。母親の友人たちのなかで、彼ほどあけすけで無礼な人はひとりもいなかった。大学にはいるまえ、友人たちがあれほど騒いでいたのはこれだったのか、とハティは思った。ポール・ベルグルンドのことが頭から離れなくなり、やがてロンドンに戻ると、彼女は完全に精神の均衡を失った。気がつくと、眠れなくなっていた。夏のあいだの出来事が、脳裏に蘇りつづけた。まるでドラッグによる幻覚体験みたいに、さまざまなイメージが鮮明に浮かびあがってきた。彼女はふたたび、なにも食べられなくなった。

ハティは先取的な治療をおこなう国民健康保険サービスの精神病院に入院した。おそらく、母親が裏で手をまわしたのだろう。そのころには、ハティはまわりでなにが起きているのか、ほとんどわからなくなっていた。入院の表向きの理由は、以前から母親が懸念していた摂食障害とされた。摂食障害は流行っており、グウェン・ジェームズのような有能で活動的な女性たちの子供のあいだでは、ごくありふれた病気といってもいいくらいだった。だが、ハティが思うに、端的にいって、彼女は狂っていたのだ。妄想症を発症し、ふたたび声が聞こえるようになっていた。今回の声は大きくて支配的で、頭のなかで鳴り響いた。誰も信用できなかった。

ハティが入院したのは十代の患者向けの居住施設で、ベッドが二十四床あり、昔ながらの会話と共同活動に重点がおかれていた。もちろん、薬も処方されたが、それ以外の治療もおなじくらい重視されているようだった。ここを取り仕切っていたのは、すこし太目のマークという看護師だった。ぽっちゃりした顔。薄くなりかけた髪の毛。このイケてない外見は、彼の戦略の一部なのかもしれなかった。彼はものすごく思いやりがあるので、すこしでも恰好が良ければ、若い女性は全員が彼に恋していただろう。だが、実際はハンサムでもなんでもなかったので、女性たちは彼をお気にいりの叔父さんとか大好きな兄というふうに考えることができた。ハティは、この施設を避難所とみなしていた。いまでも、ここにいた患者の数人とは友だちだった。それ以外に、友だちはあまりいなかった。

マークは彼女に、ストレスを避けて自分を見失わないやり方を教えてくれた。起きたことで自分を責めるなともいってくれたが、そちらのほうはなかなか受けいれられなかった。あと、自分の考えを文字で表現するようにと勧められた。大学に進んで、はじめて家を出たとき、ハティは毎週母親に手紙を書く習慣を身につけていた。手紙を書くのは電話をかけるよりも苦にならなかったし、それでいて母親がうるさくいってくるのを防ぐことができた。施設にはいったいま、彼女はその習慣をつづけた。手紙には重要なことはなにも書かれなかったが――マークを相手にしたときみたいに、母親に秘密を打ち明けられるはずがなかった――それでも、病院の生活におけるこまごましたことを伝えるのは楽しかった。母親はくだけた調子で、下院議会の様子や、ハティが子供のころから住んでいたイズリントンのご近所さんの近況を書いて寄越した。彼女たちのあいだでは、手紙がもっとも効果的な伝達手段のように思えた。手紙だと、ふたりともおたがい相手が好きだと自分に思いこませることができた。施設に足止めされているいま、ハティは手紙がくるのを楽しみにしていた。

秋のさなかに彼女は退院し、実家で大学に戻る準備をした。彼女の指導教官は理解を示し、あなたは頭がいいから学業の遅れはすぐに取り戻せるだろう、といってくれた。十月の最後の日に、母親が車で彼女を寮に送り届け、そのまま帰っていった。おそらく、ほっとしていたのだろう。これで母親は、ほんとうに情熱をかたむけている政治の世界へと戻れるのだから。娘は入院したことで完治した、と自分に言い聞かせていたにちがいない。病気が再発することは二度とない、と。

いまハティは、自分がふたたび強迫観念にとりつかれようとしているのがわかっていた。ウォルセイ島に戻ってきたとき、彼女の胸は夢と希望でいっぱいだった。だが、ミマが死に、すべてはより複雑になってしまった。もしかすると、彼女はまた病んでいるのかもしれない。とはいえ、自分ではこれが鬱だとは思えなかった。まえとおなじ症状――不眠、食欲不振、判断力の低下――があらわれていたが、それでもどこかちがって感じられた。

ウォルセイ島に戻ってきたばかりのころは、こんなではなかった。その先には夏が待ちかまえており、さまざまな可能性がひろがっていた。

ミマは彼女がすごく幸せでいることに気づいていた。撃たれる二日前の晩、ハティを家に招きいれると、トレイにグラスをふたつ用意してウイスキーを注ぎ、その隣にボトルと小さな水入れをつけくわえた。めずらしく穏やかな晩だったので、ふたりは外に出て、キッチンのドアのそばにある流木でできた長椅子にすわった。トレイはふたりのあいだの地面の上におかれていた。

「それで、冬のあいだに、なにがあったんだい？　まるで、乳脂《クリーム》にありついた猫みたいな顔して」

「べつに、なにも。ただ、島に戻ってこられたのが嬉しくて。ここがすごく気にいってるの。そのことは、知ってるでしょ。自分が正気だと感じられる、唯一の場所よ。世界でいちばん素敵なところだわ」

「かもしれないね」ミマが飼い猫を膝にのせて、小さく笑った。「でも、あたしになにがわかるっていうんだい？　ここ以外の場所では、一度も暮らしたことがないのに。とはいえ、死ぬまえに世界をすこし見ておくのも、悪くないかもしれないね。あんたがあたしの土地で秘密の財宝をみつけてくれたら、あたしも若いもんみたいに旅してまわれるんじゃないかね」

それから、ミマはその明るく輝く黒い目で、すごく真剣にハティを見た。「あと、いっとくけど、ここはそれほど完璧な場所でもないんだよ。ほかのところとおなじように、ここでもひどいことが起きる。実際、とんでもないことが起きてきたんだ」

ハティはもうひと口ウイスキーを飲んだ。泥炭を燃やしたときのような味がした。「そんなの、信じられないわ。なんのことをいってるの？」

ハティはうわさ話がはじまるものと考えていた。ミマはうわさ話が大好きなのだ。よくある島の罪深い行状が、つぎからつぎへと語られていくのだろう。姦淫。強欲。退屈した若い男たちの馬鹿げた行為。だが、ミマはハティの質問には直接こたえず、かわりに自分の若き日のことを語りはじめた。「あたしは戦争が終わってすぐに結婚したんだよ」という。「まだ若すぎたけど、相手の男はシェトランド・バスに参加して、何度も危機をくぐり抜けてきてたからね。シェトランド・バスの活動についちゃ、聞いたことあるだろう？」

ハティは首を横にふった。ウイスキーのせいで頭がぼうっとしており、沈みかけた太陽が目にさしこんできていた。

「ドイツ軍がノルウェーに侵攻したあとのことだよ。ノルウェーに工作員を送りこんだり、現地の人たちをつれだしたりするのに、小さな漁船がつかわれたんだ。その船が〝バス〟って呼ばれてた。シェトランド本島のルンナにあるお屋敷が本部になっててね。ウォルセイ島の男たちも何人か協力してて、かれらはノルウェーの船乗りたちと親しくなってた。正確にはなにがあったのか、あたしゃ知らないよ。旦那のジェリーはその話をしたがらなかったし、あのあとすこし変わっちまったからね……」ミマは宙をみつめた。「あのころは、みんな頭がおかしくなってたんだ」

　ハティはさらに説明がつづくと考えていたが、ミマは両腕を猫にまわすと、自分のグラスにウイスキーのおかわりを注いで笑った。「間違いなく、いかれてたね！」

「練習用の溝《トレンチ》で頭蓋骨を目にして、あまり動揺したのでなければいいんだけど」ハティはミマの真っ青な顔と家に逃げこんだときの様子を覚えていた。「めずらしいことじゃないのよ。発掘現場で古い骨がみつかるのは。たぶん、あたしたちは慣れちゃったのね。それで、もうびくついたりしないんだわ」

「あたしはびくついたりなんてしてないよ！」ミマが荒っぽいといってもいいような声でいった。「ショックを受けただけさ」ハティはもっと説明が聞きたかったが、ミマは膝から猫を押しのけると、立ちあがった。〝もう帰ってくれ〟という合図だった。「それじゃ、悪いけど、あたしは電話をかけなきゃならないんでね」そういうと、ミマは別れもいわずに、家のなかへ足音高くはいっていった。あけっぱなしのドア越しに、ミマの話し声が聞こえてきた。大きくて怒っているような声だった。

　亡くなってしまったいま、どうしてミマがあれほど腹をたてたのか、ハティには永遠にわからないだろう。ミマのいないセッターの小農場は、まるでちがう場所のようだった。家の外からでも、それが感じられた。以前なら、ラジオの音が聞こえてきていただろう。それと、ミマが曲にあわせて歌ったり、発言者と意見があわないみたいにラジオにむかって怒鳴っている声が。家のまえを通りすぎたとき、ソフィが窓越しにサンディを見かけた。家を訪ねるというのは、彼女の思いつきだった。

「いいじゃない」ソフィはパブリック・スクール出身者らしい自信に満ちた大きな声でいった。「家に寄って、あたしたちがきてることを知らせといたほうがいいわ。それに、サンディはお湯をわかしてるところかもしれないし」その時点では、ふたりともまだサンディの父親の姿を目にしておらず、彼の存在に気づいたときには、もうひき返せないところまできていた。

そのあとで、ハティは発掘の件をもちだした。相手におもねろうとするあまり、弁解がましい言葉がつぎつぎと口から飛びだしてきた。それに対して、サンディの父親は顔をしかめ、プロジェクトの将来にかんする言質を一切あたえようとはしなかった。すくなくとも、ハティはそういう印象を受けた。自分はシェトランドから追放され、二度と戻ってくることを許されないのかもしれない、という考えが彼女の頭をよぎった。どうして黙っていられなかったのだろう？　どうしてあのままこっそり家のまえを通りすぎ、作業にとりかからなかったのだろう？

サンディの携帯に電話がかかってきたあとで、彼と父親はセッターの小農場をあとにした。ハティはふたりを見送り、心臓の鼓動が平常に戻ったときになってはじめて、自分がひどく不安を感じていたことを悟った。彼女は調査の中心となっている溝《トレンチ》のなかでひざまずき、石の側柱の基部だった可能性のあるもののまわりを、注意深くゆっくりと移植ごてで掘っていった。このあたりの土はすこし色がちがっており、状況を保持したまま作業を進めたかった。ソフィは浮遊選別用《フローテーション》タンクに水を張るために、屋外に設置された水道の蛇口をあけにいっていた。二本目の溝《トレンチ》から採取してきた土を洗い、土よりも重たい破片が沈んだところを、底にあるネットで回収しようというのだ。ソフィがタンクのむこうから声をかけてきた。「あたしたちがここにいるのを、サンディのお父さんはあまり歓迎してない、って感じがしなかった？」

ハティは驚いた。まったくおなじ印象を受けていたのだが、それもまた自分の妄想ではないかと考えていたのである。

「ええ」ハティはいった。「そう感じたわ」

ソフィが筋肉のこりをほぐそうと、両腕を頭の上にのばした。「でも、彼に小農場からおいだされる心配は、しなくてよさそうね。イヴリンはこのプロジェクトを全面的に支持してるし、あの家の男たちは誰も彼女には逆らえないもの」

ハティはソフィを見あげ、じっくり考えた。「そう思う？　サンディのお父さんって、御しやすそうに見えるけど、なにかほんとうに欲しいものがあるときは、なんのかんのいって自分の意見を押しとおしそうな気がするわ」

ソフィは例の余裕たっぷりのすこし肉食獣っぽい笑みを浮かべてみせた。「この島の男たちは、みんな御しやすいわ。そうは思わない？」

ハティは返事に困った。ソフィと島の男たちとの関係を、あまりよく思っていなかったのだ。

ソフィがつづけた。「つまりね、連中がほんとうに欲しいのは、ちょっとしたお楽しみだってこと。ここの女性たちは、そりゃもうお堅いんだから」

ウォルセイ島の男たちのなかにはお楽しみ以上のものを欲しているものもいるはずだ、とハティは思ったが、なにもいわなかった。ふたたび溝《トレンチ》のほうに視線を戻すと、弱い日の光のなかで、なにやら金属っぽいものがきらりと光った。

ハティはひざまずいたまま、まえに身をのりだした。土の匂いがした。セーターを通して土の湿り気が感じられるのは、身体を支えるためにどこかに肘をついているからにちがいない。彼女は移植ごてをつかって、その物体のまわりの土をどけた。ときどき、移植ごてが自分の腕の延長のように感じられることがあった。指よりも敏感な部分だ。刷毛《はけ》をあつかうときも、これ以上ないくらい繊細になれた。ソフィはハティの興奮を感じとったにちがいなく、光をさえぎらずにもっとよく見えるようにと、溝《トレンチ》を飛びこした。ソフィが息をつめているのがわかった。それから、ハティは自分もそうしていることに気がついた。刷毛を手にとり、盛りあがった部分の土を払い落としていく。

「なんだと思う？」

「硬貨」上から見おろしていたソフィが、大きくにやりと笑った。その瞬間、ふたりのあいだの緊張は消えていた。

「ダンロスネスで発見されたのとおなじような硬貨ってこと？」それは、物体を目にした瞬間から、ハティの頭のなかにあった考えだった。シェトランド本島の南部でおこなわれた発掘調査では、貯蔵された中世の硬貨が発見されたことで、住居の正当性が確認されたのである。

「間違いないわよ」ソフィがふたたびにやりと笑った。「あなたのいってた貿易商の家が発見されたってことね。きっとボスは、つぎの飛行機ですぐにかけつけるわよ」

そしてこれで、とハティは安堵感とともに思った。あたしは永遠に島にとどまることができる。

16

車がつぎつぎとフェリーの金属製の傾斜路をおりていったあとで、ペレスは歩いてウォルセイ島に上陸した。これは気分良くできる仕事のはずだった。起訴されることはない、とロナルド・クラウストンに伝えるのだから。だが、埠頭に停泊している巨大な二隻の漁船のまえを通りすぎながら、彼は憂鬱な気分につつまれていくのを感じた。ちょっと変わった閉所恐怖症にかかっていたのだ。ウォルセイ島よりも小さいフェア島で育ったくせに、ペレスはここにいると囚われの身になったような気がして、息苦しさをおぼえた。景色のちがいのせいかもしれない。フェア島では、どちらをむいても低い地平線がひろがっているだけだ。たとえよく晴れた日でも、シェトランド本島は北の水平線上にある小さな点にしかすぎない。ウォルセイ島からだと、シェトランド本島はすぐちかくに見えており、圧迫感をおぼえた。低くたれこめた雲は、その感覚をいっそう強めているだけだった。

ふたりの男が魚工場のまえに立ち、煙草を吸いながらおしゃべりしていた。ペレスには理解できない言葉だった。ポーランド語とかチェコ語とか、どこか東ヨーロッパのほうの言語だ。一瞬、ペレスはそちらに気をとられた。かれらはウォルセイ島をどう思っているのだろう？この島の有名な愛想の良さは、かれらに対しても発揮されているのだろうか？　おそらく発揮されているのだろう。船乗りというのは、彼が知るなかでもっとも偏見のない連中だ。かれらは世界中を旅して、しょっちゅう他人と接触している。あたらしくきた連中を信用しないのは、外に出ていかないものたちだった。

サンディは自分の車のなかで待っており、不安でぴりぴりしているように見えた。ペレスは、自分の訪問が悪いしるしととらえられていることに気づいた。上司がここへきたのは従兄弟のロナルドを逮捕するためで、自分もそれに関与させられる、とサンディは考えているのだ。

「地方検察官は、ロナルドを起訴するだけのものがあるとは考えていない。これ以上は、なんの措置もとられないだろう」ペレスは助手席におさまると、相手の反応を待った。

サンディがその知らせをきちんとのみこむのに、すこし時間がかかった。それから、大きな笑みが浮かんだ。言葉は口にされなかった。自分の気持ちをあらわす言葉をみつけられなかったのだ。ペレスはサンディが車を出すのを待っていたが、どうやらサンディは笑みを浮かべるのと車を運転するのを同時にはこなせないようだった。

「それで？　本人に伝えにいかなくていいのか？」ペレスはいった。

サンディがエンジンをかけた。「ロナルドは、いま家にいません。母親のところです。警部を迎えにくるときに、やつが母親の家にはいっていくのが見えました」

「それじゃ、そこへいこうじゃないか」サンディの母親のライバルであるジャッキー・クラウストンと会うのを自分が楽しみにしていることに、ペレスは気がついた。好奇心を抑えられなかった。フランは笑いながら、彼のことを「うちの近所に住んでいる老婆のようだ」といっていた。窓辺にすわって車の往来を見張り、レイヴンズウィックの住人たちの行動をすべて把握している老婆だ。フランはまた、ペレスが仕事と称して、穿鑿《せんさく》好きでうわさ話に目がない自分をごまかしている、ともいっていた。「ほんとうは、あなたはただののぞき屋なのよ」もちろん、彼女のいうとおりだった。とはいえ、今回は地方検察官からミマ・ウィルソンの死についてひそかにさぐりをいれるようにと命じられており、根掘り葉掘り訊きまわることが認められていた。

その家はせいぜい築十年といったところで、ロナルドとアンナの家からすこし丘をのぼったところにあった。ジャッキー・クラウストンが好奇心旺盛な女性ならば、自宅の表側の窓からすべての出来事を見逃さずにいられるだろう。家は二階建てで、帯状の装飾のついた柱で支えられた張り出し玄関があり、屋根は緑のタイル張りだった。シェトランドの基準からすると豪邸で、ヒューストンの郊外やイングランド南部の門つきの地所にあるほうがしっくりきそうな家だった。よく建築許可がおりたものだ、とペレスはふと思った。ここまで悪趣味なものを、実際に設計した建築家がいるとは。

「ここにあった古い家を壊して、おなじ場所に建て直したんです」サンディがいった。「自分たちの家が完成するまで、ロナルドとアンナもこの家で暮らしてました」

「かなり広いだろうからな」

「ええ。パーティをひらくのに、おあつらえむきの家です」

こんな巨大な怪物を造る口実としては、やや説得力に欠ける気がした。

ジャッキー・クラウストンはふたりがくるのを目にしており、呼び鈴が鳴るまえにドアをあけていた。小柄でやせているが、筋張っていてエネルギーに満ちている。染めたブロンドの髪にはきついカールがかかっていて、かつらかもしれなかった。サンディの母親よりも年上だろう、とペレスは見当をつけた。スパンコール文字のついたスパンデックス繊維の白いTシャツを着ていたが、ペレスはそれを読むために彼女の胸を凝視したくなかったので、結局帰るときになっても、そこになにが書かれていたのかわからないままだった。ジーンズのポケットにも、スパンコールがついていた。サンダルは金色だ。家のなかはセントラル・ヒーティングが全開になっていて、ドアをあけたままでもすごく暑かった。ペレスはフェリーの旅にそなえた服装だったので、汗をかきはじめていた。

ジャッキーは、ペレスの正体と彼がここにいる理由を正確に知っているようだった。「ロナルドはキッチンにいます」という。「ようやく赤ん坊が眠ったので、アンナはすこし仕事をしようと考えたんです。その邪魔にならないように、うちの子はこっちにきました」ジャッキーが息をつぐあいだ、すこし間があいた。「編んだり紡いだりを人に教えることが商売になるなんて、いったい誰が予想したかしらね？　そんなのは古臭い気晴らしにすぎないって、昔から思ってたんですよ。服なら、インターネットで簡単に買えますし。でも、アンナがいうには、アメリカじゃこういう商売が繁盛してるんだとか。あたしたちが若いころは、家事をやって子供を育てるだけで手一杯でしたよ。けど、いまの女性はみんな自分の仕事を欲しがるんですよね。赤ん坊が生まれたばかりだってのに、どうかと思うけど」ふたたび間があく。夫がトロール船の船長をつとめ、息子が子供だったころのことを思いだしているのだろうか、とペレスは考えた。

「わかりました」ペレスはいった。これ以上、ジャッキーのおしゃべりにつきあいたくなかった。彼女が息子のことを思って神経質になっているのはわかったが、それがペレスにも影響をあたえていた。ジャッキーの不安が伝染したみたいに、ふいにペレスはわけもなく落ちつかない気分になった。

キッチンは、ペレスの家くらいの広さがあった。オレンジ色の松材でできた、がっしりとしたユニットキッチン。火口が六つある料理用レンジ。ステンレススティール製の巨大な冷蔵庫。ジャッキーは誇らしげに、キッチンのおもな設備をひとつずつ説明していった。「完成したばかりなんですよ」早口で、てきぱきとしたしゃべり方。ペレスは機械のように規則正しい編み針の音を連想した。「まえのキッチンは、なんとなくくたびれてきてたので」

ロナルドはテーブルのまえにすわって、新聞を読んでいた。『シェトランド・タイムズ』ではなく、もっと知識層向けの全国紙のひとつだ。かれらがはいってくるのを見て、ロナルドが立ちあがった。彼が光で目をくらませて仕留めていたウサギのようだった。おびえているが、動けずにいるウサギだ。ロナルドの隣には、もっと年上の男がいた。

「主人のアンドリューです」ジャッキーが紹介した。

男がかれらにむかって手をふってみせた。長身で骨太の大男だった。ちぢれた灰色の髪に、ふさふさした灰色のあごひげ。ペレスには男の具合が良くないのがわかったが、なぜわかったのかは謎だった。動きがぎごちないせいか。家のなかに他人がいるのを見て、一瞬、目にパニックの色が浮かんだせいか。日中だというのに、仕事着ではなく、スリッパにカーディガンという恰好をしているせいか。ジャッキーが夫の肩をさすった。「心配することないわ。こちらの方は、ロナルドに話があるだけだから」

「ロナルドとふたりきりで話ができますか」この家は、事情聴取を五つか六つ同時におこなえそうなくらい広かった。べつにふたりきりで話す必要があるわけではなかったが、ペレスはロナルドの母親のおしゃべりからしばらく逃れたかった。

「仕事部屋をつかうといいわ」ジャッキーがいった。ロナルドは口がきけなくなっているようだった。

仕事部屋は、一階の玄関の間のすぐそばにあった。机があり、その上にパソコンとプリンタとスキャナーがのっている。ペレスは部屋にはいってドアを閉めると、そのままドアにもたれかかった。ロナルドにむかってうなずき、椅子にすわらせる。

「地方検察官は、この件を起訴しないことに決めました」ペレスはずばりといった。「あなたが罪に問われることはありません」

ロナルドは言葉もなく、ペレスをみつめていた。

「いまの段階で起訴しても、いかなる刑事責任も問えない、と判断したんです」ペレスはつづけた。「この件は、不幸な事故として処理されます」

「でも、おれは女性を殺した」

「その女性が外にいることを、あなたは知りようがなかった。彼女が家のなかにいて、自分の土地をうろついたりしていない、と考えるにじゅうぶんな理由があった。つまり、刑法上、あなたは無謀ではなかった」

「それでも、なにかで罪を問われるべきだって気がする」ロナルドがいった。「もちろん、殺そうと思って殺したわけじゃない。ほんとうに、彼女があそこにいたことは知らなかったんだ。でも、人を殺しておいてなにも罰せられないなんて、正しくない気がする」

「それが法律なんです」

「家に帰って、女房に話さないと」ロナルドがいった。「アンナはすごくほっとするだろう。あれが起きてから、ふたりともたぶん寝てないんじゃないかな。赤ん坊とは関係なく。アンナは、この件が自分の商売に響くんじゃないかと心配してた。ここでもっと自立した生活を送りたがってるから。両親はひとりっ子のおれに甘くて、欲しいものはなんでもあたえてくれてるけど、アンナはそれが気にいらなくて、おれたち夫婦はそれに頼らずに生きていくべきだと考えてるんだ。それに、漁師は不安定な職業だともいってる。いまはまだ漁をしてけっこうな暮らしを送れているけど、もしかするとアンナのいうとおり、それはいつまでもつづかないのかもしれない」

ロナルドは自分の意見をもっているのだろうか、とペレスは思った。彼は頭がいいのかもしれないが、ひとりで考えることができないように見えた。「仕事は楽しいですか？」

一瞬、間があいた。「うんざりだよ。海の魚が捕りつくされたら、せいせいするだろうな。もう船で海に出ていく理由がなくなるから」

「あなたには選択肢がある」ペレスはやんわりといった。「大学にかよっていたし、学位をとることもできた」

「親父が発作を起こした。これは家業で、ほかには誰もいなかった」

「別の人をみつけることもできたのでは」

「それじゃ、まったくおなじというわけにはいかない。それに……」

ペレスはなにもいわず、相手が言葉をみつけて先をつづけるのを待った。

「それに、贅沢は癖になる。自分が貧乏に慣れるところなんて、想像できない。いまは、ひと月で学校時代の友だちの年収以上を稼いでるんだ。これまで楽な生活を送ってきたし、自分の子供にも、それとおなじものをあたえてやりたい」ロナルドの声が急に明るくなった。「だから、アンナの商売が成功することに期待してるんだ。そしたら、彼女が一家の生活を支えて、おれは大学に戻って学位をとれる」

「あの事故がどのようにして起きたのか、まだ納得しきれていないのですが」ペレスはいった。

「あれから考える時間もあったことですし、記憶がまえよりもはっきりしたのでは」

「いや」ロナルドがいった。「頭のなかで何度もくり返し考えてみたが、やっぱりわけがわからない」起訴されないと知って浮かんだ安堵の表情は、すでに消えていた。妻のために喜んだものの、彼はまだ自分の行為に苦しめられているようだった。

「とにかく、もう一度あの晩のことをうかがいたいのですが」

「そんなことをして、いまさらなんになるっていうんだ？」ロナルドが顔をあげて、ペレスを見た。「ミマは死んだ。おれが殺した。それは認める」

「それでも、報告書を作成しなくてはなりません。細かいところまで、きちんと詰めておかないと」

「おれはウサギを撃つために出かけた。アンナと喧嘩してたから、ご機嫌ってわけにはいかなかった。外は暗くて、霧が濃かった。おれは車から何羽か撃ってから、懐中電灯を手に野原にはいっていった。自分がミマの小農場のそばにいるとは思わなかった。アンナのことを考えてた。あんなことというべきじゃなかった、あんなふうにいらつくんじゃなかったって。アンナは出産のあとで、まだ疲れてた。気分にむらがあった。ホルモンのせいだな。彼女は大変だったんだ。思ってもみなかったよ。赤ん坊を産むのが、あんなにも……」ロナルドが適当な言葉をさがして口ごもった。「……激しいものだとは。誰かと喧嘩したあとがどんなだか、知ってるだろ。頭のなかで、すべてをもう一度くり返すんだ」

自分とフランがあまり喧嘩しないことを、ペレスは考えていた。彼はやりあうのが好きではなかった。そうすることに意味があるとは思えなかった。ときおり、それがフランをいらだたせた。「ただ調子をあわせるのはよして！　自分の考えを主張して、やり返してよ！」だが、たいていのことでペレスは彼女に同意した。彼女の言い分が理解できたし、彼女のほうが正しいと認めることに、なんの抵抗もなかったからだ。

「外でほかに誰も見かけなかったのは、確かなんですね？」

「ほかに銃を撃ってるやつはいなかった」ロナルドは窓の外を見ていた。ペレスがその視線の先をたどっていくと、そこにはロナルドとアンナが暮らす平屋建ての家があった。アンナが外に出てきて、籠にいれた洗濯物を洗濯紐に干していく。ちょうど、ミマが撃たれるまえの日にやっていたように。

「でも、人がいることはいた？」ペレスは食いさがった。ロナルドがミマの死という悪夢をはやく終わらせたがっている気持ちは理解できたが、それでもやめるわけにはいかなかった。それに、これは目がさめておしまいというものではないのだ。

「野原のほうで撃ってたとき、車が一台、道路を走っていった」

「誰の車かわかりませんか？」

「あたりは暗かった。それに、ほかにもいろいろと考えごとがあったんだ」ふたたび、緊張がおもてにあらわれてきていた。「ヘッドライトが見えて、エンジン音が聞こえた。それだけだ」

「どちらの方角へむかっていましたか？」

「わからない！　ほんとうに、そんなことが重要なのか？」

「〈ピア・ハウス・ホテル〉のほうからきましたか？　それとも、リンドビーのほうから？」

「〈ピア・ハウス・ホテル〉のほうからじゃない。反対方向からだ」

だとすると、バーから帰宅しようとしていた酔っぱらいじゃないな。

「ウォルセイ島で、ほかにもよく狩りをしている人はいますか？」ペレスはたずねた。リラックスしたのんきな声を保つように努める。

「ほとんどの男が狩りをする。みんな、ウサギが増えないようにしてるんだ。なんなんだ、これは？」

「報告書では、そういったことを書く必要があるんです。法廷で弁護士に訊かれるより、ここで質問されるほうがいいでしょう」

「すまない」ロナルドが、ふたたびペレスをまっすぐ見た。「あんたが自分の仕事をしているだけなのは、わかってるんだ。感謝してもいいくらいなのに。なんでも好きなことを訊いてくれ」

「いいえ。きょうは、もうけっこうです。奥さんにニュースを知らせてあげてください」

ロナルドはにやりと笑った。「ああ、そうさせてもらうよ。今夜は、友だちのひとりと釣りに出かけることになってるんだ。大きな船じゃなくて、沿岸用の船で。この件が宙ぶらりんのままだったら、アンナをひとりで残していくのは気が進まなかっただろう。これで、すくなくとも彼女は赤ん坊と自分の仕事に集中できる。アンナはいま、自分の商売のウェブサイトを立ちあげようとしているところでね。それに、注文のあった編み物を仕上げなくちゃならない」

いかにもアンナが口にしそうな言葉だ、とペレスは思った。あたしは自分の仕事に集中する必要があるの。

ロナルドは立ちあがると、仕事部屋から出ていった。ペレスがあとにつづくのを待たずに玄関のドアから飛びだし、跳ねるような足どりで、わが家へむかって丘を下っていく。その様子はまるで、ただ楽しいからという理由で駆けていく少年のようだった。

「ロナルド、おまえなのかい?」ジャッキーがキッチンからあらわれ、ペレスがひとりで仕事部屋にいるのをみつけると、顔をしかめた。「あの子に、なにをしたんです?」

「なにもしていませんよ。地方検察官が起訴しないことに決めたんです。彼は、その喜ばしい知らせを奥さんに伝えにいきました」ペレスはこの女性に不起訴の決定を告げる立場にはなかったが、どうせすぐにわかることだろう。ロナルドが母親になにもいわずに帰っていったのは、驚きだった。そして、それよりもっと驚いたのは、サンディが地方検察官の決定を彼女にあかさずにいられたことだった。

ジャッキーはじっと立ったまま、動かなかった。そのとき、ふいにペレスは悟った。このけばけばしい服装も、やりすぎた髪型も、おしゃべりも、息子が不面目なことになる可能性をやりすごすための――そして、夫のまえでとりつくろうための――彼女なりのやり方だったのだ。ロナルドが法廷にひっぱりだされ、ネクタイにスーツ姿で事件の審理を待つ写真が『シェトランド・タイムズ』の紙面を飾っていれば、アンナだけでなく、ジャッキーにとっても、ひどくつらいことになっていただろう。「ああ、よかった」ジャッキーは、ペレスにかろうじて聞こえるくらいの小さな声でいった。それから、勝ち誇ったように、そっとつづけた。「これで、島のうわさ話はやむわね。イヴリン・ウィルソンも、あたしたちのことでなにかいうときには口に気をつけるようになる。これ以上、嘘や作り話がひろまることはないわ」

なにが起きたのか確かめようと玄関の間に出てきていたサンディは、その言葉を耳にすると、顔を赤らめた。

17

ペレスとサンディは、昼食をとるために〈ピア・ハウス・ホテル〉へいった。バーでフィッシュ・アンド・チップスを注文したが、禁煙法のおかげで、そこには煙草の煙がまったくなかった。禁煙法が施行されて以来、シェトランド人がじつによくそれを守っていることに、ペレスは驚いていた。ここが警察に捕まる危険のほとんどない僻地の島々であることを考えれば、なおさらだ。シェトランド諸島のなかの比較的小さい島では、車検証や自動車税でさえ、ほとんど無視されているのだ。ペレスが子供のころ、バードウォッチャーが崖から墜死して、警官が飛行機でフェア島に飛んできたことがあった。その飛行機が着陸すると同時に、島の車はすべて納屋にしまわれるか防水布の下に隠されるかした。それに較べると、禁煙法はおおむね遵守されていた。

「これでもう、ミマの遺体を葬式のために返してもらえますよね？」サンディは二杯目のパイントを飲んでいるところだった。酒はやめようという彼の決意は、長つづきしなかった。ペレスはコーヒーを注文しており、その味の素晴らしさに意表をつかれていた。

「ああ、かまわないだろう」

「お袋が手配をはじめたがってて。兄貴は本土からこなくちゃならないんです。遠路はるばるここまでくるのは気が進まないだろうけど、こういうことからは逃れられないものだから」

「お兄さんとは、上手くいってるのか？」

サンディは肩をすくめた。「子供のころからずっと、おれは兄貴よりもロナルドとのほうが仲が良かったんです。兄貴はお袋のお気にいりだった。もしかすると、おれは妬いてたのかもしれない」

これにどうこたえていいものか、ペレスはよくわからなかった。サンディがこれほどの洞察力を発揮してみせることは、めったになかった。

「ほんとうに、これですべておしまいですか？」サンディがつづけた。「今回の事件ですけど」

ふたたびペレスは、サンディがいつにない洞察力をみせていることに驚いていた。「地方検察官は、起訴すべき事件があるとは考えていない」

「ただ、けさの警部はあんなに長くロナルドといっしょにいたから。ほら、起訴されないことを告げるのに、ふつう三十分もかからないでしょ」

「今回の件が事故であったことを、自分でも納得しておきたいんだ」ペレスはいった。

「ロナルドがわざとミマを撃った、っていうんですか？」怒りのこもった、甲高い声になっていた。サンディはあたりを見まわし、店内に誰もいないのを見て、ほっとした。グラスゴー出身のジーンも、キッチンにひっこんでいた。

「彼の説明には問題点がいくつかある、といっているんだ」

「ロナルドは嘘つきじゃありません」サンディがいった。「昔から、ずっと」

「おまえはここを離れてから、彼とよく会ってるのか？」

「それほどは。学校にいたころとはちがいますから、でしょ？　おたがい、自分の生活がある。でも、あいつはミマを撃ったりしません。わざとは。あいつにとっても、ミマはお祖母さんみたいな存在だったんです」

ペレスは躊躇した。地方検察官と話をして以来、彼の心のなかで成長しつづけてきた考えを言葉にするのは、気が進まなかった。あたりを見まわして店内にまだ誰もいないことを確認してから、声を低くしていう。「誰か別の人間がミマを撃って、その罪をロナルドになすりつけた可能性がある」

「地方検察官は、そんなふうに考えてるんですか？」サンディはぎょっとしたようだった。

「その可能性をむげに否定するつもりはない、ということだ。事実と合致する、ひとつの説明ではある。ミマがあんな晩に外に出ていたことも、ロナルドがセッターの小農場にむけて撃たなかったと確信している点も、それなら納得がいく。だが、地方検察官はどんな騒ぎも望んではいない」

「仲のいいお偉いさんたちの機嫌を損ねちゃ、まずいですからね」地方検察官の政治的野心については、シェトランド諸島の誰もが知っていた。

「まあ、そんなところだ」ペレスは言葉をきった。「今度ウォルセイ島に帰ってきたら寄ってくれ、とミマにいわれてたんだったな。どういう用件か、なにもほのめかしていなかったのか？」

「ええ、なにも」サンディが顔をあげて、ペレスを見た。「自分の身が危険にさらされていることにミマは気づいてた、って思うんですか？」

「可能性をさぐっているだけだ」

「それで、これからどうするんです？」

ペレスはしばらく考えていた。実際、彼になにができるだろう？　彼がウォルセイ島にいられる時間はかぎられていたし、かといってラーウィックにある自分のオフィスから現場の感触をつかむのは無理だった。ウォルセイ島はシェトランド本島からフェリーですぐのところかもしれないが、それでも独自の閉ざされた共同体を形成しており、そこで起きていることを理解するには地元の人間が必要だった。

「有給休暇は、まだ残ってるか？」サンディがいつでも有休をためていることを、ペレスは知っていた。それで有名なのだ。勤務中に私用のための時間をひねりだし、年度末ごとに、まだ有休が残っていると不満をたれるのだ。

「ええ、何日かは」サンディが警戒しながらいった。その件で、ふたりはまえにもやりあったことがあり、ペレスはそのとき喧嘩腰でこういっていた。「まえの晩に飲みすぎて、翌朝、仕事もできないくらいひどい二日酔いのときは、有休をとれ。歯医者の予約をでっちあげるんじゃなくて」

「こいつは、それを消化するいい機会かもしれないぞ。ここに残って、葬式の準備をするお袋さんを手伝うんだ。そして、いくつか質問してまわる……」相手がこちらの要望をきちんと理解しているかどうかを確認するために、ペレスはサンディを見た。

「でも、おれは関係者です」サンディがいった。「みんな家族だ。捜査がはじまったらすぐに手をひけって、警部が自分でいってたじゃないですか」

「これは捜査じゃない」ペレスはいった。「おまえは非公式に質問するだけだ。ミマはおまえのお祖母さんだった。彼女の亡くなり方におまえが関心を示しても、誰もなんとも思わない。ただし、慎重にやれよ。地方検察官から、その点を念押しされているんだ」

「地方検察官が補足の捜査をおれにやらせたがってるんですか？」サンディは上司をみつめ返した。地方検察官が彼の捜査官としての能力に高い評価をあたえたことは、これまで一度もなかったからである。

ふたりの若い女性の登場によって邪魔がはいったおかげで、ペレスは嘘をつかずにすんだ。ひとりは、憔悴した様子でウィルソン家の戸口にあらわれた考古学者だった。もうひとりの女性は、もっと背が高くてがっしりしていた。トウモロコシ色の長い髪。大きな口。そばかす。彼女はしゃべりながら、ハティをひきずるようにしてバーにはいってきた。

「ねえ、いいじゃない。あんな発見があったんだもの。すこしくらいお祝いしたって、かまわないはずよ」

「ミマにあんなことがあったあとで、あまりお祝いする気分じゃないわ」ハティはさらにやせ細ってしまったように見えた。「そもそも、このことは秘密にしておかなきゃ。宝さがしの連中がひと儲けを狙って試掘現場に押しかけてきたら、困るもの」

「ここはシェトランドよ。本気でこのことを秘密にしておけると思ってるの？　それに、ミマだってすごく喜んでたはずよ。ずっと彼女が望んでいたことだもの、でしょ？　自分の土地でなにかすごいものが発見されることを望んでた。それに、あたしたちだって食事をしなくちゃ。もう何カ月も、サンドイッチだけで生きのびてきたような気がする。すきっ腹で発掘作業なんて、できないわ」

「きのう、ポールにラーウィックで食事をおごってもらったんでしょ」

「彼が環境保全《アメニティ》トラストのヴァルと会うまえに、博物館のコーヒーショップでスープを一杯ごちそうになっただけよ。あたしはでっかいステーキが食べたいな。まだ息をしてそうなくらい生焼けのやつ」ソフィはサンディの姿を目にすると、にっこり笑って手をふった。「それに、山盛りのチップスを添えてね」そういって、セーターを脱ぐ。Tシャツのうしろがまくれて、固く締まった茶色い上半身がのぞいた。Tシャツの文字はこうだった――〈考古学者は穴でやる〉。「どうも、サンディ。いっしょにすわってもいいかしら」

　サンディはぼうっとソフィに見惚れていたが、そう訊かれて、ペレスのほうを見た。

「いいじゃないか」ペレスはいった。ふたたび好奇心が頭をもたげてきていた。もっとも、彼が興味をひかれているのは声をかけてきた女性ではなく、ハティのほうだったが。「なにか飲みますか？」

「ええ、お願い」ソフィが期待で身体を震わせた。これほど肉体的な人物に会うのは、ペレスははじめてだった。彼女は幼子のように、身体を通して自分の考えを伝えていた。「赤ワインを大きなグラスで」それから、同僚の非難のまなざしに気づいて、こうつづけた。「そんな目で見ないでよ、ハット。どうせ、きょうの午後は大して仕事にならないわ。あたしたちはポールの指導を待たなきゃならないし、彼はあしたまでこられない。それに、あなただって、お祝いしたい気分のはずよ。これって、このプロジェクトがはじまって以来、ずっとあなたが夢見てきたことなんだから」

「なにがあったんですか？」この会話をつづけさせなくては、とペレスは考えていた。口を半開きにしたままソフィをみつめているサンディに、その任務はまかせておけなかった。ソフィは胸の谷間のたっぷり見える襟ぐりの深い袖なしのベストを着ており、サンディはいまにもよだれをたらしそうになっていた。

「ほら、ハット、あなたから話しなさいよ。あなたが発見したんだから」

「そのまえに、まず飲み物を買ってきましょう」ペレスは立ちあがった。

ハティはことわるのではないか、とペレスは思った。彼女と同僚のあいだには強い緊張があるのが感じとれた。そもそも、どうしてハティはソフィにつきあってバーにきたのだろう？だが、結局ハティはちらりと笑みを浮かべた。「それじゃ、ビールをお願いします。ハーフパイントで。ソフィのいうとおりだわ。これはお祝いだし、ミマもきっと喜んでただろうから」

長椅子に腰をおろしてブーツの紐をほどき、それを脱いで靴下だけになる。その脚を身体の下にたくしこむと、ペレスの目には彼女がまるでこびと族《トロウ》のように見えた。子供のころから聞かされてきたお話にたびたび登場してくる、あの伝説上の小さな人たちだ。

飲み物がテーブルにおかれ、ソフィの食事の注文がすむと、ペレスは先ほどの質問をくり返した。「それで、なにがあったんですか?」

ハティが大きく息を吸いこんだ。「ほんとうに、信じられないようなことが起きたんです。わたしたちは、ミマの土地にあった住居が農家よりもずっと立派なものであったらいい、と期待していました。その証拠を、もしかすると発見したかもしれないんです。順序だてて説明させてください……」彼女はまえに身をのりだした。「十五世紀、シェトランドはハンザ同盟という都市間の商事組合の強力なメンバーでした。ただし、問題がひとつありました。シェトランドの商人のほとんどは、ドイツ人の移住者だったんです。国家の通商政策が外来商人排斥の孤立主義へとむかうにつれて、ドイツ人たちはこの地を離れ、その役割を継ぐものは誰もいませんでした。そこでわたしは、シェトランドの有力者の一部が独自に貿易商へと発展していったのではないか、という仮説をたてたんです。シェトランド本島では、それを示す証拠が出ています。けれどもウォルセイ島では、まだなにもみつかっていませんでした」

ハティは言葉をきり、ペレスを見た。相手が話についてきているかどうかを確認するためだ。ペレスはうなずいた。ハティのしゃべり方はとても明瞭で、まるで学者を相手に発表しているかのようだった。もしかすると、それ以外のしゃべり方を知らないのかもしれない。

「セッターの小農場にある住居跡は、ふつうの農家よりもはるかに大きなものです。けれども、その理由はいくつか考えられます。作業場として、大きな離れ家があったのかもしれない。わたしたちが発見した土台石は、農家の壁につかわれているようなごつごつした大岩ではなく、なめらかに加工してありました。とはいえ、そのことはわたしの仮説を裏づける証拠にはなりません。でも、きょうみつかったものは、この家の居住者が小農場の主よりずっと裕福であったことを示唆していました。これは大発見です。すくなくとも、わたしにとっては。つまり、これはある意味で、わたしの仮説の正しさを証明してくれているんです。このプロジェクト全体を、意義あるものにしてくれます」ふいにハティが大きくにっこり笑い、顔全体が明るくなった。「つまり、プロジェクトを続行する資金援助を得られるということです。今後何年間も、本格的な発掘調査ができるようになるでしょう」

「それで、なにをみつけたんだい？」ようやくソフィの身体から目を離すことができるようになったサンディがたずねた。

「銀貨よ。半ダースほどの無傷で美しい銀貨。たまたまあたしが一枚みつけて、すぐにほかのがつづいた。おそらく、この家の床は踏み固められた土ではなく、木でできてたんじゃないかしら。もちろん、その痕跡はいまではまったく残ってないけど。そうでなければ、どうしてそこに銀貨が放置されていたのか、説明がつかないわ。もしかすると、木の床の隙間から土台の穴のなかへ落ちたのかも。そして、そのままそこに隠されていた。もっとみつかるかもしれないわ」ハティがふたたび息をついだ。「おなじ年代の銀貨が二枚、シェトランド本島のダンロスネスにあるウィルスネスの発掘現場でみつかっています。空港のそばの砂丘です。その銀貨によって、そこにあった建物が貿易商の家だったという仮説が立証されました。今回の発見で、わたしの仮説もそれとおなじ道をたどってくれるといいんですけど」

「その銀貨は、いまどこに？」

「イヴリンのところへもっていきました。彼女の机の引き出しに、鍵をかけてしまってあります。シェトランドの考古学者、ヴァル・ターナーがあとでくることになっています。ポール・ベルグルンドも」

グラスゴー出身の小柄な女性が、ハティとソフィの食事をはこんできた。ペレスが見ているまえで、ソフィが一心不乱にステーキを切りはじめた。まるで男性のようだった。一度にひとつ以上のことに集中したくないのだ。だが、すでにしゃべりはじめていたハティのほうは、嬉々として説明をつづけた。「もちろん、専門家にみてもらいます。銀貨がもっとあたらしい時代のものである可能性もありますから。でも、わたしには時代的にあっているように見えましたし、ソフィも目にした瞬間にそう思いました。ソフィもわたしも、ウィルスネスで発見された銀貨についてはくわしいんです。でも、つぎにどうすべきかは、ポールの指示を仰がないと」

ハティはふいに口を閉ざすと、ラザニアの小さなかけらをフォークにのせて口もとにはこび、咀嚼しながら顔をしかめた。

「ミスタ・ベルグルンドは、いつこちらに？」

「ベルグルンド教授です」ハティが敬称を訂正した。「あしたか、もしかすると、あさってになるかも。わたしたちが電話したとき、彼は自宅に帰りついたばかりでした。家の用事をかたづけるのに、すこし時間がかかります。お子さんがまだ小さいんです」なにかを押し殺しているような声だ、とペレスは思った。指導教官がやってきて自分のプロジェクトを横どりしていくのが面白くないのだろうか？　それとも、彼がすぐに出発してウォルセイ島に戻ってこないのが気にいらないのか？

「その銀貨には、価値があるのかい？」サンディがたずねた。

「価値ははかりしれないわ」

「でも、もしもおれがそれをふつうに売ろうとしたら？」

「どれくらいの値段がつくかってこと？」ハティはその質問に驚いているようだった。

「ああ、そうさ」〝ほかにどんな意味があるっていうんだ？〟とつけくわえそうな様子で、サンディがハティを見た。

「わからないわ。蒐集家のオークションで売られたら、それなりの値段がつくかもしれないけど」

ハティは確信がなさそうだった。発掘された人工遺物を個人が蒐集したり売買するという考え方そのものが、よく理解できないのだ。ペレスは同情がこみあげてくるのを感じた。このウォルセイ島でひとりで生きていくには、ハティはあまりにも無垢でもろすぎるような気がした。お嬢さま育ちのソフィは、とうてい保護者という柄ではない。外の大きな世界で、ハティは生きのびていけるのだろうか？　両親と連絡を取りあっているのか、ペレスは彼女にたずねたかった。母親は、さぞかし心配していることだろう。思いきって娘を外の世界へ送りだしたものの、心配で夜も眠れず、電話が鳴るたびに、悪いことが起きたのではないかと息をのんでいるにちがいない。なぜなら、ハティはまず間違いなく、過去に病気にかかるか、悲惨な目にあうかしているからだ。幸せな子供時代を送ってきた人間が、これほど苦悩にさいなまれた表情を浮かべるとは思えなかった。

好奇心から、ペレスは頭のなかで彼女の家族にかんする質問を組み立てていった。ご両親は、さぞかしあなたが自慢でしょう。おふたりがこちらにくる予定はないんですか?

そのとき、彼はフランの声を耳にした。まぶたの裏にくっきりと浮かんできたその姿は、からかうときのつねで、鼻にすこししわを寄せ、口もとにかすかな笑みをたたえて、首を横にかしげていた。それがあなたになんの関係があるっていうの、ジミー・ペレス? あなたは警察官であって、精神分析医じゃないのよ。このかわいそうな娘を、ほうっておいてあげなさい。

そこで、彼はなにもいわなかった。すこしのあいだ、テーブルにはぎごちない沈黙がながれた。ソフィが皿に残っていたクリームみたいな脂身のかけらをつまみあげ、鋭い白い歯でかぶりついた。それから、あたりを見まわしていった。

「それじゃ、あなたたち素敵な男性のどちらが、あたしにもう一杯ワインをごちそうしてくれるのかしら? これはパーティのはずでしょ」

18

〈ピア・ハウス・ホテル〉のまえで、ハティとソフィは別れるまえにすこし立ち話をした。ハティはハーフパイントを二杯飲んだだけだったが、それでも頭がぼうっとして、すこしふらついていた。昼にたっぷりとした食事をとることに、慣れていなかった。

「男の子たちが船のなかを見せてくれる約束になってるの」ソフィがいった。「あたしも興味があるし、このチャンスを逃すと、もう二度と誘ってもらえないかもしれない。あなたは、いく気ないでしょ?」

「誰がくるの?」

「ああ、いつもの顔ぶれよ。〈アルテミス〉号の乗組員」

ハティは首を横にふった。いまの状態で船に乗ったら、たとえそれが港に停泊してある船であっても、気分が悪くなるだろう。どのみち、よく聞きとれないしゃべり方で海の冒険談を披露する漁師たちとは、たいていの場合、なにを話していいのかわからなかった。それに、彼女には別の計画があった。

「いつか海の上にもつれてってやる、ともいわれてるの」ソフィがシェトランド本島のほうを見ながらいった。「予備の船室があるから、そこをつかわせてくれるって。DVDとか、なんでもそろってるのよ。きょうも、あたしを乗せて、ひとっ走りしてくれないかしら？　海はすごく凪いでるし」

ソフィがハティのほうにむきなおった。その顔には、問いかけると同時に、挑戦するような表情が浮かんでいた。

「気をつけたほうがいいわ」ハティはいった。「うわさになるから」

ソフィが頭をのけぞらせて笑ったので、その長い首があらわになった。顔と較べるとずっと青白い首が、いつもよりさらに長くのびて見えた。

「そんなこと、あたしが気にすると思う？　ここで暮らそうと考えてるわけじゃあるまいし」

「ポールがこっちにきたとき、あなたもここにいたほうがよくないかしら？」自分ひとりでポール・ベルグルンドと会わなくてはならないかもしれないと考えると、ハティはぞっとした。かつての恐怖が蘇ってくるのを感じた。

「あら、海に出たいなんて、本気で思ってるわけじゃないわよ」ソフィがにやりと笑ったので、ハティは自分がからかわれていたことに気がついた。「でも、帰りは朝になるだろうから、起きて待ってなくていいわよ！」

ふたたびにやりと笑うと、ソフィは大またで去っていった。ハティの二倍は飲んでいたのに、じつにしっかりとした足どりだった。彼女のジーンズには裂け目がはいっており、そこから太ももがのぞいていた。先ほど彼女が食べていたステーキの脂身を、ハティは思いだした。ソフィが港のほうへ歩いていくのを見送る。ときどきハティは、彼女の美しさ、男あしらいの上手さ、思いやりのなさが、憎たらしくなることがあった。彼女にくってかかり、顔をはたきたくなった。

どうやら島を歩きまわることは、ハティに幻覚をもたらす効果があるようだった。さまざまな文章やアイデアが、なんの脈略もなく彼女の頭のなかに飛びこんできた。

四月はもっとも残酷な月。(T・S・エリオット『荒地』より)

イングランド南部で暮らしていたとき、この一節が文字どおりの意味でぴんときたことは一度もなかった。春は、穏やかな雨と感知できないくらいかすかな成長の季節だった。いま彼女は、丘の上で人の手を借りずに出産する雌羊たちと、その上空を旋回する大鴉のことを考えていた。セッターの小農場の湿った地面の上に横たわるミマのことを考えていた。ハティは自分の足音にあわせて、小声でそっとこの一節をくり返した。

昼間から飲むことに慣れていないので、そのせいかもしれなかった。まえの晩は、一睡もしていなかった。ミマを殺した銃弾は、ほんとうは自分を狙ったものだったのではないか――そんな妄想に、くり返しさいなまれていたのだ。それが示唆することはあまりにも衝撃的で、いまの彼女には、とても細かいところまでじっくりと考えられなかった。そこで、あまり深く追究しないことにした。

かわりに、セッターの小農場の試掘現場で金属のきらめきを目にしたときのことを、頭のなかで再現しようとする。その場面は彼女が夢見ていたものとそっくりだったので、なかなか実際に起きたことだとは信じられなかった。心の片隅でT・S・エリオットの一節をくり返し、規則正しい足どりで歩きつづけながら、ポケットから両手を取りだして見る。爪のあいだに、銀貨に付着していた土が残っていた。あの鈍い輝きを放つ銀貨から泥をこすり落とした瞬間、彼女はプロジェクトの正しさを立証し、シェトランドにおける彼女自身の将来を確立したのだ。ほんと、夢みたい、とハティは思った。とても現実とは思えないわ。

ハティはウトラの小農場まで歩いていくことにした。イヴリンに頼んで、彼女の机の引き出しにしまってある銀貨を見せてもらうのだ。大英博物館のウェブサイトには硬貨の画像があるので、それを調べて、自分がみつけたものと似た硬貨がないか確認したかった。イヴリンのところには、インターネットのつかえるコンピュータがあった。いまの状態では、なにか建設的なことをしていなければ、頭がおかしくなってしまいそうな気がした。あの発見は夢だった、と自分に思いこませかねなかった。なんといっても、過去にも現実と空想をごっちゃにしたことがあるのだ。ミマがまだ生きていてくれたら、とハティは思った。ミマはいつでも、ハティの心を安定させる役割を果たしてくれていた。

ウトラの小農場につうじる小道を歩いているとき、年配のカップルとすれちがった。男性のほうは、長柄の鍬《くわ》と熊手をのせた手押し車を押していた。女性はビニールの買物袋を手にしていたが、すごく重たいものがはいっているらしく、身体が斜めになっていた。ふたりとも、ハティがはじめて見る顔だった。カップルが足を止め、男性のほうが笑みを浮かべて、簡単な挨拶の言葉を口にした。歯が一本しかなかったので、ハティは相手の言葉がまったく理解できなかった。

「どうも！」ハティはにっこり笑って、片手をあげた。「こんにちは！」

女性のほうは、なにもいわなかった。小道をさらに進んだところで、ハティはくるりとむきなおって、うしろを見た。だが、カップルの姿は消えていた。あのふたりはわき道にそれたのだ、とハティは自分に言い聞かせた。そこいらへんの苗床で、作業をしているのかもしれない。灰色のスカートに長靴をはいた女性と、歯のない笑みを浮かべていた男性。だが、そもそもハティは、このふたりが実際に存在していたのかどうかに確信がもてなかった。まぼろしを見ていたのかもしれない。セッターの有力な貿易商とその妻のように、ハティがその豊かな想像力で作りあげただけなのかも。

イヴリンは、まぎれもなく存在していた。キッチンのテーブルのまえに立ち、肉を切っていた。手にしているのは、鋭いのこぎり歯状の歯のついた小さな包丁だ。木のまな板の片側にできている脂身と骨の山を見て、ハティは気分が悪くなった。

「シチューを作ろうと思って」イヴリンがいった。「去年の羊肉がまだいくらか冷凍庫に残っているから、つかってしまわないと。葬式の準備を手伝うために、サンディが休暇をとったの。あの子はいつ食事をとるかわからないし」

「なにか手伝いましょうか？　きょうの午後は、作業がないから」なにかしていれば、頭にとめどなく浮かんでくるさまざまな考えを止められるかもしれなかった。

「それじゃ、ニンジンの皮むきを頼めるかしら。タマネギの皮はいいわ。大きくて強烈なやつだから、むいてたら赤ん坊みたいに泣くはめになるもの」

「かまわないわ」ちくちくする目。頰を伝うしょっぱい涙。涙は、これが現実だという証だ。

だが、ハティはテーブルのイヴリンの隣にすわると、ニンジンの皮をむきはじめた。自分の手つきのぎごちなさと作業ののろさを意識する。イヴリンに見られているのがわかった。

「あなたとソフィも夕食にこない?」イヴリンが、どんどん大きくなっていく肉の山から顔をあげていった。「量はたっぷりあるし、きょうみたいな日にまっすぐキャンプ小屋《ポッド》に戻るなんていけないわ」

「どうかしら……」ハティは包丁をおいた。

「もちろん、お祝いしなくちゃ! 夢がかなったんだもの。あなたが最初の硬貨をみつけたとき、あたしもその場にいたかったわ。これこそまさに、大がかりな発掘作業のための資金援助を申請するのに必要なものよ。ほんとうに、よかったわね。古い頭蓋骨のかけらなんかより、ずっとわくわくするわ」イヴリンは肉を深皿にいれると、おなじ包丁でタマネギを半分に切った。白い半円形の切り口に血がつく。イヴリンはタマネギの切断面をまな板に押しあてると、手早く薄切りにしていった。

「コンピュータをつかわせてもらえるかしら?」ハティはたずねた。「画像が載っている博物館のウェブサイトがいくつかあるの。ヴァルがくるまえに、銀貨のことを調べておこうと思って。正体をつきとめられるかもしれないでしょ。それに、もう一度銀貨を見ておきたいの」あの硬貨の感触を、ハティはふたたびこの指で確かめたかった。どんな匂いがするのだろうと考え、鼻につんとくる金っぽくて血のような匂いを想像する。

「いいわよ。ただ、そのまえにこれをオーブンにいれさせてちょうだい。なにがわかるか、あたしもすごく興味があるわ」イヴリンはずっしりとした鍋にオイルをたらすと、野菜を放りこんだ。彼女の目もとが光っているのに、ハティは気づいた。タマネギのせいで、涙が出てきたのだろう。

「ミマはすごく興奮したでしょうね」ハティはいった。

イヴリンが鍋をかきまぜる手を止めた。木のスプーンを手にしたまま、「計画をたてないと」という。「頭蓋骨と銀貨にかんする調査報告が出たら、集会をひらきましょう。ラーウィックのあたらしい博物館で、大がかりにやってもいいかもしれない。さもなければ、もっといいのは、この島でなにかひらくことだわ。ラーウィックからきた連中に、このウォルセイ島でどれほどすごいことが起きているのかを見せてやるのよ」イヴリンはすこしのあいだ目をとじた。ここにもまたひとり、大きな夢を抱いた女性がいた。ハティには、それがわかった。おそらくイヴリンは、いまきらびやかな夜を想像しているのだろう。ラーウィックの重要人物が全員ウォルセイ島にそろい、ワインとカナッペが供され、その中心に自分がいるところを。「こうなったら、セッターの小農場を博物館にしてもいいわね。ウォルセイ島の歴史を記念して。それって、素敵じゃない？　ミマの名前をつけてもいいし」

「彼女はそれを望んだかしら」ハティは言葉をきり、セッターの小農場のキッチンで紅茶を飲みながらかわした会話のことを思いだしていた。「自分が死んだら、この家には若い家族に移り住んでもらいたい、とミマはいってたわ。それで、いつもソフィとあたしをからかってたの。〝島でいい男をみつけて、ここに落ちつきなよ。あたしが死んだら、この家を借りられる。孫たちは、どうせ欲しがらないからね。リンドビーで子育てするといいよ〟」

「まったくねえ」イヴリンがいった。「ミマは他人の生き方にいろいろ口を出す人だったから」

イヴリンは深皿のなかの肉の上に小麦粉をまくと、全体にそれがいきわたるまで、指をつかってこねまわした。それから、羊肉を鍋にいれた。肉の焼ける匂いがして、オイルがぱちぱちとはぜる。イヴリンは肉がこげつかないように、木のスプーンで動かしつづけていた。

なんて有能で、手際がいいんだろう！ ハティは心のなかで感嘆した。死んだ動物を肉片に変えるなんて、あたしにはどうやればいいのか見当もつかない。鍋から甘ったるい匂いがただよってきて、ハティはふたたび吐き気をおぼえた。

「ソフィの今夜の予定を、よく知らなくて」ハティはいった。「これから男の子たちに〈アルテミス〉号を案内してもらうといってたわ。ラーウィックから戻ってきたばかりの船よ」

「あれはいい船だわ」イヴリンがシチューに水差し一杯の水をくわえ、とろみがついて煮詰まるまでかきまぜつづけた。「ソフィの携帯に電話して、訊いてみたら。どうせ船では食事は出ないだろうし」

「ええ、そうね」だが、ハティは自分の携帯電話を取りだそうとはしなかった。

「アンナと赤ん坊はどうしてるかしら」イヴリンがいった。鍋をオーブンにいれると、両手に料理用の手袋をはめたまま、むきなおる。「このまえ会ったとき、彼女、あまり寝てなかったの。ふたりで彼女の家を訪ねてもいいかもしれないわね。時間があれば講習会のウェブサイトをいじくる、といってたから。あの銀貨についてなにか載せたら、いいんじゃない。彼女の講習会に参加したがるような人なら、このプロジェクトに興味をもつはずよ。それに、あなたも赤ん坊を見たいでしょ」

できれば遠慮したい、とハティは思った。それよりも、キャンプ小屋《ポッド》に戻ってプロジェクトにかんする計画をたてはじめるほうが、ずっとよかった。

「彼女のウェブサイトのために、例の試掘調査についてなにか書いてあげたら」イヴリンがつづけた。「それを読んで、予約をいれる決心がつく人もいるかもしれない。それに、ウォルセイ島が有名になる助けにもなるわ」

「まだだめよ！」考えただけで、ハティは不安になった。ぞっとして、イヴリンを見あげる。「銀貨の発見は、できるだけ長いこと秘密にしておかないと。うわさになったら、埋まっている財宝をみつけようとして、試掘現場に侵入する人が大勢出てくるわ。プロジェクトが台無しになりかねない」灰色のアノラック姿のおたくたちが金属探知機を手に彼女の試掘現場をうろつきまわるところが、目に浮かんだ。

イヴリンの耳には、ハティの言葉が届いていないようだった。「アンナに見せるために、銀貨をもっていったほうがいいかしら。彼女、デジタルカメラをもってるの。ぜひとも写真を撮っておきたいわ」

「それはまた、今度にしましょう。あしたにはポール・ベルグルンドがくるわ。彼がなんというか、聞いてからのほうがいいと思うの」

「そうかもしれないわね。あなたが指導教官と面倒なことになったら、もうしわけないもの。それに、一般に公開するまえに、すこし謎めかしておくほうがいいわ」イヴリンは包丁とまな板を流しにつけた。「それじゃ、あなたのお宝を見てみましょう」

机は居間にあり、小さな真鍮製の錠前がついていた。イヴリンがその鍵をジーンズのポケットから取りだす。ハティが透明なプラスチックの箱にいれておいた銀貨はどれも小さく、鈍い輝きを放っていた。箱にいれてあるのは、ひとえに人の手がふれないようにするためだったが、ハティはいまそうしたくてたまらなかった。「想像してみて。これがずっと、ミマの家の庭にあったのよ」イヴリンがいった。「数百年ものあいだ、ずっと」

ハティは一瞬、目をとじた。箱のふたをあけて鼻を突っこみ、匂いを嗅ぎたいという衝動にあらがう。「あしたポールがくるまで、これ以上はなにもできないわ」そういって、ハティは机の引き出しにはいっていた環境保全《アメニティ》トラスト関係の書類と小切手帳の上に銀貨を戻した。

「プロジェクトのための小切手を切るのに、誰かに連署してもらわないと」イヴリンがいった。「これまでは、ミマがしてくれていたの。プロジェクトを拡張することになるなら、あなたに署名をお願いするのがいいかもしれないわね」

どうしてイヴリンはこんなに冷静にミマの死について語れるのだろう、とハティは不思議に思った。ミマのことを考えるたびに、ハティはいまでも自分がばらばらになるような感覚をおぼえていた。自分が死ぬとわかっているときの気分は、いったいどんなものなのだろう？　雨に打たれながら草地に横たわり、誰も助けたり手を握ったりしてくれないとわかっているときの気分は？　だが、イヴリンのように農夫の妻として家畜の処理を手伝っていれば、どっしりと構えて死に対処できるようになるのかもしれなかった。それもまた、彼女の有能さの一部なのだ。

大英博物館のウェブサイトに目をとおしたあとで、ふたりはアンナ・クラウストンの家まで歩いていった。イヴリンがそうしようと言い張り、ハティは無礼だとかよそよそしいとか思われずにことわる方法を考えつかなかったのである。家についてみると、アンナはコンピュータのまえではなく、作業場のほうにいた。作業場には明かりがついており、ふたりは外でしばし足を止め、長い窓越しになかをのぞきこんで、アンナがしていることをながめた。ふたりの存在に、アンナはまったく気づいていなかった。ロナルドの姿は、どこにもなかった。

　こんなふうに彼女を観察しているのは、ハティには重大なプライバシーの侵害に思えた。赤ん坊は、大きな組み立て式のテーブルの上におかれたバスケットのなかだった。その隣に古い錫製の浴槽があり、なにやら布切れが浸けてある。アンナは羊の原毛を梳いて、紡ぎ車にかけられるようにしているところだった。力強いなめらかな動きで、梳毛器をあやつっている。その手順は、すごく複雑そうに見えた。原理はハティにも理解できたものの、実際にやるとなったら、彼女はまったく役にたたないだろう。細い針のびっしりついたたいらな板のあいだで何度も原毛を移し替え、そうやって梳いた羊毛を針からひっぺがして、ゆったりとしたロールにまるめていく。これで、紡ぎ車にかけられるようになった。ここにもまたひとり、有能で手際のいい女性がいる、とハティは考えた。あたしは、ニンジンの皮むきさえろくにできないというのに。

そのとき、アンナが窓の外にいるふたりに気がついた。あきらかに驚いていた。鋭い目でふたりをみつめてから、なかにはいるように手招きする。彼女はふたりを作業場の戸口で出迎えた。一瞬、気まずい沈黙がながれ、ハティはこのままおい返されるのではないかと思った。

「ロナルドのことは聞いた？」赤ん坊以外は誰も聞くものがいないにもかかわらず、アンナが小声でいった。「警察はこれ以上、なにもしないことに決めたの。ミマの死は、事故ということになったわ」

「運が良かったわね」イヴリンがいった。

「わかってるわ。そのことは、ロナルドも承知してる。彼は今夜、デイヴィといっしょに釣りに出かけてるの。すこしここを離れるのもいいんじゃないかって、あたしがいったから」

ハティは、この家の雰囲気を耐えがたく感じた。気絶しそうな気がした。

「とりあえず、これで葬式の準備にかかれるわ」イヴリンがアンナの先に立って作業場のなかへはいっていった。「地方検察官が遺体の返却に同意してくれたの」

「ロナルドも参列したがってるわ」アンナがいった。「でも、ジョゼフがどう思うか、よくわからなくて」

「主人はおおらかな人よ。根にもつようなことはないわ」

「ありがとう」アンナが手をのばして、イヴリンの肩にふれた。「このことで、あたしたちの関係に変化がなければいいんだけど」

みじかい間のあとで、イヴリンがいった。「もちろん、これまでどおりよ。当たり前じゃない」

ハティはイヴリンが急にすごく悦にいったような印象を受けたが、その理由はわからなかった。言葉によらない意思の疎通を読みとるのが苦手なのだ。ときどき、自分が迷子のように感じることがあった。異国の地で、現地の言葉を半分しか理解できていない異邦人だ。あたしはここにいちゃいけないんだ、と彼女は思った。むきを変えて逃げだしたいという衝動を、必死に抑えこまなくてはならなかった。

「セッターの小農場で発見があったって、もう聞いた？」イヴリンはそういって、組み立て式のテーブルのアンナがすわっていたところに腰をおろした。

これじゃ、とても秘密になんてしておけない！　ハティは言葉を失っていた。ここにくるための口実として、イヴリンに利用されたような気がした。自分も口実をもうけて出ていきたかったが、どうやれば体面を保ったままそうできるのかわからなかった。

「くわしく話してちょうだい」アンナがテーブルにもたれかかると、赤ん坊がはいっていたあたりのおなかのふくらみが見てとれた。ハティは発見された硬貨の重要性について、口ごもりながら説明した。赤ん坊が泣きはじめた。まるで痛みを感じているかのように、不満そうにぐずっている。アンナが赤ん坊をバスケットから抱きあげ、両腕で揺すった。それから突然、挑戦するみたいに、ハティのほうへ赤ん坊をさしだした。「ここをかたづけるあいだ、抱いててもらえるかしら？　この子は疝痛《せんつう》なの。バスケットに戻したら、家がくずれ落ちてきそうなくらいの大声で泣くわ」こわばった小さな笑みを浮かべてみせる。「おかげで、きょうは頭がおかしくなりそうよ」

ことわる間もなく、ハティは気がつくと、赤ん坊を腕に抱いていた。すこし身体から離して、用心深く抱く。すごく軽くて、いまにも壊れてしまいそうな感じがした。自分が赤ん坊を落としてしまうところを想像して、一瞬、パニックに見舞われる。その想像のなかで、彼女はわざと大きく腕をひろげ、赤ん坊は彼女の腕からすべり落ちていく。ミマが料理していた大きな白い卵みたいに、赤ん坊の頭が床にあたってぱっくり割れ、血だまりがひろがっていく。その映像があまりにも鮮明だったので、音も悲鳴も叫び声もしないのが不思議だった。だが、島のふたりの女性たちは次回の地域評議会の集会のことをしゃべっており、ハティにはまったく注意を払っていなかった。赤ん坊は、とても甘い匂いがした。母親に返すときがくると、ハティは異議をとなえて、赤ん坊にしがみつきたくなった。なんのかんのいっても、母親になるのはそう悪くないことなのかもしれなかった。

イヴリンはふたりの学生を夕食に招くことにしたのをすっかり忘れてしまったらしく、ハティはほっとした。またウトラの小農場のキッチンにすわって、イヴリンを喜ばせるために無理やり食べるのかと思うと、耐えられなかった。ソフィは、あと数時間は戻ってこないだろう。男の子たちといっしょに、〈アルテミス〉号で飲んだりいちゃついたりしているはずだ。ソフィがロンドンでの華やかな社交生活をウォルセイ島でも味わおうと思ったら、それが精一杯のところだった。彼女はほかに、なにを企んでいるのだろう？

ハティはキャンプ小屋《ボッド》にむかって道路を歩きはじめた。日が暮れかけていた。シェトランド人が〝黒ずむころ〟と呼ぶ時間帯だが、まだ壁の石や丘の泥炭の色がわかるくらいの明るさが残っていた。ハティはふたたびミマのことを考えはじめ、ふたりで家のまえにすわってかわした会話のことを思いだした。ミマが電話口にむかって、怒って大きな声で怒鳴っていた文句のことを。

19

ペレスは朝早く目がさめた。フランの夢を見ていたのだが、寝返りを打った拍子にベッドの隣が空っぽであることに気づいて、パニックを起こしたのだ。目がさめると同時に夢の細かい部分は忘れてしまったが、あとには不吉な予感が残された。それが馬鹿げた不安であることは、自分でも承知していた。シェトランドの外の世界は危険に満ちている、という意識を捨てなくては。子供をそばにひきとめておこうとする両親を、彼は嫌というほど見てきていた。あと一週間もすれば、フランとキャシーは帰ってくるのだ。

だが、ペレスは眠りに戻れなかった。気がつくと、ミマの死にまつわる細かいことを見直していた。いつまでもこの件をひきずっているのは、理にかなっていなかった。ロナルドが不幸な事故で老女をあやめてしまったのは、間違いない。それ以外の説明は、あまりにも芝居がかっているし、滑稽だ。地方検察官の決断は、正しかったのだ。サンディがウォルセイ島にとどまることであらたな情報が得られる、とペレスは本気で考えているわけではなかった。おそらく、この件は最悪の結末を迎えるのだろう。なにが起きたのか、よくわからないままに終わるのだ。それで我慢するしかないのだろうが、ペレスは自分がなかなかそれを受けいれられないのがわかっていた。

サンディからしょっちゅう話を聞かされていたので、ペレスはミマをよく知っているような気になっていた。だが実際には、一度しか会ったことがなかった。ウォルセイ島でサンディの誕生パーティがひらかれたときだ。彼の記憶にあるミマは、小鳥のような小さな身体で、驚くほど大きな声を出して笑う女性だった。男たちに負けないくらい飲んでいたが、頰が赤くなる以外、酔った様子はまるでなかった。すごく複雑なステップを、苦もなく踊ってみせていた。

ミマが自ら暴力を招いたのだとしたら、その原因としては、なにが考えられるだろう？ その毒舌のせいで、激怒したウォルセイ島の住民のひとりに殺されたとか？ あるいは、彼女が知っていたことのせいで？ 目撃したことのせいで？ だが結局のところ、ミマの死はやはり事故なのかもしれなかった。このもっとも明快な説明を、彼は受けいれるべきなのだ。みんなが納得している筋書きに疑問を呈さずにいられないというのは、彼の性格のどこに原因があるのだろう？ フランによると、ペレスは警官にしては思いやりがありすぎるし、人の良い面ばかりを見ているという。だが、自分がそういう人間ではないことを、ペレスは知っていた。人は誰でも暴力をふるうことができる、と彼は考えていた。罪のない老女を殺すことさえできる、と。彼自身、その例外ではないのだ。

ペレスはベッドから起きだしてキッチンへいくと、紅茶をいれた。まだ朝早すぎて暖房のスイッチがはいっておらず、家のなかは寒かった。石の壁から湿気が染みこんでくるところを想像すると、その匂いまで嗅ぎとれそうだった。カーテンをあけ、港を見晴らす窓辺の椅子にすわって紅茶を飲む。ようやく彼は意を決して、フェリーのターミナルへとむかった。

ポール・ベルグルンドは、アバディーン発のフェリーから最後に降りてきた乗客のひとりだった。もっとはやく下船していたなら、ペレスは彼をつかまえそこねていたかもしれない。だが、フェリーの乗客のなかには、ラーウィック到着を告げる船内放送の明るい声を無視して寝台にとどまり、カフェテリアで朝食をとってから上陸するものもいた。ペレスがターミナルにつくのとほぼ同時に、ベルグルンドがのんびりとタラップをおりてきた。このタイミングでベルグルンドが下船してこなかったら自分がどうしていたか、ペレスはよくわからなかった。もっと遅れて上陸してくる乗客があらわれるまで、がらんとしたターミナルで待ちつづけていただろうか？　いったい、どんな理由をつけて？

ベルグルンドは休暇で帰郷した兵士といってもとおりそうだった。髪の毛をみじかく刈りあげ、喧嘩になっても自分の面倒くらいみられそうな雰囲気をただよわせている。すくなくとも、それがペレスの受けた印象だった。考古学者らしからぬイメージだ。だが、もっとよく知るまでは判断をひかえたほうがいい、とペレスは思った。ベルグルンドのことを攻撃的な男だと考える理由は、どこにもないのだ。ベルグルンドはジーンズにゴアテックスのジャケットという恰好で、がっしりとしたスニーカーをはいていた。小さなリュックサックをもっており、そのポケットのひとつには考古学者がつかう小型の移植ごてが、別のポケットには鞘におさめた大型ナイフがはいっている。このふたつは商売道具だろう、とペレスは考えた。ベルグルンドに会うためにここへきた理由として、どんな説明が考えられるだろう？　どんな理由をあげても、なにかあるのではと勘ぐられそうな気がした。

「ミスタ・ベルグルンド」そう呼びかけた瞬間、ペレスは相手の敬称を間違えたことに気がついた。正しくは、〝ベルグルンド教授〟だ。だが、それでもベルグルンドは足を止め、ゆっくりとむきなおった。好奇心をかきたてられているだけで、気分を害してはいなかった。はじめはペレスが誰だかわからず、困惑しているように見えた。それほど離れていないところで、帰郷した若い男子学生が家族の騒々しい出迎えを受けていた。一家総出だった。両親と、若者の兄弟がふたり。抱擁や金切り声の歓迎に、男子学生は気恥ずかしそうにしていた。

「もうしわけありませんが」ペレスはいった。「すこしお話をうかがえないでしょうか。それほど時間はとらせません。ここですませれば、ウォルセイ島にいく手間がはぶけるので」

ベルグルンドは、すでにペレスのことを思いだしていた。「もちろん、かまいませんよ。あなたは刑事さんだ」すこし間があき、顔がしかめられる。「また、なにかあったんですか？」

それは奇妙な質問に思えた。ペレスはこうたずねたくなった。なにかあると予想していたんですか？「たんに、地方検察官に提出する書類を仕上げなくてはならないというだけのことです。事務手続きというやつで。あなたもよくご存じでしょう。地方検察官は、ミマ・ウィルソンの死が事故であると納得しています。ただ、それが起きたときに、あなたも島にいらっしゃったので……」ペレスの耳には説得力に欠ける説明に聞こえたが、ベルグルンドは黙って肩をすくめると、うなずいてみせた。

ふたりは港のそばの湯気のこもった小さなカフェで朝食をとった。ベーコンロールに、ぶ厚い磁器のマグカップにはいった紅茶。かれらの会話を小耳にはさめるくらいちかくには、誰もいなかった。ベルグルンドが身をくねらせるようにして厚手のコートを脱ぐと、その下からペレスが見たことのない模様の手編みのセーターがあらわれた。

「シェトランドの模様ではありませんね？」どう話を切りだせばいいのかよくわからず、ペレスは世間話からはいった。

この質問に驚いたのだとしても、ベルグルンドはそれをおもてにあらわさなかった。「ええ、ちがいます。祖母の手作りです。編み物が得意で」

セーターの模様と相手の苗字から、ペレスはベルグルンドがスカンジナヴィア人にちがいないと考えた。

はじめのうち、ベルグルンドは落ちつきがなく、びくついているようにさえ見えた。だが、一般人が警官に質問されるときの反応は、えてしてこんなものなのかもしれなかった。彼はリンドビーでの発掘とそこで発見された硬貨について、ぺらぺらとよくしゃべった。「ハティは大喜びでしょう。このプロジェクトの推進力は、彼女の熱意なんです。変わった女性ですよ。

のめりこむタイプだ。ときどき、彼女のことが心配になります。これで、あまりプレッシャーを感じずにすむようになればいいのですが。もはや、自分の正しさを証明する必要がなくなったわけですから」

カフェのなかは暖かく、結露のせいで窓の外は見えなかった。

「彼女とは、もう長いんですか？」ふとペレスの頭に浮かんできた質問だった。もちろん、捜査とはまったく関係ないが、ベルグルンドがこたえるあいだに、もっとまともな質問を思いつけるかもしれない。

ベルグルンドはすこし考えてから、こたえた。「このプロジェクトの最初から、ずっと彼女を指導しています」

この男は真実をいっているのだろうか？　だが、その点を追及しようにも、それを正当化する理由がペレスにはなかった。ベルグルンドの私生活は、彼には関係のないことなのだ。

「あなたとジェマイマ・ウィルソンとは、上手くいっていましたか？　彼女をご存じだったんですよね？」

「楽しい女性だった」ベルグルンドがいった。「土地所有者に手を焼かされることは、けっこうあるんですよ。かれらは発掘にともなう騒ぎや混乱を嫌がるんです。そうでない場合は、見返りを求めてくる。だが、ミマは若い娘たちがそばにいるのを喜んでいました。話し相手ができて、嬉しかったんでしょう」

「自分の家族がそばにいるのにですか？」

「男ばかりだ」ベルグルンドはリラックスしはじめていた。すでにベーコンロールを半分食べ、紅茶をほとんど飲み終えていた。「息子がひとりに、男の孫がふたり。女性の話し相手とおなじというわけには、いかないでしょう。昔から娘が欲しかった、とミマは一度いってましたよ」

「他人にそんな話をするなんて、すこし奇妙な気がしますね」

「ある晩、スコッチのボトル持参で訪ねていったんです。彼女の協力に感謝するために。いっしょに何杯かやって、おしゃべりをはじめた。そしたら、驚くくらい、うまがあいましてね。わたしがあと三十歳年をとっていたら、彼女は誘いをかけてきていたんじゃないかな。若かったころは、さぞかし浮名をながしていたにちがいない」

「彼女には、義理の娘がいます」ペレスはいった。

「それじゃ、実の娘を相手にするのとはちがうみたいですよ。ミマがイヴリンに対して心からの好意をいだいたことは一度もない、って気がしましたね。もしかすると、母親と息子の関係というのは、いつだってそういうものなのかもしれません。わたしはひとりっ子で、ときどきこう考えることがあります。そもそもわたしが妻を必要だと感じたことに、母はずっとすこし失望しているのではなかろうか、と。わたしには、母さえいればじゅうぶんであるべきなんです」

うちの場合は、母親が息子を結婚させたがってる、とペレスは思った。家名を継ぐ男の孫が欲しいからだ。それを知ったら、フランはどう感じるだろう？　それはすごいプレッシャーとなるように、ペレスには思えた。自分がフランへのプロポーズをためらうのは、それとなにか関係があるのだろうか？　結婚するのはシェトランドでペレスの名前を絶やさないようにするためにすぎない、とフランが考えるのを恐れているとか？

「イヴリンのどこが気にいらないのか、ミマはなにかいってましたか？」

「息子に無理をさせている。簡単にいえば、そういったところでしょうか」ベルグルンドは紅茶の残りを飲みほした。「ミマの息子が望んでいるのは、小農場と友人たち、夜に飲むビールと数杯の酒、それにバンド演奏にあわせてときどき思いきり踊ることだけです。一方イヴリンは、夫を地元の重要人物にさせたがっていた」

「イヴリン自身が、あの土地の重要人物なのでは？　あなたがたのプロジェクトを支援してきたのは彼女だ、という印象を受けましたが。それに、サンディの話では、ほかにもいろいろな助成金をウォルセイ島での催しのために獲得してきているとか」

「べつに、わたしは彼女にふくむところはなにもありませんよ。彼女はいつだって、わたしたちに協力してくれた」

「ほかにミマは、彼女についてなんといってましたか？」

「これはなんなんです、警部？　ただの雑談にすぎないじゃないですか」だが、ベルグルンドはにやりと笑うと、ペレスの返事を待たずにつづけた。「ミマは、イヴリンが息子の金をつかいまくっていると考えていました。〝なんだってまた、もっと大きなキッチンを欲しがるのかね？　もとのキッチンのどこがいけないんだい？　あの女は、あたしら一家を破産させちまうよ〟――そんな調子でした」

「あなたが最後にミマと会ったのは？」

「彼女が亡くなるまえの日の午後です。午後遅くで、学生たちはすでにキャンプ小屋《ポッド》に帰ったあとでした。天気がひどくて、作業をはやめに切りあげたんです。わたしは翌日の朝いちばんのフェリーで出発することになっていたので、お別れをいいにいきました。彼女は紅茶をいれ、イヴリンの焼いたケーキをひと切れずつ用意したあとで、ウイスキーを取りだしてきた。寒さをおっぱらうためだ、といってね。もっとも、彼女のキッチンは、いつでもじゅうぶん暖かったですけど」

「彼女の様子は、どんなでしたか？」

ベルグルンドが、さっと顔をあげた。「彼女が事故で亡くなったのなら、その精神状態がどう関係してくるっていうんです？」

「ほかの可能性を、すべて排除しなくてはならないんです」ふたたびペレスは、ひどく説得力に欠ける説明だと思った。

「彼女は自殺しそうには見えませんでしたよ。あなたが訊きたいのが、そういうことならば。そんな考えは、馬鹿げてます。ミマ・ウィルソンくらい生気にあふれた人物には、お目にかかったことがありません。彼女なら、人を困らせるためだけにでも、この世にとどまりたいと考えるでしょう」

「ふたりでどんな話をしたのか、覚えていますか？」

ベルグルンドが顔をしかめた。「学生たちのことです。彼女たちがミマの家族の一員のようになっていたことは、お話ししましたよね。ミマはとくに、ハティに対して保護者のような感情をいだいてました。〝あの娘は仕事に没頭しすぎだよ。必要なのは、若くていい男だね。そうすりゃ、ほかにも考えることができる。そうは思わないかい、ポール？　あの娘のために、発掘を手伝う若い男を二、三人つれてきておくれよ〟。わたしは彼女に、いまはもう時代が変わって、若い女性は家庭のほかに仕事のキャリアも望んでいるのだ、といいました。ソフィはなかなか元気がある、とミマはいってました。彼女を見てると、おなじ年齢だったころの自分を思いだすんだとか。パーティ好きで」

「ほかには？」

「イヴリンのことを、またいろいろとぼやいてました。そのころには、わたしはウイスキーを二杯飲んでいたので、暖かいキッチンのなかでうとうとせずにいるには、かなりの努力が必要でした。彼女はこんなことをいってましたよ。〝今度ばかりは、あの女もやりすぎたよ。あたしが解決してやらないと。うちの子が傷つかないように、いろいろと手を打って〟」

「彼女がなんの話をしていたのか、わかりますか？」

「いえ、はっきりとは。先ほどもいったとおり、この会話にきちんと集中していたわけではないので。おそらく、島の人間関係にかんすることでしょう。よくは知りませんが、イヴリンはほかの人と手を組んでは、仲たがいをしているようですから。おなじようなことは、大学でもあります。そこでも、わたしはそういうことにあまりかかわらないようにしているんです」

ペレスはいまだに、ベルグルンドを大学関係者とみることに抵抗を感じていた。彼のしゃべり方は飾り気がなく、身体はやけに大きかった。大学教授といえば、こむずかしい言葉をつかうやせっぽちというのが相場ではないのか。

「ハティの発見ですが――」

「素晴らしい」ベルグルンドが勢いこんで口をはさんだ。「あれこそまさに、彼女のキャリアの出発点に必要なものです。それに、じつに興味深い。ウォルセイ島にあれほど立派な家があるとは、誰も考えていませんでした。どうやらハティには、考古学における直感がそなわっているらしい。どうやって彼女がこんなに正しい仮説をうちたてられたのか、わたしにはいまだに謎ですよ」

硬貨が発見されるほんの数日前にミマが撃たれたのは偶然にすぎないのだろう、とペレスは思った。彼は偶然が嫌いだったが、このふたつの出来事が関係していると考えるのは、どうみても無理があった。順番が逆であれば、話はまた別なのだが。それに、頭蓋骨のことがあった。古い遺体の一部が発見されたことで、いまの一連の出来事がひき起こされた可能性はあるだろうか？　もちろん、ないに決まっていたが、それでもその件について、もっとくわしく知っておきたかった。

「前回の試掘調査のとき、ハティがすでに硬貨を発見していた可能性はありませんか？」ペレスはためらいがちにいった。確たる証拠もなしに学生の誠実さに疑問を呈するのは、彼としてはいちばんやりたくないことだった。だが、セッターの小農場に価値のあるものが埋まっていることをミマや島のほかの住人が知っていたのなら、ミマの死にあらたな見方が出てくることになる。事件の流れとしては、こちらのほうがより自然に思えた。

「だとしたら、どうしてハティは誰にもいわなかったんです？　ハティとソフィは、いつも現場でいっしょに働いています。労働衛生安全基準法のさまざまな制約があって、ひとりで作業することは認められていないんです。それに、ハティは泥棒じゃない。このプロジェクトに情熱を燃やしています。彼女がきちんと記録をつけずにセッターの小農場から遺物を持ち去るなんて、あり得ません」

「もちろんです」ペレスはいった。「馬鹿げた思いつきでした」

だが、彼はこう考えていた。ほかにも試掘現場をほじくり返していた人物がいたのではないか？　別の価値あるものが、そこで発見されていたのではないか？　霧のたちこめる雨模様の夜を想像する。ミマは家のなかにいて、なにか物音を耳にしたのかもしれない。あるいは、雌鶏たちを静かにさせるために、突然、夜遅くに外へ出ていったのかも。侵入者がリンドビーの人間なら、もちろんミマには、それが誰だかわかっただろう。たとえ、家の奥からもれてくるかすかな光のなかでも。彼女はそこで育ったのだ。誰もが顔馴染みだ。島の住民は発掘に興味をもつように奨励されていたが、学生たちが帰ったあとに人がくるとは、ミマは予想していなかったにちがいない。彼女はその人物をとがめたのだろうか？　それで相手はぎょっとして、暴力に走ったのか？

ふと気がつくと、ベルグルンドがペレスをみつめていた。この考古学者は、沈思黙考するタイプではなかった。

「これだけですか？」ベルグルンドがたずねた。「もうウォルセイ島に戻ってもかまいませんか？　この目で硬貨を見たいので」

「もちろんです」だが、ペレスはまだぼんやりと考えにふけっていた。自分がいないあいだに誰かが試掘現場にきていたら、ハティはそれに気づいただろうか？　そして、その侵入者がそこで発見したものとしては、なにが考えられるだろう？　ペレスは〈ピア・ハウス・ホテル〉のバーでかわされたサンディとハティの会話を思いだしていた。あのときサンディは、硬貨の価値についてたずねていた。もしかすると、ほかにもその硬貨が盗むに値するものだと考えた人物がいるのかもしれない。こういった品物の闇市場があるのかどうか、調べてみなくてはなるまい。

オフィスに戻ると、ペレスは電話でシェトランドの考古学者、ヴァル・ターナーをつかまえようとした。彼女なら、硬貨にどのような価値があるのか知っているにちがいないし、ウォルセイ島の試掘調査がもつ意味についても説明してくれるだろう。彼女がミマの死と関係があるとは考えにくいから、ポール・ベルグルンドを相手にするときよりも自由にしゃべれるはずだ。だが、ヴァル・ターナーはつかまらず、ペレスは留守番電話にメッセージを残さなくてはならなかった。

受話器をおいた瞬間に電話がかかってきたので、ペレスは相手がヴァルだと考えた。そのため、ハティ・ジェームズの少女のようなかすれ声が聞こえてきたときには、意表をつかれた。

「警部さんとお話しできないかと思って」

「なんでしょう」ペレスはいった。

「いいえ。電話でではなく、直接お会いして」

「ちかぢかラーウィックにぐる予定でも？」

「いいえ」ハティがふたたびいった。ペレスが話を理解していないようなので、いらだっていた。

「それは無理です。指導教官が、きょうこちらへくるので」

「わたしに話があるので、そちらにきてくれというんですね？」ようやくペレスは相手の望みを理解した。ウォルセイ島に戻ると考えると、ペレスの心は思いがけず不安で満たされた。彼が知っているウォルセイ島は、決して悪いところではなかった。それなのに、どうして島に戻ることに抵抗をおぼえるのだろう？　どうして狭いところに監禁されようとしているみたいに、冷たくてじっとりとした恐怖を感じるのだろう？　もしかすると、霧のせいかもしれない。霧で地平線や水平線がまったく見えないのが、よくないのだ。さもなければ、ペレスまでまきこんで客観性を失わせてしまうように感じられる、あのいびつな血縁関係のせいか？　話ならサンディに聞いてもらったらどうか、とペレスは提案したくなった。だが、ハティはあつかいに注意を要する人物だし、たとえ洞察力をそなえたあたらしいサンディでも、彼女を怖気づかせてしまう可能性があった。

「そうなんです。お願いします」彼女の声には、安堵感がはっきりとあらわれていた。

「急ぎの用件ですか？　今夜まで待てますか？　六時に〈ピア・ハウス・ホテル〉で会うというのでは、どうでしょう？」

間があいた。「いいえ」ハティがいった。「キャンプ小屋《ポッド》のほうにきてください。ふたりきりで話せるようにしておきますから」

20

サンディはウォルセイ島の北端に立ち、小さな漁船がちかづいてくるのをながめていた。クラウストン家が所有している巨大な遠洋漁業船〈カサンドラ〉号とは較べものにならないくらい小さな船だった。〈カサンドラ〉号は一度出港すると、そのまま何週間もはるかかなたの北大西洋上にとどまりつづける。捕った魚をデンマークで水揚げしてから、また漁場へと戻っていくのだ。アンドリューが発作を起こす直前にこの船を買ったとき、島じゅうが船の値段にかんするうわさでもちきりとなった。ひと財産するといわれていたが、クラウストン家はサンディが物心ついたころから、ずっと金持ちだった。いまこちらへむかってくる小さな船はデイヴィ・ヘンダーソンのもので、すぐそこの沖合まで出て、もう帰ってくるところだった。デイヴィは親切心から、ロナルドをつれだしていた。たとえみじかいあいだとはいえ、ロナルドにとってウォルセイ島を離れているのはいいことだろう。

風に吹かれて、髪の毛がサンディの目にかかった。こうして車でスコウまできたのは、しばらく家から逃げだす必要があったからだった。ここからすこし内陸にいったところに、イギリス全土で最北端に位置するゴルフコースがある。厳しい気候のもとでも芝が青々と茂り、きれいに刈りこまれているゴルフコースだ。サンディはときどきここへきて、父親とゴルフをしていた。ふたりともあまり真剣にゴルフに取り組んだことがなかったが、それでも父親はかなりの腕前だった。デイヴィが自分も釣りに誘ってくれていたら、といまサンディは考えていた。彼は船があまり得意でなかったが、家族や葬儀にかんする話しあいから逃れるためなら、数時間くらい不愉快な思いをしてもかまわなかった。

もちろんサンディは、祖母のためにきちんとした葬式を出したいと考えていた。だが、本人はこんな大騒ぎを望まなかったのではないか、という気がしていた。友人がそろって教会にきていれば、それで満足していただろう。そこはミマが結婚式をあげた教会で、ウォルセイ島の西側のハウブとして知られる出洲《でず》にあった。三方を海で囲まれており、そこにいると船乗りだった夫のことを思いだす、といつもミマはいっていた。自分も船に乗っているような気分になるから、と。ミマは力強く歌われる讃美歌と式のあとのパーティがありさえすれば、あとはどうでもいいと思っていただろう。サンディの母親は、いまマイクルとアメリアと赤ん坊を迎えるための部屋の準備でぴりぴりしていた。三十日間の包囲攻撃にそなえるかのごとき勢いで食料の買い出しを計画し、式に誰を招くかですっかり舞いあがっていた。

サンディは朝食の席での光景を思い返した。母親はキッチンのテーブルに陣取り、さまざまなリストに囲まれて、二杯目の紅茶を飲んでいた。食料と飲み物のリスト。連絡すべき人物のリスト。父親は賢明にも、あまりかかわらないようにしていた。けさもすでに、雌羊の様子を確かめに小農場に出かけていた。

「ポール・ベルグルンドは参列したがるかしらね?」母親が唐突にたずねた。ぴりぴりした口調で、その下に抑えきれない興奮が潜んでいるのが感じとれた。

「どうかな」それはないだろう、とサンディは思った。いろいろあって忙しい人間が、どうしてほとんど知りもしない老女の葬式に参列したがるというのか?

「彼は教授よ」母親がいった。

「それがいったい、なんの関係があるんだよ?」

「マイクルと話があうんじゃないかと思ってね」

「それをいうなら、ロナルドだってマイクルと話があうだろ。ほかの連中だって」だが、ほんとうにそうだろうか? このまえ帰郷したときのマイクルは、まるで別人だった。

サンディは草地に腰をおろし、南東の強い海陸風に逆らってちかづいてくる船を見守った。きょうは、よくある快晴と嵐の一日だった。よく晴れていたかと思うと、一転してつぎの瞬間には短時間のスコールに見舞われるのだ。とりあえず、霧はおさまっていた。母親がもうすこし肩の力を抜いてくれたら、とサンディは思った。そういうときの母親は、悪くなかった。父親が家で働くようになり、息子がふたりとも親元を離れてひとり立ちしたのだから、母親はもっとリラックスして人生を楽しめるようになるのでは、とサンディは考えていた。どうやったら母親の力になれるのか、彼にはわからなかった。一度、フェトラー島でキャンプをしていたふたりのドイツ人学生から大麻を押収したときに、これが解決策かもしれない、と冗談半分に考えたことがあった。大麻で、すこし落ちつかせるのだ。数年前、エディンバラ大学に在学中のマイクルを訪ねていったとき、誰かが大麻入りのケーキを作ってきた。母親のケーキにも大麻をいくらかまぎれこませたら……そう考えると、笑いがこみあげてきた。マイクルは、このアイデアをどう思うだろう？　昔だったら、いっしょになって笑っただろうが、いまではどういう反応を示すのか、サンディには確信がもてなかった。ろうそくの光のなか、学生寮で音楽をかけながらマイクルの友人たちといっしょにすわっていたあの晩は、おそらくふたりが最後に腹を割って話をしたときだろう。

医者に診てもらうよう、母親に勧めてみるべきなのかもしれなかった。女性の健康にかんするサンディの知識はあやふやなものだったが、母親の不安や気分の変動には年齢が関係している可能性もあった。だとすれば、それに効く薬があるのではないか？　大麻のような効き目をもち、なおかつ合法的な薬が？　とはいえ、自分が決してこの話を母親にしないのが、サンディにはわかっていた。ひとつには気まずいからであり、ひとつには母親の反応が恐ろしいからだ。情けない話だが、サンディはいまだに怒ったときの母親が怖かった。

朝食の席での会話は、そう悪いことばかりでもなかった。マイクルとアメリアが本土からきているあいだ、サンディはセッターの小農場に移ることになったのだ。サンディがそれを提案すると、母親はすぐに同意した。マイクルの頭のいい妻のまえでサンディがぼろを出すのではないかと、心配なのだろう。サンディはそのことに気づいていたが、母親はあくまでも赤ん坊のためにサンディの部屋が必要だからというふりをしていた。母親は父親にも家を空けてもらいたいのではないか——そんな考えが、ふとサンディの頭に浮かんだ。父親の飲酒やテーブルマナーや話題のとぼしさに、アメリアが気分を害するかもしれない。父親もセッターの小農場にくればいい、とサンディは思った。父親となら、いっしょに上手くやれるだろう。

船はますますちかづいてきており、潮目で大きく揺れていた。サンディはシンビスターの港まで車でいき、〈ピア・ハウス・ホテル〉のバーでロナルドとデイヴィを待つことにした。あのふたりはひと晩じゅう海に出ていたが、帰って寝床につくまえに、ビールを何杯かやりにくるかもしれない。自分が目立たないようにミマの死を捜査することになっているのは知っていたし、ペレスの期待を裏切りたくはなかったが、誰にでもすこしくらい息抜きをする権利はあった。

それに、バーでいっしょにすわっていれば、あのふたりからなにか聞きだせるかもしれない。それこそまさに、ペレスのやり方ではないか。警部はみんなのおしゃべりに耳をかたむけ、水たまりに小石を投げこむみたいに、ときどきぽつりと質問をさしはさむ。そうやって、どんな波紋がひろがっていくのかを見守るのだ。

サンディは大勢の仲間とともに〈ピア・ハウス・ホテル〉にいた。デイヴィのほかは、遠洋漁業船に乗っている連中だった。すでに午後も半ばになっていた。サンディは友人たちがくるのを待つあいだにビールを二杯飲んでいたが、ほかの連中もすぐにおいつき、いまでは全員が酔っぱらっていた。まえの日にソフィが遠洋漁業船を見学にきたときのことが話題になっており、笑い声と冗談が飛びかっていた。イングランド女を船に乗せるのは不吉だ、と年かさのひとりがいっていた。漁にはいろいろな迷信があるが——口にしてはならない言葉とか、必ずする儀式とか——これはサンディには初耳だった。ロナルドはバーにこなかった。サンディがそのことをたずねると、デイヴィは黙って親指を動かし、ロナルドが妻の尻に敷かれているというしぐさをしてみせた。「ちかごろじゃ、ひまさえあれば、あのすました女房にべったりって感じだ。生まれたばかりの赤ん坊に、女みたいにめろめろになってるしな。それに、もう酒はやめたと本人はいってる」

バーにいた男たちが顔を見合わせ、いっせいに吹きだした。サンディは仲間はずれの気分を味わった。自分には理解できない冗談を、みんながわかちあっているような感じだ。それというのも、サンディはいまやラーウィックに住んでおり、もはや本当の意味でここの一員ではなくなっていたからである。

「まあな」ろれつがだいぶ怪しくなってきているのを意識しながら、サンディはいった。「おれだって、銃で女を撃っちまったら、酒をやめるさ」

会話がしばらく途絶えた。それから、誰かが酒をもっともってくるように叫び、ふたたびおしゃべりがはじまった。

そのすぐあとで、サンディは帰ることにした。仕事をしているとペレスに思われているときにバーで飲んでいるのは、まずい気がした。母親に影響されて、こっちまでこんなふうにぴりぴりするのはやめないと。もっと父親を見習って、舞いあがっている母親のことなど適当に受けながすのだ。

薄暗いバーにいたので、明るい陽射しのなかに出たときには、ぎょっとした。まだ昼間だった。子供たちが叫んだり笑ったりしながら前方の通りを駆けまわっていたが、高校のそばにある家から若くてきれいな女性があらわれ、その子たちを夕食に呼び戻した。サンディは、そのまま車をとめておいた場所に残して、家まで歩くことにした。途中でクラウストン家に立ち寄って、ロナルドの様子を確かめていくつもりだった。

一見したところでは、クラウストン家には誰もいないようだった。玄関のドアをあけると、なかは静まりかえっていた。そのとき、赤ん坊は眠っていて、アンナは休んでいるのかもしれない、という考えがサンディの頭をよぎった。大声で呼びかけてふたりを起こしたくなかったので、サンディはそっとドアを閉めると、小道をひき返していった。

「サンディ！」アンナだった。作業場の窓から身をのりだしている。「ごめんなさい。気がつかなくて。編み糸を染めてたところなの。さあ、はいってちょうだい」糸紡ぎと編み物の講習会をはじめるというアンナの夢については、ロナルドから聞かされていた。とはいえ、伝統的な島の工芸をイングランド人の女性が教えるというのは、なんとなくおかしな気がした。そのことで母親が文句をいったとしても、サンディにはじゅうぶん理解できた。だが、母親はこの件にかんして、ほとんどなにもいってなかった。

サンディが広い作業場にはいっていくと、すでにそこは生徒を迎える準備がととのっていた。染みのついた木製のやっとこで、アンナが大きな古い鍋から編み糸の束をつまみあげる。羊毛は、どろりとした緑色をしていた。そんなものを誰かが好んで身につけるところなど、とても想像できなかった。

「どう思う?」アンナがいった。「あたらしい色なの。コケ色っていうんだけど。きれいでしょ?」

「ああ」

赤ん坊を産んだばかりのアンナがもう働いているのを見て、サンディは驚いていた。兄嫁のアメリアは出産のあと、それこそ何週間も床についていたのだ。このときは母親が手伝いのためにエディンバラまでいって、料理や掃除や買い物をしていた。

「ロナルドはいるかな? デイヴィと出かけたのは知ってるけど、もう戻ってるころじゃないかと思って」

「ええ、もう戻ってるわ」アンナがいった。「でも、お義母さんに会いに、また出かけたの」アンナはまだ怒っているように聞こえた。サンディは、調理用こんろの上でいまにも吹きこぼれそうになっているスープの鍋を思い浮かべた。アンナのいまの気分は、ちょうどこんな感じなのかもしれない。いまにも吹きこぼれそうな状態だ。ジャッキーみたいな姑《しゅうとめ》が丘のすぐ上に住んでいて、おまけに赤ん坊の夜泣きでひと晩じゅう眠れずにいたら、いろいろと大変に決まっていた。「きょうはお義父さんの調子が良くないって、お義母さんから電話があったの。でも、ロナルドが出かけてからずいぶんたつから、そろそろ戻ってくるはずよ」間があく。

「ここで待つ? 紅茶をいれるけど?」

母親もこんなふうに自分で小さな商売をやっていたら——自分の人生を息子たちをつうじて生きずにすんでいたら——もっと明るくてつきあいやすい人間になっていただろうか、とサンディは考えた。

「そうだな」サンディはいった。「待たせてもらうよ」

サンディはアンナのあとについて、キッチンへいった。アンナは眠っている赤ん坊をバスケットにいれたままはこんでいきながら、講習会の予約を申しこむ女性たちからきたEメールについて話していた。その熱意にあふれたメールに、興奮しているようだった。これほど生き生きとして明るいアンナを見るのは、はじめてだった。

「このアイダホの女性は、もう二十年もシェトランドの模様を編んでるんだけど、実際に自分がここにくるとは思ってもみなかったそうよ」アンナが紅茶を注ぐ手を止めて、サンディのほうをふり返った。「ここで子供時代をすごしたなんて、あなたとロナルドはすごく恵まれてるわ」

それはそうなのかもしれないが、いまのサンディは、この島を離れてラーウィックへ戻る口実をひたすらさがしていた。

アンナは両手にマグカップをもって、立っていた。「外に出て飲まない？　風を避ければ、日の光はまだかなり暖かいわ」

ふたりは家を背にして、白いペンキを塗った椅子に腰をおろした。ふいにサンディは、気まずさをおぼえた。これまでアンナとふたりきりになったことがなく、なにを話していいのかわからなかった。キッチンでアンナがぺちゃくちゃとしゃべっていたあとは、ずっと沈黙がつづいているような気がした。ふだんは気にもとめていない音だけが、耳にはいってくる。羊やカモメの鳴き声。柵のゆるんだ針金が風でがたつく音。

「ロナルドはどうだい？」

その質問は唐突に聞こえたにちがいなく、アンナはぎくりとしたように見えた。そして、ためらってからこたえた。

「警察がこれを事件としてあつかわないことにしたので、ほっとしたみたい。でも、まだ動揺してるわ」

「無理ないさ」

「あの人も、これからは仲間と出かけて飲んで馬鹿騒ぎをするまえに、すこしは考えるようになるかもしれない。自分には失うものがたくさんあるってことに、気づくようになるかも」

その言葉は、まるでミマの死を喜んでいるようにさえ聞こえた。それにより、ロナルドが正しい方向へとひき戻されたからだ。この一瞬の愚かさを盾に取り、彼女はずっと夫を責めつづけることだろう。あなたが最後にあたしのいうことを聞かなかったとき、どうなったか思いだしてごらんなさい。この島の女性たちは、どうして自分の男を支配せずにはいられないのだろう？

サンディはマグカップを地面においた。

「ロナルドはミマを殺してないのかもしれない」という。

「どういうこと?」

そのことを口にするなんて、愚かもいいところだった。いまさら、彼女になんといえるだろう? だが、口にした瞬間、サンディはおそらくそれが真実だと考えていた。ロナルドは馬鹿ではなかった。どんなに暗くて霧が濃かろうと、彼があやまってミマを撃つことはないだろう。

「なんでもない」サンディはいった。「べつに、公式にどうこういうんじゃないんだ。ただ、おれには事件が、みんなが考えてるような形で起きたとは思えないってだけさ。誰か責めを負うべき人間が、ほかにいたのかもしれない」

アンナがぎょっとして、サンディを見あげた。サンディはこれ以上また愚かなことを口にして後悔するまえに、ぼそぼそといいわけをつぶやいて立ち去った。

21

ハティの求めに応じてウォルセイ島へいくことを、ペレスはサンディに知らせていなかった。彼が島にいることがうわさになるまえに、ハティを安心させて帰っていければ、と考えていたのだ。ハティの話は、おそらく発掘にかんすることだろう。電話口での彼女はおどおどと不安げで、なにか告白することがあるような感じだった。ポール・ベルグルンドや大学当局に知られたくない違反行為でもあるのだろう。ペレスの当て推量どおり、セッターの小農場では、もっとまえに遺物が発見されていたのかもしれない。ハティはなんらかの理由で、それを指導教官に報告していなかったのかも。もしも問題がミマの死と関係ないことなら、彼女を安心させるのは簡単なはずだった。

ウォルセイ島行きを楽しみにしていたわけではないが、それでもペレスはラクソについたとき、素晴らしい天気に気分が明るくなった。霧は晴れていた。海陸風で水面に小さな白波がたっており、フェリーの船上にいても、足もとで海が動いているのが感じられた。きょうもビリー・ワットが勤務についており、ふたりは自動車甲板に立って、おしゃべりをした。ビリーは結婚したのが遅く、まだ幼い息子がいた。「ほんとにいいぞ。父親になるのは最高だ。試してみろって」

そうだな、とペレスは考えた。この腕にわが子を抱くところを想像する。男も、子供が欲しいという気分になることがあるのだろうか？　女性が感じているのは、こういうことなのか？　これは季節のせいにすぎない、とペレスは自分に言い聞かせた。春がきて、生まれたばかりの子羊たちが丘で跳ねまわっているせいだ。彼は事件に集中すべきだった。

「キャンプ小屋《ボッド》で、大学からきてる娘と会うことになってるんだ」ペレスはいった。「どういけばいいかな？」

そういうわけで、シンビスターで車をフェリーから降ろしたとき、ペレスは目的地までの行き方を正確に把握しており、誰にも道を訊く必要がなかった。車を道路わきにとめて、徒歩で二軒の空き家のまえを通りすぎ、キャンプ小屋《ボッド》にたどりつく。腕時計に目をやると、六時五分前だった。ペレスは満足した。約束に遅れるのは、好きではなかった。彼の知っているシェトランド人の多くが時間にだらしがなく、それでいつもいらつかされていた。

ペレスは、ハティがすでにキャンプ小屋《ポッド》で待っているものと思っていた。電話口で耳にした彼女の声は、切羽つまっていた。急ぎの用件ではないといっていたが、それでも誰かに話したくてうずうずしているのがわかった。だが、ペレスがドアをノックしたとき、返事はなかった。十分後、彼は心配になった。なかをのぞきこむ。ひどく殺風景だった。むきだしの床。携帯用のストーブ。寄せ集めの皿と食器類と缶詰がならぶ木製の棚。そこには、発掘現場でつかわれる道具もしまわれていた。経緯儀《セオドライト》。測量用の棒。カメラと三脚。テーブルの上には、出土品の記録用とおぼしきピンク色の薄っぺらい用紙の山。ハティの姿はどこにもなく、彼女がいない理由を示すものもなかった。自分宛にメモが残されているかもしれないと考えて、ペレスは小屋のなかにはいった。そして、いったんなかにはいると、見てまわらずにはいられなかった。キッチンのむこうは寝室だった。二段ベッドが壁ぎわにひとつずつあり、どちらも下の段が整えられている。片方の寝台は、きれいにかたづいていた。寝袋が広げられ、端にあるプラスチック製の椅子の上には服がたたんでおいてある。もう一方の寝台はソフィのものらしく、ごちゃごちゃだった。

「ここでいったい、なにしてるのよ?」

ペレスはぎょっとして、気まずさをおぼえながらふり返った。小屋のなかは薄暗く、戸口に人影が浮かびあがっていた。

「ハティをさがしていたんです」

「あたしたちの寝室で？」ソフィはとがめるように、そのまま戸口に立ちふさがっていた。

「すみません」ペレスはいった。「知らなくて。ハティとここで会うことになっていたんです。置き手紙でもないかと思って」

ソフィはなにもいわなかったが、そのたたずまいからして、こう考えているのはあきらかだった。ええ、そうでしょうとも！

ペレスが戸口のほうへ歩いていくと、彼女の姿がはっきりと見えてきた。「ほんとうに、勝手にはいりこんで、すみません。どうやら、行きちがいがあったようだ。彼女がいまどこにいるのかだけ教えてもらえれば、おとなしく退散します」

それでもまだ、ソフィは戸口から動こうとはしなかった。背丈はペレスとおなじくらい。デニムのジャケットの下には、袖なしのベスト。おなかはひらべったく、締まっている。その自信たっぷりな態度は、ペレスに映画スターやモデルを連想させた。試掘現場を離れたところで、彼女とハティはどんなふうにつきあっているのだろう？　ふたりで、なんの話をするのか？

「どうしてハティと会いたいわけ？」面白がっているような口調だったが、彼女は間違いなくペレスに返事を求めていた。

「それは、あなたには関係のないことだと思いますが」

「最後にハティを見たのは、ランチタイムのときよ」ようやくソフィがわきにどいてペレスを通してくれたので、ふたりは日の光のなかにならんで立った。

「それはどこです？」

ソフィはペレスの質問する権利について疑問を呈しそうに見えたが、すこし間をおいてからこたえた。「あたしたち、ウトラの小農場にいたの。イヴリンが食事に招いてくれたから。ポールもいたわ。そこではじめて、セッターの小農場で発見された銀貨をポールに見せてたの。そのあとで、彼は博士号の件でハティと話があった。たぶん、これからどうするか、プロジェクトのつぎの段階でなにに重点をおくべきかについて、話しあったんじゃないかしら」

「あなたは、その話しあいに参加しなかった？」

「ええ。あたしはただの雇われ労働者だもの」

ソフィがそれを苦々しく感じているのかどうか、ペレスにはわからなかった。「ふたりは、どこでその話しあいを？」

「知らないわ。あたしが帰ったとき、ふたりはまだウトラの小農場にいたから」

「それで、午後はなにを？」

「試掘現場に戻って、そのあと一時間ほど作業をつづけたわ。ハティも現場にくると思っていたから」

「でも、彼女はこなかった？」

「ええ。ポールにつれられて、祝杯をあげに〈ピア・ハウス・ホテル〉にいったんだと思った。だから、かまうものかって、はやめに作業を切りあげたの。それから、漁師をしている男の子たちの家を訪ねていったわ」ソフィの声はとげとげしく、不機嫌そうだった。誰の家にいったのかをペレスはたずねたかったが、おそらくそれは彼が口をはさむことではないだろう。

「ハティは、バーで午後をすごすのを楽しむ女性には見えませんが」取り調べみたいに聞こえないように、ペレスは軽い調子でいった。まえの日にバーでいっしょになったとき、ハティは二杯飲んだあとでも、まだそわそわと落ちつきがなかった。

「ええ。彼女の好みじゃないのは確かよ。お楽しみとは縁のない人だから。ポールはかわりに、あたしを誘うべきだったのよ」ソフィはにやりと笑ってみせたが、その軽薄な口調には無理が感じられた。「でも、ポールは彼女の指導教官よ、でしょ？　彼女のボス。〝そういうのはちょっと〟ってボスにいう勇気が、ハティにあるとは思えないわ」

「そうですね」ペレスはいった。「彼はたいていの場合、自分の望みをとおす男に見えます」

だが、この発言でペレスがソフィからポール・ベルグルンドに対する評価をひきだそうともくろんでいたのなら、それはあてがはずれた。ソフィは肩をすくめて、きょうは大変な一日だったの、といった。いまの望みは、紅茶のカップを手に――ビールの缶でもいいけど――日なたにすわることだけよ。

「それじゃ、どこへいけばハティがみつかりそうか、まったく見当がつかないんですね？」

「ごめんなさい。さっぱりだわ。それに、あなたに彼女の携帯の番号を教えても、意味ないし。彼女の携帯、シェトランド諸島のどこにいてもつうじないのよ」

「彼女が戻ってきたら、わたしがさがしていると伝えてください」

「いいわよ」ソフィがいった。「もちろん」だが、ペレスはソフィのことを人間関係をひっかきまわすのが好きな人物と考えており、どこまで彼女を信用していいのかわからなかった。

ペレスがさがしあてたとき、ポール・ベルグルンドはひとりで〈ピア・ハウス・ホテル〉のバーにすわっていた。目のまえのテーブルにコーヒーのトレイをおいて、A4のメモ帳になにやら書きつけている。その大きくてとがった筆跡は、ものすごく読みにくそうだった。バーにいるのはベルグルンドとセドリック・アーヴィンだけで、セドリックはカウンターの奥にすわって、『シェトランド・タイムズ』を読んでいた。

「なんにします？」まえの日にもバーにきていたペレスを店主は覚えており、意味ありげな笑みを浮かべてみせた。この男は、おそらく誰にも負けないくらい島の情報につうじているにちがいない、とペレスは思った。彼からミマの話を聞くことを、サンディは思いついているだろうか？

「コーヒーを」ペレスはいった。「濃いやつを、ブラックで」セドリックはうなずくと、姿を消した。

ベルグルンドがペレスにむかって手をふった。「あなたはきょう、ウォルセイ島にこないのかと思ってましたよ」

「用事ができたもので」ペレスはおなじテーブルに腰をおろした。「セッターの小農場で発見された硬貨は、期待どおりのものでしたか？」

「まさしくね。それに、状態も良好です」

「ハティをさがしているのですが」

ベルグルンドが眉をあげた。「彼女に、なんの用です?」

ペレスは頬笑んだ。「すこし話をするだけです。まだ、いくつか細かいことが残っているので」

「たぶん、キャンプ小屋《ポッド》でしょう」

「いま、いってきたところです。ソフィの話では、彼女はあなたといっしょだったとか」なんだか、おかしなことになりつつあった。ペレスは神経過敏な若い娘をさがして、島じゅうでかくれんぼをしたくはなかった。やることなら、ほかにもたくさんあるのだ。

「プロジェクトの今後の方向性について、ふたりでちょっと話をしました。けれども、二、三時間前に別れたきりで、そのあとは見かけてませんね」

セドリックがペレスのコーヒーをはこんできた。店主がふたたび新聞に没頭するのを待ってから、ペレスは先をつづけた。

「ハティをここへはつれてこなかった?」

ベルグルンドが顔をしかめた。「まさか、とんでもない。さっきまで、このバーはトロール船の漁師たちでいっぱいで、すごくがさつな雰囲気でした。ハティは調子のいいときでさえ、繊細な花みたいな女性だ。われわれは、ウトラの小農場の下にある海岸に沿って歩いただけです。風からしっかりと守られた場所で、とても快適でしたよ」

「あなたと別れたとき、彼女はこれからどこへいくのか、いってましたか?」

「もうちょっと先まで歩いていこうとしてました。セッターの小農場での作業の進め方について考えをまとめて、計画をたてるために。そのあとで試掘現場に戻るのだろう、とわたしは思いました。ソフィはすでに現場にいってましたから。わたしはここへきた。先ほどもいったとおり、バーはすごく騒々しくて、わたしは電話を何本かかけるために、自分の部屋へいきました。硬貨が本物であることを立証することも重要ですが、ほかにも大学の仕事があるので」

ペレスはコーヒーをすすった。おそらくハティは、警察署に電話をかけたあとで、すぐに後悔したのだろう。そして、ペレスと顔をあわせるのが気まずくて、彼から隠れているのだ。警察を相手にすると、人はよく理不尽な行動をとるものだった。ペレスがいますべきはラーウィックに戻ることだったが、彼の耳にはまだ、電話口で聞いたハティの切羽つまった声が残っていた。警察に秘密を打ち明けるのをやめたのが事実だとしても、ペレスは誰かに助けを求めるよう、彼女を説得できるかもしれなかった。そのせいで、ペレスが今夜キャシーに電話できなくても、フランは理解してくれるだろう。ペレスは自分の計画をベルグルンドに告げないまま、〈ピア・ハウス・ホテル〉を出た。

入江に沿って、セッターの小農場まで歩いていく。しばし足を止めて海面をながめていると、アビが飛んできた。この春ペレスがアビを目にするのは、これがはじめてだった。もうすこししたら、あのアビはここで子育てするのだろう。アビが鳴いた。アビの鳴き声を聞くと、必死に助けを求めている迷子を思いだす、といつかフランはいっていた。そのときは笑ったものの、いまペレスは彼女のいう意味がわかった。年寄りはアビのことを〝雨のガン〟と呼んでおり、迷信では、その到来は嵐や災厄のまえぶれとされていた。

セッターの小農場は、彼がはじめて訪れたとき同様、荒れはてて見えた。あいかわらず家のわきには錆びたがらくたの山があり、イラクサや自由に歩きまわる雌鶏たちもそのままだった。牛小屋の屋根の上で、かさぶただらけの猫がひなたぼっこをしていた。ペレスの父親なら、これを見てどう思うだろう？　彼の父親はフェア島にある自分の小農場をきちんとしておくことに心血を注いでおり、ミマの乱雑なやり方や飲酒を決して認めはしないだろう。ペレスはドアをノックした。なかで音がしたような気がしたが、ドアを試してみると、内側からかんぬきがかかっていた。窓からキッチンをのぞきこむと、安楽椅子にサンディの父親がすわっているのが見えた。両手で頭をかかえこみ、泣いている。年老いた男の悲しみに立ち入ることなど考えられなかったので、ペレスは試掘現場をすばやく見てまわり、ハティがそこにいないことを確認してから、こっそり立ち去った。

22

ペレスは本島に戻るフェリーの最終便に乗りそこね、結局、〈ピア・ハウス・ホテル〉に泊まることとなった。ウォルセイ島にちょっと渡って、夕食までには家に帰りついているはずが、いまは囚われの身になった気分だった。島流しだ。だが、たとえラーウィックに戻っていても、あまり眠れなかっただろう。ハティが姿をあらわしたときのために、彼はウォルセイ島にいたかった。今夜はほとんどウトラの小農場にいて、イヴリンが島じゅうの人間に電話をかけまくるそばで気を揉んでいた。ポール・ベルグルンドと海岸で別れてから、誰もハティの姿を見かけていなかった。彼女がまだウォルセイ島にいるのだとしても、知りあいといっしょではなかった。

ペレスが帰ろうとしたとき、ちょうどジョゼフが帰宅した。「男たちに声をかけて、丘を捜索したほうがいいかな？」サンディの父親がいった。「あの娘は、どこかで転んで足首でも折ったのかもしれない」

ペレスはためらった。すでに暗くなっていたし、ハティが最後に目撃されたのは海岸だった。彼女がふらふらと丘のほうへ歩いていく理由が、なにかあるだろうか？　結局、ジョゼフの質問にこたえたのはサンディだった。

「朝になって、明るくなるまで待ったほうがいいんじゃないかな？　島を出た可能性だってあるし、ハティは大騒ぎされるのを嫌がるだろう」

ウトラの小農場から戻る途中で、ペレスはふたたびキャンプ小屋《ボッド》に立ち寄った。ソフィがまだそこにいたので、驚いた。どこにも出かけずに夜をひとりですごす女性には、見えなかったからである。ソフィはビールの缶を片手に、ベッドに寝ころんで本を読んでいた。ペレスがノックしても動こうとはせず、そのまま「どうぞ」と叫んだだけだった。すでに日が暮れており、石造りの建物のなかは寒かったが、ソフィがそれを気にしている様子はなかった。ベッドわきの床にリュックサックがおかれていて、そこから服がこぼれだしていた。

「まだ、なにもわかってないの？」そろそろ、本気で心配になってきているようだった。すくなくとも、本から顔をあげていた。「ハティらしくないわ。ふだん、仕事以外のことはほとんどなにもしないのよ」

「彼女のお母さんの電話番号を知りませんか？」

「いいえ。お母さんとは、あまり連絡を取りあってないみたい」ソフィは本をおいて身体をねじり、横向きになってペレスとむきあった。「ハティのお母さんは政治家で、娘よりも仕事のほうが大切なの。ハティはなにもいってなかったけど、あたしはそういう印象を受けたわ」

「お父さんについては、なにかいってましたか？」

ソフィは肩をすくめた。「一度も話に出てきたことないわ。でも、あたしたち、家族について腹を割って話しあうほどの仲じゃないから」

「最近のハティの様子は、どんなでしたか？」

「そうねえ。彼女、すこし変わってるの。ずっとそう。ぴりぴりしてるっていうのかな。たいていの発掘現場では、みんな昼は一生懸命働いて、夜はパーティよ。でもハティは、機会さえあれば、きっとひと晩じゅう働いてるわね。それに間違いなく、食べることにかんして問題をかかえてた。発掘現場では、ほとんどの人が馬みたいに食べるの。きつい肉体労働だから。ところが、彼女ときたら、スズメだっておなかをすかせそうなくらいしか食べないの。でも、前回の調査が終わるころには、すこし明るくなってたわ。もしかすると、この土地に影響されて、すこしリラックスできるようになってたのかも。今回、ここへ戻ってきたときには、春の喜びに満ちあふれてるって感じだった」

「硬貨の発見で、ハティはそれほど根をつめなくてもよくなったと感じたでしょうね」

「ふつうは、そう思うでしょ？　でも、ミマが死んでから、またすごく変になってたの。ひきこもっちゃって。彼女の気分の変動には、もうつきあいきれなかった。それに、やっぱり考古学は、あたしにはむいてない気がする。だからいま、両親を説得して、自分でやる小さな商売に出資してもらえないかと思っているところなの。学校の古い友だちがリッチモンドでカフェをひらこうとしてて、共同出資者をさがしているから。そっちのほうが、あたしむきだわ。ほら、女の子にはお楽しみが必要だっていうでしょ。きょうの午後、あたしはここを辞めるって、ポールにいったの」

「ハティはそのことを知っていたんですか？」

「彼女には、まだいってないわ。またふさぎの虫を呼び起こしたくなかったから。ポールが午後ふたりきりになったときに、伝えたんじゃないかしら」ソフィは荷物があふれだしたリュックサックを指さした。「ちょうど、荷造りをはじめたところよ。ここを去ると決めたからには、一刻もはやく出ていきたいから」

ソフィがここを辞めるという知らせがハティの精神状態を狂わせ、逃げたり隠れたりという行動へと駆り立てたのだろうか？　考えられなくはなかった。彼女はそれを一種の拒絶とみなしたのかもしれない。だが、それでペレスに電話してきたわけではなかった。あの電話は、彼女がベルグルンドと会うまえにかけてきていたのだから。

ホテルに戻ると、ベルグルンドはまだバーにいて、そこで仕事をしていた。飲み物はウイスキーに変わっており、片手にグラス、反対の手にペンをもってすわっていた。

ペレスはテーブルのむかいの低い椅子に腰をおろした。「ソフィはここを辞めるといっています」

「ええ、知ってます。困ったことだ。この段階で、どうやってかわりをみつけたものか」

「それを聞かされたときのハティの反応は？」

「喜んでいるようでした。むしろひとりで作業するほうがいい、といって。どうやら、あのふたりは今回の調査中、あまり上手くいってなかったようです。とはいえ、ひとりで作業することが労働衛生安全基準委員会で認められるかどうか。セッターの小農場が無人となったいまは、なおさらです」

「先ほどわたしがハティをさがしていたときに、どうしてそのことを話してくれなかったんですか？」

「重要なこととは思えなかったので。それに、わたしはまだソフィを説得して、決心を変えさせられるのではないかと考えています。ハティはまだ、みつかっていないんですか？」

その質問は、とってつけたような感じがした。関心はあるようだが、心配している様子はほとんどない。あの娘のことを気にかけているのは自分だけなのだろうか、とペレスは思った。サンディでさえ、ペレスの反応は大げさすぎると考えていた。だが、サンディはいま、自分の心配事で手一杯だった。悲しみにくれる父親と、葬式の準備で。

「ええ、まだです。ハティはすでに島を出ているとも考えられるので、彼女の家族に確認したいと思ったのですが。彼女が島にいないのに、本格的な捜索を手配するようなことはしたくないので。彼女の家族の電話番号は、おもちですか？」

ペレスはベルグルンドの抵抗にあうと予想していたが、捜索活動とそれが大学の評判にあたえる影響のことを考えたのか、考古学者は急に協力的になった。「ノートパソコンのファイルのなかにあります。すこし時間をもらえれば、すぐに取りだせますよ」

ペレスはホテルの自分の部屋から電話をかけた。ハティの母親は、すぐに電話に出た。「もしもし」耳に心地良い、豊かで太い声。ペレスは、薄暗いクラブでジャズを歌う豊満なバストの黒人女性を想像した。馬鹿馬鹿しい。おそらくグウェン・ジェームズは、やせた色白の音痴な女性だろう。

ペレスは自己紹介をした。ふさわしい口調で説明しようとするあまり、気がつくと、たどたどしいしゃべり方になっていた。「いまの時点では、とくに心配する理由はありません。ただ、ハティからそちらに連絡があったのではないかと思いまして」

「きょうの午後、あの娘から電話がありました」

ペレスは一瞬、安堵の念をおぼえた。「彼女はウォルセイ島を離れるつもりだといっていましたか？」

「なにも聞いてません。わたしは会議中で、携帯電話のスイッチを切ってました。それで、あの娘はメッセージを残していったんです。またかけ直す、とだけいってました。わたしと話がしたかったんです。もちろん、時間ができしだい、こちらから電話をかけましたが、あの娘の携帯にはつながりませんでした。そちらでは、携帯がつながらないことがよくあって。わたしにかけてきたとき、あの娘は誰かの電話を借りていたのかもしれません。もしくは、公衆電話をつかったのか」一瞬、沈黙があった。「あの娘のことを心配せずにはいられませんわ、警部。これまでに何度か、精神状態に問題をかかえていたことがあるんです。ストレスに弱い子で。あの娘にとって島は最高の場所だ、とわたしは考えていました。安全で、ゆったりとしていて。それに、あの娘は去年、そちらで素晴らしいときをすごしたようでした。でも、きょうの電話では、またすごく調子が悪そうで、おびえたような声を出していました」

シェトランドを責めているような口ぶりだった。この地が彼女の信頼を裏切ったとでもいうような。

「動揺して逃げだすというのは、娘さんがとりそうな行動ですか？」

「そうね。ええ、たぶん、そうしたんでしょう。あの娘は子供のころから、ひとりでいるほうが好きでした。人ごみのなかにいると、いつもひどく興奮して」言葉をきってから、すばやくつづける。「わたしがそちらにうかがうのは、無理だと思います。こんな急には。あすは下院に出席しなくてはなりませんし、それをすっぽかす理由をどう説明すればいいのかわかりません。それに、ハティの調子が良くないのなら、記者たちにおいかけまわされるのは、本人にとっていちばん望ましくないことでしょう」

グウェン・ジェームズは完全に自制心を保っているようだった。ペレスは、娘のキャシーが行方不明になったときのフランの様子を思いだした。絶望のあまり、ほとんどまともにしゃべれなかった。グウェン・ジェームズは娘がいそうな場所に心当たりがあるのだろうか、とペレスは思った。だから、これほど冷静な態度でいられるのか。

「ハティが父親のところへいった可能性は？」

「それはないと思います、警部。わたしたち夫婦は、あの娘がまだよちよち歩きのころに離婚しました。それに、別れた夫は、娘の状態にあまり関心を示したことがありません。彼はジャーナリストで、最後に聞いたときには、スーダンにいるということでした」

「具合が悪いと感じたときに娘さんが連絡を取りそうな相手は、ほかにいませんか？　看護師とか、医師とか？」

「それはまずないでしょう。入院して治療を受けていた施設に電話した可能性なら、あるかもしれませんけど。確認してみますわ。あの娘から施設に連絡があったのなら、こちらからまた折り返し電話します」ふたたび言葉をきる。「この件は慎重に進めていただけますよね、警部？」

ペレスはホテルで、ビリー・ワット――ウォルセイ島とシェトランド本島を結ぶフェリーで働く正規の乗組員のひとり――と話をした。すでにバーは閉まっており、ポール・ベルグルンドはハティにかんするあたらしい情報の有無を確認することなく、部屋にひきあげていた。ビリーがこうしてホテルに出向いてきたのは好意からで、息子がなかなか寝つかなかったために、もっとはやくこられなかったのだった。「歯が生えかけてるんだ」ビリーは満面に笑みを浮かべていった。「かわいそうに」ふたりはペレスの部屋にすわって、コーヒーを飲んでいた。

「ハティは、午後のフェリーでウォルセイ島を離れたのかもしれない。彼女を見かけなかったか？　小柄で、黒髪の娘だ。もしも彼女がフェリーに乗ってたら、わかったかな？」

「その女のことは知らないが、徒歩の乗客はそう多くない。おれの勤務中に彼女が乗ってたなら、きっと記憶に残ってただろう。だが、いまの説明にあったような乗客はいなかった」

「勤務は何時からだった？」

「きょうは午後四時からだ。いつもどおり、二隻で運行されていたから、おれが見かけてないからといって、彼女が島を出てないとはかぎらない」

逃げだすくらいハティをおびえさせるものといったら、なにが考えられるだろう？　あのとき、電話で話すように彼女を説得すべきだった、とペレスは思った。なにもかも放りだして、すぐにウォルセイ島にくるべきだった。ポール・ベルグルンドと別れてから約束の時間まで、彼女には三時間あった。三時間待つのも耐えられなくなるような出来事とは、いったいなんだったのか？

「ほかの乗組員にも訊いてみるよ」ビリーがいった。彼はホテルの表側にあるペレスの部屋の窓枠に腰かけて、港に舫《もや》ってあるトロール船をながめていた。そのむこうの海の上では、浮標《ブイ》が点滅するのが見えていた。「朝まで待っても、かまわないかな？　切羽つまった状況でないなら、連中をわずらわせたくないんだ。なかには、あした早番のやつもいるし」

彼女は大人だ、とペレスは思った。二十三歳の聡明な若い女性だ。「ああ」彼はいった。「あすの朝で、かまわない」

話がすんだので、ビリーはなにかいいわけをいって帰っていくかと思いきや、そのまま窓枠にすわって、部屋の湯沸かしでいれたインスタントコーヒーを最後まで飲んだ。そして、ペレスにおかわりを勧められると、それに応じた。ひとりでいなくてすむので、ペレスは嬉しかった。すくなくともビリーがいっしょにいれば、ハティの失踪をいくらか冷静な目で見ていられる。彼が帰っていったら、ペレスの想像力は暴走しはじめることだろう。

「誰にも見られずに島を離れたいと思ったら、おれならどうするかわかるか？」ビリーがすぐわきの床にマグカップをおいた。「他人の車に同乗させてもらうね。小さなフェリーの場合はとくに、たいていの乗客が、渡っているあいだじゅう車のなかにとどまってる。料金を徴収するときに、同乗者にまで目をむけるやつなんていやしない。そこに人がすわっているのは認識してても、きちんと見ちゃいないんだ。そういう車が、きょうは何台かあった」

「彼女を車に乗せそうなやつといったら、誰がいるかな？」ペレスはひとりごとのようにいった。「それに、フェリーがラクソについたあとで、彼女はどこへむかうだろう？」

「何時にラクソについたかによるな」ビリーがいった。「ラーウィック行きのバスが接続している便がいくつかある」

そのバスなら、ペレスがラーウィックから北にむけて車を走らせていたときに、見かけていたかもしれなかった。ふたりがすれちがっていた可能性はあるだろうか？　もしかすると、ハティはあのバスの座席のなかでうずくまり、窓の外をみつめていたのかもしれない。朝になってもまだ彼女が姿をあらわさなければ、バスの運転手に話を聞かなくてはなるまい。彼女の写真をもっている人物がウォルセイ島にいるだろうか、とペレスは考えた。ソフィかポール・ベルグルンドなら、きっともっているはずだ。できればペレスは、もう一度グウェン・ジェームズに電話せずにすませたかった。これはすべて過剰反応にすぎない。たしかにハティは成人だが、まだ大人になりきれていないし、いまは神経がたかぶっている。これ以上いっしょに働くのはごめんだとソフィにいわれて、動揺しているのだ。遊び場で頭をかかえこみ、いじめっ子がいなくなるようにと念じている子供とおなじだ。

ハティが他人の車に乗せてもらって島を出た可能性を考えると、ペレスの気持ちは落ちついた。彼女はなにごともなく元気で、ノースリンク・フェリーに乗って、母親に会うために本土へとむかっているのだ。サンディのいうとおり、大騒ぎする必要はどこにもなかった。ジョゼフに電話して、捜索隊を編成するのは、彼が朝になってフェリー会社と話をするまで待つようにいおう。

ついにビリーが帰ろうと立ちあがった。「あの子がまだ寝ててくれるといいんだがな」ペレスはハティのことばかり考えていたので、相手が自分の息子のことを話しているのだと気づくまでに、すこし時間がかかった。

23

サンディは、やたらと朝早くに目がさめた。素晴らしい朝だった。太陽が顔をのぞかせ、風はほとんど吹いていない。家のなかは静まりかえり、父親でさえまだ寝ていた。サンディはベッドから出た。こんな時間にもう起きているなんて、仕事で緊急の呼び出しを受けたときをのぞくと、何年ぶりのことだろう。もしかすると、子供のころ以来かもしれない。なにもかも、この健康的な生活のせいだった。大人の男には、ちっともいいことなんてありゃしない。おかげで、彼の体内時計は完全に狂っていた。キッチンでコーヒーをいれ、外で飲む。あけっぱなしのドア越しに、上階の水槽がふたたび満たされる音が聞こえてきた。サンディは両親のどちらとも話をしたくなかったので、マグカップを戸口の上がり段におくと、歩いて家から離れた。

足が自然とセッターの小農場のほうへむいていた。頭のなかは、いなくなったハティのことでいっぱいだった。ペレスの推測どおり、おそらく彼女は逃げだしただけだろう。そんなふうにウォルセイ島にうんざりすることが、サンディにもときどきあった。とにかく島に背をむけて、二度と戻ってきたくなくなるのだ。そしてハティは、すごくか弱くて繊細な女性だった。あの大きな黒い瞳は可愛らしく、彼女に魅力を感じる男もいるだろう。そう、女性の面倒をみて、守ってやりたがるタイプの男だ。だが、ハティとの生活は、いくらかこみいったものになりそうだった。そしてサンディは、ものごとは単純なのが好きだった。

　セッターの小農場につくと、サンディは雌鶏たちを外に出してやってから、小便をしてもう一杯コーヒーをいれるために、家のなかにはいった。キッチンには、人のいた痕跡が残っていた。中身が半分になったウイスキーのボトル。洗っていないグラス。吸い殻でいっぱいの灰皿。父親だろう。父親が母親から逃れるために――そして、静かにミマを偲ぶために――セッターの小農場にきているのを、サンディは知っていた。キッチンはむさくるしく、サンディは物悲しさをおぼえた。父親がここにひとりですわり、煙草を吸って酒を飲みながら悲しみにひたっていたと考えると、やりきれなかった。

　外に出ると、太陽はまだ低い位置にあった。陽光が海面に反射して、銀色の水平線が野原の先にある入江にもできている。硬い枝のからまりあったライラックの茂みが家のそばにあり、風でたわんでいたものの、もうすぐ花をつけようとしていた。海の上を舞うやかましい数羽のカモメは、澄みきった朝の光のなか、青い空に映えて、やけに白く見えた。サンディはアンナの言葉を思いだした。「ここで子供時代をすごしたなんて、あなたとロナルドはすごく恵まれてるわ」きょうみたいな日には、まあ完璧な場所といってもいいかもしれないな、とサンディは思った。

　コーヒーのはいったマグカップを手にしたまま、サンディは野原を突っ切って、試掘現場のほうへと歩いていった。そして――これからは、いつでもそうすることになるのだろうが――ミマの死体を発見した場所で足を止めた。ラーウィックでの仕事を辞めてセッターの小農場を継ぐというのは、それほどひどい考えだろうか？　彼は家畜のあつかいに長けていたし、ここを継げば父親はすごく喜ぶだろう。ラーウィックのフラットを売れば、この土地にまとまった金とエネルギーを注ぎこんで、かなりの成功をおさめられるかもしれない。だが、こうした考えが頭に浮かんできたときでさえ、サンディにはそんなことは不可能だとわかっていた。最後には、彼は自分の家族とこの島を憎むようになるだろう。いまのまま、ときおり訪問するだけのほうがいい。

頭蓋骨がみつかった練習用の溝のところまできたので、サンディはなかをのぞきこんでみた。なにを期待していたのだろう？　ほかにも骨が土から突きだしているところとか？　そう、ジャガイモの巨大な塊茎みたいにまがった肘とか？　さもなければ、足のつま先とか？　もちろん、そこにはなにもなかった。サンディの母親が移植ごてでたいらにならした土をのぞいては。

サンディは、もっと深い溝のほうへぶらぶらと歩いていった。中世には家が建っていて、何百年ものあいだ銀貨が眠りつづけていた場所だ。自分がウトラの小農場に戻るのを先のばしにしているのが、わかっていた。父親の無理にとりつくろった陽気さにも、母親の落ちつきのない元気の良さにも、耐えられないからだ。彼はテレビのドキュメンタリー番組をぼんやりと思いだした。ここで山のような金銀財宝をみつけたら、どうなるのだろう？　朝日を浴びてきらめくルビーやエメラルドの山を想像する。それらは、所有者不明の埋蔵物ということになるのでは？　そこから得た金で、両親は休暇をとれるようになり、クラウストン家やほかの漁師の家とはりあうために、あんなに一生懸命働かなくても……。サンディは自分の想像にブレーキをかけた。また頭のなかで夢物語をこしらえている。子供時代に、彼はきらきら輝くものをためこむこびと《トロウ》族の話をたくさん聞かされていたが、それらは現実世界の話ではないのだ。

とはいえ、地面にあいた長方形の溝にちかづいていくとき、彼は一瞬、この子供じみた夢想が目のまえで実際に起きているような錯覚をおぼえた。溝のなかで、なにかが日の光を反射していたのだ。その鈍い輝きは、埋められていたお宝かもしれなかった。

サンディは溝のなかをのぞきこんだ。自分の愚かさ加減を承知していたが、それでもわくわくしていた。溝の底には、ハティ・ジェームズが横たわっていた。あおむけで、彼を見あげている。その顔は翳《かげ》になっていて、大理石のように白かった。黒い服を着ており、全体が写真のネガみたいに色あせて見えた。血でさえ、黒っぽく見えた。そして血は、大量にあった。吹きだして、溝の側面に波のような模様を描き、そのまま土に染みこんでいた。ハティの両手と両袖、それに彼女が手首を切るのにつかったと思われる大きくて残忍そうなナイフにもついていた。手首の傷は横ではなく縦に走っており、深い切り口が肘の内側ちかくまでつづいていた。日の光がまだナイフの刃に反射しており、先ほどまでのサンディの夢想をあざ笑っていた。

サンディはハティの顔から目をそらすことができなかった。その表情、その顔かたちが、目のまえで揺れていた。自分が気絶しかけているのに気づいて、まえかがみになり、無理やり意識を保とうとする。現場に背をむけたあとで、これがおぞましい悪夢でないことを確認するために、もう一度ふり返らなくてはならなかった。確信がもてるまで、ペレスに電話するわけにはいかなかった。それから、ミマの家までとって返し、警部の携帯にかけた。

ペレスはすぐに電話に出たが、サンディがしどろもどろで自分のみつけたものを報告すると、完全に黙りこんでしまった。

「警部、聞いてますか？」サンディはパニックにのみこまれそうになるのを感じた。ひとりでこれに対処することなど、とてもできない。

ようやくペレスがこたえたとき、その声があまりにもいつもとちがうので、サンディは別人かと思ったほどだった。

「きのうの晩、セッターの小農場にいったんだ」ペレスがいった。「試掘現場を見てまわったが、溝のなかまではのぞきこまなかった。そうしていれば、彼女をみつけていただろう」

「警部にできることは、なにもなかったでしょう」

「ハティはフェリーで島を出た、と思いこんでいた」ペレスはいった。「もっと念をいれて、きちんと捜索隊を組織すべきだった。そうすれば、彼女はひと晩じゅう、あそこでひとりでいずにすんだ」

「みつけたところで、彼女はもう死んでたはずです」サンディはいった。それから、もう一度くり返した。「警部にできることは、なにもなかったでしょう」自分が上司を元気づけなくてはならないなんて、妙な気分だった。ふだんのペレスは、どんな状況であっても、なにをすべきかを心得ていた。署内でいちばん冷静な人物であり、決してあわてたり感情をあらわにすることがなかった。「こっちにきますか？　あと、ほかに誰か連絡しなくちゃいけない人がいますか？」

「死亡宣告をしてもらうために、医者をつかまえる必要がある」

「でも、彼女は死んでます」サンディはいった。「それは間違いありません」

「それでもだ」ペレスはいった。「正式に死亡宣告をする必要がある。手順は知ってるだろう」

「ブライアン・マーシャルを呼びます。彼なら口が堅い」

「いまから、そちらへむかう」その語調からだけでも、サンディには警部がハティの死に責任を感じているのがわかった。この先も、ずっと自分を責めつづけるのだろう。ペレスが溝の翳のなかにある白い顔と、腕の内側についた長くて深い傷、それにタールみたいな血を見ずにすめばいいのだが、とサンディは思った。彼は上司をあの光景から守りたかった。


医師が到着するのを待つあいだ、ふたりはサンディがハティの墓と考えるようになった溝のふちに立っていた。ペレスは自制心を取り戻しており、仕事に集中していた。

「あのナイフは見たことがある」ペレスがいった。

「ハティの持ち物ですか？」サンディはそうだろうと考えていた。自殺するつもりなら、馴染みのある道具をつかうはずだ。ほかの人のナイフをつかって、他人を自分の死にまきこもうとはしないだろう。

「いや、ベルグルンドのものだ」

「それじゃ、きっと試掘現場においてったんだ」サンディはいった。「夜のあいだ、道具類はすべて家のそばの小屋にしまってあるんです」

「とりあえず、この件は不審死としてあつかう」ペレスはいった。「現場に誰も立ち入らせないようにしろ。それから、ナイフの指紋を採取しておいてくれ」

「でも、彼女は自殺したんです」それはあきらかだ、とサンディは思った。ポーズをとったような姿勢。手首の切り傷。相手は、想像力が豊かで芝居がかったことが好きな神経過敏な娘なのだ。

「この件は不審死としてあつかう」ペレスがふたたびいった。その声は、まえとちがって大きく、力強かった。罪の意識にさいなまれているのだ、とサンディは思った。ハティは警部に助けを求めた。そしていま、警部は自分が彼女の期待を裏切ったと感じている。サンディは慰めの言葉をなにも思いつかなかった。

ペレスが顔をあげて、サンディを見た。「あんなやり方で手首を切る方法を、彼女はどこで知ったんだろう？　たいていの自殺が失敗に終わるのは、手首を傷つけるときに横にむかってためらいがちに切るからだ」

「さあ、わかりません」サンディは、いらつきそうになりながらいった。「彼女は頭が良かった。調べたんでしょう。インターネットには、そういうサイトがあるだろうから」

一瞬の沈黙のあとで、ペレスが溝からむきなおった。「きのうの晩、おまえの親父さんがここにいた」という。「セッターの小農場にきてたんだ。わたしがここでぐずぐずしなかった理由のひとつが、それだ。親父さんは動揺している様子だった」

サンディはこれに対しても、なにもいわなかった。父親が誰かを傷つけるようなことは決してないとわかっていたし、ペレスがハティの自殺を苦にするあまり、ほかに責めるべき相手をさがしていることも理解していた。

24

地方検察官は、やわらかいスエードのジャケットに薄緑のカシミアのセーターを着ていた。試掘現場にくるまえに長靴をはいており、それを脱いだときにしわが残らないように、パンツの裾を長靴のなかに丁寧にたたみこんでいた。三人は溝のなかの死体を見おろした。ペレスは、ほとんどまともに考えられなかった。さまざまな考えや情景が、頭のなかをゆきかっていた。地方検察官のまえで、彼は必死に体裁をつくろった。形式上、疑わしい死亡事件がまた起きたことを地方検察官に報告するしかなかったが、できればもうすこし時間をおいてからきてもらいたかった。地方検察官が朝いちばんのフェリーでこちらへきたのは、想定外だった。

「死亡宣告をおこなう医師は、みつかったの?」地方検察官がたずねた。手には、堅い表紙のメモ帳とほっそりした銀のボールペンをもっている。この話しあいのあいだじゅう、彼女はメモをとっていた。

「はい」地方検察官になんとか認めてもらおうと、サンディが先に口をひらいた。「さっき、ブライアン・マーシャルがきました」

「死因について、なにかいってた？」

「すべては自殺を示唆しています」ふたたびサンディがいった。

「けれども、正式な判断をくだすまえに、検死解剖をおこなう必要があるそうです」ペレスはハティを援護しているような気分になっていた。この醜悪な見世物はじつに悪趣味でけばけばしく、ちっともハティらしくなかった。

「死亡時刻について、医師はなにもいえなかったんでしょうね？」

「役にたつようなことは、なにも」ペレスはいった。「ハティが最後に目撃されたのは、午後四時ごろです。わたしは六時にキャンプ小屋《ポッド》で彼女と会う約束をしていましたが、彼女はあらわれませんでした。そのときすでに彼女は亡くなっていた可能性がありますが、必ずしもそうとは言い切れません。ここで四時半ごろまで作業をしていたソフィは、ハティを見かけなかったといっています」

「彼女は四時に、どこで目撃されたの？」

「海岸ちかくの歩行者用の小道です」先ほどまでよりも、ペレスはまともに考えられるようになっていた。事実に集中してさえいれば、醜態をさらすことなく、この場を切り抜けられるかもしれなかった。「きのうの晩、わたしはリンドビーじゅうの住民に電話をかけてまわりました。ハティがキャンプ小屋《ポッド》のほうへ戻っていくのを、アンナ・クラウストンが目撃しています。ハティはそのまえに、指導教官のポール・ベルグルンドといっしょに海岸沿いを歩いていました。ベルグルンドは、試掘現場で貴重な発見があったことで彼女にお祝いをいい、同時に彼女の助手が辞めたことを告げました。助手のソフィは、ハティをいっしょに働きづらい相手だと感じていたんです。それに、どのみち考古学をあきらめようと考えていました。わたしの印象では、ソフィは生活のために働く必要がなく、ここでの活動も、一時の気まぐれにすぎないのでしょう」

「それでは、亡くなった女性は、指導教官となんらかの意見の相違があったあとで自殺したと考えられるのですね」

「ふたりのあいだに意見の相違があったとは思いません。ベルグルンドはソフィの辞職を伝えただけで、ハティはひとりで試掘現場の作業をすることに、それほど不満はなかったようです」

「それでも……」地方検察官がふいに言葉をきり、一瞬、メモ帳から顔をあげた。「彼女には精神疾患の病歴があったんですよね？」

「きのうの晩に母親から聞いたところでは、そうです」

「辞めるというソフィの決断には、非難の気持ちがこめられていたはずです。ちがうかしら？あきらかにソフィは、ハティと働くことを楽しんでいなかった。感受性の強い若い女性なら、そのことで心を傷つけられるでしょう」

「そうかもしれません」その口調から、自分が同意していないのを地方検察官が読みとってくれることを、ペレスは願った。

「これまでに彼女が自殺をこころみたことは？」

「そういった踏みこんだ話はしませんでしたが、母親はハティが精神病院に入院して治療を受けたことがあるといってましたし、あきらかにハティのことを心配していました」ただし、自ら様子を確かめにシェトランドにくるほどではなかったが。「ベルグルンドとソフィによると、ミマの死以来、ハティはまえよりいっそう殻に閉じこもるようになっていたとか。試掘現場で発見があったあとでも、あまり気分は明るくなっていなかったようです。銀貨がみつかったんです。現場にあった建物にかんする彼女の仮説を裏づける銀貨が。彼女はすごく興奮するだろう、と誰もが考えました。そして実際、すごく興奮していた。プロジェクトの将来にかんする計画を、わたしに話してくれました。けれども、彼女はまだ動揺しているように見えました。どうやら、ミマ・ウィルソンの死に大きな影響を受けていたようです」

「では、彼女と会ったことがあるのね。同僚が辞めると聞かされて、彼女が平常心を失った可能性は？」

「それはまずないでしょう。ハティはひじょうに自立心の強い女性に見えました。ひとりでいるほうが好きそうな感じだった。それに、彼女の指導教官の話では、ハティはソフィが辞めたがっていることをあまり気にしていませんでした」

地方検察官は結論にたっしたようだった。「この件にかんする公式見解をあきらかにするまえに、母親と話をする必要がありますね。亡くなった女性が過去に自殺をこころみていたならば、これを本格的な殺人事件の捜査にはしたくありません。殺人ということになれば、インヴァネスから捜査班を呼ばなくてはなりませんから」

それは予算だけでなく、シェトランドの観光事業にも影響をあたえることを意味した。今回の件を殺人事件として発表したあとで、それほど劇的なことではなかったと判明すれば、地方検察官は政治家たちの不興を買うだろう。そしていま、地方検察官は政治家たちとの友好関係を保つことに、強い関心をもっていた。

「〝偶然〟が気にかかっているんです」ペレスはいった。「ふたつの突然の死。ひとつは事故として処理され、もうひとつは自殺。あまりにもかさなりすぎている」

「その点は、わたしも考えました」やんわりと皮肉るような口調。わたしだって馬鹿ではないのですよ、ジミー。地方検察官の声が厳しくなった。「しかし、陰謀説にくみするつもりはありません。彼女は鬱状態の若い女性でした。これは典型的な思春期の自殺に見えます」

「彼女は二十三歳でした」ペレスはいった。「思春期とはいいがたい」

地方検察官は、ペレスがなにもいわなかったかのように伸びをした。「それでは、いちばん可能性の高い死因は自殺ということで、当座はその線で捜査を進めていきましょう。母親はシェトランドにくるのかしら？」

ペレスはためらい、先ほどグウェン・ジェームズにかけた電話のことを思いだした。電話口のむこうでつづいた沈黙と、ようやくそれを破ったみじかい嗚咽を。「すぐにではありませんが。いまはまだ対処できない、といっています。わたしが思うに、公衆の面前で泣き崩れるような事態を避けたいのでしょう。しばらくは自宅に閉じこもるものと思われます」どうして彼にそんなことがわかるのか？　確信はなかったものの、その予想はあたっているような気がした。

地方検察官が顔をしかめた。「この娘の病歴について、もっとくわしく知る必要がありますね。母親の話は、どうしても聞かないと」

ペレスはふたたび先ほどの電話のことを思いだしていた。「そういう会話を、電話でできるかどうか」

地方検察官はしばらく考えこんでいた。本土への旅費と政治家たちへの行き届いた顧客サービスがもたらすプラス面とを、秤にかけているのだろう。「それでは、あなたが直接ロンドンに出向いて、彼女と話をしてくるといいわ。きょうの午後に発つ本土への便に乗って。戻ったら、報告してください」

サンディがもぞもぞと足を動かし、それにあわせて砂利のこすれあう音がした。このウォルセイ男がなにを考えているのか、ペレスには手にとるようにわかった。おれもつれてってください。サンディがロンドンにいったことがあるのかどうかは、よく知らなかった。もしかすると、修学旅行で一度くらいはあるのかもしれない。ペレスは、サンディがロンドンの通りをうろつきまわり、映画やテレビのニュースでしか見たことのない建物を見あげているところを想像した。サンディが顔をあげて、ペレスと目をあわせた。懇願している。その表情は、読み間違いようがなかった。ペレスはウトラの小農場の張りつめた空気を感じとっていた。たとえ数日でもいいから、サンディはそこから逃れたいのだ。だが、ふたりそろってシェトランドを離れることを地方検察官に認めさせるのは、どうやっても無理だった。

ペレスはあとで後悔することになるだろうと知りつつ、思いきって賭けにでた。それはサンディにチャンスをあたえると同時に、自分が上司のいうがままの男ではないことを地方検察官に示す行為でもあった。

「その仕事は、サンディにまかせても大丈夫ではないでしょうか。彼にとって、いい経験にもなりますし」

フランはいま、ロンドンにいた。ペレスが出向いていけば、おそらく彼女と夜をすごす機会がもてるだろう。だが、そうなると彼女は、ペレスを自分の友だちに紹介したがる。それがどういう集いになるのか、彼には見当がついた。どこか流行りのワインバーで、彼がなにも知らず、意見ももっていない話題を、みんなが大声で論じあうのだ。ペレスは彼女に恥をかかせることになるだろう。したがって、この提案は臆病な行為でもあった。

地方検察官が眉をあげた。「これは慎重な取りあつかいを要する仕事ですよ、ジミー。相手は政治家なんですから」サンディは如才なさや思慮深さで知られる男ではなかった。あるいは、その頭の良さで。

「サンディなら、やれるでしょう。出発まえに、ふたりでしっかりと打ちあわせておきます。それに、わたしはここにいたいんです」

地方検察官は肩をすくめた。「あなたがそういうのなら」サンディがへまをした場合、その責任はペレスにあるということだ。

ふたたびサンディと目をあわせたペレスは、そこに純粋な恐怖の色が浮かんでいるのを見てとった。サンディのもくろみとは、まったくちがっていたのだ。ペレスの旅に便乗して、必要経費でロンドンのホテルに一泊し、ちょっと物見遊山するつもりでいたのが、事情聴取の全責任を負わされることになってしまった。失敗したら、地方検察官の逆鱗にふれることになるのは、まず間違いない。「家に帰って、荷造りをするんだ。ここの用事がすんだら、わたしもウトラの小農場にいく。あちらでどういうアプローチをとるべきか、ふたりで話しあおう」

サンディは急ぎ足で去っていった。

ペレスは地方検察官といっしょに車のところまで歩いていった。「これがあなたのもっとも賢明な判断のひとつだとは、どうしても思えませんね」地方検察官が鋭い口調でいった。「彼が子守りなしでロンドンまでいきつけるかどうかさえ、怪しいものだわ」

「わたしはこれまで、彼を過小評価していたような気がします。今回の捜査で、彼は神経のこまやかさを大いに発揮してみせました。それに、グウェン・ジェームズは手だれのインタビュアーからの質問を上手くさばくでしょう。下院やマスコミを相手に、しょっちゅうやっていますから。逆に、サンディの率直さで、相手を油断させられるかもしれない」

地方検察官は、いまの説明をひと言も信じていないような目でペレスを見た。まるで、ペレス自身も頭がおかしいのではないかと疑っているような目だ。だが、口に出しては、なにもいわなかった。

ハティが死んだという知らせは——ペレスの予想どおり——すでにこのあたり一帯に知れ渡っており、門のあたりに野次馬の小さな集団ができあがっていた。亡くなった女性とのつながりからというよりも、騒ぎにひきつけられてやってきた連中だ。結局のところ、ハティは試掘現場で作業をしている若い娘のひとりにすぎなかった。イヴリンでさえ、彼女をプロジェクトの一部としか考えていなかった。本当の意味で彼女を知っていたのは、おそらく島でミマひとりだったのだろう。

地方検察官が車で走り去ると、人びとがしだいに散りはじめた。その端のほうに、ソフィの姿があった。

「残念です」ペレスは声をかけた。ソフィが泣いていたのがわかった。彼女はそう簡単に泣くようなタイプではなく、ペレスはその感情をあらわにした反応に驚いた。ほかの野次馬たちに目をやると、みんな道路のほうへひきあげていくところだった。ほとんどのものが、そこに車をとめていた。ジャッキー・クラウストンが急ぎ足で丘の上にある自分の豪邸へと戻っていくのが見えた。なにが起きているのかを確かめに、夫をひとり残して、出かけてきたのだろうか?

ソフィが小道わきの草地の上にすわりこんだ。迷彩柄のズボンに大学のスウェットシャツという恰好で、散歩用のサンダルをはいている。足のつま先は幅が広く、茶色くなっていた。「最低の気分。きのう、あたしが悪口をいってるあいだ、彼女はずっと自殺するつもりでいたのね」

「ハティがそんなことを考えているとは、思いもしなかった?」ペレスはソフィの隣に腰をおろした。

間があった。彼女がなにか重要なことをいおうとしているのを、ペレスは感じた。だが、やはり打ち明けないことにしたらしく、ソフィはただ首を横にふった。「ハティがなにを考えてるかなんて、わかったためしがなかった」

「ここでの作業は、ひかえてもらうことになります。すくなくとも、当分のあいだは」ペレスはまだ、この場所を犯罪現場としてあつかうべきだと考えていた。「ここをいつ発つつもりだったんですか」

「ミマの葬式がすむまではいようと思ってたんだけど」ソフィがいった。「ハティのことを聞いたとき、はっきりそう決めたわ。ハティはあたしに参列してもらいたがるだろうから」


ウトラの小農場では、サンディが完全に浮き足立っていた。父親のジョゼフの姿はどこにもなく、母親のイヴリンが息子のシャツにアイロンをかけていた。キッチンのテーブルの上に、下着のパンツが積みあげられている。イヴリンは、息子がこの仕事にえらばれたことを誇りに思うと同時に、じょじょに不安をつのらせているようだった。エディンバラなら、彼女にも理解できる。長男のマイクルがエディンバラの大学にかよい、いまもそこで暮らしているのだから。エディンバラは、洗練の象徴だった。だが、ロンドンとなると、話は別だ。異質で、暴力に満ちている。フードをかぶったギャングと外国人の住むところだ。

「ロンドン滞在は一泊だけだ」ペレスは椅子にすわった。

「どこに泊まるんです？」

「モラグに、どこか予約させておく。それから、ハティの母親と自宅で会えるように手配しておいた。場所はイズリントンだ。地下鉄の駅から、そう遠くない。あとで地図を渡す。ハティが亡くなったことは、すでに伝えてある。そう心配するな。あすのいまごろは、サンバラに戻る飛行機のなかだ」

この仕事がつとまるかどうか、自信がなくて。その言葉をサンディが口にする必要はなかった。ペレスには、彼がなにを考えているのかわかっていた。

アイロンをかけ終わったシャツを、イヴリンがドアにあるハンガーにかけた。アイロン台をたたんで、それを壁にたてかける。それから、片手に下着のパンツ、反対の手にハンガーをもって、部屋を出ていった。サンディの部屋から、なにやら騒々しく動きまわる音が聞こえてきた。息子がひとりでは荷造りできないと彼女が考えているのは、あきらかだった。

「いいか」ペレスはいった。「相手は娘を亡くしたばかりの母親だ。そのことだけを考えろ。彼女の職業がなにかなんて、忘れるんだ。おまえの死体が浜に打ち上げられたら、お袋さんがどう感じるか、想像してみろ」

「罪の意識を感じる」すこし考えてから、サンディがいった。「その死を防ぐために自分はなにかできたんじゃないか、って考える」

「そして、グウェン・ジェームズもまさにおなじことを考えているだろう。起きたことで、彼女に罪の意識を感じさせないようにしろ。それでなくても、もうじゅうぶん感じているだろうから。おまえの役目は、彼女に娘の話をさせることだ。あまり質問はするな。とにかく時間をあたえて、おまえがほんとうに耳をかたむけていることを相手にわからせるんだ。あとは、彼女がやってくれる」

「こっちに飛んでくるように頼めなかったんですか？　そしたら、あなたが自分で彼女と話せたのに」サンディは、藁をもつかもうと必死になっている男の雰囲気をただよわせていった。

「頼んでみたさ。そして、彼女もいずれはこちらにくるだろう。だが、いまは無理だといっている。自分の家にいたいんだ。わたしとしても、おまえがあちらで彼女と会うほうがいいと思っている。自分のなわばりにいれば、彼女も安心して、より心をひらいてくれるだろう。大丈夫、サンディ、おまえならできる。おまえには無理だと思っていたら、ロンドンにいかせやしないさ」

支度をするサンディを残して、ペレスはジョゼフをさがしに外へ出た。サンディの父親は、納屋で古いトラクターの内部をいじくっていた。ペレスの姿を見て、油っぽい布切れで両手をぬぐう。ひどく青白い顔をしていた。

「ひどい話だ。セッターの小農場で、死者がふたりも出るとは」

「場所とは、なんの関係もありませんよ。確かです」ペレスはいった。

「そいつはどうかな。そんなふうに見えるが」

「昨夜、あなたはあそこにいましたね」

「どうして、それを？」サンディの父親が、驚いて顔をあげた。まるで、ペレスが手品でも披露してみせたかのようだった。

「窓越しに、見かけたんです。あなたは動揺しているようだった。だから、邪魔をしたくなくて。あそこへは、何時に？」

「わからん。夕食のあとだ」

「外に出ましたか？　試掘現場のほうへは？」

「いかなかった」

「なにか見かけましたか？　物音とかは？」ペレスはサンディの父親をじっと見た。納屋の薄暗がりのなかでは、相手がなにを考えているのか読みとるのはむずかしかった。

「いや」ジョゼフがいった。「飲んで忘れるために、ときどき夜あそこへいくだけだ。なにも聞こえなかったな」

25

サンディは、道路がいちばん混みあう時間帯にヒースロー空港に到着した。だが、爆弾事件がテレビで大きく報じられるまえから、彼は地下鉄に乗りたいとは思っていなかった。トンネルに閉じこめられてはこばれていくなんて、不自然な気がした。自分がどこへむかっているのか、見えないのだ。それに、どのみちペレスから借りた『ロンドンA―Z地図』の裏表紙についている地下鉄路線図をひと目見て、これはとても自分にはつかいこなせないと感じていた。さまざまな色の線が複雑にからみあっていて、わけがわからない。かわりに、キングス・クロス駅行きの直行バスに乗った。そこが終点なので、降りる場所を間違える心配はないはずだった。ペレスの指示で、モラグが彼のためにユーストン・ロードにある〈トラベル・イン〉を予約しておいてくれた。そこにチェックインして、考えをまとめてから、グウェン・ジェームズに会いにいくつもりだった。ペレスが自分を信頼してこの事情聴取をまかせてくれたことに、彼はまだ驚いていた。すごく誇りに思うと同時に、怖くてたまらなかった。

空港からのバスは、満員だった。サンディは誰かと目をあわせて話しかけようと、きょろきょろしていた。地元の人をみつけて、目的地についたら確認してもらおうと考えていたのだ。だが、乗客はみんな飛行機の旅のあとで疲れているらしく、目をとじてすわっていた。おしゃべりしているものもいたが、かれらが話しているのは英語ではなかった。エディンバラやアバディーンにいくたびに、サンディは最初の二、三日、これとおなじ閉所恐怖症の感覚をおぼえた。背の高い建物に囲まれて、空や地平線が見えず、閉じこめられているような気がするからだ。いまがまさにそれだったが、こちらのほうが建物が高くて密集していたし、おまけに町並みがどこまでもつづいているように感じられた。そこから逃れるすべはないのだ。

市の中心部までくると、知っている名前の通りを走ったり、有名な建造物の標識を見かけたりするたびに、奇妙な高揚感をおぼえた。だが、それは長つづきしなかった。彼は仕事でここにきているのだ。この事情聴取は、どうしてもしくじれなかった。窓の外の通りを歩いていく人びとをながめる。ペレスがつきあっているフラン・ハンターは、いまロンドンにきていた。ひとりでもいいから知っている顔を見かけられたら、気分が楽になるのだが。もちろん、そんなことは起こりっこないとわかっていた。何千という人のなかで彼女の姿を見かけるチャンスが、どれくらいあるというのか？　だが、それでも彼は、さがすのをやめられなかった。

ホテルまで歩いていくあいだ、彼はキングス・クロス駅やセント・パンクラス駅に急ぎ足でむかう人波をかきわけていかなければならなかった。息がつまりそうな気がした。一瞬でも立ちどまれば、押し倒されて、ぺしゃんこにされてしまうだろう。人びとは、なにが起きたのかと足を止めることなく、ためらいもせずに彼の上を歩いていくのだ。

ホテルにつくと、彼の訛りはなかなか受付に理解してもらえなかった。だが、部屋はきちんと予約されており、彼は鍵のかわりにプラスチック製のカードを手渡された。部屋は、やけに大きく感じられた。巨大なダブルベッドがあって、浴室がついている。窓の外に目をやると、下のほうに車のつらなるユーストン・ロードと人でいっぱいの歩道が見えた。部屋は高い階にあり、聞こえてくるのは鈍いぶーんという音だけだった。嵐の日に、遠くの海岸から聞こえてくる波音に似ていた。ミマが〝ざーざー音〟と呼んでいた音だ。それを打ち消すために、彼はテレビをつけた。シャワーを浴び、母親がアイロンをかけてくれたシャツに着替える。母親はそれを丁寧にたたんで旅行かばんにいれておいてくれたので、しわはほとんどついていなかった。母さんには、もっとやさしくしないと、と彼は思った。こんなによく世話してもらってるんだから。どうして、もっと好きになれないんだろう？

引き出しにしまってあったやかんをみつけるのにすこし手間どったが、それで紅茶をいれてから、小さな包みにはいったビスケットを食べた。きちんとした食事をとる気分ではなかった。

食事は必要経費につけてかまわない、とペレスからいわれていたが、それは事情聴取のあとまで待つことにした。ペレスに電話して、無事についたことを知らせたかったが、それではあまりにも情けないので、やめておいた。電話するのは、報告することができてからだ。

グウェン・ジェームズの家を訪ねるためにホテルを出たとき、道路はまえほど混雑していなかった。思いきって、地下鉄に乗ることにした。ほんの数駅だったし、地下鉄の駅から彼女の家までの経路を、ペレスが地図に書きこんでおいてくれたのだ。切符の自動販売機にいれる小銭をもっていなかったので、窓口にならばなくてはならなかった。お目当ての列車のくるホームにきちんといきつけたときには、滑稽なくらい誇らしい気分になった。

目的地にはやくつきすぎたので、サンディは近所の通りを歩きまわって時間をつぶした。あたりは暗く、すでに街灯がついていた。半地下のフラットのなかには窓に明かりのついているものもいくつかあり、室内を見ることができた。そのひとつでは、黒い服を着た若くて美しい女性が夕食を作っていた。信じられないくらい魅惑的な光景に思えた。都会のフラットで暮らすすらりとした若い女性が、光沢のある髪を背中までたらし、わきのテーブルの上にワインのグラスをおいて、食事を作っている。通りの両側にならぶ木と、人工的な光に照らされた新緑の葉。道路の角にあるパブからは音楽がこぼれだしてきており、ドアがあいてスーツ姿の男が出てきたとき、ちらりと笑い声も聞こえてきた。

サンディはグウェン・ジェームズのフラットのまえに立ち、大きく息を吸いこんだ。呼び鈴はふたつあった。彼女の呼び鈴のわきには、手書きの文字で〈ジェームズ〉というラベルがついていた。文字は肉太の黒いインクで書かれており、イタリック体がつかわれていた。サンディは呼び鈴を鳴らして待った。足音がして、ドアがあいた。あらわれた女性は背が高く、黒髪だった。年上の女性が好みなら――そして、サンディはそうでもなかった――彼女に魅力を感じることだろう。高い頬骨と見事な肉体。洗練された雰囲気をたたえている。まさに、この大都会にぴったりの女性だ。サンディはふと思った。先ほど地下のフラットで見かけた若い女性は、二十年後にはこんなふうになっているのだろう。

サンディは自己紹介をした。一度で相手に理解してもらえるように、ゆっくりとしゃべることを心がけた。何度もくり返したくなかった。彼は早口でまくしたてる癖がある、とペレスからいつも指摘されていたし、グウェン・ジェームズはシェトランドの訛りに慣れていないだろう。

「ペレス警部がいらっしゃるのかと思ってました」

「残念ながら、警部は島を離れられないんです」

グウェン・ジェームズはどうでもいいというように肩をすくめてみせると、サンディを居間へと案内した。その部屋だけで、サンディのフラット全体とおなじくらいの広さがあった。濃い色が多くつかわれていて、茶色と栗色に、ところどころ赤が散らしてある。グウェン・ジェームズは煙草に火をつけると、ふかぶかと吸いこんだ。

「保健省で働くことになったときに、やめていたの」という。「でも、いまこのことで、わたしにとやかくいう人はいないでしょう」

「誰かいっしょにいてくれる人がいなくて、大丈夫ですか？」ウォルセイ島では、誰かが亡くなると、遺族のもとに人が集まってくる。この家の状態は、悲しむのにふさわしくない気がした。

「けっこうよ」グウェン・ジェームズがいった。「見世物になるのは、ごめんだから」紫煙越しにサンディを見る。「あなたは娘をご存じだったのかしら？」

「ええ。母のイヴリンが、例の考古学のプロジェクトにかかわっていたので。それに、祖母は試掘調査がおこなわれていたセッターの小農場に住んでいました」

「ミマのことかしら？　お亡くなりになった年配の女性の？」

「そうです」サンディはいった。「祖母はとてもハティとうまがあっていました」

「あの娘の手紙に、彼女のことが書かれていたわ。ウォルセイ島で娘に友だちができて、わたしは嬉しかった。まあ、いくらか嫉妬を感じてもいたけれど。娘とわたしの関係は、いつでもすごく張りつめたものだった。あの娘がわたしよりも他人のほうに親近感をいだいていたなんて、寂しい気がするわ」

「それはちがうと思います」家族というのがひと筋縄ではいかないものであることを、サンディは知っていた。自分と母親の関係を見てみるといい。「祖母は、試掘現場にきていた若い人たち全員と仲が良かったんです」言葉をきる。「ハティはよく手紙を書いて寄越してたんですか？」

「週に一度は。あの娘が家を出てからの習慣になっていたんです。決まりごとね。電話で話をするよりも、あの娘にとっては楽だったみたい。それは娘が大学に進んだときにはじめたことで、調子を崩して入院していたあいだも、つづいてました。途切れることなく、ずっと。手紙だと、わたしたちはけっこう上手くやれたんです。ふたりのあいだがむずかしくなるのは、実際に顔をあわせたときだけでした」

自分も母親に手紙を書いてみるべきかもしれない、という考えがサンディの頭をよぎった。

「ハティの手紙をとってあったりはしませんよね？」

「じつをいうと、とってあるの。みじめな話よね？　すべてフォルダーにしまってあるわ。すごく寂しいときに、読み返しているの。でも、あの娘はきっと、わたしが手紙にさっと目をとおすだけで捨てていると思ってたんでしょうね」

サンディはなんといっていいのかわからなかったので、黙っていた。それがペレスのやり方だった――〝とにかく時間をあたえて、おまえがほんとうに耳をかたむけていることを相手にわからせるんだ〟。

「それをごらんになりたい？」グウェン・ジェームズは煙草をもみ消すと、目を細めてサンディを見た。

「ぜひお願いします」

「だめだわ」グウェン・ジェームズがいった。「とてもしらふでなんかつづけられそうにない。あなたも一杯つきあってくださるかしら？」

サンディはうなずいた。すこしまえなら景気づけに一杯やりたいところだったが、いまはまったくそんな気分ではなかった。だが、この雰囲気を壊したくなかった。

「ワインでかまわない？」

サンディはふたたびうなずいた。

グウェン・ジェームズは赤ワインのボトルとふたつの大きなグラスをもって――グラスの脚を指のあいだにはさんでいた――部屋に戻ってきた。ワインのコルクを抜くと、ボトルをサンディのそばの低いテーブルの上に残して、ふたたび部屋を出ていく。戻ってきたとき、その手には手紙のいっぱいつまったフォルダーがあった。彼女はサンディのすわっているソファの隣に腰をおろした。すごく接近していたので、サンディには彼女の香水と髪の毛に残る煙草の匂いを嗅ぐことができた。

「これが、いちばん最近の手紙よ。きのう届いたの。だから、あの娘から電話があったとき、すごく驚いたわ。電話でやりとりすることはめったになかったし、手紙を書いたすぐあとで、いったいなんの話があるというの？」

「封筒はとってありますか？」サンディはたずねた。

「いいえ」

「いつ投函されたのかと思って」

「それなら、覚えているわ。手紙がついた前日よ。感心したの。あんなに遠くからだから」

グウェン・ジェームズがサンディに紙片を渡した。罫線のはいっていない、Ａ４の白い紙。筆跡はきれいに整っているように見えた。うら若い女性が母親と連絡を取りあうのに手紙をつからなんて、妙に古めかしいやり方に思えた。サンディはいつも電話で実家と連絡を取りあっていたし、母親でさえEメールを利用していた。

母さんへ

波乱万丈の一週間でした。金曜日に、痛ましい事故がありました。発掘の拠点となっているセッターの小農場で暮らすミマが、撃たれたんです。ウォルセイ島のようなところで、こんな悲劇が起きるなんて。どうやら、島民のひとりがウサギ狩りに出かけていて、あやまってミマを撃ってしまったみたいです。彼女は撃たれたとき、わたしのレインコートを着ていました。責任を感じずにはいられません。また昔の偏執症が戻ってきているといわれそうだし、たしかにそうなのかもしれません。ミマの死で、わたしは動揺しています。でも、心配しないで。大丈夫、わたしはなんとかやっています。それに、ええ、きちんと食べています。

それから、きょう試掘現場で、素晴らしい発見がありました。そこにあった建物にかんするわたしの仮説の正しさを証明してくれる銀貨です。その建物を十五世紀当時のままに再建しようという計画がもちあがっていますが、それはまだずっと先の話です。ときどき、自分にはこれをやりとげるだけの力がないのでは、と不安になります。それから、これは世界でいちばん興奮させられるプロジェクトになる、と考えるんです。わたしはここでその立ちあげにかかわっているのだ、と。

そちらの様子は、どうですか？　今週のはじめに、『トゥデイ』のインタビューを聞きました。すごく冷静に受け答えしていましたね。そちらからの便りを楽しみにしています。それじゃ、また。

愛をこめて、ハティ

「ご感想は？」グウェン・ジェームズは、一杯目のワインをほぼ飲み終えていた。

サンディは頭のなかが真っ白になった。なんとか返事をひねりだす。「それほど落ちこんだ感じの文面ではありませんね」

「わたしの第一印象も、そうでした。いまは、それほど確信がないけれど。〝ときどき、自分にはこれをやりとげるだけの力がないのでは、と不安になります〟。これは、あの娘が自殺を考えていたことを意味しているのかも」

「いいえ」サンディはいった。「それは、ハティが将来の計画をたてていたことを意味しています。あくまでも、印象ですけど」

「あなたのいうとおりだとすると、あの娘が手紙を書いてから電話をかけてくるまでのあいだに、なにかがあったにちがいないわ。でしょ？　さもなければ、すくなくとも出来事をちがった角度から見るようになった」

サンディは、なにをどう考えていいのかわからなかった。自分の考えなど、ほとんどもちあわせていないのだ。というわけで、黙っていた。

「だって、この手紙はすごく冷静に書かれているけど、電話をかけてきたときのあの娘は、すっかり動転していた」

「そのメッセージを携帯に保存してありますか？」

「ええ」グウェン・ジェームズはバッグのなかをかきまわし、携帯電話を取りだした。

「携帯のSIMカードをお預かりして、上司に聞かせたいんですけど。それに、そこからほかにもいろいろとわかることがあります。たとえば、ハティがどこから電話をかけていたのかとか。役にたつかもしれません」サンディは、いまこの場でハティの声を聞くことに耐えられるかどうか自信がなかった。母親がいっしょに聞いている、この部屋で。だが、グウェン・ジェームズはサンディの様子にまったく注意を払っておらず、すでにボタンを押していた。

「お母さん！　お母さん！　いまどこ？　恐ろしいことが起きたの。信じられない。どうやら、ミマのことで思いちがいをしてたみたい。聞いてもらいたいことがあるの。またかけるわ」甲高くて、あわてふためいた声だった。サンディは、彼の実家のキッチンのテーブルで母親の話に頬笑むハティを思いだしていた。ミマが死んだのを知らされたとき、たしかにハティは取り乱していた。だが、これはそのときとは、まったくちがった。ほんとうに心の底から動揺していた。

「ハティはこれまでに自殺をはかったことがありますか？」サンディはたずねた。「過去に精神状態が不安定だったことがあるのは、知っています」

「いいえ」グウェン・ジェームズはけだるそうにいった。まだ自分の携帯電話をみつめていた。「一度、死にたいと口にしたことがあるけれど、それは完全におなじことではないでしょう？」

「ええ」

「この手紙を読んだとき、あの娘は大丈夫だ、とわたしは思いました。老女の死に動揺しているけど、おおもとのところでは問題ない、と。あの娘のことは、ずっと心配でした。わたしが娘の話をしないし、いっしょに暮らしていないということで、わたしを冷たい母親だと考えている人たちがいます。目の届くところにあの娘をおいておけたら、ずっと楽だったでしょう。けれども、あの娘には自分の人生が必要だった。働いていると、一日ずっとあの娘のことを考えないときがあります。そのあとで、罪の意識をおぼえるんです。いつの日か、不安を感じずにすむときがくることを願ってました。あの娘の心配をしなくてすむときがくることを。魔法の新薬が開発されるとか、あの娘を愛して面倒をみてくれる男性があらわれるとかして。この冬は、それが実現したかに思えました。シェトランドが魔法のような働きをしたんです。まだ調子の悪い日はありましたけど、それでもあの娘はまえよりも落ちついていて、幸せそうといってもいいくらいだった」ここで言葉をきると、グウェン・ジェームズはしゃくりあげた。「いまは、あの不安を取り戻せるものなら、なんだってさしだしたい気分だわ」

　サンディはグラスを手にとり、ワインをすすった。この女性の気持ちを楽にするようなことをいえたら、と思っていた。やっぱり、ペレスがくるべきだったのだ。彼なら、かけるべき言葉を知っていただろう。

「あの娘は自殺したんだと思います？」グウェン・ジェームズの質問は、唐突で、単刀直入だった。サンディは思わずまばたきをした。

「いいえ」彼はなにも考えずにいった。それから、自分のしたことに気づいて、顔を赤らめた。「でも、いまのは無視してください。あくまでも個人的な意見ですし、しょっちゅう間違えてるんで」

グウェン・ジェームズはサンディの目を見ていった。「わざわざきてくださって、感謝しているわ」

「うちの家族は、ウォルセイ島の人間なんです。ハティが滞在していたところを見たくなったら、いつでも喜んで案内します」


サンディはグウェン・ジェームズのフラットのまえの歩道に立ち、あまり成果をあげたとはいえないな、と考えていた。ポケットにはＳＩＭカード、手にさげているスーパーマーケットの買物袋には手紙のフォルダーがはいっていた。ペレスはなんというだろう？　地方検察官は？　あれだけ金をかけてロンドンに送りこんだのに、なにも手にいれてこなかったも同然ではないか。サンディは地下鉄の轟音にも人びとの無表情な顔にも耐えられなかったので、街灯の下で地図を確かめてから、大都会の暖かい夜のなかを自分の泊まっているホテルまで歩いて帰った。

26

ロンドンにむかうサンディを乗せたフェリーがウォルセイ島から遠ざかっていくのを見送りながら、ペレスは自分が十二歳でフェア島を出たときの両親の気持ちがわかったような気がした。彼がラーウィックにあるアンダーソン高校にかようためには、寄宿寮にはいるしかなかった。だが、それでも両親は、彼の寂しさに責任を感じ、息子を見捨てたような気分を味わっていたにちがいない。その日はずっと、電話が鳴るたびに、ペレスはサンディからだと思った。どこかで立ち往生しているか、都会で迷子になっているのだろう。

〈ピア・ハウス・ホテル〉に立ち寄ると、ポール・ベルグルンドがまだいた。窓辺のテーブルに居すわっているような感じで、そこをノートパソコンと書類の山で埋めつくし、自分のオフィスに変えていた。

「ハティのことは、もうお聞きですね？」ペレスはいった。

「ええ。なんという損失だ！　じつに才能のある子だった。わたしには、自殺というものがどうしても理解できませんよ」ベルグルンドの声には学者としての興味が感じられたが、心からの哀悼はどこにもなかった。

「彼女の死体のそばで、あなたのナイフが発見されました」

「ほんとうですか?」ベルグルンドがコンピュータの画面からさっと顔をあげた。「なくしたことさえ、気づいてなかった」嫌悪でおののく。

「鑑識にまわすので、こちらで預からせてもらいます」

「返してもらわなくて、けっこうですから。もう二度とつかう気にはなれないでしょう」

「そのナイフを最後に見たのはいつです?」

「覚えてません。きのうの朝、試掘現場では間違いなくもってました。そのまま、そこにおき忘れてきたんでしょう。さもなければ、ハティといっしょに歩いていたときに落としたのかも」

「彼女がそれを拾うところを見ましたか?」

「もちろん、見てませんよ、警部。見てたら、彼女に返してもらっていたでしょう。ちがいますか?」ペレスの質問の馬鹿らしさにあきれたとでもいうように、ベルグルンドが小さく笑った。

ペレスはクラウストン家の豪邸を訪ねようと、車でシンビスターからリンドビーへとむかった。ジャッキー・クラウストンは家の外にいて、居間の窓をきれいにしているところだった。ガラスに穴をあけようかとでもいうような勢いで、ごしごしと乾いた布でこすっている。ジャッキーは自分が見られていることにふと気づいて、ふり返った。

「わかってますよ」という。「嵐が一度きたら、また塩でびっしりおおわれるっていいたいんでしょ。でも、たとえすこしのあいだでも、眺めを楽しめるのはいいことだわ。うちの人がここに家を建て直したとき、誰もが馬鹿なことだといいました。こんな吹きさらしの場所に、また建てるなんて。でも、あたしたちは丘の下のほうへ移りたくなかった。四方を海に囲まれて、すこしばかり景色を楽しめるところがよかったんです」

「お邪魔したくはないのですが」

「邪魔なんかじゃありませんよ。あたしはただ、やることをさがしていただけだから。ほら、気をまぎらわすために。島でまた死者が出たなんてねえ……。なかなか受けいれられなくて。セッターの小農場で働いてたその娘さんのことはよく知らなかったけど、それでもショックだわ。さあ、なかへどうぞ」

ペレスは、ジャッキーの夫がキッチンのいつもの椅子にすわっているものと予想していた。だが、そこには誰もいなかった。ペレスが夫のことを考えているのを察して、ジャッキーがいった。「ロナルドが、うちの人をドライブにつれてったんです。友だちとしばらくいっしょにいられるように、ゴルフ・クラブまで。そのあとで、ヨット・クラブに立ち寄るか、〈ピア・ハウス・ホテル〉で一杯やってくるのかもしれません。ここ数日、うちの人はあまり調子が良くなくて。仲間といっしょに船で海に出られないのは、あの人にとってはとてもつらいことなんです。すべての決定は、主人がくだしてました。それがいまでは、自分が無力のように感じているのね。肉体的なことだけじゃないんです。とにかく、いらついてて。ロナルドはきょう、庭の手入れをはじめるようにアンナからいわれてたんです。でも、あたしは息子にいったの。

〝それはあとでもかまわないでしょ。豆やジャガイモを植えることより、おまえのお父さんのほうが大切よ〟」

この介入をアンナはどう受けとめたのだろう、とペレスは考えたが、うなずくだけにとどめた。「あちらの部屋に移りませんか？　せっかく窓がきれいになって、景色を楽しめることですし？」

「そうね」ジャッキーがいった。「おっしゃるとおりだわ。ふだんはキッチンですごすんだけど、先にあちらの部屋にいっててくださるかしら。いまコーヒーをいれて、もっていきますから」

そこは四角い大きな部屋で、家の横幅の半分を占めていた。大理石の暖炉に、磨きあげられた巨大な家具。灰色の朱子織《サテン》をかぶせたふたつのソファに、ぴかぴかの食器棚。光沢のある補助テーブルがふたつに、炉棚の上にかかる金縁の鏡。ポーズをとった写真のはいった写真立てがいくつもならび、そのうちの一枚はジャッキーとアンドリューの結婚式のものだ。モーニングコート姿のアンドリューはものすごくりりしく、小柄なジャッキーの隣に立つと巨人のようだった。この家の新築時の写真。ロナルドの学校での集合写真。部屋は冷たく、よそよそしい感じがした。この部屋はよくつかわれているのだろうか、とペレスは考えた。椅子に腰をおろして長い窓から外をながめると、島の南端全体が見渡せた。アンナとロナルドが暮らすあたらしい平屋建ての家。丸石の海岸。そして、ハティの死体が発見されたセッターの小農場。

ジャッキーがトレイをもって、ばたばたとはいってきた。最高級の陶磁器に、容器にいれたミルク。ポットにはいったコーヒーに、皿にのせた自家製のビスケット。パンやクッキーを焼いたり家事をしたりする以外に、彼女はなにをしているのだろう？　この巨大な展示住宅みたいな家で、きっと退屈しているにちがいない。それとも、夫の面倒をみることで、時間はすべてつぶれてしまうのだろうか？

ジャッキーはペレスの考えを読みとったようだった。「このあたらしい家を建てたとき、宿泊客をとろうかと考えてたんですよ。お金のためというより、世界中からやってくる人たちと出会えたら楽しいだろうと思って。家をこんなに大きくした理由のひとつは、それなんです」

「いい計画のように思えますね。アンナが講習会をひらくことを考えれば、なおさらです。ここがつかえれば、彼女は参加者を〈ピア・ハウス・ホテル〉に世話したり、自分の家に泊めたりしなくてすむでしょう」

「でもねえ、うちの人はそのアイデアが気にいらなくて。とにかく、いまは。発作で倒れてからというもの、ふだんとちがうことが起きると、すぐに怒りだすんです。知らない人たちと会うなんて、耐えられないでしょう」ジャッキーがかぶりをふって、かつての夢をふりはらった。

ペレスはコーヒーを注ぎ、その香りをしばし楽しんだ。「きのう、ハティ・ジェームズと会いましたか？」

「いいえ。その娘さんのこと、そんなによく知ってたわけじゃないんです。おたがい訪問しあうような仲ではなかった。イヴリンが、勝手にあの娘たちの後見人を気どってました。まあ、もともとそういう人だから。なんにでも鼻を突っこまずにはいられないんです。とくに、お金がかかわってるところには。あの人、みんながいうような聖人君子じゃないんですよ」

「お金が、どう関係してくるんですか？」ペレスはほんとうに興味があってたずねた。

「セッターの小農場での発掘で、なにがしかのお金がはいってくるのは確かでしょうね」ジャッキーはもっとなにかいいたそうだったが、そこでぴたりと口を閉ざした。

ペレスはそのままにしておいた。サンディの母親を掩護すべきかとも思ったが、実際のところ、彼女については、もてなし上手ということ以外になにを知っているというのか？ジャッキーとイヴリンのあいだの又従姉妹どうしのこぜりあいに、ペレスは気が滅入るのを感じた。急にフェア島での出来事が頭に蘇ってきた。彼が七歳か八歳のころ、集会場でひらかれる日曜学校で、年配のやさしそうな女性が「諸悪の根源はお金に対する執着です」と教えてくれたことがあった。「いいですか、お金に対する執着です。お金そのものが悪いわけではありません。ものごとがひどく悪い方向にむかいはじめるのは、わたしたちの生活がお金にのっとられてしまったときなんです」ここで起きているのも、まさにそれなのではなかろうか、とペレスは考えた。このふたつの家族の関係がこじれている原因は、富ではなく、それにまつわる嫉妬や恨みつらみなのだ。

「それでは、試掘現場で作業する娘さんたちがこの家へきたことは、一度もなかったんですか？」

「ええ。昔はよく大きなパーティをひらいて、ほとんど島じゅうの人を招いてたんですけどね。家具を端に寄せると、誰かが演奏をはじめるんです。ほんと、にぎやかでねえ。そのころ、家は若い人たちでいっぱいでした。ロナルドの高校のお友だちとか、船で働いてる人たちとその家族とか。うちの人は、アコーディオンがとても上手かったんです。歌あり、踊りありのパーティでした。でも、いまの主人は、大勢のお客さんに対処できなくて。家族といるだけでも、負担に感じるくらいで」

「無理もありません」ペレスは自分でコーヒーのおかわりを注いだ。「そのころがなつかしいでしょうね」

「そりゃもう」ジャッキーがいった。「なつかしいなんてもんじゃありませんよ」

彼女は息子夫婦の家のほうを見おろした。その頭のなかでは、おそらくヴァイオリンが鳴り響き、笑い声の絶えないパーティの様子が再現されているのだろう。彼女は、アンナが女主人役をひきついで大がかりなパーティをひらくことを期待していたのだろうか？　だとすると、楽しむよりも商売を立ちあげることのほうに興味があるらしい息子の嫁に、がっかりしているのではないか？

「ハティはきのうの午後、指導教官といっしょに、そこの海岸沿いを散歩してました」ペレスはいった。「この家からは、海岸がよく見えます。もしかして、ふたりを見かけたのでは？」

「きのうは、主人の具合があまり良くなかったんです。ときどき、あの人はなにかの考えにとりつかれて、それを頭からおいだせなくなることがあって。それで悶々としたあげくに、おかしくなるんです。主人を落ちつかせるために、ロナルドを呼ばなくてはならなかったわ」

「ご主人は、なにが気にかかっていたんです？」

「ミマの事故のことよ。あれをきっかけに、若いころのことが蘇ってきたみたいで。主人はあたしよりもけっこう年上で、ミマの旦那さんのことも覚えてるんです。主人のお父さんは、ミマの旦那さんだったジェリー・ウィルソンといっしょにシェトランド・バスの活動に参加してました。ノルウェーでつかう小さな沿岸用の船を作ってたんです。戦争中に、ノルウェーの抵抗勢力《レジスタンス》や現場の工作員がつかっていた船。もう、ずいぶん昔の話ね。ミマの旦那さんは、何年もまえに亡くなったわ。戦争が終わって間もないころで、あたしはまだすごく小さかった。そんな人が、今回のミマの死とどう関係あるっていうのかしらね？　でも、ときどきうちの人の頭のなかでは、そういうことが起きるんです。少年時代の出来事のほうが、きのうのことよりも現実味をおびて感じられるらしくて」

「では、あなたはきのう、景色を楽しもうと海岸に目をやるひまなどなかったんですね？　たとえ、ハティとポール・ベルグルンドがそこを散歩していても、気がつくことはなかった？」

ジャッキーはにっこり笑った。「きのうは、トイレにいくのもひと苦労だったわ。うちの人が階段の下に立って、あたしはどこかとたずねてくるんだもの。ロナルドがうちにきて、あの人をどうにかすこしなだめてくれました。あの子は父親のあつかいが上手いんです。あたしよりも我慢強くて」

「もっとあとで、ハティを見かけたということはありませんか？　彼女がひとりでいるときに」

「いいえ」ジャッキーがいった。「彼女の姿には、まったく気づかなかったわ」

「でも、けさは地方検察官がやってくるのに気づいたわけでしょう？　現場で、あなたがほかの人たちといるのが見えました」

「上の階でベッドを整えてるときに、人だかりが目にはいったんです。だから、なにが起きてるのか確かめに、セッターの小農場までおりていきました。野次馬根性ね。そこではじめて、あの娘さんが亡くなったって聞いたんです。長くはいられなかったわ。うちの人がひとりで家にいたから」ジャッキーが顔をあげて、ペレスを見た。「どんなふうにして亡くなったのかしら？」

「もうしわけありませんが」ペレスは穏やかにいった。「そういったことをお話しするわけにはいかないんです」

「そうよね」ジャッキーがいった。「わかるわ」言葉をきる。「自殺だって、みんないってるけど」

「いまの時点では、ほんとうにわかりません」

「ご両親は、どんなお気持ちかしら？」ジャッキーがいった。「わが子を守るためなら親はなんでもするけど、わが子自身から守ることはできませんからね」そういって、ペレスに頬笑みかける。「お子さんは、警部さん？」

ペレスは反射的に首を横にふっていた。だが、おまえには間違いなくいるじゃないか。キャシーは自分の娘みたいなものだ。あの子が絶望のあまり地面の穴に飛びこんだり手首を切ったりしたら、自分はどう感じるだろう？

27

ペレスがサンバラ空港に出迎えにきているのを目にして、サンディは驚いた。空港に自分の車をとめてあるので、ひとりで帰れたのだが……。ロンドンでは、ホテルに戻ってビールを数杯飲み、食事をとったあとで、赤ん坊のようにぐっすり眠った。そして、目覚まし時計でたたき起こされた。朝のロンドンは、それほど恐ろしくもなければ、息がつまるような感じもしなかった。

ハティの手紙と彼女の母親の携帯電話のSIMカードという戦利品があるので、いくらかは気が楽だった。会話の内容を記した簡単なメモも作成してあったが、サンディは書くことがあまり得意ではなかった。とりあえず、手ぶらで帰ってきたわけではないのが救いだった。

飛行機のなかで、彼はサンバラ岬が見えてこないかと、ずっと窓の外をながめていた。そして、空港に着陸すると、大失態を演じることなく無事に戻ってこられて、ほっとした。そのとき、ペレスがターミナルで自分を待ちかまえているのが目に飛びこんできて——警部はレンタカーのカウンターのそばの壁にもたれていた——ふたたび不安がこみあげてきた。

「なにかあったんですか？」サンディがまず考えたのは、グウェン・ジェームズから苦情の電話があったということだった。自分がどんな間違いをしでかしたのかはわからないが、そういうことは、これまでたびたびあったのだ。それから、家族のことかもしれないと心配になった。

「べつに、なにも」ペレスはにやりと笑った。「ただ、どんな具合にいったのかを聞きたくてな。空港までは、ヴァル・ターナーの車に乗せてもらった。ラーウィックで会っていたんだ。彼女が会議のために日帰りで本土に飛ぶというんで、ここまで便乗させてもらった」

「ヴァル・ターナーとは、なんの話を？」

「セッターの小農場でつぎつぎと掘りだされている骨について、彼女の意見を聞きたかった。それらの骨は数百年前のものだと誰もが決めつけているが、実際のところは、まだわかっていない。もっと最近のものだとすると、ミマとハティの死はちがった様相を呈してくる。まったくおなじ場所に、死体が三つだ。地方検察官も、それが偶然以上のものだと認めざるを得ないだろう」

「で、ヴァルはなんて？　それほど古くない死体の骨なら、もっとたくさんみつかるはずですよね」

「だろうな。たしかに、筋がとおらない。やっぱり、偶然なんだろう。ただ、どうしても奇妙に思えてならないんだ。亡くなったふたりの女性は、どちらもセッターの小農場とつながりがあった。そこで、また別の死体が埋まっていたという証拠が……」声がしだいに小さくなり、ペレスは肩をすくめた。「いいんだ、忘れてくれ。たぶん、考えすぎだろう」

数カ月前なら、ペレスからこんな話をされることはなかっただろう、とサンディは思った。警部が自分の考えをサンディに打ち明けようとすることなど、なかったはずだ。サンディは一瞬、ロンドンに発つまえに感じたのとおなじようなパニックをおぼえた。このあらたな期待に、自分はどうやって応えたらいいのだろう？　「セッターの小農場には、昔から奇妙な話がいろいろあったんです」サンディはためらいがちにいった。

「どんな話だ？」ペレスがさっと顔をあげた。

サンディは口をひらいたことを後悔していた。というのも、くわしいことはよく知らなかったからである。幽霊とか、夜になると歩きまわる死者の話とかが、おぼろげに記憶に残っているだけだった。

「日が暮れたあとは、あそこにいきたがらない人たちがいました。年寄り連中です。いまはもう、そんなこと忘れられてますけど」

「おまえのお袋さんなら、そういう話を知ってるかな？」

サンディは肩をすくめた。知ってたとしても、警部には話しっこありませんよ。自分が馬鹿みたいに見えるのを嫌がって。彼は話題を変えた。「それで、ヴァルは骨について、なんといってたんですか？」

「古いものに間違いない、と彼女は考えていた。これで、またひとつ仮説が消えたわけだ。だが、検査の結果はまだ出ていない。いま最優先でしてもらっているから、わかりしだい知らせてくれるそうだ」

空港は静かで、かれらは店の外のテーブルのひとつにすわって、コーヒーを飲んでいた。

「手紙にはすべて目をとおしたのか？」ペレスはチェックイン・カウンターで係員と話をして

いる年配のカップルをながめていた。サンディがその視線をたどっていくと、カップルが手をつないでいるのが見えた。おえっ、と心のなかでうめく。あれくらいの年になったら、ああいったことは家のなかだけにとどめておくべきだ。

「いいえ。最後の一通だけです」そうだよ、とサンディは思った。手紙に目をとおしておくらい、当たり前じゃないか。ペレスなら、ひと晩じゅうかけて手紙を読み、それについてあれこれ考えていただろう。ホテルのバーにいって馬鹿高いビールで酔っぱらい、そのまま寝てしまったりしないで。帰りの機内で、サンディはトップレスのモデルが表紙の高級男性雑誌を読んでいた。事件のことは、まったく頭になかった。

だが、ペレスはなにもいわなかった。「グウェン・ジェームズに会った印象は？」

「警部がいってたとおり、彼女は罪の意識を感じてました。でも、娘にとって最善と思えることをしてたんです」気がつくと、サンディはグウェン・ジェームズをよく見せたいと考えていた。「ハティの人生を邪魔しないようにしてた。けど、彼女のことを気にかけていたのは、すぐにわかりました。つまり、グウェン・ジェームズの時間の大半はあきらかに仕事にむけられていますが、それでも娘のことを心配しつづけていたんです」

「彼女はハティが自殺したと考えているのか？」

「すごく落ちこんでたときに、ハティは死にたいと口にしたことがあるそうです。でも、実際に自殺をはかったことは、一度もありません。それに、最近のハティは、それほど落ちこんでいなかったようです。母親の話では、大学にいた冬のあいだじゅう、ずっと前向きで、発掘作業でウォルセイ島に戻るのを楽しみにしていたとか。最後の手紙は、将来の計画について語っているような感じでした。母親がすごく不安になったのは、いきなり電話がかかってきてからなんです」

「で、その電話を聞けるんだな？」

「ええ。ＳＩＭカードを預かってきました」それがまだきちんとあることを確かめるために、サンディはすくなくとも十回以上、ポケットに手をやっていた。いま、それを取りだしてペレスに渡すと、責任から解放されて、ほっとした。「こちらの用がすんだらすぐに返却する、とグウェン・ジェームズにはいっておきました。彼女の手もとに残されているハティの声は、その録音だけなんです」

「もちろんだ。カードを預からせてくれるよう、よく説得したな」

ふたりはコーヒーを飲み終えていた。サンディは、ペレスがまだなにかいいたがっているように感じた。しばらく沈黙がつづいた。

「そろそろいかなくていいんですか？」ついにサンディはいった。ペレスほど辛抱強くいられたためしがないのだ。

ふたたび、しばしのためらいがあった。ペレスも自分とおなじでウォルセイ島に戻りたくないのだ、という考えがサンディの頭に浮かんだ。ものごとをややこしくしているのは、このどっちつかずの状況だった。ふたつの死を犯罪としてあつかうべきか、否か？　かれらはウォルセイ島に捜査官としているのか、それとも地域社会の一員としてか？　地方検察官は、自分にとって都合のいいときだけ、かれらの味方になってくれるだろう。そしていま、彼女は政治家たちを喜ばせることのほうに、より熱心だった。

「そうだな」ペレスがいった。「ここに一日じゅうすわってコーヒーを飲んでるわけにもいくまい」

そっちはまだいいですよ、とサンディはいいかけた。すくなくとも、翌朝に世紀の葬儀がひかえてるわけじゃないんだから。それから、その発言が子供っぽくて恨みがましく聞こえるかもしれないということに気づいた。自分のあらたな大人のイメージにはそぐわないだろう。それに、ミマに対しても敬意に欠けているように聞こえる可能性がある。サンディは、口を閉ざしておくべきときを学びつつある自分を誇らしく思った。

警部もいっしょにウォルセイ島までくるものとサンディは考えていたが、ペレスはラーウィックにある自宅で降ろしてくれといった。自分がウォルセイ島にいる必要はないし、ほかにも仕事がある。それに、グウェン・ジェームズの事情聴取のことを地方検察官に報告しなくてはならない。骨の年代測定の結果が出たら、また島にいく。

ウトラの小農場に戻ってみると、サンディは母親からほとんど相手にされなかった。マイクルとその家族が、最終便の飛行機でエディンバラからくることになっていたのだ。母親はハティのことをいろいろ話したがるだろう、とサンディは考えていた。だが、ハティの死はすでに母親の意識から消え、かわりに、赤ん坊は朝食になにを食べるかとか、アメリアはシーツや枕カバーと不統一のタオルでも気にしないだろうかといった重要事項で、頭のなかは占められているようだった。マイクルの家族が総出でエディンバラからやってくると聞いて、サンディは驚いた。義姉は、この旅でなにを得られると考えているのだろう？　ミマがなにか価値あるものを残してくれたことを期待しているのか？

父親の姿はどこにもなかった。母親によると、セッターの小農場に出向いて調理用こんろの火の具合を確かめ、サンディが滞在できるように家をととのえているのだという。

「手伝いがいるか、見てくる」サンディはヒースロー空港でシングル・モルトのボトルを買ってきていた。それをジャケットの内ポケットに押しこみ、セッターの小農場にむかって小道を歩いていく。天気は良く、穏やかだった。ロンドンには天気とか風向きを気にするものなどいないだろう、とサンディは思った。

父親は調理用こんろのまえにしゃがみこんでいた。消えてしまったこんろの火をふたたびつけようと、ねじった新聞紙を組み合わせ、そのてっぺんにたきつけをのせている。誰かがはいってくる音を聞きつけ、それがサンディだとわかると、父親は笑みを浮かべた。

「庭に泥炭が山積みになってる。すくなくとも、寒さで震える心配はないぞ」

サンディは手品師のようにジャケットからボトルを取りだしてみせた。「一杯やろう」

「そうだな。じゃ、ちょびっとだけ。マイクルと嫁さんがもうすぐ到着するってのに、酔っぱらって家に帰るわけにはいかないからな。母さんになんていわれると思う？」

ふたりは共謀者めいた笑みをかわした。

「たしかに」サンディはいった。「これから二、三日、うちにいるのに耐えられなくなったら、いつでもこっそりここに逃げてくればいい」

父親が新聞紙にマッチの火をちかづけ、たきつけに火が燃え移った。火の上に泥炭がのせられ、さらにもうひとつつけくわえられる。泥炭の煙が部屋を満たし、サンディの喉にからみついてきた。ミマのことが鮮やかに脳裏に蘇ってきて、サンディは思わずまばたきし、彼女がいまここにいないことを確認しなくてはならなかった。

サンディはむきなおり、壁に取りつけた食器棚からタンブラーをふたつもってきた。調理用こんろにかけてあるふきんで埃をぬぐいとり、ウイスキーを注ぐ。父親が調理用こんろの扉を閉めた。ふたりはグラスをかちんとあわせ、黙ってミマに乾杯してから、腰をすえて飲みはじめた。

「母さんが頭蓋骨を掘りだしたあとで、古い人骨がもっとみつかったって話は、もう聞いてる？」父親はすでに知っているにちがいない、とサンディはふんでいた。父親はうわさ話にまったく注意を払っていないように見えたが、島で起きていることを嗅ぎつける才能をミマから受け継いでいるのだ。「うちのご先祖さまの骨かもしれない。どう思う？」

「セッターの小農場での発掘作業は中止すべきだ」その声は厳しく、まったく父親らしくなかった。サンディはぎょっとして、顔をあげた。父親がこんなふうにしゃべるのを聞くのは、はじめてだった。彼が子供のころに悪さをしたときでさえ、こんなことはなかった。父親がつづけた。「あいつらがここをかきまわしたりしなければ、ミマが死ぬこともなかっただろう」

「どうして、そうなるんだい？」

「一週間のあいだに、ふたりも死んだんだぞ」父親がいった。「ウォルセイ島で最後に自殺とか事故で人が亡くなったのは、いつだった？」

父親が返事を求めているのかどうかはっきりしなかったので、サンディは黙っていた。

「どうだ？」父親がしつこくたずねた。

「わからない」

「ずっと考えてたんだ」父親がいった。「おれの親父は、海で行方不明になった。五十年以上前のことだ。それ以来、事故死なんて、ひとつも記憶にない。それなのに、この一週間でふたりが死んだ。もともと、この土地をよそ者がほじくり返すのは気に食わなかったんだ。そう感じてるのは、島でおれだけじゃない。ミマは年寄りだったが、まだ死ぬほどじゃなかった。あのイングランド娘なんて、子供といってもいいくらいだ。そしていま、人の骨が山ほど出てきたっていうじゃないか」

「山ほどじゃないよ」サンディはいった。「それに、古い骨なんだ。たぶん、何百年も昔のものだろう」

「そんなことは、どうだっていい。おれはあしたの朝、葬式のまえにポール・ベルグルンドと会ってくる。全員ひきあげるよう、通告するつもりだ。やつがミマとどんな取り決めをかわしていようと、知ったこっちゃない。ここはいまじゃ、おれの土地だ。誰にもいじくりまわさせたりはしない」

調理用こんろの熱にあたり、喉の奥でウイスキーを味わいながら、サンディは父親の苦しみをすこしでもやわらげるような言葉がなにかないかと考えていた。迷信深くなるなんて、父親らしくなかった。父親がこれほど動揺していることに、どうして気づかなかったのだろう？ もともと自分の感情をおもてにあらわす人ではないが、それでも父親が内心でミマの死に深く傷ついていることは、いわれなくてもわかったはずではないか。

「ベルグルンドには、おれから話すよ」サンディはようやくいった。「父さんはあした、やることがたくさんあるだろ」

「おまえの母さんは気にいらんだろうな」サンディはまたしても共謀者めいたいたずらっぽい笑みを予想していたが、父親はきわめて真剣だった。「ここをどうするかについて、あいつがいろいろな計画をもってることは、知ってるな」

「立派な博物館を建てて、自分が責任者におさまろうっていうんだろ」サンディはいった。

「でも、別のプロジェクトをみつけるしかないだろうね。自分の時間をつぶすためのなにかを」

「おまえの母さんにとって、おれとの生活は決して楽なもんじゃなかった。おれは掘り出し物の夫ってわけじゃなかったからな。うちにリンドビーのほかの家くらい金があったことは、一度もなかった」父親は手をのばすと、自分のグラスにもう一杯注いだ。エディンバラからくるマイクルとその妻のことは忘れられていた。「母さんのことは、もっと手加減してやれ。おまえたちに漁師の家の子供たちとおなじだけのことをしてやれないのを、ほんとうに悔しがってたんだ」

「でも、父さんはいつだって、母さんの面倒をきちんとみてた」サンディはいった。「うちは決して金には不自由してなかった」外はすでに暗くなりかけていた。まだ春先なので、太陽は高くのぼらないのだ。

「それは、おれじゃなく、あいつのおかげだ。おまえの母さんは、金にかんしちゃ魔法使いも顔負けだった。いつだって、なんとかしてぎりぎりまでもたせてた」昼間の温もりがまだ残っているにもかかわらず、父親は両手を調理用こんろのほうにかざした。その顔は陰になっていた。

「セッターの小農場は、どうするつもりなんだい?」サンディはたずねた。ペレスとの関係同様、父親との関係も、これまでとはちがってきているような気がした。より対等に、より重きをおかれてきている。そしていま、彼は話をふたたび実務の問題のほうへもっていくことで、いつもの父親がすこしでも戻ってきてくれればと考えていた。「ここでまた暮らそうかと思っているとか」

「そいつは無理だ!」

「どうして?」

「人はもとには戻れないんだ。人生にやり直しはきかない」父親はグラスを飲みほすと、言葉をきった。「それより、おまえがここで暮らしたらどうなんだ。おまえなら、いい小農場主になれるだろう。昔から、そう思ってた。おまえは動物のあつかいが得意だし」

「冗談じゃない!」サンディは、自分がぞっとしたような声を出したことに気づいた。父親は気を悪くするだろう。だが、それ以上にひどい暮らしは考えられなかった。母親の目がいつでも届くところに住むのだ。彼の生活は島の人たちの話の種になり、ガールフレンドのこともいろいろと穿鑿《せんさく》されるだろう。そして、小農場での仕事ぶりにかんしては、いちいち自分の父親と比較されることになるのだ。「そのことは考えてみた」サンディはいった。「でも、上手くいかないだろう。いまの仕事があるし、それが気にいってるんだ」その言葉を口にした瞬間、自分でもそれが本心であるのがわかった。

「そうだな」父親がいった。「馬鹿な考えだった」

「あすの朝、ベルグルンドに会って、しばらくこの土地には誰もいれたくないって、いっとくよ」

「ああ、そうしてくれ」父親は立ちあがった。グラスをすすごうと、流しのほうへ歩いていく。「そのままにしといて、いいよ」サンディはいった。「あとでやっとくから」自分も立ちあがって、父親とむきあう。一瞬、沈黙がながれた。

「そろそろ戻ったほうがいいな」父親がようやくいった。「おまえの兄さんが、もうつくころだ。母さんが捜索隊をくりだしてくるぞ」

ふたりは夕闇のなかをウトラの小農場のほうへ歩いていき、マイクルのレンタカーが小道のはずれに姿をあらわしたときに、ちょうど家についた。星が見えはじめていた。

28

ミマの葬式の前日、アンナは午後のフェリーでラーウィックへいき、クリーニング屋から自分のドレスをとってきた。妊娠するまえは腰まわりに余裕のあったドレスで、いまでもまだはいった。赤ん坊をつれて外出するのは、この日がはじめてだった。ラーウィックの通りを乳母車を押して歩いていると、自分がおままごとをしている女の子のようだという感覚をぬぐえず、気おくれがした。まだ母親という役に、しっくりと馴染んでいなかった。

アンナは家から出られて嬉しかった。ミマの件で起訴されずにすんで夫が喜ぶかと思いきや、ロナルドはまえよりいっそうふさぎこんでいたからである。アンナは町へ出かけるのをいつも楽しみにしており、きょうはそれを自分へのご褒美にしようと考えていた。〈ピーリ・カフェ〉で美味しいコーヒーとスコーンを味わったあとで、シェトランド・タイムズ書店をながめてまわるのだ。彼女は昔の自分に戻ったように感じており、赤ん坊はぐずるのをやめていた――とりあえず、きょうの午後は。

カフェにはいろうとしたとき、アンナはまえの年のセミナーで知りあった女性と鉢合わせした。はじめて起業する人のためにシェトランド諸島評議会が主催したセミナーで、このジェーンという女性は自分のコンピュータ・ビジネスを立ちあげようとしていた。ふたりでコーヒーを飲み、おしゃべりするうちに、時間はあっという間にすぎた。最初の話題はもちろん赤ん坊のことだったが、すぐにそれはそれぞれのビジネス計画のことへと移っていった。ジェーンも本土からきた人間で、アンナよりすこし年上だったが、子供はいなかった。彼女は自営がすごく孤独なものだと気づいたといい、共同経営者をさがすことを考えていた。

織維講習会のことを思いついたとき、アンナはイヴリンに共同経営者になってもらおうかと考えた。地元の女性を味方につけておいても損はないし、イヴリンの生い立ちや個性や身の上話は、この事業に本物らしさをあたえてくれるだろう。だが、いろいろ検討した結果、やはりプロジェクトの支配権を誰ともわかちあいたくないという結論にたっしていた。イヴリンはがっかりしていた。アンナには、それがわかった。だが、イヴリンはその後も協力を惜しまず、自分の編み模様や染料の配合をアンナにそのままつかわせてくれた。さらには、シェトランド諸島評議会にかけあって、この事業のためにいくらか資金を出させようとまでしてくれた。結局、その話はまとまらなかったが——以前よりも財布の紐がずっと堅くなっているのだ、とイヴリンは説明していた——その努力はやはり親切だった。

こういったことを、アンナはジェーンに話さなかった。自分はひとりで働くほうがいいという考えを、理解してもらえるとは思えなかったからである。だが、その日の午後に別れるとき、ふたりはEメールのアドレスを交換し、これからも連絡を取りあおうと約束した。

家に帰りついたとき、アンナははしゃいでいるといってもいい気分だった。そして、夕食の席で、ロナルドにその日の出会いについて話した。「そいつはよかった」ロナルドはいった。「楽しい午後をすごせたんだ」だが、アンナは夫が心ここにあらずなのを感じとった。こちらの話を、まったく聞いていない。

「どうしたの?」アンナはたずねた。「なにか、あたしにできる?」

ロナルドは無言で首を横にふった。

アンナは一瞬、またしても強いいらだちをおぼえた。どうしてこの人は、もっと強く、決然となれないのだろう? アンナは夫のほとんどすべてを許すことができたが、その弱さだけは別だった。

葬式の朝、アンナは注意深く身だしなみを整えた。起きるとすぐに自分のドレスをビニールのカバーから取りだし、ロナルドのスーツをベッドの上にならべた。ロナルドはまたもやジャッキーから呼びだされ、朝早くに実家へ姿を消していた。アンナが風呂にはいってから寝室に戻ったとき、ベッドの上のスーツはそのままだった。鏡台のまえにすわって化粧をしていると、鏡に映るスーツが目にはいって、夫がまだ帰宅していないことを彼女に思いださせた。赤ん坊の面倒をみるといってくれた近所の人が、もうすぐくるだろう。そのときに夫が帰っていなければ、ばつの悪い思いをすることになりそうだった。

ふだんアンナは化粧をしないのだが、きょうは自分が装いに気をつかったことを示したかった。大勢の参列者と顔をあわせられるようにするには、それしか方法がなかった。それに、化粧は自信にもつながる。出産の最後の段階にあるいま、彼女は自分がすごくずんぐりとして不恰好だと感じていた。いまの時刻はよくわかっていたが、それでもふたたび腕時計に目をやる。ロナルドはいつになったら戻ってくるのだろう？　三十分後には家を出て、教会にむかわなくてはならないというのに。夫の帰りが遅れていることで、アンナはぴりぴりしていた。あの人は、いまどこにいるの？　もしかして、ミマの葬式に参列するのをやめることにしたとか？　あの人を実家にいかせるんじゃなかった、とアンナは思った。あたしの目の届かないところにやるんじゃなかった。胸の奥でふつふつと怒りがわきはじめていた。ロナルドはいつでも彼女を失望させるのだ。

夫が帰ってこなかった場合にどうするかを、アンナは考えはじめた。ひとりで葬式にいくべきか？　そのとき、玄関のドアがあく音がして、彼女はいつものように怒りと安堵のないまぜになった感情をおぼえた。ふたたび腕時計に目をやる。ぎりぎりで間にあうだろう。

ロナルドが寝室にはいってきた。顔が赤い。丘の上の家からずっと駆けてきたのだ。

「親父はこない」ロナルドがいった。「まったく、どこが悪いんだか。今週はずっとこんな調子だったけど、きょうは最悪だった。お袋は親父をおいては出かけないだろう」

「それじゃ、あたしたちだけでいくしかないわね」かえって、そのほうがいいかもしれなかった。どちらかというと、アンナはロナルドを自分だけのものにしておきたかった。それに、ふたりだけのほうが、あまり目立たなくてすむ。みんなでぞろぞろとあらわれるより、ずっといいだろう。ジャッキーは息子のこととなるといつでも強硬に弁護するので、騒ぎを起こしかねなかった。父親の具合が悪いことを理由に夫が葬式への参列をとりやめようとしているのかどうかを確かめようと、アンナはロナルドのほうを見た。だが、彼はすでに服を脱ぎはじめていた。

「シャワーを浴びる時間はあるかな?」

「急げばね」

アンナは鏡のまえにすわったまま、夫が身体にタオルをまいて浴室から出てくるのを見ていた。夫を抱きかかえるようにして、身体を拭くのを手伝いたかったが、気おくれがして、手を出せなかった。かわりに、こっそり夫を見守りながら、髪の毛にブラシをかけるふりをする。玄関のドアでノックの音がしたので、アンナは立ちあがり、夫を寝室に残して、近所の人をいれるために出ていった。

教会のある土地とウォルセイ島を結ぶ出洲《でず》を渡っていくとき、かれらの車は列の最後尾だった。教会のなかはすし詰めの状態で、リンドビーだけでなく、島のほかの集落からも人がきていた。シンビスター。スコウ。イズビスター。空いている席をさがしているときに、アンナはソフィと大学の教授がいっしょにすわっているのに気がついた。信徒席は参列者で埋めつくされており、ふたりは肩がふれあうくらいぴったりくっついてすわっていた。ソフィは黒いジーンズに黒いVネックのセーターという服装だった。島のうわさでは、彼女の両親はすごい金持ちだという。それなら、もうすこしましな恰好ができただろうに、とアンナは思った。大学教授のほうは、スーツ姿で黒いネクタイをしていた。こちらはすくなくとも、それらしい装いだった。

イヴリンとジョゼフは、最前列の席にすわっていた。サンディとお兄さんのマイクルもいっしょだ。アンナはマイクルと一度しか会ったことがなかった。マイクルが帰郷していたとき、エディンバラで成功をおさめている息子を見せびらかしたくて、イヴリンがわざわざアンナの家までつれてきたのだ。きょうのマイクルは、なんだか緊張して見えた。肩をまるめ、祈るような恰好で両手を組み合わせている。サンディのほうは、泣くまいと懸命に努力している小さな男の子といった面持ちで、まっすぐまえをみつめていた。

彼女とロナルドがはいっていくと、人びとの視線がふたりに突き刺さった。肘でそっとこづきあい、ささやく声がする。隣にいたロナルドの足が止まったが、アンナは彼の手をとると、そのままいっしょに歩きつづけた。ふたりとも、まっすぐまえをみつめていた。空席が目にはいった。アンナが顔だけ知っている年配のカップルの隣だった。このカップルがいっしょに泥炭を掘ったりセッターの小農場のそばの苗床で働いているところを、アンナはよく見かけていた。

一曲目の讃美歌がはじまり、アンナは気がつくと、すすり泣いていた。彼女は音楽にまるで興味がなかったが――歌は下手だし、楽器もできなかった――それでも、ときどきこんなふうに音楽で感動することがあった。音楽がまわりでうねるなか、こうして人びとのあいだに立っていると、自然と涙がこみあげてきた。ロナルドがハンカチを手渡してくれた。彼女の手をとり、その甲を親指でさする。讃美歌が二番にはいると、アンナはまだホルモンの影響が残っているのだと自分に言い聞かせ、なんとか気持ちを落ちつかせた。こんなのはいつもの彼女らしくない、とロナルドに思われそうだった。それに、彼にとっても気まずいだろう。

礼拝のあとで、参列者たちは墓地へと移動した。こぎれいで整然とした墓地で、草がきちんと刈りこまれていた。太陽はまだ顔をのぞかせており、墓地を三方から取り囲む水面がまぶしかった。冬を海上ですごしていたシロカツオドリが、シェトランド諸島へ戻ってきていた。その白い姿を灰色の海面にくっきりと浮かびあがらせて、入江にまっすぐ飛びこんでいく。アンナは墓のまわりに立つ参列者のほうにむきなおり、小さな棺が地面の穴のなかへおろされていくのを見守った。実際にミマの身体が棺のなかに横たわっているところを想像するのは、むずかしかった。

胸が母乳ではっており、アンナは家で母親の帰りを待つ赤ん坊のことを考えた。自分もここに埋葬されるのだ、ということに気づく。彼女の人生はすべて綿密に計画されており、それを邪魔するものはなにもないだろう。彼女とロナルドはもっとたくさんの子供をもうけ、その子たちはこの教会で洗礼を受け、やがてはここで結婚式をあげる。娘がいれば、ロナルドが花嫁の父として、いっしょに教会の通路を歩いていく。アンナはキッチンからあふれそうなくらいの孫たちに囲まれて、晴れてウォルセイ人の妻となるのだ。

人びとが三々五々に散りはじめていた。参列者はこのあとウトラの小農場でのお茶に招かれていたが、ロナルドがそれには耐えられないのが、アンナにはわかっていた。それに、どのみち自分たちは歓迎されないだろう。このまま、まっすぐ家に帰ろう。赤ん坊に乳をやらなくては。イヴリンはそそくさとこの場を去っていた。彼女がなにをするのか、アンナには見当がついた。やかんにお湯をわかし、スコーンやケーキにかぶせてあった食品包装用ラップをはずし、礼服の上にエプロンをするのだ。ジョゼフと息子たちは、まだ墓のそばに立っていた。

アンナはロナルドの腕をとり、いっしょに帰ろうとした。夫が最後まで取り乱さずにいたので、彼女は誇らしかった。もともと参列したがっていなかった夫を無理やりつれてきたのが正しかったのかどうか、ずっと確信がもてなかったのである。

だが、ロナルドはいつの間にか彼女のそばを離れ、ジョゼフと息子たちに声をかけにいっていた。マイクルに手をさしだす。夫がなにをいっているのか、アンナには聞こえなかった。マイクルは一瞬ためらい、父親と弟のほうを見てから、ロナルドの手をとった。そういえば、結婚したあとでマイクルがすごく信心深くなったことを、アンナはイヴリンから聞かされていた。アメリアの影響だ。もしかすると、マイクルは許すのが自分の務めだと感じたのかもしれなかった。それから、サンディがロナルドの肩に腕をまわした。ふたりとも、泣きだしそうに見えた。ジョゼフは距離を保っていたが、その様子からは敵意は感じられなかった。

「きっと大丈夫」気がつくと、アンナは小声でそう口にしていた。そばで聞いているものは誰もおらず、今度はもうすこし大きな声で、その文句をくり返す。大変な一週間だったが、ふたりはそれをのりきった。ミマの葬式がすんでしまえば、このおぞましい出来事を過去のものにしてしまえるだろう。

夫がウィルソン兄弟との話を終えるのを待っていると、ソフィとポール・ベルグルンドがちかづいてきた。かれらは教会まで歩いてきたようだった。ソフィの顔はひどくやつれていて青白く、どこか身体の具合が悪いとしか思えなかった。そのとき、アンナはハティも亡くなっていたことを思いだした。葬式に参列したことで、ソフィは友人の死を強く実感したにちがいない。警察がハティの死を自殺と判断するのは間違いない、とアンナは確信していた。それ以外に、なにが考えられるというのか？

「車でわれわれを送っていただけないかと思ったんですが？」ベルグルンドがいった。「お願いできませんか？」

「いいえ、大丈夫よ」ソフィの顔のまわりで、髪の毛が風に舞っていた。「あたしたち、歩いて帰れるから。ご迷惑でしょ。ウトラの小農場にいくのかもしれないのに」

「そんなことないわ。あたしたち、赤ん坊が待ってるから、まっすぐ帰らないといけないの。お乳をやらなくちゃいけないし」ソフィはひどく具合が悪そうだ、とアンナはあらためて思った。こんな状態で彼女が歩いて帰れるとは、とても思えなかった。ソフィはいつでも元気いっぱいだった。アンナは彼女をリンドビーの女性ボート・チームに勧誘し、ソフィはその練習を楽しんでいた。レースのあとでも、ほとんど汗ひとつかかずに、にこやかにボートから降りてきていた。だが、ソフィはまだ若かった。老女が非業の死をとげるのは仕方がないと思えても、自分と同年輩の死は受けいれがたいのかもしれなかった。「夫の話がすむまで待つのでかまわなければ、あなたたちを送っていくわ。どこがいいかしら？　キャンプ小屋《ポッド》？　それとも、〈ピア・ハウス・ホテル〉？」

「〈ピア・ハウス・ホテル〉へ」ソフィが口をひらくまえに、ベルグルンドがいった。「ふたりとも、強い酒をやりたい気分なんです」ベルグルンドがソフィの肩に腕をまわした。ここ数日、ソフィが大変な思いをしてきたことを考えると、それはたんなる慰めの所作なのかもしれなかった。だが、アンナにはそうは見えなかった。もっと親密で、所有者めいたしぐさに思えた。

ロナルドがアンナにむかって手をふり、車のほうへと歩きはじめた。アンナは彼のいまの気分とウィルソン家の男たちになにをいわれたのかをたずねたかったが、他人のまえでそういう話をするのは気まずかった。シンビスターまでの車中、一行はずっと黙りこんでいた。

ホテルにつくと、アンナはふたりに別れをいうために、考えるよりも先に車から降りていた。手をのばして、ソフィの肩にふれる。

「ハティはきっと病気だったのよ」アンナはいった。「それ以外に、あんなことをする理由は考えられないわ。気がむいたら、いつでもうちに遊びにきてちょうだい。ひとりでいるのは、よくないわ」

ソフィはうなずいた。目にはまたしても涙が浮かんできており、なにもしゃべれないようだった。ベルグルンドがふたたび彼女を抱き寄せ、ホテルのなかへつれていった。

29

ペレスはミマの葬式に参列しなかった。その決断については、まえの日にサンディに説明してあった。「べつにどうでもいいと思っているわけじゃない。そのことを、お袋さんに伝えておいてくれ。ご家族全員に哀悼の意を表します、とな。だが、その場に警官がいると、みんなの気が散るだろう」

サンディは理解を示して、うなずいていた。ミマの亡くなり方だけでもうわさになるにはじゅうぶんなのに、これでペレスが葬式に参列したら、火に油を注ぐだけだろう。

ペレスはかわりに〈ピア・ハウス・ホテル〉の自分の部屋にすわって、ハティが母親に出した手紙を読んでいた。なし崩しで、このホテルが彼の根城になったような感じだった。まえの晩、地方検察官と会ったあとで、彼はここに戻ってきた。そして、朝になって朝食をとりにおりていくと、グラスゴー出身のジーンがにやりと笑いかけてきた。「それじゃ、まだいるのね?」いまでは、彼女はペレスの好みを熟知していた。すごく濃いコーヒーを大きなポットに一杯と、炒り卵にブラウンブレッドのトーストだ。「けさは、もっと腹にたまるものにする?」と彼女はいったが、からかっただけで、べつにいつもとちがう注文を期待しているわけではなかった。

手紙に目をとおしはじめるまえに、ペレスはキッチンに立ち寄り、悪いが部屋までコーヒーをもってきてくれないか、とジーンに頼んだ。彼女はひとりだった。セドリック・アーヴィンは、おそらく葬式に出ているのだろう。ジーンがいっしょにおしゃべりしたがっているのがわかったが、ペレスははやく部屋に戻って、手紙にとりかかりたかった。それに、ジーンはこの島にきてまだ日が浅いから、あまり多くの情報は期待できない。そのとき、ミマについて知りたければ、セドリック・アーヴィンに話を聞くべきだ、という考えがふたたびペレスの頭に浮かんできた。だが、それは彼が葬式から戻ってくるまで、待たなくてはなるまい。

手紙は日付順に保管されていたが、ペレスはそれを無視して読んでいった。サンディの話では、グウェン・ジェームズはこれらの手紙をとても大切にしていたという。大学に進んだ娘の不在を寂しがり、ハティを自宅において守っているほうが楽だと考えていたとか。もしかすると、ペレスはこの女性を誤解していたのかもしれなかった。彼の両親は十二歳の息子をラーウィックの学校に送りだしたとき、それが本人にとって最善のことだと考えていた。だが実際のところ、かれらに選択肢はなかったのだ。

ペレスは、ゆきあたりばったりで手紙に目をとおしていった。あとできちんと日付順に読むつもりだった。いまはとりあえず、ハティがどんなことを書いているのかをつかみたかった。手にとった最初の何通かは、精神病院で書かれたものだった。どれもみじかく、やや支離滅裂で、安手の罫線入りの紙に書かれていた。ほかの手紙とは筆跡がかなりちがっており、斜めの文字が罫線からすこし離れたところでのたくっていた。はじめのうち、ハティは自分が精神病院にいることにあきらかに憤っていた。お願いだから、どうか家に帰らせて。こんなの、ほんとうに必要ないわ。我慢できない。すべて終わらせたいの。これがサンディのいっていた、ハティの自殺願望なのだろうか？　入院してしばらくたつと、手紙にはもっとあれこれといろいろなことが書かれるようになっていった。きょう、みんなで町のプールにいきました。泳ぐのはすごいひさしぶりで、すごく楽しかった。施設に帰る途中でミニバスが故障して、残りは歩かなくてはなりませんでした。マークがわたしたちをひきつれて幹線道路を歩いていくところは、まるで学童行進。いまにもマークが、ふたりずつならんで手をつなぐように、というんじゃないかと思いました。彼女の気分が好転するにつれて筆跡も変化し、より整った乱れのないものになっていった。

二週間の空白期間があった。おそらくハティは、大学に戻るまえに自宅に帰っていたのだろう。そのあいだは、母親に手紙を書く必要がなかったのだ。ふたりの親子関係について、ペレスは思いをめぐらせた。グウェン・ジェームズとじかに会うことができていたら、家のなかの事情をもっとはっきりと推察できたのだが。毎晩、母娘のあいだでは、実のある長い会話がかわされていたのだろうか？　それとも、ふたりとも、ハティの人生に大したことは起きなかった――彼女が家を留守にしていたのは、休暇中のアルバイトや泊まりがけの旅行みたいに、ごくありきたりなことのためだった――というふりをするほうが楽だと感じていたのだろうか？グウェン・ジェームズは、あいかわらず自分の仕事に没頭しつづけていたのか？

ペレスは時期をさかのぼって、ハティが大学にはいったころの手紙を読んでいった。彼女が神経衰弱になって入院するまえの数週間に書かれた手紙だ。手紙にはA4判の無地の紙がつかわれていたが、それらはパソコンから印刷したものではなく、手書きだった。ハティは毎週の手紙を一度も欠かしておらず、ペレスはその几帳面さに驚いた。たいていの学生は、まず間違いなく不規則な生活を送っている。パーティやライブに出かけ、二日酔いになり、宿題提出の締め切りにおわれる。だが、ハティの大学生活は例外的に秩序だっていたのかもしれなかった。彼女が学業で成功をおさめるという決意と野心をもっていたのはあきらかで、大学から出された手紙には、ほとんど勉強のことばかり書かれていた。人とのつきあいがあったのだとしても、彼女はそれを母親に報告していなかった。ペレスは一通ずつ丁寧に目をとおし、ハティの精神状態について知っていそうな友人にかんする記述をさがした。だが、手紙に出てくる人物は、いずれも同僚として簡単にふれられているだけだった。ハティがかれらと連絡を取りつづけていた可能性は、まずなかった。

手紙から得られる情報はハティの大学生活の様子くらいかと、ペレスはあきらめかけていた。コーヒーを飲み終え、伸びをするために立ちあがって、港のほうを見おろす。なにもかもが、いつになく静まり返っていた。ラクソにむかうフェリーが見えたが、ほかに動いている船はひとつもなかった。ほとんどの島民が、ミマの葬式に参列しているのだろう。ひと息いれたあとで、見覚えのない住所から出された手紙を読んでいるときに、ペレスは馴染みのある名前に遭遇した。

日付は六月三十日で、大学にはいってはじめての長期休暇中に書かれた手紙だった。ハティが精神病院に入院するまえの夏だ。文章の調子は幸せそうで、やる気に満ちていた。これを読んで、グウェン・ジェームズはさぞかし安心したにちがいない、とペレスは思った。ここでの体験は、なにもかも最高です。これこそまさに、わたしが人生でやりたいことです。発掘の責任者をつとめるポール・ベルグルンドが、きょう現場にきました。作業の進捗状況に満足しているようでした。一日の仕事が終わったあとで、彼はわたしたち全員をパブにつれていってくれました。翌朝は、すこし二日酔いでした！

その手紙には、ほかにベルグルンドの記述はなかった。ふたりの出会いがこれだけならば、ベルグルンドが彼女のことを覚えていなくても不思議はなかった。なにせ相手は、ボランティアで手伝いにきていた学生なのだ。だが、二週間後に書かれた手紙のなかで、彼のことがふたたびふれられていた。

プロジェクトへのわたしの協力に感謝して、ポールが夕食につれていってくれました。彼はすごくいい人で、この分野ではわが国の第一人者です。彼の部門で働けるように、専攻を変えようかとさえ思っています。こんなにいろいろしてもらったあとで、これっきりにはしたくないから。

窓の外で車の音がして、ペレスはそちらに注意を奪われた。ロナルド・クラウストンの巨大な四輪駆動車だった。葬式があまりにもつらかったので、ロナルドは悲しみをまぎらすために、バーに立ち寄ろうとしているのだろうか？　だが、ロナルドは車のなかにとどまっていた。後部座席からポール・ベルグルンドとソフィが降り立ち、つづいてアンナが助手席からあらわれた。かれらの会話は、ペレスには聞こえなかった。アンナが助手席に戻ると、ロナルドの運転する車は走り去っていった。ベルグルンドとソフィがホテルにはいった。

ペレスはベルグルンドと話がしたくてたまらなかった。ハティをどれくらい知っているのかたずねたとき、どうしてベルグルンドは彼女が学部学生のとき出会っていたことをいわなかったのだろう？　だが、ペレスはその質問を、ソフィのいるところでしたくなかった。そこで、ふたたび手紙に目をとおす作業に戻った。

その後の手紙にポール・ベルグルンドが登場することはなく、彼といっしょに働けるように専攻を変えるという話題も出てこなかった。ボランティアとして働く期間が終わって帰宅したのか、ふたたびハティから母親への手紙が途絶えた。つぎの一連の手紙は、病院から出されたものだった。彼女の人生にいったいどんな変化が起きて、意気軒昂とした若い女性が入院治療の必要な鬱病患者へと変わってしまったのだろう？

退院して大学に復学したハティは、二度とふたたびポール・ベルグルンドの発掘現場でみせたような意気ごみを取り戻すことがなかった。手紙は淡々としたなげやりな調子で書かれており、内容は学業のことにかぎられていた。筆跡はこせこせとして、読みにくかった。ハティ自身の感情が語られることはなかったが、それでも文面からは彼女のみじめさが伝わってきた。病気ではないのかもしれないが、ひどく悲しげで、読んでいるほうがつらくなった。彼女が大学寮の狭い独房のような部屋にひとりぼっちでいるところを、ペレスは想像した。毎週の決まりごとだからという理由で、彼女が母親に手紙を書いているところを。

外の通りは静まりかえっており、ペレスはホテルのドアがあいて人が去っていく音に気がついた。窓の外に目をやると、ソフィが足早に去っていくのが見えた。こちらに背中をむけていたので、顔は見えなかった。

ポール・ベルグルンドはバーにいた。ほかに客はおらず、ジーンの姿さえ見えなかった。だが、彼女はさっきまでそこにいて給仕をしていたにちがいなく、ベルグルンドは赤ワインのはいった大きなグラスを手にしていた。ソフィも一杯つきあったのだろうが、そのときグラスはすでにかたづけられていた。

「警部さん、なにか注文しますか？」ベルグルンドはまだスーツ姿だったが、ネクタイをとり、シャツのいちばん上のボタンをはずしていた。

ペレスはコーヒーをもう一杯飲みたいところだったが、ジーンをここに呼びたくなかった。この会話を、誰にも聞かれたくなかったのだ。そこで、首を横にふると、腰をおろした。

「教会は、人でいっぱいでしたよ」ベルグルンドがいった。「ミマには大勢の友だちがいたにちがいない」

「ハティの話がしたいのですが」

「どうぞ」

「あなたは、そちらの葬式にも参列しなくてはならない」

ベルグルンドはショックを受けているように見えた。「そうなるでしょうね。誰かが大学を代表しなくてはなりませんから。そう考えると、彼女の死を嫌でも実感させられますよ。遺体が返却されたら、細かいことは、おそらく彼女の母親が決めるんでしょう。あす、ミセス・ジェームズに電話をかけるつもりでした。お悔やみをいい、なにか力になれることはないかと訊くために」

「このまえあなたにうかがったときには、このプロジェクトの指導をはじめるまで、ハティを知らなかったような口ぶりでしたが」

「そうでしたか？」ベルグルンドは顔をしかめた。彼はもともと首がみじかく、それがいまはあごを胸のほうへしまいこんでいるので、まったく見えなくなっていた。漫画に出てくるブルドッグのようだった。

ペレスはベルグルンドをみつめるだけで、なにもいわずに説明を待った。

「ハティとは、彼女が学部学生のときにはじめて会いました」ベルグルンドはいった。「数年前のことです。暑い夏だった。わたしが監督していたイングランド南部の発掘現場で、彼女はボランティアをしていました」ベルグルンドはそこでしゃべるのをやめ、頑として黙りこんだ。くわしいことを知りたければ質問してみろ、とペレスを挑発しているのだ。

「以前からハティと知りあいだったことを、どうしておっしゃらなかったんですか？」ペレスは感じのいい口調でつづけた。自分の身があぶないと感じたら、ベルグルンドは完全に口を閉ざしてしまうかもしれなかった。

「忘れてたんですよ。長年のあいだに、大勢の学部学生といっしょに働いてきましたから。あとになって思いだしたときには、それをあまり大事《おおごと》にはしたくなかった。あなたが前後関係を無視して、そのことを誤解するかもしれないと思ったので」

「あなたはハティを夕食につれだした」ペレスはいった。「その暑い夏のことです。ある晩、彼女を誘いだした。ほかの誰にも声をかけずに、彼女だけを。それについて、話してください」

ベルグルンドがためらった。どの程度まで話さなくてはならないのか、見きわめようとしているのだろう。ようやく彼が話しはじめたとき、その口調はまるで物語を語っているかのようだった。

「彼女は可憐な娘でした。この島でもあいかわらず魅力的でしたが、ここではひどく堅苦しくなることがあった。あの夏の彼女は、もっと幸せそうだった。陽気で、生き生きとしていた。おっしゃるとおり、わたしは彼女をディナーに誘いました。じつをいうと、二度。その場の思いつきでしたことですが、あとで後悔しましたよ。わたしは結婚していて、小さな子供がいた。とはいえ、一日現場で長時間作業したあとでは、素晴らしい夜を誰かとわかちあいたかった。わたしは女性といるのが好きだし、妻は二百マイル離れたところにいた。それだけのことでした」

「あなたが結婚していることを、ハティは知っていましたか？」

「自分の口からはいいませんでしたが、べつに秘密でもなんでもなかった。ほかのボランティアたちは知っていたでしょう」

「なにがあったんです？」

「最初の晩は、なにも。いっしょに食事をしたあとで、わたしは彼女を発掘現場まで送り届けました。つぎのときは、もっと親密でした。食事はわたしが滞在していたパブでとりました。窓があいていて、庭にはスイカズラの花が咲いていた。その香りを覚えています。ふたりで白ワインのボトルを一本空けました。それから、ベッドをともにした。犯罪ではありませんよ、警部。わたしは彼女の教師ですらなかったし、彼女は同意年齢にたっしていた」

「ハティはまだ若く、すごくうぶでした」非難しているわけではなく、たんに事実を述べただけだった。やはりなにか飲み物を頼んでおけばよかった、とペレスは後悔していた。目のまえのテーブルにおかれた彼の両手は、手持ち無沙汰の状態だった。

「おっしゃるとおり、彼女は若くて、うぶでした。この出来事に、わたしが考えていた以上の意味を読みとっていた。たいていの学生は、わたしよりも性的体験が豊富です。彼女は例外でした」ここで言葉をきる。「彼女は十九歳で、わたしは三十五歳だった。彼女はわたしに恋していると思いこんだ」

「彼女のせいで、なにか困ったことはありませんでしたか？」

「とくには、なにも。一度、顔をあわせて気まずい思いをしただけで、そのあと彼女は発掘現場を離れました。もう二度と彼女と会うことはないだろう、と考えていました。やがて、わたしは転職し、出産休暇をとる同僚のかわりに、彼女が受けもつ大学院生の指導教官をつとめることになりました。その大学院生が、ハティだったんです」

「彼女が誰だか気づきましたか？」

「もちろんです、警部。そうしょっちゅう、ボランティアと寝ているわけではありませんから。

とはいえ、彼女のほうは、わたしを知っているそぶりを見せませんでした。そこで、彼女はそういうことにしておきたいのだ、とわたしは考えました」

「過去の関係について、ハティはひと言も口にしなかった？」

「関係じゃありませんよ、警部。あれは一夜かぎりのことだった」

「ハティが鬱病をわずらったことがあるのを知っていましたか？」

「いいえ。でも、そう聞いても驚きませんね。以前の出会いでも、仕事でも、彼女は加減というものを知らなかった。生真面目で、余裕がなかった。それが病気の症状であったのかもしれないことは、容易に想像ができます」

「ハティはあなたと出会ったあとで、しばらく入院していました」

ふたたび沈黙がおりた。今度は、これまでよりも長くつづいた。「それは気の毒に。知りませんでした」

「ハティがいなくなるまえ、あなたは彼女といっしょに午後をすごしていました。そのとき、こういう話は出なかったんですか？」

「ええ、まったくね。あれは同僚どうしの仕事の会話でした。まえにも説明したとおり」

「自殺するのに彼女があなたのナイフをつかったことに、なにか意味があると思いますか？」

もしも自殺だとしての話だが。

「わたしにふられたことを彼女がまだひきずっていた、というんですか？　自殺したのは、恋愛感情のあらわれだと？」

ペレスは黙ってすわったまま、テーブルのむかいにいる男をみつめていた。ハティが自分を忘れられずにいたという考えに、ベルグルンドはすこし喜びを感じているようだった。その様子に、ペレスは吐き気をもよおした。ベルグルンドは嘘をついている気がしてならなかった。なにかを見落としている。話のどこかに抜けがある。だが、それを突きとめるのにどんな質問をすればいいのかが、わからなかった。いまはこれ以上ハティの手紙を読むことに耐えられなかったので、ペレスは部屋に戻ると、フランに電話をかけた。彼女は捜査の状況についてたずねてきたが、ペレスは話をそらした。彼は、キャシーのことや母娘でその日にしたことを聞きたかった。フランに笑わせてもらいたかった。

30

教会での葬式のあいだ、サンディは時間がまたたく間にすぎていくのを感じていた。まるで、夢を見ているようだった。教会は、人でいっぱいだった。シェトランドの葬式では昔から参列者のほとんどが男性と決まっていて、亡くなったのが女性の場合、人の集まりがすくなくなるのがふつうだった。だが、きょうは教会から人があふれんばかりで、男性とおなじくらいの数の女性がいた。なぜそうなったのかは、サンディにもよくわからなかった。ミマを偲んでというより、事件を見逃したくないという心理が働いたのだろう。ミマはもともと、女性よりも男性の友だちのほうが多かった。信徒席の最前列で、サンディは祖母の思い出にひたり、ミマはこの選曲を気にいったにちがいないと考えた。いつだって、きれいな曲が好きだったから。式のあいだじゅう、父親はなにもいわなかったが、母親は主の祈りをとなえ、讃美歌をうたっていた。甲高くてか細い声で、音ははずれていないものの、耳にはあまり心地良くない。結婚するならきれいな声の女性がいい、とサンディは思った。

それから、かれらは外で陽光のもと、棺が地中へとおろされていくのを見守っていた。教会のすぐ下の海で、カモメたちが魚をとっていた。そのあたりに、サバの群れでもいるのだろう。それをきっかけに、サンディは子供のころを思いだした。セッターの小農場の調理用こんろで、ミマが新鮮なサバを揚げていたときのことを。ミマは魚にオートミールをまぶしては、鍋に投げこんでいた。ふと気がつくと、葬式はすでに終わっていて、墓のそばに立っているのはサンディと兄のマイクルと父親だけになっていた。母親はお茶の用意をするために、すでに家に戻っていた。あとに残った人たちは、お悔やみをいいたいが邪魔はしたくないといった風情で、あたりをぶらついていた。海陸風が女性たちのスカートをはためかせ、髪の毛をくしゃくしゃにした。

かれらがまだそうやって立っているところへ、ロナルドがちかづいてきた。人びとが遺族の反応に注目しているのが、サンディにはわかった。マイクルはでっかいレンタカーで実家に乗りつけたとき――車には、島にひと月滞在するのかと思われるくらい大量の赤ん坊用品が積みこまれていた――ロナルドについて厳しいことをいっていた。「無責任も、いいところだ。飲んだあとで銃をもちだすなんて、いったいなにを考えてたんだ。地方検察官がこれを見逃そうとしているなんて、信じられないな」それは、マイクルというよりも、アメリアがいいそうなことだった。地方検察官がどうしても起訴しないのなら、被害者の家族が訴えるべきだ、とアメリアは一度口をすべらせていたのだ。サンディは、ここでひと悶着あるのではないかと心配になった。マイクルが、ちかごろときおりみせるあのもったいぶった傲慢な口調で、なにやらまくしたてるかもしれない。だが、ロナルドの姿を目にして、マイクルは正気に戻ったようだった。お悔やみを口にするロナウドの顔は灰色でやつれており、ミマが亡くなった翌日にサンディがバーで見かけたときよりも、さらに憔悴していた。マイクルは彼の言葉が心からのものであると悟ったにちがいなく、ロナルドの手をとると、笑みを浮かべた。ウォルセイ島にいたころの、昔のマイクルだった。エディンバラで暮らし、酒を一滴も飲まない、あたらしいマイクルではなく。

ウトラの小農場に戻ると、サンディはいくらか人心地がついた。二階へいって着替えたかったが、彼の部屋では赤ん坊が昼寝をしており、スーツのままでいるしかなかった。セッターの小農場にも服はおいてあるので、そちらへいって着替えることもできたが、いまここを留守にするのは間違っているような気がした。それに、どのみち彼がジーンズにセーターという恰好で戻ってきたら、母親は腹をたてるだろう。きょう母親にがみがみいわれるのは、耐えられそうになかった。お茶は集会場で供するという案もあったが、サンディの父親はみんなを家に呼びたがった。居間もキッチンも人であふれており、庭では数名の若者が煙草を吸っていた。アメリアは赤ん坊が眠っているあいだに着替えたにちがいなく、灰色と黒のスーツにヒールのついた小ぶりの黒い靴という洒落たいでたちだった。みんなを感心させたくてたまらないのだろう、とサンディは思った。とはいえ、彼女は自分の服装を全員にしっかり披露したあとで、これ見よがしにエプロンで覆い隠した。そして、義母のイヴリンを手伝って紅茶とサンドイッチをくばり、自分が良きキリスト教徒であることを示すために、誰に対しても礼儀正しく接してみせた。しばらくして赤ん坊が目をさますと、アメリアは娘を階下につれてきて、みんなにお披露目した。イヴリンの顔は、喜びで紅潮していた。知らない人が見たら、これは葬式ではなく洗礼式だと思ったことだろう。

サンディはこれ以上耐えられなくなり、男たちが集っている居間へいった。そこでは、父親のジョゼフがみんなに酒を手渡していた。

「ひとつ訊かせてくれ」男たちのひとりがいった。「セッターの小農場は、どうするつもりなんだ？」遠洋漁業船〈アルテミス〉号の船長をつとめているロバートだった。五十代の大男で、飲むまえから赤い顔をしていた。「あそこの家を売るっていうのなら、たっぷり払う用意がある。娘のジェニファーが来年結婚するんだが、あの家なら、うちの娘にぴったりだ」

サンディの父親は鋭い目でロバートを見た。「あそこは売りに出しちゃいない」

「きちんと市場価格を払う。それに、現金払いだ」

「なんでも金で買えると思ったら、大間違いだ」サンディの父親がいった。「いっただろ。セッターは売りに出しちゃいない」

ロバートは相手の頭がおかしいとでもいうように肩をすくめてみせると、友人たちと話をするためにむきなおった。サンディは、父親が自分のグラスにおかわりを注いでぐいとあおるのをながめていた。父親がゆっくり悲しめるように、みんなにはやく帰ってもらいたかった。

弔問客が全員いなくなるころには、あたりは暗くなりかけており、家には明かりがついていた。マイクルとアメリアは二階で赤ん坊を寝かしつけ、母親はキッチンで機械にいれるまえの皿を水洗いしていた。サンディはみんなに紅茶をいれるため、やかんを火にかけた。すべてが終わって、ほっとしていた。すぐに、セッターの小農場に戻るつもりだった。ハティの手紙からわかったことを知らせるために、ペレスが訪ねてくるかもしれないからだ。父親が空のグラスをのせたトレイをもって居間からはいってきた。サンディがこれまで見たことがないくらい、疲れた様子をしていた。ダンカン・ハンターにこきつかわれて毎日朝いちばんのフェリーで出かけていたころよりも、ぐったりしていた。

「居間の暖炉に火をいれておこう」父親がいった。「きょうみたいな日には、ほっとできるからな」

「そうしてちょうだい」母親が流しからふり返って、父親に頬笑みかけた。

火のともった暖炉のそばにすわって、かれらは紅茶を飲んだ。天気が崩れて、雨が窓を打つ音が聞こえていた。カーテンを閉めてまわりながら、サンディは風が北向きに変わったのだろうと考えた。北風になると、いつでも家のこちら側が風雨にさらされるのだ。赤ん坊は静かになっていたが、マイクルもアメリアも階下にはおりてこなかった。母親が編み物を取りあげた。

きょうのような日でも、なにもせずに、ただすわってはいられないのだ。

ふいに母親は意を決したらしく、口をひらいた。「ロバートから話があったわ」という。「セッターの小農場を売ってほしいんですって」

「知ってる」父親が自分の紅茶から顔をあげた。「おれにもその話をしてきた」

父親が怒っているのが、サンディにはわかった。もっとも、その声は穏やかで落ちついており、怒りをうかがわせるものはなにもなかったが。

「あの人に売ったりしないわよね？」母親は編み物をする手を休めずにいった。編み針のぶつかりあう音が、規則正しくつづいていた。

「ああ。やつにはそういった。セッターは売り物じゃないと」

母親は最後の言葉を聞いていないようだった。あるいは、すでに頭のなかにいうことを準備してあって、それを口にせずにはいられなかったのかもしれない。「だって、あそこを売るなら、まず環境保全トラスト《アメニティ》に声をかけるべきでしょ。たしかに、うちにはお金が必要よ。だとしても、あの団体ならきちんとした値段をつけてくれるんじゃないかしら。あそこで発見された銀貨のおかげで、いっそう価値が出ただろうし。そうは思わない？」

「おまえはおれの話を聞いてないのか？　セッターは売り物じゃない」まるで悲鳴のような声だった。ふだんの父親からするとかなり大きな声で、そこには怒りと苦々しさがこめられていた。意表をつかれ、部屋のなかは静まりかえった。編み針の動きさえ、止まっていた。サンディが部屋を見まわすと、ドアのところに、ぎょっとして立ちつくすマイクルの姿があった。

サンディは、どうしていいのかわからなかった。父親が母親の計画やお節介をからかうことはときどきあったが、母親にむかって声をあらげたことは一度もなかったからである。自分の家のなかのいまの状態が、彼には疎ましくてならなかった。ミマを殺したロナルドを許せないという気持ちが、はじめて芽生えかけていた。ペレスの説が正しく、ロナルド以外の誰かが犯人であることを願った。自分が憎んでもかまわないと思えるような相手が犯人であることを。

結局、この場をおさめたのは母親だった。編み物をおいて立ちあがると、父親のところへいき、その肩に両腕をまわした。「ああ、あなた」という。「ごめんなさい。ほんとうに、ごめんなさい」

父親の頭越しに、母親が息子たちのほうを見た。ふたりだけにしてくれ、と無言で合図する。父親は泣いているようだった。

サンディとマイクルは、途方に暮れてキッチンに立っていた。サンディは家から出たくてたまらなかった。「帰ってきてから、まだセッターにいってないだろ」という。「いってみないか？　なつかしの場所を見に？」

「ああ、いいな。アメリアはもう寝てる。こういった家族の集まりでは、いつもくたくたになるんだ」

サンディは言葉をのみこんだ。これもまた、彼の成熟ぶりをあらわすものだった。

ふたりは冬に戻ったかのような風や突然の雨をものともせずに、セッターの小農場まで歩いていった。サンディは、きょう一日でいちばん目がさえているように感じていた。キッチンの調理用こんろでは、まだ火が燃えていた。サンディは外にある泥炭の山からかたまりをひとつとってくると、乾かしてあとでつかうために、調理用こんろのそばにおいた。なにも考えずに、ふたつのグラスに酒を注ぐ。

「ごめん」サンディはいった。「母さんから、もう飲まないって聞いてたのに」

マイクルが頬笑んだ。「母さんのいうことを、すべて鵜呑みにするなよ。きちんと特例をもうけてあるんだ」

「ここにミマがいないなんて、すごく妙な気分だな。だろ？」

「がきのころ」マイクルがいった。「おれはいっとき、ミマがこびと族《トロウ》のかみさんだって信じてたことがある。そういう話を耳にしたことがあるだろ？」

サンディはかぶりをふった。こびと族《トロウ》はシェトランドに古くからつたわる伝説のひとつだが、子供のころでさえ、彼はそれを信じたことがなかった。

「あれは、おまえが学校にはいるまえだったかな。いきなりはじまったかと思うと、また消えていく、よくあるとんでもないうわさのひとつさ。ミマはこびと族《トロウ》のかみさんで、亭主に呪いをかけて殺した、とみんながいってた。二週間ほど、おれはここへひとりでこようとはしなかった。そのうち、ほかのうわさがはじまって、そんなことはすっかり忘れちまった。いま思いだすまではな」

「ミマを殺したのはこびと族《トロウ》だっていうのか？」

マイクルが大声で笑った。「ロナルドって名前のこびと族《トロウ》か？　それにしちゃ、やつはけっこう大柄じゃないか?」

ミマを撃ったのはロナルドじゃないのかもしれない、とサンディはマイクルにいいたくなった。だが、自分たち兄弟の関係はいま上手くいっているように感じられたので、それに水を差すようなことはしたくなかった。

「セッターの小農場の件は、母さんが正しい」マイクルがいった。「父さんは、ここを売るべきだ」

「父さんは売りっこないさ」

「ほかに選択肢はないんじゃないかな」マイクルがいった。「父さんが小農場でどれくらい稼いでると思う? ダンカン・ハンターのところには企業年金なんてなかっただろうし、これからは年をとってく一方なんだ」

「父さんと母さんは、どうにかやってるのさ」

「そうかな? おれには、どうやってるのか見当もつかない」

ふたりは、しばらく黙ってすわっていた。サンディは兄にもう一杯勧めたが、マイクルは首を横にふった。「そろそろ戻って、アメリアの様子を確かめないと」

サンディはアメリアのことで質問したかった。あんな女といっしょになるなんて、いったいなにを考えてたんだ? だが、そんなことを訊いてどうなるというのか? ふたりは結婚して、子供までいるのだ。マイクルはその状況のなかで、最善をつくすしかないだろう。

「ひとりで帰れるかい?」

マイクルがふたたび笑った。「ああ、なんとかなりそうだ」

ひとりきりになってまずサンディがしたのは、スーツを脱いで着替えることだった。それから、両親の収入についてマイクルがいったことを考えはじめた。そして、それに関連したさまざまな事柄についても。夜がふけても、いっこうに眠くならなかった。サンディは途中で一度立ちあがってコーヒーをいれたが、それ以外はミマの椅子に腰をすえて、ずっと考えていた。自分の考えをペレスと話しあいたかった。おそらくペレスは、その考えがまったくの的はずれであるといって、彼を安心させてくれるだろう。そう、彼はサンディ・ウィルソンなのだ。いつだって間違えている男だ。だが、ペレスはサンディが祖母の葬式の晩にひとりでいたがると考えたにちがいなく、姿を見せることはなかった。

31

ペレスは翌朝、携帯電話の音で目をさました。このときも、まず彼の頭に浮かんできたのは、フランとキャシーのことだった。ロンドンにいるふたりの身に、なにかあったのか? 聞こえてきたのはイングランド人女性の声で、はじめは誰のものかわからなかった。突然、彼の想像力は暴走をはじめた。ながれる血や押しつぶされた手足といった凄惨なイメージが、脳裏をよぎっていく。電話をかけてきた女性は、緊急救命室の看護師だろう。さもなければ、悪い知らせを伝えるために特別に訓練された警官かもしれない。

「ペレス警部、こんな朝早くにすみません」

ペレスはベッドのなかでなんとか身を起こし、悪夢のような光景を頭から消し去った。

「グウェン・ジェームズです。ハティが大学で調子を崩したときにお世話になった精神病院の看護師の件で、お電話しました。ハティがその看護師と連絡を取っていたなら教えてほしい、とおっしゃってましたよね」

ようやくペレスは、なんの話かわかってきた。「それで、ハティは連絡を取っていたんですか？」

「残念ながら、最近はやりとりがなかったそうです。でも、警部さんにお聞かせしたい話があるとかで。ハティのかかえていた問題をわたしと話しあうことはできない、と彼は感じています」グウェン・ジェームズの声は張りつめていて、きびきびしていた。おそらく、その件で看護師とやりあったのだろう。彼女は情報を要求し、看護師はそれを拒んだ。勇気のある男だ。

グウェン・ジェームズがいらいらと待つあいだに、ペレスは看護師の連絡先を書きとめるための紙と鉛筆をさがした。ホテルの部屋のなかは寒かった。まえの晩にベルグルンドと話をしたあとで、彼は部屋が蒸し暑くて息苦しいと感じて、暖房のスイッチを切っていたのだ。用件をかたづけるために、震えながらベッドに戻って、ふたたび携帯電話を手にとる。グウェン・ジェームズはあきらかにいらついていたが、いざ会話が終わりにちかづくと、なかなか電話を切ろうとはしなかった。

「ハティの手紙はお役にたちましたかしら、警部さん?」

「ええ。とても助かりました。できるだけはやく、お返しするようにします」

「ハティの死の状況についてあらたなことがわかったら、ご連絡いただけますよね?」

「もちろんです」ペレスはいった。「必ずお知らせします」ペレスはそれ以上相手に質問する時間をあたえずに、電話を切った。


看護師に電話をかけるには、時間がはやすぎた。すくなくとも、九時まで待つことにした。食堂におりていくと、ジーンが朝食のテーブルを用意しているところだった。「よく眠れなかったの?」ジュースの箱のてっぺんを切りとって中身を水差しに移し変えながら、ジーンがいった。彼女はいつ休んでいるのだろう、とペレスは思った。まえの晩の最後の客が帰るときも彼女はまだバーのうしろに立っていたし、それでいて朝になると、店内はいつもきれいにかたづいていた。「セドリックは、まだ寝てるわ。きのうの晩は、遅くまでミマを偲んで飲んでたから。あの人、ずっと彼女に惚れてたのよ」

「彼はミマに会いにセッターにいってたりしたのかな?」

「ええ。毎週、木曜日にね。昔話をするためだって本人はいってたけど、どうせいちゃついてたんでしょ。ミマはすごくお盛んだったから」ペレスにコーヒーをいれるために、ジーンは足早に去っていった。

ペレスが食事を終えようとしたとき、ちょうどセドリックがあらわれた。目はしょぼつき、顔は灰色だった。

「ポール・ベルグルンドは朝早いフェリーで出発したりしてないよな？」ペレスはたずねた。いまのところ、この学者にもう用はないと考えていたが、それでも知らないうちにこっそり去られたくはなかった。

「ああ。もうすこししたら、おりてくるはずだ。いつも、こんなに朝早く起きてはこないから」

「ミマの葬式はどうだった？」

「悪くなかったんじゃないかな。ウトラには、あまり長居しなかった。みんな腰をすえて、ミマのことをほめそやしやがって。あいつら、彼女が生きてたときには悪口ばっかりいってたくせに。おれは彼女の思い出にじっくりひたるために、ここに戻って何杯かやった。ほんと、寂しくなるよ」セドリックが顔をあげて、ペレスを見た。目のまわりの肉がたるんで、折りたたんだスエードみたいなしわができていた。「なんか妙だよな。こんな小さな島で、死者がふたりも出るなんて。あんたはここでなにしてるんだ、ジミー？　なにが起きてる？」

死者は三人だ、とペレスは思った。セッターの小農場でみつかった骨もいれると。

「地方検察官の代理として、ハティ・ジェームズの突然の死について調べてるのさ」

「ああ、そうか」

「なにか情報はないかな、セドリック？　ミマ・ウィルソンやセッターの小農場について、警察が知っておいたほうがいいようなこととか？　さもなきゃ、あそこで起きてる奇妙なことでもいい」

「最近じゃ、なんもないな。すくなくとも、ここ六十年は」

「六十年前に、なにがあったんだ？」

「よくある年寄り連中の与太話さ。相手にしないほうがいい」

「とりあえず、聞かせてくれ」

セドリックは黙りこんだ。それから、意を決したらしく、しゃべりはじめた。

「ウォルセイ島の三人の男たちが、シェトランド・バスにかかわってた」なんの話か相手が理解しているかを確かめるため、ペレスの顔をのぞきこむ。「知ってのとおり、シェトランド・バスでつかわれる船を修理し、いつでも海に出せるように整備してたのは、ほとんどが本島のスカロワーの連中だった。だが、あちらについたあとでノルウェー人の工作員を降ろす小さな船が必要だということになったとき――ほら、そのまま峡湾《フィヨルド》の奥まではいっていけるような船だ――シェトランド・バスの指揮をとってたホワースって海軍士官は、ウォルセイ島の男たちにその建造を頼んできた。それは熟練の技を要する仕事だった。沿岸用の小さな船は、ノルウェー製のものとして通用する必要があった。そこのところに、人の命がかかってたんだ。ここで登場してくるのが、若き日のジェリー・ウィルソンさ。やつはまだ学生で、軍に徴用されるには若すぎたが、おなじ年代の連中のなかじゃ、ぴかいちの船乗りだった。それと、おれの親父で、名前もおなじセドリック・アーヴィン。そして、アンドリュー・クラウストンの親父さんのアンディ・クラウストン」

「つまり、ミマの旦那と、あんたの親父さんと、ロナルドのお祖父さんってことか？」

「そのとおり。もっとも、そのころジェリーは、まだミマと結婚してなかったがな。ふたりはつきあってたが、結婚するような年にはなってなかった」

ペレスはなにもいわなかった。セドリックは自分のやり方で話をしたいだろうし、ペレスはそれを聞く時間があるといったのだ。彼は、部屋のメモ帳に殴り書きした電話番号や看護師が語ろうとしている話の内容のことを考えないようにした。

セドリックがふたたび話しはじめた。「セッターの小農場には、昔からいろんなうわさがあった。あの自殺した娘が掘ってた土地には奇妙なこぶがいくつかあって、農作物がすくすく育ったためしがなかった。がきどもは、あそこをこびと族《トロウ》の土地だと考えてた。大人でさえ、ミマを魔女かなにかだと信じてたよ」セドリックが言葉をきり、たるんだまぶたをとじた。

「それが、シェトランド・バスとどう関係してくるのかな?」

「うわさじゃ、あそこにはノルウェー人の男が埋められてるんだとか。おれはそう聞かされて育ってきた。もっとも、親父はいつでも否定してたがね。ドイツ側に情報をながして、同胞の命をいくつか奪ったノルウェー人の工作員だ」

「その裏切りを知ったウォルセイ島の男たちが、自分たちのやり方で正義をおこなった?」

「うわさじゃな。命を落とした工作員のひとりは、ジェリー・ウィルソンとすごく仲が良かった。そいつは捕まったとき、ウォルセイ島で建造された船に乗ってた。親父はその話をまったくしなかったが、おれが子供のころ、島にはいろんなうわさがながれてた」ここまで話したところで、ようやくセドリックはゆっくりと目をあけた。すこし間をおいてから、つづける。

「セッターで、骨がいくつかみつかったんだってな。頭蓋骨のかけらとかが」

「どれも古い骨だった」ペレスはいった。「いまの話より、ずっと昔のものだ」だが、ほんとうにそうだろうか、と彼は考えた。検査の結果は、まだ出ていない。六十年といえば、そうとうな年月だ。ちがいなど、わかるのだろうか？　戦時中に埋められた死体の骨は、数百年前に埋められたものとまったくおなじに見えるのではないか？

「話はこれでおしまいだ」セドリックが急に陽気になっていった。「さっきもいったとおり、どれもただのうわさ話さ」

「ジェリー・ウィルソンは、どんなふうにして亡くなったのかな？」ペレスはたずねた。

「海で死んだ。漁の事故だ。ひどい嵐にまきこまれた。ミマは悲嘆に暮れてたよ。あのふたりは、がきのころからつきあってたからな」セドリックがふたたび言葉をきった。「そのころでさえ、ミマは自由奔放だった。セッターで暮らしてた。あそこはミマの家だったんだ。ジェリーのじゃなくて。ミマはすごく幼いころに両親を亡くしてて、お祖母さんといっしょに暮らしてた。結婚すると、ジェリーがそこへ越してきて、お祖母さんが亡くなると、セッターはふたりだけのものになった。一部からは、うらやましがられてたよ。若いふたりが小農場を所有してたんだからな。ミマは昔から、島じゃ好かれてなかった。とくに、女性からは。彼女のほうも、仲間になろうとする努力を一切しなかった。当時は、いまとちがってた。どんな暮らしをするにせよ、人びとは力をあわせて働かなくちゃならなかった。男たちは漁に出かけ、女たちは島に残って、小農場の仕事の大半をこなす。ミマは力があったし、身体が丈夫だった。男に負けないくらい、泥炭を掘ったり大鎌で干草を刈ったりできた。けど、いまでいうところのチーム・プレーヤーじゃなかった。働く気分じゃないときは、家の暖炉のまえから離れなかった」セドリックが話を中断して、ペレスのテーブルにあったポットから自分のカップにコーヒーを注いだ。

「やがて、ジェリーが溺死して独り身に戻ったミマは、島のすべての女房連中にとって、脅威をあたえる存在となった。ミマは若くて、きれいで、自分の家と土地をもってた。だから、女房連中は自分の亭主が彼女と駆け落ちするのを恐れたのさ。けど、ミマはまだジェリーにぞっこんだった——すくなくとも、やつの思い出に。結婚の申し込みならいくらでもあったが、彼女はずっと独り身をとおした。自立して暮らすほうが、よかったんだな」

「あまり好かれてなかったのなら、彼女の葬式にそれだけ大勢の人が参列したというのは驚きだな」

「ああ、それか」セドリックがいった。「みんな、見逃したくなかったのさ。若いころのミマは、まあいってみれば有名人だった。それに若い連中は、みんな彼女が好きだった。彼女をこころよく思ってなかったのは、おなじ世代のやつらだけさ」

「イヴリンとの折り合いは、どうだったのかな?」

たれたまぶたの下から、セドリックが鋭いまなざしでペレスを見た。「あまりそりがあうほうじゃなかった、とだけいっておこう。ジェリーが溺死したあと、ミマには息子のジョゼフしかいなかった。よく彼のことを、〝あたしの小さな恋人〟って呼んでたよ。誰であれ、その

〝小さな恋人〟を盗んでいった相手に、ミマは好意を抱いたりしなかっただろう。ミマは再婚すべきだったんだ。独り身はむいてなかった」

「あんたも彼女に結婚を申しこんだくちだったのかな?」

セドリックがふたたび笑った。「そんなことをするほど馬鹿じゃないさ。おれなんて、ジェリーと較べたらクソみたいなもんだって思われてただろう。ジェリーの美丈夫ぶりは、シェトランドじゅうに知れ渡ってたからな」

「そういった昔のことが、今回のミマの死に関係してると思うか?」

「まさか」セドリックがいった。「そんなわけないだろう?」

ペレスはその言葉が本心からのものかどうかよくわからず、相手をみつめた。だが、セドリックはむきをかえると、キッチンへと戻っていった。


精神病院の看護師マーク・エヴァンスは、まずペレスの身元を確認させてもらいたいといった。「ミセス・ジェームズは有名人です。彼女が大勢のレポーターに悩まされるような事態は避けたいんです。ご理解いただけますよね?」ゆったりとしたやわらかな口調で、そのアクセントはペレスには馴染みがなかった。田舎風だ。農場育ちなのだろうか、とペレスは思った。それなら、ふたりのあいだの接点になる。だが、その質問をするのは気がひけた。かわりに、ペレスは相手にラーウィックの警察署の電話番号を教えた。「そちらで、わたしの携帯電話の番号を確認してくれるはずです」

それから、ペレスは港のほうをながめながら、自分の携帯が鳴るのを待った。まえの日の見捨てられたような雰囲気は消え、港はふたたびいつもの活気を取り戻していた。フェリーを待つ車の列。小さなトロール船の出港準備をしているふたりの漁師。ジェリー・ウィルソンのノルウェー人の友だちも、あれとおなじくらいの船でノルウェーを目指したのだろう。

携帯電話の音で、ペレスの白昼夢——灰色の海と巨大な波のなかでくりひろげられる戦時中の冒険——は中断させられた。彼はこれまで身体を張るような勇敢さを発揮してみせたことが一度もなく、シェトランド・バスに志願するだけの勇気が自分にあるとは、とても思えなかった。

「ハティが亡くなったと聞いて、すごく残念です」マーク・エヴァンスがいった。「彼女のことは、よく覚えています」

「最近、彼女から連絡があったのではないかと思ったんですが、ミセス・ジェームズによると、そういうことはなかったそうですね」

「ええ。でも、別の専門家と連絡を取っていたかもしれません。彼女がかかっていた一般医のところに、記録があるはずです。調子が良くないときでも、彼女は自分の状態をきちんと認識していました。自分に助けが必要であれば、彼女ならそれがわかったでしょう。もしも自殺するほど絶望していたのであれば」

ペレスは相手の声に疑念を読みとった。「ハティが自殺したと聞いて、驚きましたか?」

「ええ。彼女はとても聡明な若い女性でした。自分の鬱に対処するやり方を受けいれているようだった。それに、薬物療法が助けになることを理解していました。薬を飲むことを拒否しませんでした。彼女を滅入らせるようなことが、なにかあったんですか？　彼女を自殺においやるほど深刻な出来事が？」

「われわれの知るかぎりでは、なにも」ペレスは間をおいてからいった。「自殺以外の可能性も、まだ排除していません。わたしはいま地方検察官の代理として、この件を調べているところです。こうして話をする時間をとっていただいて、感謝しています」

「ハティが四年前にレイプの被害者になっていたことを、お知らせしておくべきだと思ったんです」エヴァンスがいった。「今回の件とは関係ないのかもしれませんが、とにかく話しておいたほうがいいという気がしたので」

「こちらには、そういう記録はありませんが」そういいながら、ペレスはそれが事実であることを願った。ハティの名前が犯罪記録に残っているかどうかは、すでに照合済みだった。それが通常の手続きだからだ。だが、彼女が犯罪被害者だった場合、そのやり方で事件の存在はあきらかになるのだろうか？

「彼女はその件を警察に届け出ませんでしたから」エヴァンスがいった。

「どうしてです？」

「理由はいくつかあります。それが起きる一年前、彼女はひじょうに重度の鬱をわずらっていました。精神疾患の病歴があったんです。ですから、自分の話が信じてもらえるとは思わなかった。もしかすると、非は自分のほうにあるとさえ感じていたのかもしれません。母親にも、そのことを打ち明けようとはしませんでした」

　エヴァンスはその穏やかで安心感をあたえる声で、自分が理解しているかぎりのいきさつを説明した。あきらかに腹をたてていたが、話を最後まで聞いたとき、ペレスにはその理由が理解できた。

「証拠がなにもないことは、おわかりですよね」ペレスはいった。「すぐに告発していたとしても、起訴にもちこむのはむずかしかったかもしれない」

「それはわかっています」エヴァンスがいった。「たぶん、あなたにお話しすべきではなかったんでしょう。ひじょうにプロらしくない行動です。この件をミセス・ジェームズと話しあうわけにはいきませんでした。ただ、どうしてもあなたには知っておいてもらいたくて。なんといっても、ハティはもう自分では話せないわけですから」

32

　サンディは朝早く目がさめ、そのままミマのダブルベッドに横たわっていた。ベッドに敷くようにと母親から清潔なシーツを渡されていたが、毛布はミマのものだった。泥炭の煙の匂いが染みついた毛布は、家のほかの部分同様じめついていた。身体の下でシーツがしわくちゃになっており、寝心地が悪かった。昔ながらのやり方でベッドを整えるこつが、サンディはどうしてもつかめなかった。ボックスシーツに羽毛掛け布団のほうがよかった。

いままで気がつかなかったが、目のまえの壁に一枚の写真があった。ふたりの女が泥道を歩いているところだ。撮られた場所はウォルセイ島だが、道路がまだ舗装されていないころの写真で、女たちはイグサの籠を背負っていた。泥炭をはこぶのにつかわれていた、〝キシー〟と呼ばれる籠だ。両肩のむこうからのぞくくらい、泥炭が詰めこんである。昔風の縁なし帽に、丈が膝下まであるスカート。そして、頑丈そうなブーツ。女たちは歩きながら、編み物をしていた。エプロンのポケットに毛糸をいれ、肘を身体にぴったりつけている。ふたりは一瞬手を休めて、カメラにむかって頬笑んでいたが、撮影が終わるとすぐにまた、編み棒をかちかちといわせはじめたのだろう。彼女たちはただ楽しみのために編んでいたのだろうか、とサンディは思った。それとも、泥炭を掘りだしてくる作業に退屈していたのか。忙しすぎて、こんなときくらいしか子供のための服を作る時間がなかったのかもしれない。もちろん、それが収入源になっていた可能性もあった。うちのお袋に似てるかもしれないな、とサンディは考えた。この古い写真の女たちとまったくおなじというわけではないが、彼の母親も一度にいくつもの仕事をこなしていた。活動するのが好きであるのと同時に、家族をひとつにまとめておかなくてはならなかったからだ。

サンディはベッドに横たわったまま、長いこと写真をみつめていた。写真の女たちは、どちらもミマではなさそうだった。ミマのほうがずっと美人だし、そもそも祖母は編み物をしなかった。「それほど我慢強くなくてね」どうしてほかのうちのお祖母さんみたいに編み物をしないのかをサンディが子供のころにたずねたとき、ミマはそうこたえていた。つづいてサンディは、自分の父親のことを考えた。ミマに洗濯をするだけの我慢強さがなかったがために、学校に汚れた服でかよっていた父親のことを。こうしてみると、自分の母親よりもミマのほうがいいとは、あまり思えなかった。すくなくともサンディの母親は、いつでも子供たちにきちんと食事を出し、身ぎれいな恰好をさせていた。

サンディの両親は、午後の飛行機で本土に帰るマイクルとその家族をサンバラの空港まで見送ることになっていた。両親に問いただされずにウトラの小農場の家のなかを調べてまわるには、絶好の機会かもしれない。ここ二、三日のあいだ彼が感じていた家のなかのことにかんする不安は、両親の将来を危惧するマイクルの言葉で、いっそう強まっていた。父親があんなにぴりぴりしているのも、おそらくそのせいだろう。どこかおかしいという、漠然とした不安をかかえているのだ。

ミマのキッチンでコーヒーをいれると、サンディはペレスの携帯に電話した。まえの日に警部と一度も会っていなかったので、事件から切り離されたように感じていた。捜査の中心にいて活動の起点となることを、彼は楽しむようになっていた。警部の携帯は話し中だった。サンディはコーヒーをもって外に出た。おなかがすいていた。いまごろ母親は、ウトラの小農場で全員にいきわたるくらいの朝食を用意しているのだろう。だが、サンディはそれに耐えられそうになかった。むずかる赤ん坊。順調な仕事ぶりを自慢するマイクル。聖人ぶったふるまいをするアメリア。サンディは家のなかに戻り、食器棚で古いバーボン・ビスケットの包みをみつけた。ふたたびペレスの携帯の番号にかける。

今回はつうじた。「サンディ。調子はどうだ？」

「まあまあです」サンディは実家の状況についてペレスに相談したいと考えていたが、いざその機会がくると、どう話していいのかわからなかった。それに、おそらくこの件は自分ひとりで対処すべきことなのだろう。

みじかい沈黙のあとで、ペレスがふたたび口をひらいた。

「シェトランド・バスについて、ミマからなにか聞いたことがあるか？」

「いえ、ないです」もちろん、それにまつわる話はいろいろと耳にしていたが、サンディにとって、年寄りの思い出話はあまり意味のあるものではなかった。どれもひどく昔のことで、もはや現在とはまったく関係がないように思えた。こびと《トロウ》族の話と、おなじだ。どうしてペレスは急にそんなことに興味をもったのだろう、とサンディは不思議に思った。

「どうやら、おまえのアンドリュー伯父さんの父親は、シェトランド・バスの活動に参加して、沿岸用の小さな船を作るのを手伝ってたらしい。ノルウェーの大型船で北海のむこうまではこばれて、工作員が上陸するときにつかわれていた小さな船だ」

「ああ、その話なら聞いたことあります」

「それについて、伯父さんはなにか知ってるかな？」

「たぶん。昔から、船関係のことに興味をもってたから」

「知ってることを、おまえに話してくれるかな？」

「もしかすると。ときどき、ほかの日よりもよくしゃべる日があるんです。それに、きのうのことより、ずっと昔の出来事の記憶のほうがしっかりしてるから」

「わたしが同席してても、話してくれるだろうか？」

「大丈夫だと思います」

「セッターの小農場にノルウェー人の男が埋められているのかどうか、訊いてみる必要があるんだ」その質問をしなくてはならない理由をペレスが説明したが、それがミマやハティの死とどう関係してくるのか、サンディにはいまひとつはっきりしないままだった。とはいえ、午前中にやるべきことができて、嬉しかった。おかげで、家族のものたちがサンバラの空港にむけて出発するまで、ウトラの小農場にちかづかずにいる口実ができた。マイクルとアメリアのみじかすぎる滞在を残念がるふりをしなくても、すみそうだった。


ジャッキーはふたりが丘をのぼってくるのを目にしたにちがいなく、サンディとペレスが到着するまえにドアをあけて待っていた。

「さあ、どうぞ」ジャッキーがいった。「はいってちょうだい」どうしてジャッキーが自分たちに会えてこんなに嬉しそうにしているのか、サンディは不思議に思った。だが、そのとき思いだした。アンドリューが病気で倒れるまで、ジャッキーはすごく社交的だった。家はいつも人であふれていた。サンディが子供のころは、仲間でよくクラウストン家に集まったものだ。ジャッキーは、子供たちがどんなにやかましくしたり散らかしたりしても、全員を歓迎してくれた。みんなが十代になり、缶ビールを飲んだり大音量で音楽をかけるようになってからも、かれらが家にたむろするのを嫌がらなかった。アンドリューは、かれらのために標準サイズのスヌーカー・テーブルを買ってくれた。いまのような状況は、ジャッキーにとって、さぞかしつらいにちがいない。せっかくパーティ向きの大きな家をあたらしく建てたのに、話し相手もなく、ただそのなかをいったりきたりするだけなのだから。

三人はキッチンへいった。ジャッキーが手早くコーヒーをいれ、カラス麦のクッキーをのせた皿をテーブルに出してくれる。アンドリューはいつものように、調理用こんろのまえの椅子にすわっていた。

「お葬式に出られなくて、ごめんなさいね」ジャッキーがいった。「きのうは、うちの人が調子悪くて。家を出たがらなかったの。でも、すごくいいお式だったって聞いたわ」どうしてペレスがここにいるのかたずねなかったものの、ちらちらと怪訝そうな視線をそちらへむけている。

「そうなんだ」サンディはいった。「すごくいい式だったよ」いざこうしてきてみると、ペレスがいっしょにいる理由をどう説明したものか、よくわからなかった。それに、アンドリューをどうやって会話にひきこんだらいいのかも。ジャッキーはしばしば、夫がおなじ部屋にいないかのようにふるまった。あるいは、夫の耳が不自由であるかのように。サンディはアンドリューのほうをむいた。「きょうは、きのうよりも調子がいいのかな?」

アンドリューはしばらくサンディをみつめてから、みじかくうなずいた。

「ねえ」ジャッキーがいった。「せっかくここにいるんだから、あたしが買い物にいってるあいだ、伯父さんをみててもらえないかしら？　パンやケーキを焼きたいんだけど、小麦粉を切らしちゃって。この人をひとりにしておきたくないの」ジャッキーはふたたびペレスを見た。

「警部さんがあたしに質問がなければ、ですけど」

「質問はありません」ペレスがあっさりといった。「こちらへは、ご主人の話をうかがいたくてきたんです。昔のことを聞かせてもらいたくて。大したことではありません。どうぞ、お出かけください」

これが自分たちにとっては好都合なのが、サンディにはわかった。ジャッキーに立ち聞きされずに、アンドリューと話ができるのだ。だが、サンディは不安をおぼえずにはいられなかった。ペレスは彼に、アンドリューを説得して秘密を打ち明けさせることを期待していた。だが、そんなに簡単にことがはこぶとは思えなかった。アンドリューの場合、話す力と短期記憶が損なわれただけで、頭脳そのものは発作の影響をまったく受けていない、といわれていた。だが、サンディはアンドリューがまったくの別人になってしまったと考えていた。発作で倒れるまえ、アンドリューは声が大きく、たくましく、元気いっぱいだった。負けず嫌いだった。アンドリューがゴルフコースでティーショットをミスして悪態をついていたときのことを、サンディは覚えていた。子供のころ、彼はアンドリューがすこし怖かった。

しばらく沈黙がながれ、やがて玄関のドアがばたんと閉まる音が聞こえてきた。小道を下って一般の道路へとむかうアウディの轟音がつづく。

「この人はジミー・ペレスだ」サンディはいった。「おれの上司の。おれたちが話すあいだ、彼がここにいてもかまわないかな」

間があいたあとで、小さく首が縦にふられた。

「伯父さんの父親は、シェトランド・バスにかかわってた男たちを知ってたんだろ？　かれらのために、船を作ってた？」サンディがかじりついたクッキーは思ったよりももろく、しゃべると同時に口からこぼれだしてきた。顔が赤くなる。この失態は、ペレスの目にどう映っているのだろう？

アンドリューはサンディをじっとみつめてから、うなずいた。

「親父さんから、その話を聞かされたことはあるのかな？」

「連中は、ノルウェーのやつらが母国の近海についてからつかう小船《ヨール》を作ってた」

「責任の重い仕事ですよね」ペレスがいった。「その船にノルウェー人たちの命がかかっていることを、かれらは知っていたわけですから」

アンドリューはペレスをみつめてから、ふたたびうなずいた。「ウォルセイの男たちはテストのために、自分たちの作った船で外海まで出てた」

「怖かっただろうな。小さな船で外海まで出ていくなんて」サンディはいった。

「みんな若かった」アンドリューがいった。「むこうみずだった。自分たちは永遠に生きつづける、と考えてた。それに、みんな仲間だった」アンドリューはときおり言葉につかえたが、自分のいいたいことはしっかりとわかっていた。

「ジェリーもいっしょだったんだろ。ミマの旦那のジェリーも」

「あいつはまだ、がきだった。ほかの誰よりも、むこうみずだった。親父はそういってた」

「セッターの小農場で古い骨がいくつかみつかったって話は、もう聞いてるよね？」

今回の沈黙はやけに長くつづいたので、サンディはいまの言葉が相手の耳に届かなかったのかと思った。

「いまじゃ、いちいち報告がないんでな」

「大学からきてた娘がみつけたんだ」

「あの死んだ娘か？」まえとちがって鋭い返事がすぐに返ってきたので、サンディは驚いた。ハティの死がアンドリューの記憶に残っているとは、思っていなかったのだ。

「彼女が頭蓋骨をみつけた」サンディはいった。「というか、うちのお袋がボランティアとして試掘現場で作業をしているときにね。それから、たしか大学からきてたもうひとりのソフィって娘が、ほかにもいくつか骨をみつけた」

沈黙がながれた。冷めたコーヒーのはいったマグカップをアンドリューが口もとへはこび、音をたてて飲んだ。

「その骨は戦時中のものかもしれないって、ペレス警部は考えてるようなんだ」サンディはいった。「ノルウェー人の男の骨かもしれないって。それについて、親父さんからなにか聞いてないかな？」

アンドリューがペレスのほうにむきなおった。「どうして知りたいんだ？　あの娘が自殺したんなら、どうしてあんたはまだここにいる？」

「お役所仕事がどんなだか、ご存じでしょう」ペレスがいった。「いろいろな書類に記入して、ひとつずつ空欄を埋めていかなくてはならないんです」

アンドリューは安心した様子でうなずいた。「最後のほうは、漁をするときもそんな感じだった」

「それで、死んだノルウェー人のことについて、親父さんはなにかいってなかったかな？」

ふたたび沈黙がながれる。アンドリューは、もの思いにふけっているようだった。「そのことなら、何度か口にしてたな」そういって、ちらりと笑みを浮かべる。それを見てサンディは、病に倒れるまえのアンドリューがどんなだったかを思いだした。いつでも人の輪の中心にいて、冗談をいい、踊っていた。部屋のすみずみまで届く大声で笑っていた。島のどの男よりも大量に酒を飲み、なおかつ立っていられた。「何杯か飲んだあとで、よく戦争中の話をしてた」

「それで、なんていってたんだい？」

「小船《ヨール》をテストしに外海に出ていくたびに、クソをちびりそうなくらいびびったって。自分の命がいまあるのは、ジェリー・ウィルソンのおかげかもしれない、ともいってた」

突然、サンディはひらめいた。相手の声の調子に、なにかを感じとったのだ。「それに恩義を感じて、親父さんは死んだノルウェー人のことを黙ってたのかい？」

アンドリューが顔をあげて、サンディを見た。「誰かから聞いたのか？」怒るとかんしゃくを破裂させていたかつてのアンドリューの面影が、ふたたび顔をのぞかせた。

「いや」ペレスからいくつか技を学んだだけだ。「なにがあったのか、話してくれるかな?」

「そんなこと、おれが知るわけないだろう? その場にいなかったんだから」

「でも、親父さんがしてた話なら、覚えてるだろ」

「いまさら蒸し返すべき話じゃないのかもしれない」

「ふたりが死んでるんだ」サンディはいった。「これ以上、犠牲者を増やさないようにしないと。それに、真相を突きとめなければ、みんなはいつまでもロナルドがミマを撃ったと考えつづけるだろう」

「みんな、すぐに忘れるさ」

「そうかな?」サンディは食いさがった。「ロナルドの嫁さんは?」

アンドリューがふたたび長いことなにもいわずにすわっていたので、サンディはジャッキーがいつ店から帰ってくるかと気が気でなかった。

「知ってるのは、親父から聞かされたことだけだ」ようやくアンドリューが口をひらいた。

「それが真実かどうかは、わからん。真実だと思うが、確信はない」

「わかるよ。昔の話だからね。なにを信じればいいのかなんて、誰にわかる?」

「うわさじゃ、ジェリー・ウィルソンがノルウェー人の男を撃ち殺した」

「それは知ってる。そのノルウェー人が裏切って、ドイツ側に何人かのシェトランド人を売り渡していたからだろ」

「ちがう」アンドリューがいった。「そいつは、人びとが疑念をいだきはじめたときに、かれらが島でひろめたうわさだ。だが、実際はそんなんじゃなかった。親父によるとな」この会話をつうじて、アンドリューの話し方はしだいに流暢になってきていたが、それがいま止まった。

「それじゃ、どうしてそのノルウェー人の男は撃たれたんだい？」

「そいつがミマの恋人だったからだ」ふいに黙りこむ。自分がその言葉を口にしたことに、アンドリューは驚いているようだった。急いでつづける。「そしてある日、ジェリーはふたりがいっしょにいるところをみつけた。ノルウェー人の男は、あたらしい小船《ヨール》に試乗するためにウォルセイ島にきていた。悪天候だか船に問題があったかで、ここに足止めされてたんだ。くわしくは知らん。そのへんの事情については、親父はなにもいってなかった。ただ、ミマとそいつが一日じゅういちゃついてて、最後には〈ピア・ハウス・ホテル〉のベッドにしけこんだってことだけで。ジェリーは、今後の計画について話しあうために、シェトランド・バスの本部があったルンナのお屋敷に出かけてた。本島から帰ってくる予定じゃなかった。ところが、ウォルセイ島に戻ってきて、ふたりがベッドにいるところをみつけた」

「でも、ジェリーはそのままミマと結婚した」

「やつは彼女を責めなかった。すくなくとも、それほどは。だが、ふたりの結婚は最初から、みんなが考えてたほど素晴らしいもんじゃなかった。親父はそういってた。ミマはまだ小娘だった。若すぎて、自分のことがよくわかってなかった。ジェリーは男のほうを責めた」

「それで、そいつをつれだして撃ち殺した？」

「親父の話ではな。ジェリーはもともと……」適当な言葉をさがして、アンドリューが口ごもる。「……かっとなりやすかった」

「そのあとで、死体をセッターに埋めた?」そこのところが、サンディには解せなかった。どうしてセッターの小農場に埋めたのか? ミマとその祖母が住んでいたというのに? 二度と自分をこけにするな、とつねに新妻に思いださせておくためか?

「これで全部だ」アンドリューが身をのりだし、慎重にマグカップをテーブルにおいた。手が震えているのがわかった。「うわさ話のひとつさ」

自分でもこれ以上話を聞きたいのかどうかよくわからず、サンディはペレスのほうを見た。だが、警部はうなずいて、つづけるようにうながした。

「ミマはどうしてセッターでの発掘を許可したのかな?」サンディはいった。「死体が掘り返されるかもしれないってことは、わかっていたはずなのに」

「ミマは知らなかった」アンドリューがいった。「うすうす感づいてたのかもしれないが、知らなかったんだ」

ジャッキーの車が家にちかづいてくる音が聞こえてきた。アンドリューはなんの反応も示さなかった。サンディは手をのばして、もう一枚クッキーをとった。これは彼にとっては朝食なのだし、それだけの働きはしたと感じていた。ジャッキーがドアをあけ、買物袋をいっぱいかかえてはいってきた。

「助かったわ」という。「退屈じゃなかったかしら。うちの人、ちかごろではほとんどおしゃべりしないいから」

33

ベルグルンドがラーウィックの〈ボルツ〉で借りた車は、まだ〈ピア・ハウス・ホテル〉のまえにとまっていた。ペレスの部屋の窓から見えていた。ペレスは〈ボルツ〉のオフィスに電話して、ベルグルンドがいつまでの予定で車を借りているのかたずねていた。

「こちらのお客さまは、今夜のノースリンクのフェリーで本土にお発ちになるので、車を四時半ごろにターミナルの駐車場に乗り捨てていくことになっています。すくなくとも、その予定です」

ペレスはベルグルンドをウォルセイ島にひきとめておきたかったが、そうするだけの理由がなかった。プロジェクトの原動力であるハティがいなくなったいま、セッターの小農場の発掘は完全に中止となる可能性があった。地方検察官はすでに、ハティの死が自殺であり、それにベルグルンドのナイフがもちいられたことに意味はない、という結論をくだしていた。そして実際、そのとおりなのかもしれなかった。ミマが撃たれたとき、ベルグルンドは島にきていたが、いったいどんな動機で大学教授がウォルセイ島の老女を殺すというのか？　ペレスの知るかぎり、ベルグルンドにはショットガンを手にいれるあてさえないのだ。ハティの死となると、話は別だった。ベルグルンドが彼女の死を願う理由なら、ペレスにも想像がついた。それに、彼は生前のハティと最後に会っていた人物だ。だが、このふたつの死が無関係で、偶然かさなったにすぎないということはありうるだろうか？　ウォルセイ島にとどまるようにベルグルンドに頼んでみるべきかもしれない、とペレスは思った。せめて、彼が島を離れるまえに、もっと正式な事情聴取をおこなうべきかも。だが、そんなことをすれば、こちらの手の内をあかすことになる。ベルグルンドは利口な男だ。とりあえずいまは、自分の秘密は守られていると思わせておくほうがいいだろう。

ペレスは窓辺にすわって、ベルグルンドがフェリーに乗るために車で埠頭へむかうのを待ちつづけた。ベルグルンドが島から出ていくところを確認したかった。そのときがくるまで一時間ちかく待たされたが、ペレスが退屈したりそわそわしたりすることはなかった。彼はなにもしない時間を大切にしていた。ふだんよりもはっきりと、ものを考えられるからだ。ウォルセイ島で進行中のこのドラマの登場人物たちについて、頭のなかで検討をくわえていく。このなかに、人をふたり殺すことのできる人物はいるだろうか？　彼がこんなふうにじっとしていると、ときどきフランは爆発した。彼にむかって、笑いながら――だが、同時にいらつきながら――こう叫ぶのだ。「どうしてそんなふうに、ただすわっていられるの？　頭のなかでは、いったいなにが起きてるの？」ペレスはそれにどうこたえたものか、一度としてわかったためしがなかった。いろいろな筋書きだ、と彼は思った。いろいろな筋書きを自分に語って聞かせているんだ。

ペレスの心は事件の捜査を離れ、いつしかフランとの結婚のことをふたたび考えていた。彼女に結婚を申しこんだら、笑われるだろうか？　フランにとって、それは古めかしくてきわめて時代遅れな考え方に思えることだろう。馬鹿にされるのがおちだ。

ベルグルンドを乗せたフェリーが出港すると、ペレスは立ちあがった。シンビスターの店にいき、小さなロールパンにチーズとハム、それにフルーツとケーキを買う。店にはほかの客もいたが、みんなペレスがいなくなるまで黙りこんでいた。店を出たとき、うしろで急に話し声がはじまったことに気づいたペレスは、そのままとって返して缶ビールを二本買い、ふたたび店にたれこめた沈黙を楽しんだ。彼は買ったものを車に積みこむと、ソフィに会うためにキャンプ小屋《ポッド》へとむかった。ベルグルンドがいなくなったので、おそらく彼女はひとりでいるはずだった。

ソフィは小屋のなかでフォーマイカのテーブルのまえにすわり、なにやら書類を整理しているようだった。汚れた窓越しに、その姿が見えていた。勝手に小屋にはいりこんでいるところを彼女にみつかったときのことを思いだして、ペレスはまずきちんとドアをノックし、なかに招かれるまで外で待っていた。ソフィはがっかりしたような声でいった。「ああ、あなただったの」

「誰かくることになっていたんですか？」

ソフィはためらった。「ポールが帰るまえに立ち寄ってくかと思っていたの」

「それはないですよ」ペレスはいった。「彼はすでに出発しました。フェリーで去っていくのを見ましたから」

「ここを出ていくまえに、プロジェクト関係の記録書類を整理しておこうと思って」すわったまま、ソフィはテーブルのほうへむきなおった。「島でぐずぐずしてても、仕方がないもの。ロンドンに帰ったほうがよさそう。どっちみち、そうするつもりだったし」

「では、リッチモンドでカフェバーをやるんですね？」

ソフィがペレスを見あげて、にやりと笑った。「かもね。それも選択肢のひとつよ。急いでなにかをはじめるつもりはないわ。しばらくは、ただぶらぶらしているかもしれない」

ペレスはどうやって食べていくのかたずねようとしたが、それについては彼女があまり心配していないのがわかった。彼はこれまで、生活のために働く必要のない人に会ったことがなかった。ペレスが知るなかでいちばんの金持ちはおそらくダンカン・ハンターだが、その彼でさえ働いていた。

「ご両親のところへ帰るんですか？」

「両親の家にね。父は半年の滞在予定で、香港にいったばかりなの。なにかの事業で。だから、家にはあたしひとりよ」

「ご両親と合流しないんですか？」自信たっぷりに大きな声でしゃべっているものの、それでもソフィには支えが必要そうに見えた。

「どうして？」とげのある声だった。「あたしはもう大人よ。すこしつらくなるたびに、ママのところへ逃げ帰ったりしないわ。それに、友だちはみんなロンドンにいるし」

「どうしてつらいんですか？」

ソフィは、ペレスの頭が完全にいかれているとでもいうような目で彼をみつめた。「どうしてだと思う？　長いこと生活をともにしてきた娘が自殺したばかりだからよ。でも、大丈夫。何度か夜遊びすれば、立ちなおれるから」

「あなたはそう考えているんですか？　ハティは自殺したと？」

「もちろんよ。ほかにどんなことが考えられるっていうの？」

ペレスは、それには直接こたえなかった。「ピクニックの用意をしてきたんです」という。「島の北のほうへいって、ちょっと歩きませんか」

ふたたびソフィは、狂人でも見るような目でペレスをみつめた。

「心配いりません」どうして彼女を安心させる必要があるのか自分でもよくわからないまま、ペレスはいった。「どこか邪魔がはいったり人に話を聞かれたりしないところへいきたいだけですから」

ペレスはゴルフコースのクラブハウスのそばで車をとめた。きょうもまた、いつになく穏やかな天気だった。突風がふいをついて白い雲をおいはらい、ときどき明るい陽光がさしてくる。ほかに車はなく、ゴルフコースには誰もいないようだった。ふたりは島のへりまで歩いていき、アウト・スケリーズ諸島を見晴らせる岩の上に腰をおろした。人の住むその島々は、水平線上にくっきりと見えていた。

「生まれてからずっとシェトランドにいますが、まだあそこへはいったことがないんです」ペレスはいった。ソフィに缶ビールを一本渡し、たいらな岩の上に食料をならべていく。一羽のアビが、鳴きながら頭上を飛んでいった。このまえアビの鳴き声を耳にしたのは、ハティの死体が発見される前日のことだった。そんなのは馬鹿げた連想だとわかっていたものの、それでもペレスは落ちつかない気分になった。今度はどんなひどいことが起きようとしているのだろう？　彼はアウト・スケリーズ諸島のほうへ注意を戻した。「いつか、いってみるべきなのかもしれない」

ソフィがビール缶のプルリングをぐいとひっぱった。「これはいったいなんなの？」という。「あたしになにを訊きたいのかしら？」きょうもショートパンツ姿で、大きなブーツをはいていた。肘に穴のあいた、だぶだぶのセーター。ブラジャーはつけていない。ソフィが腕を膝にのせて、身をのりだしてきた。

「ポール・ベルグルンドのことを、どう思いますか？」ペレスはたずねた。

彼は皮が固くて厚いロールパンを手でひらくと、折りたたみ式の小型ナイフをつかって、オークニーのチェダーチーズのかたまりからひと切れそぎとった。そうやってこしらえた即席のサンドイッチを、ソフィに手渡す。

「べつに、いい人だと思うわ」ソフィがいった。「なんの問題もなかった」

「ほんとうに？」

「ええ。もっとひどいボスだっているもの。なかなか楽しい人だし」

「ハティはどうですか？」ペレスはチョコレートを割って、かけらを自分の口にいれた。ソフィの返事は、すこし歯切れが悪いような気がした。「彼女も、なんの問題も感じていなかった？」

ソフィはこたえなかった。カモメが食べかすを狙って、急降下してきた。遠くのほうで、シャクシギが鳴いていた。

ペレスはつづけた。「ポール・ベルグルンドについて、ハティはなにかいってませんでしたか？　あなたに警告するとか？　彼女は、あなたたちが親しくなりかけていると考えた。そこで、自分が彼からどういうあつかいを受けたのかを、あなたに伝えようとしたのでは？」

ソフィは水平線上に浮かぶ島々をみつめていた。「ポールは、なにも悪いことはしてないわ」という。「そんなこと、しっこない」

「本人がそういったんですか？」

ソフィはこたえなかった。

「なにかが原因で、ハティは自殺した」ペレスはいった。「実際に自殺だったのだとして、彼女はその際にポール・ベルグルンドのナイフをつかった」

ソフィがペレスから顔をそむけた。「あたしはここが大嫌い」という。「誰もがおたがいのことを知りつくしてる。はじめは気にならなかったわ。これまで暮らしたどんな土地ともちがってた。船で働く男の子たちはいっしょにいて楽しかったし、かれらのパーティは最高だった。でも、いまは耐えられない。いったん霧がたちこめると、外の世界がまるで意味をもたないように感じられるの。ここにいると、感覚がおかしくなっちゃうのよ。何年もまえに起きたつまらない出来事が発酵して、日々の生活をのみこんでしまう」

「つまらない出来事というと?」

ペレスののみこみの悪さにいらだって、ソフィがかぶりをふった。

「具体的に、なにってわけじゃないわ。ただ、島の人たちは、過去にがっちりとからめとられているような気がする。自由意志がないっていうか、はじめからそれがないっていうか」

「それなら、ここを去ればいい」ペレスはいった。「あなたをひきとめるものは、なにもない。ただ、連絡先を残していってください」

ソフィはヘザーをひき抜いており、その小さな枯れた花をひとつずつ茎からむしりとっていた。ひと晩クラブにくりだして飲んだくらいでは立ちなおれないのではないか、とペレスは思った。

「ハティは亡くなるまえ、あなたと口をきいていましたか?」ペレスはたずねた。

ソフィが驚いて、むきなおった。「もちろん、きいてたわ」

「では、あなたたちは上手くいっていた?」

かすかなためらい。「そういったことを鍛えるのに、寄宿学校は最適の場所よ」という。「仲間と上手くやってかなきゃならない」

はたしてそのとおりなのかどうか、ペレスにはよくわからなかった。彼も寄宿学校にかよっていたが——アンダーソン高校の寮を寄宿学校と呼べればの話だが——とくになにかを鍛えられたという気はしなかった。

「ポール・ベルグルンドについて、ハティはなにかいってましたか?」ペレスはたずねた。

「ふたりが以前いっしょに働いていたときの出来事について?」

「ポールは、みんなでたらめだっていってるわ。彼女はまだ十代で、のぼせあがってただけだって」

「彼女はどういってたんです?」

「それじゃ、ほんとなの? ハティがポールについていってたことは、すべて?」ソフィがペレスを見た。瞳孔がひらいているのがわかった。「ハティが相手だと、そこのところがはっきりしなくて。ときどき、彼女は頭がおかしいんだって思えたわ。すごく突拍子もないことを考えつくから」

「たとえば?」

具体的なことはいいたくないとでもいうように、ソフィは首を横にふってみせた。「べつに。ただ、彼女の想像力は暴走気味だったってだけ」

「それはともかく、彼女はあなたにポールのことを話したんですね?」

「ええ。彼女、ポールがあたしに気があると思ってた。それで、彼はやめといたほうがいいって警告してきたの。あたしはとりあわなかった。もう大人だから、自分の面倒は自分でみられる、といって」

「ポール・ベルグルンドにかんする彼女の話は事実だった、とわたしは考えています」ペレスはいった。「けれども、証拠がないので、彼が罪に問われることはないでしょう。その点を気にしているのであれば、いっておきますが。わたしはただ、彼女があなたになんといったのかを知りたいんです」

ソフィはビールを飲みほすと、こぶしで缶をつぶした。そして、感情のこもらない淡々とした声で、海のほうを見ながら話しはじめた。そのあいだじゅう、ペレスとは一度も目をあわせなかった。

「ハティが大学にはいって一年目のことよ。彼女はそれ以前にも、上級試験のあとでストレスからくる病気をわずらっていた。もともと、そういう性格だったのね。強迫観念が強かった。やがて夏休みになって、彼女は南部の発掘現場でボランティアとして働いた」

ソフィが口をつぐんだが、ペレスはなにもいわなかった。いまの話はすべて知っていることだったが、ソフィは自分の言葉で語る必要があるのだ。

ソフィがつづけた。「ハティは、そこでポールと出会ったの。そして、恋に落ちた。完全にのぼせあがったってこと。それは本人も認めてたわ。ポールは結婚してたけど、それで思いとどまった人なんていている？」

ペレスはここで口をはさんだ。「ハティは彼が結婚していることを知ってたんですか？」

「知らなかったのかもしれない。すごくうぶな娘だったから、思いもしなかったんじゃないかしら。ポールにしてみれば、悪い気はしなかったでしょうね。ハティは若くて、頭が良くて、ちょっと変わっていた。ポールは彼女を二度つれだした。いっしょにいる時間を楽しんで、もっと多くを求めた。男はいつだって、そういうもんでしょ……」ふたたびソフィが口をつぐみ、遠くの海をじっとみつめた。彼女がいまなにを考えているのか、ペレスは知りたくてたまらなかった。「ある晩、ふたりとも酔っぱらった。ポールはコーヒーを飲まないかといって、彼女を部屋に誘った。彼女はコーヒーを期待して部屋にいった。キスとか抱擁くらいは覚悟してたのかもしれない。さっきもいったけど、すごくうぶな娘だったから。でも、ポールはそれ以上のことを期待していた」

「彼はハティをレイプした」ペレスはいった。

「ちがうわ！」そういうと、ソフィはぎょっとしてペレスのほうにむきなおった。「レイプなんかじゃない。そういうと、おぞましいことみたいに聞こえる」

「レイプはおぞましいことです」

「ふたりとも酔っぱらってたのよ。彼は合図を読みちがえた。彼女は一度も口に出して、やめてとはいわなかった。きちんとは。相手に伝わるような形では」

そのとおりだったのかもしれない、とペレスは思った。ハティはひどく自信に欠けていた。しばらくすると、ただあきらめて、相手の望むがままにさせていたのかもしれない。恐怖のあまり、叫んだり騒いだりすることもできずに。そして、あとになってから、相手の男ではなく自分を責めた。その怒りが彼女自身を食いつくし、病気へと駆り立てた。そういった精神状態が、このウォルセイ島で妄想にまで変わっていたのだろうか？　ふたたびおなじことが自分の身に起きるのではないかと、おびえるようになっていたのか？　ベルグルンドが自分に目を光らせ、時機をうかがっていると想像して？　だが、ハティはミマが亡くなるまで幸せそうだった、と誰もがいっていた。それでは筋がとおらなかった。

ペレスはソフィに、自分が彼女を責めているとは考えてほしくなかった。彼女にならって、遠くの海をながめる。波の動きにあわせて、反射した日の光がゆらめいていた。風に吹かれて、雲の影が移動していく。

「あなたはポール・ベルグルンドと関係をもっているんですか？」

「まさか！」

ペレスは、まえの日に見かけたふたりの姿を思い浮かべた。ミマの葬式のあとで、どちらも黒い服を着て、〈ピア・ハウス・ホテル〉のまえに立っていた。ベルグルンドがソフィの肩に腕をまわしていたが、しばらくして彼女はひとりで帰っていった。彼女は真実を語っていっているのだろう、とペレスは思った。立ちあがる。寒さを感じはじめていた。明るい陽射しにもかかわらず、かれらがすわっている岩にはまだ冷たさが残っていた。

「ハティの告発について、ポール・ベルグルンドと話をしましたか？」

「そうせずにはいられなかった。ミマの葬式がはじまるまえ、教会のなかにいるときだった。あたしたち、はやくついたの。なにもかもが厳めしくて、寒々としてた。あそこにただ黙ってすわっているなんて、とてもできなかった。ほかの人たちは、まだきてなかった。誰にも聞かれる心配はなかった。それに、彼の言い分を聞く必要があった」

「それで、彼はなんといったんです？」

「笑い飛ばしてたわ。ハティはノイローゼ気味の小娘で、自分にひどく熱をあげてた、といって。彼女自身、自分がなにを望んでいるのかわかっていなかったって」ソフィはためらった。

「それから、あたしに警告した。〃わたしにかんする妙なうわさをばらまかないでくれ、ソフィ。わたしには失うものがたくさんあるんだから〃」

「ふたりきりで会ったとき、ハティはこの件を彼と話しあったことがあると思いますか？」

「わからない」ソフィは集中力が切れかけているようだった。さもなければ、ペレスとおなじように寒さを感じはじめているのかもしれない。「それについては、ポールはなにもいってなかったから」

彼はハティにもおなじように警告したのだろうか、とペレスは思った。それとも、彼女の口を封じるために、もっと大胆な行動に出たのか？　本人のいうとおり、彼には失うものがたくさんあるのだ。

「ハティは自殺したのだと思いますか？」思わず口をついて出た質問だったが、ペレスは気がつくと、息をつめて相手の返事を待っていた。

「もちろんよ」ソフィは、すこし頭がおかしいとでもいうような目で彼を見た。「ほかに、なにが考えられるっていうの？　でも……」

「なんです？」

「彼女なら、遺書を残していきそうな気がしたの。いつだって、なにか書いてたから。彼女にとっては、書くことがいちばんの伝達手段だった。そうすることで、ものごとを理解していた」

そろそろサンディをさがしにいかなくてはならない、とペレスにはわかっていた。それに、地方検察官は彼からの連絡を待っているだろう。だが、寒さを感じていたにもかかわらず、いまはまだ動きたくなかった。ソフィはすべてを話していない、自分はこの状況の取りあつかいをあやまった、という気がしていた。正しい質問をしていないのだ。だが、ソフィはそわそわしはじめており、ペレスにならって立ちあがると、みじかく刈られた丘の草地をよこぎり、車へむかって大またで歩いていった。すぐわきの入江の海面には、雲が映っていた。もうすぐそこでは、アビたちが巣を作ることだろう。ペレスはソフィのあとにつづくしかなかった。

34

サンディが雌鶏を放して卵を集めてから家に戻ってみると、ペレスが待っていた。ドアには鍵がかかっていなかったが、ペレスは時間ならいくらでもあるというような感じで外に立っていた。

「車がまだここにあるから、すぐに戻ってくるだろうと思ってね」ペレスがいった。

こうしてつぎつぎとセッターの小農場に人がくるのを、ミマは喜んだだろう、とサンディは思った。ジミー・ペレスには好意を抱き、ウイスキーを勧めて、いろいろな話を聞かせていたにちがいない。きょういろいろな話をするのは、警部のほうだった。

「このまま外にいよう」ペレスがいった。「せっかくの天気を無駄にしたくない」ふたりはテープと柱と盛り土のある試掘現場のわきを通って、セッターの小農場の境界線をあらわす石塀まで歩いていった。これから発掘作業はどうなるのだろうか、とペレスはふたたび考えていた。溝は埋められ、盛り土はたいらにならされるのか？　そのあとで、この土地は永遠に放っておかれるのか？　ペレスは、ポール・ベルグルンドとハティ・ジェームズの話をした。そのふたりがサセックスにある別の発掘現場でいっしょに働いていたときに起きた出来事について。

「精神病院の看護師の話を信じるんですか？」サンディは、その一件をどう考えたらいいのかよくわからなかった。彼にとって、レイプは町なかで起きる犯罪だった。夜の闇にまぎれて、素性の知れない男が、どこかの路地で女性に襲いかかる。ホテルの部屋でふたりの人間がセックスするというのは、それとはちがっていた。だが、サンディはペレスをよく知っていたので、その意見を胸にしまっておいた。

「ああ、信じる」

「でも、だからといって、ベルグルンドがミマを殺す動機にはならない、でしょ？」

「ミマが彼の行為を知っていたのだとしたら、話は別だ」ペレスがいった。「ミマはその件を公表するといって、ベルグルンドを脅したのかもしれない。あるいは、警察に訴えでるよう、ハティを説得しようとしていた可能性もある。ミマはハティを可愛がっていたし、ふたりは仲が良かった。たしか、おまえはそういってたよな？　ミマは自立した強い女性だ。彼女にならハティは秘密を打ち明けていたかもしれない。たとえ裁判までいかなくても、この一件がおおやけになれば、ベルグルンドは仕事を失いかねない」

「それでも、まだ腑に落ちませんね」サンディはいった。ペレスはいつだって、ものごとを実際以上に複雑にしているような気がした。「ハティを殺すのに自分のナイフをつかうほど、彼は馬鹿じゃないでしょう」

石塀のむこうに、一頭の太って年老いた雌羊がいた。しょぼしょぼした目をして丈の長い草を食んでおり、まだ足もとのおぼつかない二頭の小さな子羊をつれていた。

「アンドリューから聞かされた話だが、おまえはどう思った？」

「さあ、そういわれても」サンディはいった。ペレスのまえで自分の意見をはっきりいうのは、まだためらわれた。警部は本土からきた頭のいい連中と組んで重大犯罪を捜査するのに慣れていた。自分みたいな経験不足の地元の警官と組むのではなく。

「戦時中のノルウェー人の男との出会いについて、ミマはなにもいってなかったのか？」

「ええ。いかにもミマが喜んでしゃべりそうな話ですけど。すこしいやらしくて、わくわくさせられる」自分がこの話を信じているのかどうか、サンディはよくわからなかった。アンドリューの記憶はあてにはならなかったし、なにをいっているのかはっきりしない日だってあるのだ。

「アンドリューによると、ミマはその男が殺されたことを知らなかった」ペレスはいった。「だが、島にでまわってたいろんなうわさは、耳にはいっていたはずだ。セドリックがそのうちのひとつを教えてくれたし、ほかにもいくつかあっただろう。ミマはうわさの的になりたくなかったのかもしれないな。すでにそうなっていた以上には」

「そんな昔の出来事が、現在のウォルセイ島で老女が撃たれた事件と関係してるっていうんですか？」過去にこれほどこだわるなんて、ペレスは頭がおかしいんじゃないか、とサンディは思った。

「たぶん、それはないな」

「思ったんですけど……」サンディは言葉をきった。馬鹿を演じたくはなかった。

「なんだ？」

「ベルグルンドって、ノルウェー人っぽい名前じゃないですか？」

「スカンジナヴィア系なのは確かだな」

「それも偶然だと思いますか？」

「ベルグルンドは殺された男の親戚かもしれない、と考えているんだな？　孫かなにかで、復讐にきたのかもしれない、と？」ペレスは面白がっていたが、むげに否定はしなかった。

「わかりません。もしかすると、復讐のためじゃなくて、情報を求めていたのかも。彼はいろいろ質問してまわって、寝た子を起こしていた可能性もある」

「調べてみる価値はあるな」ペレスがいった。「署に戻ったら、やっておこう。わたしはきょうの午後に帰る。これ以上ここにとどまる口実がないし、地方検察官に状況を説明しなくてはならない。彼女がどんなだか、知ってるだろう」

「地方検察官に、なにもかも話すんですか？　ミマとノルウェー人の男のことも？」

「当然だ。なにはともあれ、彼女はとても口が堅い。そうでなければ、地方検察官はつとまらないからな」

サンディはちらりとペレスのほうを見て、いまのが自分をからかう冗談なのかどうかを確かめようとした。だが、ペレスは本気でいっているようだった。「ただ、嫌なんです」サンディはいった。「そんなふうに、自分の家族のことがみんなの口にのぼっているかと考えると」サンディはむきなおって、家のほうへと戻りはじめた。父親はこれをどう思うだろう？　それとも、六十年前のこの出来事を、最初からずっと知っていたのだろうか？　これがうわさになるまえに、父親と話をしておいたほうがよさそうだった。

　ふたりが家にむかっているとき、車が家のまえにとまって、ロナルド・クラウストンが降りてきた。彼はふたりに気づいておらず、その姿を目にすると、いたずらしている現場をみつかった大きな子供のように、ぎくりとした。ロナルドは自分とふたりきりで話がしたかったのかもしれない、とサンディは思った。

「おまえか」サンディはいった。父親がいつもつかっている挨拶の言葉だった。「寄ってくかい？　もうすこししたら兄貴を見送りにウトラの小農場にいかなきゃならないけど、まだ時間はある」

「いや」ロナルドはいつでも逃げだせるようにしているみたいに、手を車のドアにかけて立っていた。「忙しいみたいだから」

「わたしはちょうど帰るところです」ペレスがいった。

「いや」ロナルドはふたたびいった。「おれもいくよ。いろいろやることがあるから」そういうと車に乗りこみ、走り去っていった。

「いまのは、なんだったんだ？」ペレスがたずねた。

「警官がそばにいると、みんな用心深くなるんです」ペレスがいっしょでなければよかったのに、とサンディは思った。あとでロナルドに電話して、用件をたずねてみてもいいかもしれない。ロナルドが自分と話をしたがっていたのは——そして、土壇場になって怖気づいたのは——あきらかだった。サンディは上司のほうにむきなおった。「このあと、おれはなにをします？」

「もうすこし我慢して、ウォルセイ島にとどまっていられそうか？」

「ええ、たぶん。でも、はやく自分の家に帰りたいです」

「あと数日ですべてかたをつけられれば、と思っている」

ペレスは根拠があって、そういっているのだろうか？　それとも、いまのは希望的な観測にすぎないのか？　サンディは先ほどの質問をくり返した。「このあと、おれはなにをします？」

「ソフィから話を聞きだす自信はあるか？　彼女は長いことハティといっしょにいた。本人は気づいてなくても、なにか重要なことを知ってるかもしれない。おまえのほうが彼女に年がちかいし、もともと知りあいだ」

「やるだけ、やってみます」ソフィと話をして、捜査に役立つ事実をさぐりだしたときのことが、ふいに頭をよぎった。ペレスは大喜びして、彼を誇りに思ってくれるだろう！「今夜、キャンプ小屋《ボッド》に訪ねていって、なんだったら一杯やりに彼女を〈ピア・ハウス・ホテル〉につれだします」

「ソフィはベルグルンドと関係をもってるんじゃないか、とわたしは考えていた。だが、本人は否定しているし、彼女が嘘をつかねばならない理由も思いあたらない。ベルグルンドが面倒にまきこまれるのを心配して嘘をついた、というのであれば話は別だが」

このときサンディは、両親にかんする自分の不安をペレスに相談したいという誘惑にかられた。だが、それは自分の問題だ、と思いなおした。ペレスに相談すれば、その件は公式なものとなる。これがどういう問題であるのかはっきりするまで、ペレスになにもいうわけにはいかなかった。

ウトラの小農場では、みんながちょうど空港に出かけようとするところだった。マイクルの巨大なレンタカーには荷物がぎっしり積みこまれ、アメリアははやく出発したくてうずうずしている様子で庭に立っていた。ぴっちりしたジーンズに襟ぐりのあいたセーター、そして小ぶりなジャケットといういでたちだ。マイクルは後部座席の専用シートに赤ん坊を固定していた。母親が急ぎ足で家から出てきた。「やっとおでましだね」という。「アメリアは、おまえに挨拶せずに出発すべきだと考えていたんだよ。時間ならたっぷりある、っていったんだけどね。サンバラ空港は本土の大きな空港とちがって、チェックインに一時間もかかったりしないから」母親が息子と義理の娘のどちらによりいらだっているのか、サンディにはわからなかった。

「でも、このとおり、きたよ」

マイクルがサンディのほうにむきなおり、弟の身体に両腕をまわして、ぎゅっと抱きしめた。

「もうすっかり旅慣れてロンドンまでひとりでいけるようになったんだから、おれのところにもちょくちょく訪ねてこいよ」

「そうするよ」サンディはいった。

アメリアはすでに助手席にすわっていた。車が走り去るときにサンディに手をふってみせたが、そうやって手を小さくひらひらさせるさまは、まるで映画スターか女王のようだった。サンディは車が二台ともじゅうぶん遠くまで走り去るのを見届けてから、家にはいった。

家のなかには、マイクルの一家を大急ぎで送りだした痕跡が残っていた。もちろん、皿洗いはすませてあったが――母親が汚れた鍋をそのままにして家を離れることなど、あり得なかった――拭いてかたづけるひまはなかったらしく、それらは水切り板の上に積みかさねてあった。床にはパンくずがこぼれており、ごみ箱はいっぱいだった。

いざこうしてきてみると、サンディは自分がなにをさがしているのかよくわからなかった。テーブルのまえにすわって、整理して考えようとする。彼には安心させてくれるものが必要だった。それだけだ。両親は、そのとぼしい収入でどうやって家の改築費をまかなったのか？ 両親に借金がないことを、確認したかった。彼が心配しているのは、それだった――遠洋漁業で稼いでいる一家とはりあえるようにと、両親が無謀な借金をかさねてやしないか。彼は、借金からくるストレスを知っていた。金の管理がでたらめで毎月の支払いがおいつかなくなり、クレジットカードを裁断するはめになったことがあるのだ。いまでもまだ、自分の借金の大きさを悟ったときに感じた胃のむかつきをおぼえていた。

父親と母親のあいだにある張りつめた空気は、金の心配が原因なのかもしれなかった。彼としては、そう思いたかった。ほかの原因——どちらかが浮気したとか——だったら、あまりにもおぞましすぎる。ふたりともいい年だし、彼の両親なのだ。セックスが原因だなんて、冗談じゃない。自分は過剰反応しているのだろうか、とサンディは考えた。もしかすると、実家のすぐちかくでたてつづけに人が亡くなったことで神経が過敏になり、つまらないことで必要以上に大騒ぎしているのかもしれない。そのとき、彼はミマの葬式のあとで父親が母親にむかって怒鳴ったことを思いだした。父親は結婚してから一度も母親に声をあらげたことがなかった。ダンカン・ハンターのために一日じゅう働いて、くたくたになっていたころでさえ。そう、これは過剰反応ではなかった。父親と母親のあいだでは、なにかがおかしかった。

ここからが大変だった。サンディは必死に頭をひねって、論理的思考をつぎの段階へと押し進めた。もしも両親が金の問題をかかえているのだとすると、ふたりのうちのどちらかが、ミマの家と土地を狙って彼女を撃った可能性はあるだろうか？　父親ではないだろう。父親はあきらかに、ひどく動揺していた。それに、いい値段で家を買いたいという申し出があったのに、それをすでにことわっていた。だとすると、母親はどうか？　サンディは最初から、考えがそこへいきつくのがわかっていた。母親は、もともとミマとあまり上手くいってなかった。射撃の腕は確かだし、ウトラの小農場にはショットガンがあった。だが、両親に金の問題がなければ、確固たる動機は存在しないことになる。だからこそ、サンディはこうして泥棒かスパイのように、ウトラの小農場に忍びこんでいるのだった。

母親が月例銀行口座通知書をしまっている場所を、サンディは知っていた。居間にある机の引き出しだ。試掘現場でみつかった銀貨も、大学からきた男がもっていくまで、そこにしまわれていた。引き出しには鍵がかかっていたが、予備の鍵がほかの鍵といっしょに食料品室の鉤にぶらさがっていた。家計をやりくりするのは、いつでも母親の役目だった。父親がハンターの下で働いていたときでさえ、母親が請求書や送り状を処理し、父親の所得申告書を作成していた。母親が毎月テーブルのまえにすわって月例銀行口座通知書に目をとおし、つぎの給料日までの生活費のすくなさに顔をしかめていたのを、サンディはいまでも覚えていた。

彼は鍵をみつけると、それで引き出しをあけた。記憶にあるとおり、月例銀行口座通知書はきちんとクリップでまとめられ、青いファイルにしまわれていた。まっ先に預金残高に目をやり、そこがマイナスになっていないのを見て、ほっとする。過去十二カ月の通知書にざっと目をとおしていったが、問題はなかった。すこし残高が大きすぎるものの、とにかくマイナスにはなっていない。母親はローンを組むことができたのだろうか、とサンディは考えたが、そういった様子はなかった。それに、ローンを組んでいたら、それ関係の書類がこの引き出しにしまってあるはずだった。どうして母親を疑うことができたんだろう？　サンディは思った。どうして一分でも、母親に人を殺せるなんて考えることができたんだろう？

サンディは腕時計に目をやった。六時ちかかった。急に猛烈に腹がすいてきた。昼になにも食べていなかったのだ。お祝いしたい気分だったので、夕食は〈ピア・ハウス・ホテル〉にいって食べることにした。ビールを何杯かつけてもいい。仲間が何人かきているかもしれないから、いっしょにカードをやったり昔話に花を咲かせたりできるだろう。デイヴィ・ヘンダーソンがいるはずだし、もしかするとアンナが折れて、ロナルドに夜の外出を許可しているかもしれない。だが、そのときサンディは、ペレスからソフィと話をするように頼まれていたのを思いだした。引き出しに施錠し、鍵をもとの場所に戻して、すべてがまえのとおりであることを確認する。自分が家のなかをこそこそ嗅ぎまわっていたことを、絶対に両親には知られたくなかった。

シンビスターにむかう途中で、サンディはキャンプ小屋《ポッド》に立ち寄った。こんなはやい時間なら〈ピア・ハウス・ホテル〉のバーは静かだから、ふたりで話ができるだろう。これは、それほど苦になる任務ではなかった。ソフィは、いっしょにいて楽しかった。どんな男が相手でも、そいつをおだてていい気にさせるこつを心得ていた。胸のうちを打ち明けるように彼女を説得できるだろうか、とサンディは考えていた。ハティを知る努力をもっとよくしていたら、彼女もサンディに秘密を打ち明けてもいいと感じていたかもしれない。だが、サンディがキャンプ小屋《ポッド》のドアをノックしたとき、返事はなかった。なかをのぞきこむ。発掘関係の道具はすべてまだ居間の片端に山積みされていたが、ソフィの私物はなくなっているようだった。

〈ピア・ハウス・ホテル〉のバーでは、セドリックがカウンターのうしろにいて、ぼんやりと宙をみつめていた。彼はサンディが子供のころからまったく年をとっていないように見えたが、ちかごろでは年齢を感じさせるようになっていた。反応がまえよりも鈍かった。

「キャンプ小屋《ポッド》の娘を見かけたかい？」

セドリックがふりむいて、サンディを見た。

「ああ、さっききてた。フェリーに乗って、島を出てったよ。おれはジーンを迎えに埠頭にいってたんだ。あの娘はでっかいリュックサックを背負ってて、まるで荷物を満載した馬みたいだった。ここを離れられて、せいせいしているように見えたな」

サンディはペレスに電話をかけて状況を報告した。ペレスは受話器のむこうで黙りこんでいたが、ソフィを取り逃がしたのがサンディの責任だと考えている様子はなかった。ハティもソフィとおなじフェリーでアバディーンにむかっているのかもしれない、という考えがサンディの頭に浮かんだ。だが、ハティがいるのは検死用の遺体をはこぶときに葬儀屋がつかう特徴のない運送用トラックのなかで、ソフィがいるのはバーだろう。

35

ラーウィックに戻ると、ペレスは警察署に顔を出した。署には活気がなかった。彼の部下の大半が、復活祭の休暇をとっていたのだ。地方検察官の秘書に電話をかけると、彼女が午後じゅうほとんど会議に出ていることがわかった。ペレスは翌朝に地方検察官と会う約束を取りつけた。はやく家に帰りたくてたまらなかった。服を洗濯機に突っこみ、自分で食事を用意したかった。だが、その一方で、ベルグルンドの一族がどこの国の出身なのかを突きとめる方策について、考えをめぐらせはじめていた。

ペレスは家で静かな夜をすごすつもりでいたが、いざ帰宅してみると、リラックスできなかった。ソフィのことが、頭から離れなかった。ゴルフコースのそばの崖でかわした会話を、頭のなかで何度もくり返す。遺書にかんしては、彼女のいうとおりだった。もちろん、すべての自殺者が遺書を残すわけではないが、ハティは文章で自分を表現する人間だった。自殺するつもりなら、母親に宛てて自分の行動をきちんと説明する手紙を書いていただろう。うろたえた電話をかけたりせずに。突然、ペレスはこの一件を終わらせたくなった。もうすぐフランが帰ってくる。それが捜査とかさならないようにしたかった。彼が気もそぞろで疲れきっているところに、戻ってきてほしくなかった。

結局、ペレスは風呂の用意をした。彼の家の浴室は細長く、古くて深い浴槽はエナメルが傷だらけだった。浴室に湯気がたちこめ、結露が窓を伝い落ちていく。べつにかまわなかった。この家はもともとじめじめしている。いまさら湿気を気にして、どうなるというのか？　ペレスは浴槽のなかに横たわって事件のことを忘れようとしたが、考えられるシナリオや漠然とした人間関係がつぎつぎと脳裏をかすめていった。夢うつつの状態のなかで、ある書名が頭に浮かんでくる。『時間という音楽にあわせて踊る』という小説の作者は誰だっただろう？　いま彼は、過去と現在のウォルセイ島の人びとがワルツにあわせて踊りながら、自分の意識のなかを出たりはいったりするのを目撃していた。ノルウェー人の船乗りとノイローゼ気味の若き考古学者、野心的な女性実業家と発作で身体の自由がきかなくなった年老いた男。これらの人物は、全体図のなかにどうおさまるのか？　ペレスは目をとじて、自分がその答えのほうへとただよっていくのを感じていた。

電話が鳴った。そのまま放置して自分の考えをおいつづけたかったが、電話はフランからかもしれなかった。このまえは自宅以外の場所だったので話がしづらかったし、いまはちょうど彼女の声が聞きたくてたまらなかった。浴槽から出て、タオルをつかむ。この家は岸辺にあるので人目から守られていると思いきや、これまでに何度か窓のすぐ外を通りがかったカヌーや船からのぞきこまれたことがあるのだ。彼が手をのばす直前に、電話は切れた。フランなら、メッセージを残していくだろう。それなら、すぐにこちらからかけ直して、彼女が友だちと会うために実験的な舞台や画廊のオープニングや洒落たレストランに出かけるまえにつかまえればいい。

だが、メッセージを再生する番号を押すと、まったく別の女性の声が聞こえてきた。地元の考古学者、ヴァル・ターナーだ。「ジミー、ウォルセイ島で発見された骨にかんする第一次報告書が戻ってきたの。電話をくれるなら、あと三十分はオフィスにいるから」

ペレスは浴室に戻ったが、いまではお湯は灰色っぽく見え、あまり心惹かれなかった。それに、そこでいろいろ考えていたことも、馬鹿らしく思えてきた。彼は浴槽の栓を抜き、服を着た。

折り返しヴァルに電話するかわりに、ペレスはフランの携帯電話にかけた。応答はなく、彼はメッセージを残した。ヴァル・ターナーに電話すると、彼女はすぐに出た。「ぎりぎりだったわね、ジミー。ちょうど出るところだったの」

「どこかで会う時間はあるかな？　きみに夕食をごちそうしたいんだ。骨の分析を急がせてくれたお礼にね」要するに話し相手を求めているのだ、とペレスは思った。ひとりでうじうじ考えていても、仕方がないだろう。それに、まだ試掘調査にかんして訊きたいことがいくつかあった。洗濯は、また今度でいい。

「そうね」ヴァル・ターナーがいった。「こんなにはやく分析してもらうために、いったい何人を拝み倒さなくちゃならなかったことか。六週間未満で結果が出るなんて、前代未聞よ」

「それじゃ、ひとつ借りができたな。博物館のレストランで、どうだい？」

「いいわね」ヴァル・ターナーがいった。「三十分後でいい？」

ペレスが博物館の二階にあるレストランについたとき、ヴァル・ターナーはすでに海を見晴らすふたり用のテーブルにすわっていた。夜はゆっくりと訪れるようになっており、まだ暗くなりかけたばかりだった。彼女のまえには白ワインのグラスがあり、ペレスの分も用意されていた。

「ボトルにはしなかったの」ヴァル・ターナーがいった。「あたしは運転してるし、たぶん、あなたもでしょ。それでかまわない？」

「もちろん」

「それじゃ、骨だけど……」ヴァル・ターナーがにやりと笑った。ペレスがどれほどこの情報を手にいれたがっているのか、知っているのだ。

「もったいぶらずにいってくれ。どれくらいまえのものなんだ？」

「ほとんどの骨は古かったわ」ヴァルがいった。

「どれくらい？」

「特異な状況を考慮して、年代測定のための骨を四つ送ったの。そのうちの三つは、一四六五年から一五一〇年のあいだのものという結果が出たわ。おそらく複数ではなく、ひとりの人間の骨よ。とにかく、現代人の骨ではない。だから、ウォルセイ島で最近起きた二件の死と関係している可能性はないわ。年代的には、あそこにあった建物にかんするハティ・ジェームズの仮説とぴったり一致するわ。十五世紀。発見された銀貨とおなじころよ」

　では、戦争中に殺されたノルウェー人の男の死体ではなかったわけだ。ミマの若き日にあった出来事にかんする話は、やはり無関係だったのだろうか？

　ヴァル・ターナーのおしゃべりはまだつづいていた。「この結果を、彼女に知らせてあげたかったわ。あそこにあった家の年代と格式にかんする自分の仮説が正しいと確信できていたら、自殺してなかったかもしれないでしょ」

　あれが自殺だとすればの話だ、とペレスは思った。だが、口に出してはなにもいわなかった。ひと言口をすべらすだけで、うわさははじまるものなのだ。とりあえず、みんながハティの死を自殺だと考えているのは、彼にとっては好都合だった。そのとき、ペレスは相手の最初の発言の重要さに気づいた。

「ほとんどの骨は古かった、といったな。どういう意味だい？」

「ほかのより最近のものと思える骨がひとつあるの。確認するように頼んでおいたわ。たぶん、間違いよ」自分の言葉がペレスにあたえた影響の大きさに、彼女はふいに気づいたようだった。「ほんとうに、よくあることなの。あまり気にしないほうがいいわ」

「その骨が試掘現場のどのあたりで発見されたのか、わかるかな？」

「確認できると思う。ハティは細かく記録をつける人だったから。ソフィと話してみるわ」

「ソフィは本土に帰った」ペレスはいった。

「それじゃ、イヴリンのところに作業記録を残していってるでしょう」

「ハティのことは、どれくらいよく知ってたのかな？」ペレスはたずねた。

「もちろん、何度か会ったわ」ヴァルがいった。「あの試掘調査は大学院生の研究の一部だけど、あたしの管轄でもあるの。試掘調査が専門家のレベルでおこなわれるようにするのは、最終的にあたしの責任よ」

「試掘調査はどうなるのかな？」

「大学がそれをひきついで、大規模なプロジェクトに発展させてくれるといいんだけど。もちろん、こちら側も協力するわ。復元されて一般公開された遺跡がウォルセイ島にあるっていうのも、悪くないでしょ。熱心な地元のボランティアも何人かいるし」

「イヴリンとか？」

「彼女を知ってるの？　ええ、いっしょに組んで仕事をするには最高の相手よ。助成金の仕組みを知りつくしているの」

「彼女の旦那はセッターの小農場での発掘にあまり乗り気じゃない、って聞いたぞ。そして、彼はあそこのあたらしい所有者だ」

「ほんとに？」ヴァル・ターナーはあまり心配していないようだった。イヴリンならいつでも自分の意見を押しとおせる、と考えているのかもしれなかった。

「そうすると、つぎはどんな手を打つのかな？」

「広報活動ね」ヴァルがいった。「そちらもイヴリンが手配してくれてるわ。リンドビーの集会場で催しをひらいて、銀貨や島の遺跡について説明することになってるの。来週よ。この博物館で主催できないかって彼女に訊かれたんだけど、こっちは準備の時間が足りなくて。あなたはこられるのかしら？」

そのころにはフランも戻ってきているだろう、とペレスは考えた。彼女なら楽しむかもしれない。

「どうして、そんなに急いでひらくんだい？」ペレスはたずねた。

ヴァル・ターナーが笑った。「イヴリンは辛抱強いほうじゃないから」

「ハティ・ジェームズの死のすぐあとで、すこし無神経じゃないかな？」

「彼女の追悼式も兼ねて、ってところがミソなのよ。彼女の業績をたたえるの。イヴリンはハティの母親も招待してるわ。議員を」

「グウェン・ジェームズはくることを承諾したのか？」ペレスは驚いていた。娘が亡くなった直後にはシェトランドにくるのを嫌がったくせに、これほどおおやけな催しにどうして顔を出すというのか？　だが、逆にそれがいいのかもしれなかった。おおやけの場こそ、彼女がもっとも落ちつけるところなのだ。

「承諾したみたいよ」

ペレスが海面のほうに目をやると、いかにも昔風のシェトランドの船が何隻か舫《もや》ってあった。ここにすわっていると自分たちも船の上にいるような気分になるな、と彼は思った。夏になるとシェトランド諸島にやってくる、大きくて豪華な観光船のひとつだ。「イヴリンはポール・ベルグルンドにも声をかけているのかな？」

「たぶんね。ソフィが島を離れたとなると、大学を代表するのは彼しかいないもの。試掘調査の結果がきちんとまとめられることを、あたしは確認しないと。それは彼の責任だから」

ペレスとヴァル・ターナーは、すこしのあいだ黙ってすわっていた。

「ハティのことを、どう思った？」ペレスはたずねた。「何度か会ったといってただろう」

「とても聡明で、情熱があって、几帳面な娘だった。考古学の分野で素晴らしい業績をあげていたでしょうね」料理がはこばれてきて、ヴァル・ターナーは言葉をきった。「すごく女性差別的に聞こえるだろうけど、彼女の人生には男が必要だ、と思ったわ。いろんなことをわかちあえる人、彼女が真面目になりすぎて余裕をなくすまえに歯止めをかけてくれる人が」

ペレスはなにもいわなかった。

「ところで、いっておくことがまだあるの」ヴァル・ターナーがつづけた。「骨のことでね。きちんと年代測定されたほうの骨よ。きっとあなたも興味をもつわ」

ペレスは顔をあげたが、心は別のところをさまよっていた。ウォルセイ島へと戻っていた。いま話題にしている昔の骨が何世紀も眠っていたところへ。そのちかくの溝のなかに横たわっていた若い女性のところへ。

ヴァル・ターナーは、それには気づいていないようだった。「骨はひとりの男性のものよ。発見された骨盤で、性別が確認できたの。自然死ではなかった。殺されたの。刺し傷が原因だった。すくなくとも、そう見えるわ。肋骨が砕けていた。頭蓋骨からじゃ、わからなかったでしょうね。もちろん、殺された理由は、永遠に謎のままよ。推測するのは楽しいけど」

いまではペレスも興味をひかれはじめていた。「なにがあったんだと思う?」

「ハティの仮説では、地元の男性がウォルセイ島にいた貿易商の役割をひきついだことになっていた。つまり、彼は突如として富と地位を手にいれたわけよ。おそらく、まわりの人たちはあまり面白くなかったんじゃないかしら」

「その連中が富を奪うために彼を殺した、っていうのか?」

「それか」ヴァル・ターナーがいった。「嫉妬心からね。みんなは貧しく、彼は金持ちだった。〝緑の目をした怪物〟ってやつよ。それが彼の命を奪ったのかもしれない」

食事がすむと、ヴァル・ターナーはすぐに帰っていった。だが、ペレスは車で家にむかうまえに、しばらく博物館のまえに立っていた。長い板ガラス越しに、灯台のてっぺんを博物館のなかに復元したものが見えていた。巨大なガラスのドームに、さまざまな機械がくっついている。かつて、その点滅する光は、船が岩だらけの海岸にちかづきすぎないようにと導いていた。こっちにも光を投げかけてくれないかな、とペレスは思った。だが、彼は暗闇のなかで自分がじょじょに解決へとむかっているのを感じていた。ウォルセイ島から離れることで、ものごとをいくらか客観的に見られるようになり、ヴァル・ターナーとの会話で、すべてがいっそうはっきりしてきていた。

36

自分の部屋が空いたにもかかわらず、サンディはウトラの小農場に戻ろうとはしなかった。セッターの小農場にとどまったまま、ミマの雌牛の乳搾りまで買ってでていた。朝早くと午後遅く、彼は家畜小屋にいって箱の上にすわり、家から持参した布で乳房をぬぐい、搾った液体がバケツのなかに噴きだすのを確認した。にやにやしている父親に見守られながら何度か試したあとで、こつはすぐに戻ってきていた。自転車に乗るのとおなじで、これも一度身につけたら二度と忘れない技能のひとつなのかもしれなかった。子供のころにミマからやり方を教わったときのことを、彼は覚えていた。ミマは、はじめての乳搾りで腰がひけている孫を笑いながらいった。「ほら、もっと力をいれなきゃだめだよ。ぐいとつかんで、ひっぱるんだ。もげたりしないから、大丈夫。そう、その調子」それは、サンディが兄のマイクルよりもまさっていた数少ないことのひとつだった。こうして朝早くここにすわっていると、当時とまったくおなじ匂いがした。雌牛と厩肥と搾りたての牛乳の濃厚な甘い匂い。手桶がいっぱいになったときの達成感も、変わらなかった。

しばらくして、サンディは大型ミルク缶をウトラの小農場にもっていった。父親は丘に出ており、サンディが家にむかって小道を歩いていくとき、遠くにその姿が見えていた。母親はキッチンのテーブルのまえにすわって、何枚かの紙片に熱心に目をとおしていた。また別のリストだ。葬式が終わったら、こうしたことはすべておしまいになる、とサンディは考えていた。だが、母親はほかにもいろいろな計画をもっているようだった。またなにかの催しの準備をしていた。母親はすぐにはその話をせず、牛乳を受け取ると、半分を容器に移して冷蔵庫にいれ、残りはそのままキッチンにおいておいた。

「ソフトチーズを作ろうと思ってね」母親がいった。「覚えてるかしら、サンディ？　おまえたちが子供のころ、よく作ってたんだけど？」

「これはなんだい？」サンディはテーブルの上の紙片のほうにむかってうなずきながらたずねた。罫線で仕切られた紙には、丸っこい文字がならんでいた。

「リンドビーの集会場で催しをするんだよ」母親がいった。「ミマとハティのための追悼式といったところかしらね。そして、その機会に銀貨をお披露目して、みんなでこのプロジェクトの話を聞くの。マスコミも興味を示すわ。料理や飲み物は、こちらで手配できるし」

いかにも母親らしい、とサンディは思った。いったんこうと決めたら、ぐずぐずしてはいられないのだ。すぐにやらなくては、気がすまない。だが、そのタイミングには配慮が欠けているような気がした。どうしてそんなに急ぐ必要があるのか？

「父さんは、なんていってるんだい？」

「いいアイデアだと思ってるわ」

「ほんとに？」サンディは驚いた。このまえ父親は、セッターの小農場で発掘をつづけることさえ望まないといっていたのだ。観光客は、みんな銀貨が発見された場所を見たがるのではないか？　父親は内向的な性格だから、自分の日常が騒ぎで乱されるのを嫌がるだろう。

「これがあたしにとってどんなに大切なことか、あの人は理解してくれてるのよ」母親の顔には、ときどき見られるあのぴしゃりとはねつけるような強情な表情が浮かんでいた。その顔にむかって異議をとなえても無駄だ、とサンディにはわかっていた。母親は紙片をまとめると、透明なビニールの封筒にいれた。母親は自分の仕事をもつべきだったのだ、とサンディはふたたび思った。そのエネルギーをすべてつかいはたせるような仕事を。母親が顔をあげて、サンディを見た。

「ラーウィックには、いつ戻る予定なの？」

「どうしようかな」サンディはぼやかしていった。「休暇がまだいくらか残ってるから」

「それじゃ、銀貨をお披露目する晩に、こっちにいるわね。金曜日がいいんじゃないかと思ってたの。あなたがここにいてくれると、助かるわ。ハティのお母さんがくることになってるの。知っている顔がいたら、彼女も嬉しいでしょう。空港までの出迎えを頼めるかしら？」

「自分がなにに参加しようとしてるのか、彼女は知ってるのかい？　ハティの葬式だって、まだすんでないのに」それでなくても、こういった島の催しは、ひどく気の滅入るものになることがあった。彼自身、ビールと酒をいくらか腹におさめなければ、とても我慢できそうになかった。サンディは、ロンドンのフラットで会ったグウェン・ジェームズのことを覚えていた。つぎつぎと煙草を吸い、罪の意識にさいなまれていた。その彼女が、どうやって興味津々の島民やぶしつけな質問に対処するというのか？　そのとき彼は、グウェン・ジェームズが政治家であることを思いだした。おそらく彼女は、うわべをつくろうことができるのだろう。

「けさ、彼女と話をしたの」母親がいった。「ハティが亡くなった場所を見たい、と彼女はいってた」

「見物人がいないほうが、彼女にとっては嬉しいんじゃないかな？」

「こちらの計画は、きちんと説明したわ」ふたたび強情そうな口調が戻ってきていた。「あちらが、それでいいといったの。無理強いしたわけじゃないわ」

だが、この女性をひっぱりだすことは、母親の目的にもかなっている、とサンディは考えた。ちょっとした有名人である議員の存在は、セッターの小農場のプロジェクトにお墨付きのようなものをあたえ、すこしばかりの華々しさをもたらしてくれる。ときおりサンディは、母親がどれほど冷酷になれるかを知って、ショックを受けることがあった。母親自身、政治家として、じゅうぶんやっていけるだろう。

「彼女のために、〈ピア・ハウス・ホテル〉に部屋を予約しておいたわ」母親がつづけた。「うちに泊まってくれてかまわない、といったんだけど、こちらに迷惑をかけたくないんですって」

すくなくとも、グウェン・ジェームズには逃げこめる自分だけの空間があるわけだ、とサンディは思った。はたしてペレスは、母親のこの計画のことを知っているのだろうか？　知ったら、どう反応するだろう？

「ほかに誰を招いたんだい？」サンディはたずねた。

「発掘にかかわってた人全員よ。ポール・ベルグルンドはもちろんのこと」

「彼はくるって？」

「わからないわ。ほかにも用事があるかもしれない、といってた」

そうだろうとも。

「でも、彼の大学の学部長と話をして、教授にはぜひとも出席してもらいたい、というこちらの希望を伝えておいたから」

サンディは思わずにやりとしていた。彼の母親は、ブルドーザーも顔負けの説得力を発揮できるのだ。この押しの強さは、いったいどこからきたのだろう？

「で、大学側はなんて？」

「ベルグルンド教授は必ずや時間を都合して、そのような重要な催しに顔を出します、といってたわ。それが彼の教え子のひとりに捧げられたものとなれば、なおさらだって」母親が顔をあげ、サンディと目をあわせた。一瞬、ふたりは共謀者めいた笑みをわかちあった。

「ソフィにも出てもらいたかったんだけど」母親がいった。「彼女が本土に帰ったって、聞いたかい？」

「ああ」

「やけに唐突だったわね。ここに寄って、お別れさえいってかなかった。それって、すこし失礼な気がするわ。彼女の住所とか携帯の番号とか、おまえ、もってないのかい？」

「ああ、母さん。もってないよ」

母親はさらに追及しそうに見えたが、考えなおした。「クラウストン家の連中はくるでしょうね」という。「どんなパーティだろうと、ジャッキーを遠ざけておくことは不可能だから」


サンディは、父親をさがして丘に出かけていった。ヘザーの生い茂る斜面を歩きながら、ウォルセイ島で一週間をすごしたおかげで身体がすこし鍛えられたのを感じていた。父親のあとをおって丘をのぼっていると脚の張りや激しい息切れをおぼえることがあるのだが、きょうはそれがなかった。町にいるとき、彼はどこへいくにも歩かなかったし、食事はお持ち帰りの料理ばかりだった。酢豚のことを考えると、唾がわいてきた。からっと揚げてある衣。甘くてとろりとしたパイナップル入りのソース。身体にいい食事なんて、クソ食らえだ。

サンディの父親は、生まれたばかりの子羊の死骸のまえにしゃがみこんでいた。死骸はすでに大鴉やズキンガラスについばまれたあとだった。

「小さすぎたんだ」父親がいった。「どうせ育ちはしなかっただろう。もしかすると、双子の小さいほうだったのかもしれないな」父親は背筋をのばすと、丘の稜線のほうに目をやった。

「葬式が終わったから、おまえはもうラーウィックに戻ったのかと思ってた」

「休暇をとれって、警部にいわれたんだ。有休がいっぱい残ってて、四月をすぎると切れちゃうから」

「おまえがいて、母さんは喜ぶだろう」

「まさか！」

「ほんとうだ」父親が真面目な口調でいった。「おまえがいなくて、母さんは寂しがってる」

「マイクルがいないのを寂しがってるのさ」だが、サンディは嬉しさをおぼえずにはいられなかったし、それが事実であることを願った。「セッターの小農場のプロジェクトを集会場の大がかりな催しで発表しようとしているみたいだけど、これってなんなんだい？」

父親はすぐにはこたえなかった。言葉を慎重にえらんでいるのだ。一瞬、サンディはジミー・ペレスを連想した。

「コーヒーを飲むか？」父親がいった。「おまえの母さんが魔法瓶に用意してくれたんだ」父親はポケットから魔法瓶を取りだすと、コートを脱いで草地にひろげた。ふたりはならんですわって、島の北東部のほうをながめた。

「母さんを説得して、やめさせられなかったのかい？」サンディは、いっしょにつかっているカップからぐいとひと飲みした。コーヒーは濃く、すごく甘かった。

「あまり強くはいわなかった」父親がいった。「あいつがいったんこうと決めたらどんなだか、知ってるだろう」

「母さんはいつだって、父さんのいうことに耳をかたむける」

「今回はちがう」

「おれは母さんに笑いものになってもらいたくないんだ」サンディはいった。思っていた以上に大きな声になっていた。風がその言葉をさっと吹き飛ばしていく。サンディは、自分の声のなかにパニックを聞きとることができた。母さんのせいで、おれまで笑いものになりたくない。

「心配するな。おれとおまえで力をあわせれば、母さんの暴走を防げるさ」冗談でまぎらわそうとしていたが、それはあまり上手くいってなかった。父親の口調はふざけた感じではなく、淡々としていた。

「なにか問題でもあるのかい、父さん？　おれにできることは？」

一瞬、サンディは父親が打ち明けてくれるのではないかと思った。シャクシギが鳴き、遠くのほうから大鴉のしわがれ声が聞こえてきた。それから、父親は魔法瓶のふたをもとどおりしめると、立ちあがった。

「問題になることとなんて、なにがある？　おれたちみんな、事件のせいで動揺してるんだ。ふたりが亡くなった。不運な出来事だ。おれと母さんのあいだには、なにも問題なんてありゃしない」

サンディは、セッターの小農場で最後に父親とかわした会話のことを思いだしていた。そのとき父親は、ふたつの死を〝不運な出来事〟以上のものとしてとらえているような口ぶりだった。サンディには父親が嘘をついているのがわかったが、その嘘に感謝してもいた。もしも両親が問題をかかえているのなら、息子としては、あまり知りたくなかった。

ウトラの小農場に戻る途中で、父親がふたたび口をひらいた。早足で丘を下っていたので、サンディは息が切れかけていた。

「考えてたんだが、セッターの件は母さんのいうとおりかもしれない。あそこは売ることを考えたほうがいいんだろう」

サンディは立ちどまり、誰かに腹を殴られて息ができなくなったみたいに、まえかがみになった。

父親はそれに気づいていなかった。いったんしゃべりだすと、それを止められないようだった。

「あいつもおれも、年をとってくばかりだ。将来のことを考える必要がある。家がもう一軒あって、どうする？　おまえもマイクルも、どうせあそこに住みゃしないだろう。どちらにしろセッターの小農場の土地は、すでにほとんどウトラの小農場に取りこんである。残っているのは、あの家だけだ」サンディがそばにいないことに気づいて父親は足を止め、息子がおいつくのを待った。「だが、ロバートに売る気はない」父親はつづけた。その口調は喧嘩腰で、風にむかって叫ぶような感じだった。「可愛い娘に住まわせるために家を買おうとしてる、あの金持ちのクソ野郎にはな。おまえの母さんのいうとおりにしよう。環境保全《アメニティ》トラストに話をもちかけるんだ。連中はあそこを博物館にできる。ミマ・ウィルソンの思い出をとどめておくもの、その生涯を記念する家だ」

サンディは、すでに上体を起こしていた。丘を下って、父親のほうへ歩いていく。脚ががくがくしていたので、つまずかないように集中しなくてはならなかった。

「どうして気が変わったんだい？　知らない人間にそこいらじゅうほっつき歩いてほしくないって、いってたじゃないか」

「あそこはおれの家だ」父親がいった。「おれの好きにできる」

「そいつはわかってるさ。けど、なにか理由があって気が変わったんだろ。いったい、なにがあったんだい？」それから、またおなじ質問にたどりついた。今度は父親が正直にこたえてくれることを願って、それを口にする。「おれになにかできるかい？」

そう問いかけたとき、サンディはまだ丘の上のほうにいて、父親を見おろしていた。父親は年老いてはいなかった。鋼のように屈強だった。だが、この角度からだと、突然、小さくなったように見えた。

「いや」父親はようやくいった。「おまえにできることは、なにもない」

37

ペレスは、その日の大半を署ですごした。日常業務やありふれた事務処理に戻れて、嬉しかった。シェトランド・バスにかんする著作をものした地元の歴史家と話をし、ノルウェー大使館に電話をかけたあとで、地方検察官と会った。ふたりは彼女のオフィスでお茶を飲み、鬱病とデート・レイプの話をしながら、アールグレイをすすってショートブレッドのビスケットをかじった。地方検察官は、自分の仕事のおぞましさにまったく影響を受けていないように見えた。

「それでは、これでこの娘の死を自殺と断定できそうですね」地方検察官がいった。「きっと、大きなストレスを感じていたにちがいないわ。かつて自分を襲った男といっしょに働いていたのだから。自殺するのに、相手の男のナイフまでつかっている。わたしには、それが最後の意思表示に思えます。その男とわれわれに対する意思表示ね。彼女は自分のみじめさを彼のせいだと考えていた。それに、いまの話では、彼女は姿を消す直前に、同僚とレイプの話をしていたというじゃない。われわれの最初の判断は間違っていなかったということですね」

たしかに、ハティの死をそういう形でかたづけられれば、ローナ・レインにとっては好都合だろう、とペレスは思った。ウォルセイ島で起きたふたつの不幸な出来事は、ひとつは事故、もうひとつは自殺。そして、そのふたつを結びつけているのは、ミマの死によってハティがいっそう孤独に、いっそうみじめになっていたということだけ。

ペレスはしばらく黙ってすわっていた。地方検察官は待った。シェトランドにきてまだ間がないものの、彼女はペレスのやり方に慣れていたし、必要とあらば忍耐強くなれる女性だった。だが、ついにしびれを切らしていった。

「それで？　あなたはそうは思わないのかしら？」

「わたしには、それ以上のものがあるような気がします。自殺するつもりだったのなら、どうしてわたしに電話してきたりしたんでしょう。彼女はわたしに話したいことがあった。ミマの死にかんするなにかを」

「彼女は殺されたのだと信じているのですね?」地方検察官の問いかけには、あざけりにちかいものがふくまれていた。

「ほぼ確信しています」

「そこに感情がはいりこんでいないのは確かなのかしら、ジミー? 自分がセッターの小農場をきちんとさがしていれば彼女を救えたかもしれない、という罪の意識とか?」

「わたしは、どちらの女性も殺されたのだと信じています」ペレスはいった。「ただ、まだ証明できていないだけで」

「これ以上、あまり長いこと結論を先のばしにはできません」地方検察官がいった。

「わかっています」

「どれくらい時間が必要ですか?」優柔不断は政治家の評判にとって打撃となるが、疑わしい死亡事件で間違った判断をくだすのも同様だった。地方検察官は注意深く茶碗を受け皿におい た。「どれくらい時間が必要なのかしら、ジミー? いつまでも捜査をつづけるわけにはいかないわ」

「あそこでなにが起きているのか、誰かが知っています」ペレスはいった。「犯人以外にも、誰かが。ウォルセイ島のどこかの家で、友人か親戚が秘密を守っている。あそこは、そういう土地です」

「それで、どれくらい時間がいるの、ジミー？　ほんとうに、あと数日が限度ですよ」

「それだけで足りればいいのですが」ペレスはいった。

「容疑者に心当たりはあるのかしら？」

ペレスはうなずいたが、なにもいわなかった。地方検察官は好奇心をたたえた目でペレスを見たものの、問いただすのはひかえていた。いまの段階では、まだ知りたくないのだ。

「来週末までになにも出てこなかったら、ハティの死は自殺と発表します。いくらそのほうが母親にとって親切になるからといって、事故にはできませんからね。そのあとで死因審問が終われば、遺体を家族に返却できます」

ペレスはふたたびうなずいたが、すでに頭のなかでは、ほかのことを考えていた。とにかく、彼には証拠が必要だった。じっくり話を聞いて、真相がおのずとあらわれてくるのを待つ時間はなかった。それが彼の得意なやり方であり、彼は地方検察官よりもずっと忍耐強かったが、いまはこちらからことを起こす必要があった。重大な局面を、前倒しで誘発しなくてはならなかった。ウォルセイ島のほかの住人を危険にさらさずにそれをやるにはどうすればいいのか、ペレスにはよくわからなかった。

家に帰る途中で食料品を買うために生協に立ち寄ったが、通路を歩いているあいだも、ペレスは事件のことを考えつづけていた。事件とフランのことだ。フランはいつだって彼の心のなかにいた。

今回の捜査で問題なのは、あまりにも多くのことが起きているという点だった。実際の原因と関係を解明していくのが、むずかしかった。フェア島の編み物とおなじだ。四つの異なる色の糸がからまりあい、模様を作りだしている。それぞれの紡ぎ糸をたどって、それが全体にあたえている効果を読み解くのは、並大抵のことではなかった。

家につくと、ペレスはグラスにワインを注ぎ、サーモン・ステーキの両面を手早く焼いて、ゆでたほうれん草とジャガイモの水気を切った。しまった、と心のなかで毒づく。レモンを買い忘れた。

ペレスがよく味わわないまま食事を終えたとき、玄関のドアをノックする音がした。彼は皿を流しの水にひたしてから、玄関にむかった。廊下を歩いていくとき、もしかするとフランが予定を数日はやめて帰宅したのかもしれない、という考えが頭に浮かんだ。一瞬、胸がときめく。ドアのむこうでは、フランが通りに立って家の窓を見あげ、いらだたしげに足踏みをしながら、ペレスが出てくるのを待っているのだろうか？　霧雨に対抗してジャケットに身をつつみ、銀の糸の織りこまれたブルーのスカーフを首にまいて？　だが、そこにいたのはフランではなかった。サンディだった。あきらかに酔っぱらい、話がしたくてたまらない様子で、ドア枠にもたれかかっている。ペレスはわきに寄り、相手をなかにいれた。

酔っぱらいは暴れるかめそめそするかだが、いまのサンディはちょうど後者のほうで、やたらと低姿勢だった。「すみません、ジミー、期待を裏切っちゃって。でも、あそこにはいられなくて。逃げださずにはいられなかった」そのあとは、いっていることが支離滅裂になった。

顔が赤く、洟《はな》がたれている。ペレスは彼を居間にすわらせ、コーヒーをいれた。

「どこで飲んでたんだ？」ペレスがまず恐れたのは、サンディが町のバーで大口をたたいて、ウォルセイ島の事件のことをみんなにしゃべったのではないかということだった。まだ夜の八時だ。いったい何時から飲んでいたのだろう？

「〈ザ・ラウンジ〉で、何人かの仲間といっしょに」ペレスの顔に浮かんだ懸念の色に気づくだけの意識はまだ残っていたらしく、サンディはつづけた。「でも、事件のことはなにもしゃべってません、ジミー。そんなこと、しっこない！」サンディは音をたててコーヒーをすすり、舌を火傷して顔をしかめた。「あっちで両親といるのにうんざりした、町に戻ってこられて嬉しい、ってことにしたんです。それなら、何杯か飲んだって、誰も文句はいえないでしょ」

「実家で、なにがあった？」なぜなら、そうとしか考えられないからだった。ロンドンの出張から帰ってきたときのサンディは、落ちついていた。彼はあちらで、よくやっていた。地方検察官の見立てが間違っていたことを証明していた。

サンディはマグカップをおき、両手で頭をかかえた。「わかりません」という。「いったいなにが起きてるのか、わからない」

「何時にウォルセイ島を出た？」事実だけに話をしぼっていれば、サンディも芝居がかった言動をやめ、きちんと説明できるようになるかもしれなかった。

「きょうの午後です。〈ピア・ハウス・ホテル〉のバーでビールを一杯やって、自分がそれだけじゃやめられそうにないってわかったんです。ときどきあるでしょう。そういうのがわかることが。おれはあそこで酔っぱらうわけにはいかなかった。デイヴィ・ヘンダーソンがラーウィックにいくっていうんで、おれも車に乗せてもらったんです。で、何人かに電話して、仲間を呼びだした」サンディが顔をあげて、ペレスを見た。挑むような——だが、同時に弁解がましい——表情だった。「おれは休暇中です。好きなことができる」

「ご両親は、おまえがいまどこにいるのか知ってるのか？」

「なにもいってません」

「おいおい、島ではふたつの死亡事件があったんだぞ。ふたりとも心配で、頭がおかしくなりかけてるだろう。電話して、すくなくとも自分が無事だってことを知らせるんだ」

「どうせお袋が、おれの居所を突きとめようとしてセドリックに電話してるはずです。そして、やつからおれがフェリーに乗って出ていったことを聞いてるでしょう」サンディは子供みたいにふくれていた。

「それだけじゃだめなのは、わかってるだろう」

「そんなの、どうだっていい！　今度のことは、みんなあのふたりのせいなんだ」

ペレスはサンディを見た。週のはじめの彼は、ペレスに大人になったものだという印象をあたえていた。思いやりをもってグウェン・ジェームズに接し、ハティにかんしてペレスが期待した以上の情報を持ち帰ってきていた。だが、いまのサンディは、なくなったおもちゃのことでかんしゃくを起こしているよちよち歩きの幼児みたいに、自分の不幸を両親のせいにしていた。

ペレスと目をあわせたサンディは、上司の落胆ぶりに気づいたにちがいなく、その口調が変わった。「わかりました。じゃ、うちに電話します」

ペレスはコーヒーカップをキッチンにはこんでいった。壁をとおして、サンディのくぐもった声が聞こえてきた。まだ弁解がましさと怒りが同居しているのがわかったが、彼がなにをいっているのかまでは聞こえなかった。ペレスが居間に戻ってみると、電話は終わっていた。ペレスはカーテンを閉め、サンディが口をひらくのを待った。結局のところ、サンディはそのためにここにきたのだ。ほかにどんな目的があって、あんな状態で戸口にあらわれたというのか？

「親父とお袋はセッターを売るつもりです」サンディがいった。

ペレスはうなずいた。「それは理にかなっている。ご両親はあそこを空き家にしておきたくはないだろうし、どのみち小農場のほうは、ほとんど親父さんがやっているんだろう？」

「警部はわかってないんです。親父はあそこを売りたがってない。そんなこと、考えたくもないんだ。試掘調査をつづけるのにさえ反対してた。それなのに、いまじゃ集会場で大がかりな催しがひらかれることになってる。お袋はセッターでみつかった銀貨のお披露目だといってるけど、実際には家を買うように環境保全《アメニティ》トラストに働きかけるためのものなんだ。このまま売却されたら、あの土地はそこいらじゅう掘り返される。ミマの家だって取り壊されて、かわりにそれを復元したようなものが建てられるのかもしれない。それなのに、親父はこういうだけなんだ。〝ああ、そうすりゃいいさ〟」

「なにを心配しているんだ、サンディ？　どこに問題があるのか、よくわからないな。あそこの家は、いまやご両親のものだ。そこをどうするかは、かれらが決めることだ」

「どうして親父が心変わりしたのかを知りたいんです」怒鳴るような大声だったので、壁越しに隣近所にまで聞こえたのではないかとペレスは思った。「親父は、一度決めたことを変えるような男じゃない」

ペレスはじっとすわって、話のつづきを待った。

「誰かが親父に圧力をかけたんです」サンディはいった。先ほどよりも小さいが、依然として張りつめた声だった。

「おまえのお袋さんかもしれないな。自分の意見をとおすことに慣れている女性だから。べつに、悪いことじゃない。彼女があそこの歴史にすごくいれこんでいるのは、知ってるだろう」

「お袋じゃありません。お袋はぺちゃくちゃとはでに騒ぎたてるだけで、あの家で決定をくだすのは親父なんです」

「それじゃ、なにがあったっていうんだ？」

「脅迫です」サンディはいった。「それが原因かもしれない。親父は誰かをおっぱらうために、金を必要としているのかも」そんな考えは馬鹿げているといってもらいたくて、サンディはペレスを見た。彼はサンディ・ウィルソンなのだ。なんでも間違える男なのだ。

だが、ペレスはすぐには口をひらかなかった。その可能性を真剣に検討していた。彼がウォルセイ島の事件にかんして思い描いた筋立てのなかに、脅迫はふくまれていなかった。だが、もしかすると、それは事実と合致するのかもしれなかった。現時点では、なんでもあり得た。

「おまえの親父さんが、脅迫されるようなどんなことをしたっていうんだ？　彼がミマを殺したとでも？」

「まさか！」サンディはすぐにいった。「それはないです。わざとは」言葉をきる。「何度も頭のなかで考えてみたんです。突拍子もないことを。ひたすら考えてたら、最後にはわけがわからなくなった。それで、酒を飲めば、いくらか気がまぎれるだろうと思ったんです」

「それじゃ、そいつを見ていこうじゃないか。その突拍子もない考えとやらを」

「親父はあやまってミマを殺したのかもしれない。事故です。ハティはそれを目撃していて、そのために親父は彼女も殺した。警部が自分でいってたじゃないですか。ハティが亡くなった晩、親父がセッターにいたって」

「だが、おまえの親父さんはミマが撃たれた晩、ひと晩じゅう家にいてテレビを観ていた。おまえのお袋さんが確認してくれた」

「もちろん、しますよ。家族のためなら、お袋はいくらだって嘘をつくでしょう」

ペレスは笑みを浮かべた。「だろうな。それで、つぎの突拍子もない考えというのは？」

「銃を撃った人物がミマをハティと間違えたって可能性は？　ふたりとも小柄で華奢《きゃしゃ》だし、あの晩、ミマはハティのコートを着ていた。ミマは試掘現場のそばの野原にいた――そこにいそうな人物といえば、ハティのほうです」

「その可能性は、わたしも考えた」ペレスはいった。「だが、おまえの親父さんがハティを殺したがる理由は?」

「なにもありません。親父はほとんど彼女を知らなかった。これもまた馬鹿げた考えのひとつってわけです」

「ひどく馬鹿げてるな」だが、着想はそう悪くない、とペレスは考えていた。それらはどれも、ペレスの頭にも浮かんできた仮説だった。「ほかには?」

「いえ」サンディがいった。「それくらいです」自嘲気味の笑みを浮かべる。「あまり大した探偵とはいえませんね、でしょ? やっぱり警官はやめて、農場の仕事につくべきなのかもしれない」

「もしかすると、あの家の売却のことで、おまえは騒ぎすぎてるだけなんじゃないのか。まあ、無理もないが。お祖母さんのことを、すごく好きだったんだろ」

「おれんちは、なにかがおかしい」サンディが唐突にいった。「それがたまらないんです」

「ご両親にとって、いまはいろいろと大変なときだ。これがすぎれば、自然ともとの状態に戻るだろう」

「そんな日がくるんですかね?」サンディの酔いはすでにさめかけていたが、あいかわらずふさぎこんだ声だった。「なにが起きたのか突きとめないかぎり、ウォルセイ島では誰も先へ進めないような気がする」

「必要とあらば、みんななんとかやっていくさ」ペレスはいった。ウォルセイ島の人びとは、これよりもっとひどいことをくぐり抜けてきたのだ。十五世紀の共同体の崩壊。十九世紀末にウォルセイ島の男性人口の半分の命を奪った――漁に出ていた何隻もの船が、とてつもない大波に転覆させられていた――大嵐。第二次世界大戦中に殺されたシェトランド・バスの若きノルウェー人の男。「だが、わたしは真相を突きとめたい。かれらのためではなく、自分自身のために」ペレスはサンディを見た。「今夜は、このあとどうするつもりなんだ？」

サンディは肩をすくめた。「町に泊まるつもりでしたけど、このままいても飲みつづけるだけだろうから、うちに帰ろうかな」

「まだそんなに遅い時間じゃないから、フェリーに間にあうだろう。わたしが車で送っていこう」ペレスはサンディを見た。「うちに帰るのでかまわなければの話だが」

「ええ」サンディがいった。「警部のいうとおりです。おれが馬鹿でした。親父は人殺しじゃない」

おまえは馬鹿なんかじゃない、とペレスはいいかけた。だが、それはサンディが聞きたがっている言葉ではなかった。

38

サンディはおぼつかない足どりで、セッターの小農場にむかう小道を歩いていった。家のまえまで車で送っていくとペレスが申しでてくれたが、今夜の彼は、すでにじゅうぶんすぎるくらい上司に迷惑をかけていた。醜態をさらしていた。暗くてじめじめとした夜で、彼がミマの死体を発見した晩とよく似ていた。頭に無理やりはいりこんできたそのときの情景を無視して――雨のなかに横たわるミマは、布切れにおおわれた骨の山とほとんど変わらなかった――かわりに、地面の穴ぼこに足をとられて泥のなかに突っ伏すのを避けることに神経を集中しようとする。

小道のカーブをまわったところで、家の明かりが目に飛びこんできた。明かりをつけたまま出てきてしまったのだろうか？　だが、そんなはずはなかった。彼が島のはずれにある〈ピア・ハウス・ホテル〉にむかったのは、まだ午後のはやい時間帯だった。それに、これはミマのキッチンにある棒状蛍光灯――油でべたつくプラスチックのケースにハエの死骸がいっぱいついている棒状蛍光灯――の白い輝きではなかった。この光は赤くて、ちらついていた。

サンディはいきなり走りはじめ、家にたどりついたときには、すでに息もたえだえだった。ドアをあけると、熱気が押し寄せてきて、彼の顔を焦がした。たちこめた煙で目がちくちくし、息がつまった。なんとか頭を働かせて、消火訓練で教わったことを思いだそうとする。火元はキッチンで、家のほかの部分にはまだ燃えひろがっていなかった。炎が食器棚のペンキをなめ、窓の下にある木の羽目板をおおっている。テーブルの上にタオルがあったので、サンディは食器棚の火にそれをかぶせ、酸素の供給を断って消し止めた。食器洗い用のボウルに水をため、それを窓のまわりの火にかける。じゅーっという音がしたものの、木はまだ燃えていた。ふたたびボウルに水を満たしてかけると、今度は火が消えた。サンディはぜいぜいとあえいだ。心臓が激しく鼓動していた。

外で物音がした。苦痛にあえぐ動物があげるような、奇妙な感じの悲鳴だった。サンディは戸口に立ち、外を見た。怒りのせいで、恐怖は感じなかった。怒りと、無分別のせいだ。

「誰だ?」サンディは怒鳴った。「そこでなにしてやがる?」誰かをぶん殴ってやりたい気分だった。大切な祖母の家をめちゃくちゃにしたやつの顔に、こぶしをたたきこんでやりたかった。

牛小屋のそばの暗がりから、人影が進みでてきた。サンディのまえに立っていたのは、父親だった。小さく、年老いて見えた。サンディははじめて、ミマと父親が肉体的に似かよっていることに気がついた。おなじ小柄な骨格をしていて、鋼のような力強さがある。

「犯人を見たかい?」サンディは問いただした。「火をつけたやつを?」

父親は口をひらかなかった。

「父さんはここにいて」サンディはいった。「火がついてからそれほどたってないし、車はなかったから、犯人を捕まえられるかもしれない」

「おれだ」

父親の声のなにかにぎくりとして、サンディは足を止めた。すでに小道をいきかけていたが、むきなおる。

「なんだって?」サンディはまだジャケットを着ており、父親をまえにしていると、自分が巨人になったように感じられた。

「おれがミマの家に火をつけた」

ふたりはみつめあった。父親の言葉はサンディの耳にも届いていたが、その意味は理解できていなかった。たとえ、まったくのしらふでいたとしても、無理だっただろう。霧雨はやんでおり、かすみをとおして丸みをおびた月がぼんやりと見えていた。

「なかには、はいりたくない」サンディはいった。「キッチンがあんな状態じゃ」家の裏手にまわり、試掘現場のわきを通って、入江を見晴らす石塀へとむかう。水面に月の光が反射していた。うしろをふり返らなくても、サンディには父親があとをついてきているのがわかった。ふたりはおたがいに目をそらしたまま、石塀にもたれかかった。

サンディは、これまで何人もの容疑者を尋問してきていた。それは彼の好きな仕事のひとつだった。違反者や目撃者の供述をとるとき、彼はボスであり、すべてを支配していた。そういう状況は、実生活ではあまりなかった。いまの彼は相手が主導権を握ってくれることを願っていたが、父親は黙ってそこに立っているだけだった。

「どうしてこんなことを?」ようやく、サンディはたずねた。警官らしい威張りちらした大声ではなく、絶望のようなものを感じさせる声だった。「どうして自分の家に火を?」

「あそこに誰かが住むことに耐えられなかったからだ」

「これって、あのノルウェー人の男と関係あるのかい?」ふいに浮かんできた考えだった。もしもまだすこし酔いが残っているのでなければ、とてもサンディにはこのことをもちだす勇気はなかっただろう。

「その男について、なにを知ってる?」

「そいつがミマといっしょにベッドにいるところを、父さんの父親がみつけたって。そして、そいつを外につれだし、撃ち殺した」

「それで、ほとんど全部だ」父親がいった。それから、小さな声でつづけた。「それが事実かどうかは、よく知らんが」

だが、サンディはまだその点を父親に問いただす準備ができていなかった。「そのことは、どうやって知ったんだい?」とたずねる。「子供のころ、ミマから聞かされたの?」自分の父親が人殺しだと知らされるのは、どんな気分がするものなのだろう、とサンディは考えた。ミマはそのことを、どんなふうに伝えたのか? こびと族《トロウ》のお話といっしょに、寝るまえにベッドで語って聞かせたとか?

「ミマからは、なにも聞かされてなかった」

「それじゃ、誰から?」

「その話は、いつおれの耳にはいってもおかしくなかった」父親がいった。サンディがちらりと目をやると、月の光が父親のあごひげと髪の毛を銀色に染めていた。「ここみたいなところで、そういったおいしい話をいつまでも秘密にしちゃおけない。おれがウォルセイ島のちっぽけな学校にかよってたときのことだ。喧嘩があった。男の子どうしの喧嘩がどんなだか、知ってるだろ。そのとき、アンドリュー・クラウストンがそれをもちだしてきた。かっとなって、おれを傷つけようとしたんだ。がきのころ、あいつはあまり喧嘩が強くなかった。おれよりけっこう年が上だったが、臆病者だった。きっと、自分の親父さんから、その話を聞いてたんだろう。おれは校庭を飛びだして、それが本当の話かどうかをミマのところへ確かめにいった」間があく。「ミマは、ちょうどこのあたりにいた。蕪を植えてた。スカートをたくしあげて、足には大きな長靴をはいて。おれはずっと走ってきたから、顔が赤くなってた。顔じゅう、涙と鼻水だらけだった。〝おれの親父が人殺しだって、どうして教えてくれなかったんだよ？〟おれはミマにむかって叫んだ。ミマは背中をまっすぐにのばして、おれを見た。〝そうなのかどうか、確信がないからだよ〟」

父親が顔をあげて、サンディを見た。「おれは腹をたててた。ちょうどいまのおまえみたいに。ミマにむかって、叫びはじめた。それはどういう意味なのかとたずねた。ミマはすごく冷静なまま、〝連中が彼をつれてったんだよ〟といった。〝彼がどうなったのか、あたしははっきりとしたことを知らなかった。おまえの父さんも、その話をしようとはしなかった。あたしは、連中が彼をルンナの作戦本部につれてったんだと思いたかった。ちょっと殴ったりしたくらいで。彼が死んだとは、知らなかった。いろんなうわさがながれはじめたときでさえね。おまえにいっとくべきだったよ。でも、知らずにすめばと思ってたんだ〟。そういうと、ミマは列に沿って種をまきつづけた。肩をまるめ、目を地面にむけたまま」

「ミマから、きちんと話をされたことは？」

「その日の晩にな。ミマはすでに何杯か飲んでた。そして、そのノルウェー人の男の話をしてくれた。〝彼は、みんなから「ペール」って呼ばれてた。苗字のほうは、ついに聞かずじまいだった。背が高くて、金髪で、あたしにやさしくしてくれた。おまえの父さんはわくわくさせてくれる男だったけど、決してやさしくはなかった〟。ミマが話してくれたのは、それだけだった」

「そのノルウェー人の男は、どこに埋められたんだい？」サンディはたずねた。

「さあな。いっただろ。ミマは彼が死んだのかどうかさえ知らなかった。その話は、まったく出なかった」

「でも、父さんは考えてみたことがあるはずだ」

霧がさらに晴れ、いまでは月の手前に幾筋かの雲がかかっているだけだった。すごく明るかったので、夏至のころの白夜のようだった。

「十代のころ、おれはそのノルウェー人が自分の父親じゃないかって考えにとりつかれた」サンディの父親がいった。「おれの本当の父親について、あまりかんばしくないうわさがいくつか耳にはいってきてたんだ。親父がお袋を殴ってたってうわさが。けど、そのノルウェー人がおれの父親である可能性はなかった。日付があわない。おれは戦争中に生まれちゃいないからな」

それに、父さんはジェリー・ウィルソンにそっくりだ、とサンディはセッターの小農場に飾ってあった写真を思いだしながら考えた。ほかの男が父親だなんて、あり得ない。

「父親は海で溺死したって、父さんはそう思ってるのかい？」サンディはたずねた。その質問が、ふと頭に浮かんできたのだ。

父親がふりむいた。「ずっと、そう聞かされてきた」という。「どうしてセッターを手放さなきゃならないのか、わからないな」サンディはいった。自分は馬鹿なのだろうか？　頭が鈍すぎて、理解できないのだろうか？　「どうして、いまなんだい？　売るのに、あんなに反対してたじゃないか？　家に火をつけて燃やそうとするくらい、嫌なんだろう？　誰かに売るかわりに、保険金をせしめようとするくらい？」サンディが保険金のことをもちだしたのは、この件にはどこかで金がからんでいるはずだと感じていたからだった。ウォルセイ島では、いつでも金が大きな意味をもっていた。

「そいつは、おれの口からいうことじゃない」父親がいった。「母さんに訊いてくれ。さあ、家に帰ろう。あんな状態じゃ、セッターには泊まれないからな」

「母さんには、おれのせいだっていうよ」サンディはいった。「チップス用の鍋で、ぼやを出したって。おれが飲んでたのを、母さんは知ってるから」

父親はなにもいわなかった。息子の肩に腕をまわすと、ふたりでいっしょにウトラの小農場へと歩いて戻った。

39

翌朝、サンディは飲酒の弊害と夜中にチップスを揚げることの愚かしさについて、母親からこんこんと諭された。「死ぬところだったんだよ。それに、家だって焼け落ちてたかもしれない！」サンディは父親のことを考え、深く悔いているふりをした。

彼はよく眠れなかった。あれだけ飲んだことを考えると、明かりを消したみたいにすぐに寝つけそうなものなのに、ひと晩じゅう、いろいろな考えが頭のなかを駆けめぐっていた。彼は父親との会話を再現しようとした。夜の最初のほうの出来事は、はっきりと記憶に残っていた。ラーウィックの酒場で飲んだこと。缶詰工場で働く本土出身の男と結婚している、太目の女性の肩に腕をまわしたこと。それから、ペレスの家の戸口に馬鹿みたいに突っ立っていたこと。ウォルセイ島に戻ったころには、サンディはかなりしらふに戻っていた。すくなくとも、自分ではそう思っていた。だが、火事に気づいたときのこと、入江のそばで月明かりを浴びながら父親といっしょに立っていたときのこととなると、なかなか細かいところまでは思いだせなかった。まるで、夢を見ていたような感じだった。もしかすると、きのうの晩のような父親の姿を、記憶にとどめておきたくないのかもしれなかった。

母親がベーコン・サンドイッチとコーヒーのはいったマグカップを彼のまえにおいた。父親は、すでに出かけていた。サンディが起きだしたときには、もういなかった。

「すわって、いっしょに朝食を食べたら？」サンディは母親にいった。ふだん、母親は一度に三つのことをこなして、忙しくしていた。瓶に閉じこめられたアオバエみたいに、キッチンをいったりきたりしていた。

「朝食なら、もう何時間もまえにすませたよ」

「それじゃ、ただすわって、コーヒーを飲みなよ！」

母親は驚いたような目でサンディを見たが、いわれたとおりにした。

「父さんは、どうして心変わりして、セッターを売ることにしたんだい？」

「それが理にかなってる、と悟ったからよ。古い家をもってて、どうするっていうの？」サンディは、その口調に聞き覚えがあった。盗んだ車で溝に突っこんだ十代の若者とおなじで、虚勢を張っているのだ。

サンディはかぶりをふった。「父さんはあそこを愛してる。あそこで育ったんだ。知らない連中に荒らされたくないと思ってる」

「そんなのは感傷よ」母親がいった。「感傷で食べてはいけないわ」

「どういうことかは母さんが説明してくれるって、父さんがいったんだ」

一瞬、母親は言葉につまり、悲しそうな目で息子をみつめていた。「ああ、サンディ。おまえにだけは、どうしてもいえないよ」

サンディは顔に平手打ちをくらったような気がした。

そのとき、電話が鳴って、母親がそれに出た。戻ってきたとき、彼女は顔をしかめていた。

「ジャッキーよ。うちにきてもらえないかって、訊いてるわ。アンドリューが、どうしてもおまえと話をしたがってるんですって」

「もちろん、いくよ。いまから歩いてむかうから」サンディは自分が臆病者だとわかっていたが、とにかくこの家から出たくてたまらなかった。

クラウストン家につうじる小道を歩いているうちに、サンディは気分が良くなっていった。石壁に沿って一羽のツグミが跳ねており、そのむこうの野原ではヒバリがさえずっていた。ジャッキーはキッチンにいて、テーブルの上はごちゃごちゃと大変なことになっていた。小麦粉と砂糖とオート麦の袋に、シロップと糖蜜の缶。「忙しそうだけど、なにか特別なことでもあるのかな？」

「あなたのお母さんに頼まれたのよ。集会場でひらく大がかりな催しのために、焼き菓子を作ってほしいって」ジャッキーがいった。「それで、きょうからはじめようと思って。アンナが手伝ってくれてるわ」そのとき、サンディはアンナ・クラウストンもそこにいることに気がついた。隅にすわって、赤ん坊に母乳をあたえている。彼女はだぶだぶのセーターを着ており、なにがおこなわれているのかはっきりとは見えなかったが、それでもサンディはどぎまぎして、顔が赤くなるのを感じた。視線をそらす。

「ごらんのとおり」アンナがいった。「いまはあまり助けになってないけど」

「哺乳瓶で授乳するほうがいいっていって、あたしはいってるのよ」ジャッキーがバターのかたまりと砂糖少々をこねあわせはじめた。「そしたら、赤ん坊も夜眠るようになるかもしれない。たぶん、おなかがすいてるのよ」

「この子は問題ないわ」アンナがいった。「赤ん坊でいるのは、いまだけでしょ。しばらくは、すこしくらい大変でもかまわない。わが子のためだもの」その言葉にこめられた意味は、あきらかだった。アンナは姑を利己的な母親だと考えているのだ。

女たちはこうやってやりあうんだ、とサンディは思った。礼儀正しい言葉に、毒をふくませて。

「アンドリュー伯父さんは？」部屋がいつもとまったくちがうように感じられて、その原因がアンドリューの不在であることに、サンディは気づいたのだ。アンドリューはふだん、調理用こんろのそばの自分の椅子にすわっていた。ぴかぴかのアメリカ製の冷蔵庫や食器棚の上に飾ってある陶磁器の犬とおなじく、キッチンの一部だ。ほとんど口はひらかないものの、巨大で威圧感があり、その存在をまわりに忘れさせることはない。

「うちの人なら、居間よ。いま寝室のひとつを改装中で、がらくたをすこしかたづけるように頼んでおいたの。写真を何枚かみつけて、あなたが興味をもつかもしれないと考えたらしいわ。遠慮しないで、どうぞ」

アンドリューは景色に背をむけて、巨大な肘掛け椅子のひとつに腰かけていた。彼のまえのコーヒーテーブルには、写真のアルバムが山積みされていた。サンディが部屋にはいってくる音を聞きつけて顔をあげ、にやりと笑ってみせる。それだけで、アンドリューはなにもいわなかった。この人物が子供のころに自分の父親と校庭で取っ組みあいの喧嘩をしていたところを、サンディはなかなか想像できなかった。おそらく、口でもやりあったのだろう。ちょうど、先ほどキッチンで、女たちが生後一カ月にもならない赤ん坊をめぐってやりあっていたように。

「ジェリーを覚えてるだろう」サンディはいった。「おれのお祖父さんのジェリー・ウィルソンを」

アンドリューが精神を集中させ、顔をゆがめた。「ちかごろじゃ、あまり思いだせん」口から出てきた言葉は、たどたどしかった。

サンディはアンドリューを見た。記憶にないというのは、都合が良すぎるような気がした。「でも、彼の話をしてくれたじゃないか。ジェリーが戦争中にノルウェー人の男を殺したって」

アンドリューが顔をしかめて、うなずいた。

「ジェリーは、どんなふうにして亡くなったのかな?」サンディは父親にもおなじ質問をしていたが、はっきりとした答えは得られていなかった。

「海の事故だ。おれの親父といっしょに釣りに出かけてた。嵐がきた。すごい大波で船が転覆した。やつは溺れた」

「でも、伯父さんの父親は助かった」

「親父のほうが泳ぎが達者だったし、転覆した船にしがみつくことができた。親父はジェリー・ウィルソンの手を離すまいとしたが、すり抜けていった」

「それが事実だって、確信してる? それもまた、たんなる島のうわさ話のひとつじゃないって? よくあるだろ。みんな、いろんな話をでっちあげる。たとえば、伯父さんがしてくれた〝ジェリー・ウィルソンは人を殺した〟って話みたいに」

一瞬、ふたりはにらみあった。屋根にいるカモメと海岸のそばの草地にいる羊の鳴き声が、サンディの耳に届いた。

「こいつは作り話じゃない」アンドリューがいった。「おまえのお祖父さんが死んだとき、おれはその場にいた」

「でも、まだ子供だっただろ！」

「十歳だった。親父といっしょに釣りにいけるくらいの年齢だ。そのころ、うちにはまだ小さな船しかなかった」

「おれのお祖父さんが助からなかったのに、どうして伯父さんは生きのびられたんだい？」

「わからんのか？」アンドリューが、そのブルーの瞳でサンディをじっとみつめた。「親父は両方を救うことはできなかった。だから、おれをえらんだ。その決断を責められはすまい」

そして、サンディはそのとおりだと思った。どんなときでも、人は友よりも自分の息子の命を優先するだろう。

「ジェリーの死体は打ち上げられたのかな？」

「ここには打ち上げられなかった。おれの知るかぎりでは」

「その死体がセッターの小農場に埋められてたんじゃないか、って思ったんだけど」夜のあいだサンディが考えていたのは、そのことだった。父親があの土地を手放したがらない、ひとつの理由にはなる。

アンドリューが顔をあげて、サンディを見た。「いや、そんな話は聞いたことないな」

「そうか。じゃ、ここにある写真を見ていこうか？」

「ああ、そうしよう」

だが、サンディはまだ過去のこと、葬り去られた秘密のことが頭から離れなかった。「ノルウェー人の死体がどうなったのか、なにか耳にしてないかな？」

アンドリューはこたえなかった。

「シェトランド・バスの任務でこっちにきてたノルウェー人だよ」サンディはいった。ふと気がつくと、アンドリューの反応の鈍さに、ふたたびいらだちかけてきていた。ジャッキーとロナルドがどうやって辛抱強く応対していられるのか、不思議でたまらなかった。「ミマの恋人だった男。彼はどうなったのかな？」

アンドリューはなにもいわなかった。サンディは、アンドリューがかつてどんな男だったかを思いだしていた。身体も声もでかくて、すぐに怒りを爆発させていた。ミマはこういっていた。「アンドリュー・クラウストンの気性の激しさったらないね。海の嵐みたいだ」ときどき、ミマはそういうことを口にした。だが、いまのアンドリューに、その面影はまったくなかった。どちらかというと、エンジンの壊れた船みたいだ、とサンディは思った。停止していて、役にはたたない。

「写真を見ていこう」サンディは答えを無理やりひきだすのをあきらめていった。

アルバムをひらくと、いきなり見覚えのある写真が目に飛びこんできた。ミマの寝室の壁にかかっていた写真——ふたりの女が泥炭をはこびながら編み物をしている写真だ。

「伯父さん、このふたりを知ってる？　誰なんだい？」

サンディが部屋にはいってきてからはじめて、アンドリューはまわりの状況をはっきりと理解しているように見えた。左側の女を指さす。「この女は知ってる。おまえのお祖母さんだ」

「ミマのはずないよ！　編み物なんて、したことなかった！」

「ちがう、そうじゃない」アンドリューはすらすらとしゃべれないことにいらだっていた。「エヴィー。そう、〝エヴィー〟って呼ばれてた。イヴリンの母親だ」

そういわれてはじめて、サンディは似ているところに気がついた。母方の祖母については老女という記憶しかなかったが、写真の女性には、たしかに一族の特徴が見られた。そのがっしりとした体格、決然とした表情には、サンディの母親の面影があった。これがおれのご先祖さまなんだ、とサンディは思った。

アンドリューはすでにその写真に興味を失っており、アルバムのページをめくった。まるで完全に思い出にひたっているような感じで、つぎの写真をじっとみつめる。

「それじゃ、これは誰なんだい？　知ってる人なのかな？」サンディはアルバムがもっとよく見えるようにと、アンドリューのそばにちかづいた。

その写真には、ふたりの男が写っていた。おたがいの肩に腕をまわして立ち、カメラにむかって頬笑んでいる。ふたりとも凝った模様の手編みのセーターにぶかぶかのズボンという恰好で、帽子をかぶっていた。太陽がまぶしいらしく、どちらも目を細めている。リンドビーの海岸で撮られた写真だろう、とサンディは思った。男たちのうしろにすこしだけ写っている空積みの石壁に、見覚えがあった。

「誰なんだい、伯父さん？」すぐに返事がかえってこなかったので、サンディはふたたびたずねた。「片方は、伯父さんの父親かな？」

「ああ、そうだ」老人はもうひとりの男の上に指を突きたてていった。「おれがまだすごく小さかったころの写真にちがいないな。この男がジェリー・ウィルソンだ」

そういわれてみると、サンディにも右側にいる男が自分の祖父だということがわかった。ミマのキッチンにあった写真とおなじく、ゆがんだ笑みを浮かべている。いま、その笑みには、すこし冷酷なところがあるような気がした。ふざけた調子でからかいながら、相手を傷つける男の笑みだ。

写真におさまるふたりの友。いっしょに釣りにいき、帰ってきたのはひとりだけ。それと、十歳になる息子だ。

「もう帰らないと」サンディはいった。「お袋に捜索隊を出されちゃうから。写真を見せてくれて、ありがとう」アンドリューが見せたかったのは、これだけなのだろうか？　サンディは思った。そのために、わざわざおれをここまで呼びつけたのか？　それとも、これはすべてジャッキーの作戦だったとか？　邪魔されずにクッキーを焼くための？

サンディはアンドリューの腕をとり、彼が椅子から立ちあがるのに手を貸した。おれがこんなふうになったら、撃ち殺してもらいたいな。さもなきゃ、腹をくくって、自分で崖から身を投げるかだ。だが、サンディはほんとうに自分がこんなふうになると考えているわけではなかった。彼はまだ若く、そんなことは想像もできなかった。老人はゆっくりと角窓のほうへ移動していった。そこからだと、セッターの小農場とミマの家のむこうにある試掘現場の溝がよく見えた。

「連中は、ノルウェー人の男の死体をあそこに埋めたりしなかった」アンドリューがいった。「ジェリー・ウィルソンの船で沖合にはこびだし、投げ捨てたんだ。おれの親父は、そういってた」

40

金曜日の朝、ペレスは念入りにひげを剃った。浴室は冷えきっており、鏡についた湯気を手でぬぐって、きちんとひげが剃れているかどうかを確認する。きょうは特別な日だった。フランが帰ってくるのだ。ペレスは空港で彼女とキャシーを出迎え、レイヴンズウィックの家まで送っていくことになっていた。こうして会うのがいけないことであるかのように、彼は不安と興奮を感じていた。すでに自分には妻がいて、フランが愛人ででもあるかのように。どうしてこんなふうに感じているのか、自分でも理解できなかった。なにせ、今夜は彼女といっしょにすごすことさえできないのだ。ペレスはふたりを家まで送り届けたあとで、ウォルセイ島へいかなくてはならなかった。

それは仕事であり、いかんともしがたかった。フランは理解してくれるだろう。彼女にとっても、仕事は重要なものなのだ。彼女はかんしゃくを起こして騒ぎたてたりはしないが、ペレスのためにとくになにかするということもないだろう。シャンパンのボトルとセクシーな下着を用意して、ペレスの帰りを寝ずに待ったりはしない。その晩、彼が帰ってくるという保証はないのだから。フランは捜査中のペレスが夜も帰宅しないことがあるのを知っていて、ひとりで先にベッドにはいるようにしていた。寝ているフランのそばにもぐりこむとき、ペレスは彼女を起こしていいものかどうか、いつも迷った。はたして自分には、その権利があるのだろうか？

どのような結果になるにせよ、捜査はきょうでけりがつく、とペレスは考えていた。目覚めたときには霧が出ており、居間の窓からはヴィクトリア埠頭までしか見えなかった。彼がまず考えたのは、飛行機がすべて欠航となり、フランもグウェン・ジェームズもこちらへはこられない、という可能性だった。イヴリンの催しの主役は欠席となり、ペレスは敬愛する女性の帰りをあと一日待たなくてはならないだろう。そのあと、ほんの数分のあいだに——彼がポットに紅茶を用意するあいだに——太陽が雲を蹴散らし、いまではもうしぶんのない天気になっていた。まるで夏至のころのように空は晴れ渡り、日はさんさんと照り、空気は暖かかった。朝食を食べながら、ペレスは水面ぎりぎりを飛んでいくツノメドリを目にした。この春の最初の一羽だ。それを吉兆ととらえるべきだと思ったものの、それでもまだ彼の神経はぴりぴりしていた。

警察署につくと、ヴァル・ターナーから電話がかかってきた。

「ジミー、あたしがこれからウォルセイ島にむかうことを知らせておこうと思って。今夜、集会場で会いましょう。すべて準備はととのってるわ」

ペレスは地方検察官と会う約束を取りつけようとしたが、彼女は急に二日間の休暇をとっていた。理由の説明はなく、彼はあらためて、地方検察官のことを誰もよく知らないことに気づかされた。シェトランドの名士でここまでプライバシーを守ることに成功した人物は、ほかにひとりもいなかった。彼女のことをあまり好きでないにもかかわらず、いないならいないで、ペレスは寂しさをおぼえた。へまをするサンディの存在も、なつかしかった。以前の捜査では、責任や不安をインヴァネスからきたロイ・テイラー主任警部とわかちあうことができた。テイラーと組むのは決して楽なことばかりではなかったが、ペレスは彼の率直さや良識を高く評価していた。おれは捜査にのめりこみすぎるきらいがある、とペレスは思った。なんでも複雑に考えてしまう。それを正して、想像力の手綱を締めてくれる人物が必要なんだ。

そのあとで、ペレスはサンディの携帯電話にかけた。サンディが口をひらくまえから、うしろで指示をあたえているイヴリンの声が聞こえてきた。

「調子はどうだ?」

「こっちはもう、しっちゃかめっちゃかです。お袋ときたら、リンドビーの集会場で歴史の講演会をひらくんじゃなくて、クソいまいましいアカデミー賞でも主催するんじゃないかって勢いなんですから」

ペレスは、今夜その講演会で会おうといいかけたが、サンディが間髪をいれずにつづけた。

「きのう、アンドリューに会ってきました。その話によると、例のノルウェー人の男がセッターの小農場に埋められたってことはないそうです。かれらはノルウェー人の男の死体を船で沖合まではこびだし、投げ捨てたんだとか」

「〝かれらは死体を船で沖合にはこびだした〟といったが」ペレスはいった。「その〝かれら〟ってのは誰なんだ？」そして、もしもそれが真実ならば、セッターの小農場でみつかった骨の破片――ヴァル・ターナーによると、ほかのより最近の骨の破片――は、いったい誰のものなんだ？

「よくわかりません。たぶん、ジェリー・ウィルソンとアンドリューの父親でしょう。ふたりは友だちでした。親友です」サンディが言葉をきった。「ジェリー・ウィルソンが溺死したとき、アンドリューの父親はいっしょに海に出てました」沈黙がおりる。ペレスはサンディが先をつづけるのを待った。きちんと意味のつうじる文章をひねりだそうとサンディがあがいている様子が、電話越しに見えそうな気がした。「アンドリューも、その場にいました」サンディがつづけた。「まだ十歳でした。ジェリー・ウィルソンが助からなかったのは、どうやらそのせいだったみたいです。アンドリューの父親は両方を救うことができずに、自分の息子をえらんだんです」


ペレスは遅めの昼食を〈サンバラ・ハウス・ホテル〉のバーでとるつもりでいた。空港で待つより、そこで時間をつぶすほうがいい。空港にはやくつきすぎているのは、どんなときでも必死そうに見えるものだ。さもなければ、すごく神経質に。だが、滑走路のそばを車で通りすぎたとき、ペレスはまわり道をしてグラットネスへとむかった。フェア島の郵便船〈グッド・

シェパード〉号が発着する埠頭があるところだ。きょうは船便のある日なので、急いでいけば、船がフェア島にむけて出発するまえに、父親やほかの乗組員たちとすこし話ができるだろう。人びとの記憶にあるかぎりずっと昔から、その郵便船はペレス家が仕切っていた。ペレスが子供のころは、彼の祖父が船長だった。いまは彼の父親がつとめている。父親が引退することになったら、誰があとを継ぐのだろう、とペレスは思った。

彼が埠頭についたとき、ちょうど船の荷積みがおこなわれているところだった。積みこむ車が一台あり、ペレスが車でちかづいていくあいだじゅう、位置の調整がおこなわれていた。店の補充品のはいった箱は、すでに船倉に積みこまれていた。乗船許可がおりるのを待っている乗客がふたり。首に双眼鏡をぶらさげた年配の男性バードウォッチャーと、ペレスがまえにも見たことのある若い女性だ。たしか、鳥類観測所で働いているのではなかったか。話の内容までは聞きとれなかったが、それでも彼女が乗組員たちと冗談をかわしているのがわかった。長い黒髪は、ちぢれていてぼさぼさだ。女性が頭をのけぞらせて笑った。

ペレスが車から降りると、父親が船から埠頭に飛び移ってきた。父親の髪はまだ黒ぐろとしており、身体は健康そうで力強かったが、顔だけは別だとでもいうように、ほかの部分よりも老けて見えた。

「よお、ジミー、この船で帰郷しようってのか？」父親がなにを考えているのか、ペレスはついぞわかったためしがなかった。その言葉には、いつでも非難するようなところ、つっかかるところがあるような気がした。いまは、自分があまり実家に帰っていないことをほのめかしているように感じられた。あるいは、その場の思いつきで家族といっしょに数日すごせるなんて、ずいぶんお気楽な仕事だ、と揶揄しているように。馬鹿なことを考えるんじゃない、とペレスは自分に言い聞かせた。父親はそんなつもりでいったんじゃない。ただ質問をしただけだ。父親が相手だと、ペレスはつい、いつでも勘ぐってしまうのだった。

「いや」ペレスはいった。「空港に人を迎えにきたんだけど、はやくつきすぎたから」

「もっとちょくちょく帰ってこい」父親がいった。「おまえがいまつきあってる、あのあたらしい女性をつれて」

　フランをフェア島につれていくのを、ペレスはずっと避けていた。彼の両親はフランと一度会っていたが、それは両親が本土へいく途中でラーウィックに立ち寄ったときのことだった。ペレスは両親の期待の大きさに——一族の名前を伝える男の孫をもうけてほしいという望みに——フランが恐れをなすことを心配していた。男の子が生まれなければ、彼はシェトランドにおける最後の〝ペレス〟になるのだ。

「ああ」ペレスはいった。「そのうちね。夏のあいだは無理だ。フランは展示会の準備で忙しいから。秋にでもいくよ」それ以上、先のばしにはできなかった。いっしょに育ってきた男たちが埠頭から船へと箱や郵便物の袋を手渡しし、笑いあっているのを見ているうちに、ペレスはちくりと後悔の念にかられた。自分もこうなることができたのだ。フェア島での人生をえらぶ道もあったのに、彼はそれをしりぞけてきた。これから待ちうける夜のことを考えると、その人生は単純で魅力的に思えた。

ペレスは埠頭に立って、船が視界から消えるまで見送っていた。海は凪いでいたが、水平線にひろがる雲の帯がすぐに船をつつみこんだ。幽霊船のように船影がぼやけ、やがて完全に消えていく。〈グッド・シェパード〉号が母港に帰りつくのには、三時間以上かかった。フェア島はウォルセイ島とはちがうのだ。半時間ごとにカーフェリーが運航されているわけではない。フェア島は、イギリス全体でもっとも孤立した有人島だった。学校で、そう教わった。そして、ペレスはいまだにそこを故郷と考えていた。

空港につくと、すでにサンディが先にきていた。ハティの母親を出迎えるという任務でしくじるのが怖くて、やはりはやくつきすぎていたのだ。さえない顔色で、疲れているように見えた。店の外にあるテーブルのひとつにすわって、コーヒーのマグカップを握りしめている。ペレスはコーヒーとサンドイッチを買って、彼に合流した。

「なんだかもう、わけがわからなくて」サンディがいった。「ほら、〝戸棚のなかの骸骨〟って言い回しがあるじゃないですか。家族のいかがわしい過去は、いつまでもつきまとう。あれって、そういう意味ですよね？」

ペレスはうなずいた。

「今回のは、〝土のなかの骨〟って感じです。古くて、赤い骨。でも、どうしてそれがこんなに月日がたってから問題になるのかが、わからない」

「赤い骨？」ペレスは血に染まった骨を想像した。

「お袋がいうには、長いこと土に埋まってた骨は、そういう色になるんだとか」

「子供のころに聞いて、いつまでも頭の片隅に残っているお話に似てるな」ペレスはいった。

「なかなか忘れられない」

かれらは到着ゲートちかくの巨大なガラス窓のところへいき、飛行機が着陸するのを見守った。乗客がタラップを通って、アスファルト舗装の滑走路に降り立つ。フランとキャシーはなかなか姿をあらわさず、ペレスは不安で胃がむかつくのを感じた。もしかすると、彼女はあのなかにいないのかもしれない。土壇場になって心変わりし、都会暮らしのほうが自分にはあっていると考えたのかも。

「あれがグウェン・ジェームズです」サンディがいった。ペレスはその姿を一度もテレビで見たことがなかったが、それでもほかの乗客のなかから彼女をえらびだせただろう。足首のあたりまで丈のある黒いコートに黒いブーツといういでたちで、手には革製の大きな旅行かばんをさげている。ほかに荷物はないらしく、彼女は円形コンベヤーのまえを通りすぎると、まっすぐサンディのところへきて手をさしだした。

ペレスはまえの晩にグウェン・ジェームズと話をしており、自己紹介をしたかった。だが、そのとき飛行機から降りてくるフランとキャシーの姿が目にはいって、そちらに気をとられた。フランは満面に笑みを浮かべ、腕がもげそうな勢いで手をふっていた。ペレスは手をふり返し、馬鹿みたいににやつかないように努力した。彼の記憶にあるフランとは、どこかすこしちがっていた。そう、ヘアスタイルに変化があった。それに、足にはスパンコールにおおわれたピンクのあたらしいレディース・スニーカーをはいている。フランをフェア島につれていったとき、彼女がそれをはいていたら、ペレスの父親はどう思うだろうか？

「こちらは、おれの上司です」サンディがいっていた。「ジミー・ペレス警部」

「電話でお話ししましたね」グウェン・ジェームズが、聞き覚えのあるジャズ歌手のような声でいった。

「すべてこちらの計画どおりで、かまわないんですね？」どうして彼女がこれほど冷静沈着でいられるのか、ペレスにはわからなかった。

「なにがあったのか、どうしても知りたいんです」グウェン・ジェームズがいった。

「外に車がとめてあります」サンディがぎごちなくいった。「おれがウォルセイ島までおつれします」

「では、また今晩お会いできますね、ペレス警部？」

「ええ。またそのときに」

サンディがグウェン・ジェームズのかばんをもちあげ、そそくさと出口にむかいはじめた。そのとき、ふいにペレスは悟った。サンディは、キャシーが駆け寄ってきてペレスに抱きつき、ぺちゃくちゃとおしゃべりをはじめるまえに、グウェン・ジェームズをターミナルの外へとつれだしたいのだ。彼女に幼いころのハティを思いださせて、つらい気持ちを味わわせたくないのだろう。ああ、サンディ、とペレスは思った。おまえも大人になったな。

キャシーは自分の荷物が出てくるのを待ちきれずに、仕切りを乗り越えると、ペレスの腰に両腕をまわして抱きついてきた。ペレスが彼女をかかえあげて高くもちあげたとき、彼の目には回転ドアを通って駐車場へと消えていくグウェン・ジェームズとサンディの姿が映っていた。

「それで」ペレスはいった。「寂しかったかい?」

そこへ、巨大なスーツケースといくつもの買物袋をひきずって、フランがふたりのところへちかづいてきた。ペレスの質問にこたえたのは、彼女だった。

「寂しくなんかなかったわよね、キャス? ちっとも」

「嘘よ。寂しかった。ママったら、みんなにそういってたんだから。すごく退屈してて、家に帰りたいって、ずっといってたの」

「それじゃ、レイヴンズウィックのなつかしのわが家に、はやく送り届けたほうがよさそうだな」ペレスはキャシーを床におろすと、フランのスーツケースの取っ手をつかんだ。その瞬間、この家族をひとつにまとめておくためなら、自分はなんだってするだろう、とペレスは思った。人殺しだって厭わない。「こんなに重くて、超過手荷物料金をとられなかったのかい?」

「大丈夫。ダイス空港のチェックイン・カウンターにいた若くて可愛い男の子を、上手くまるめこんだから」

三人で出口にむかっているとき、ペレスはウォルセイ島の事件の関係者がもうひとりアバディーンからの飛行機に乗っていたことに気がついた。レンタカーの受付カウンターですこし顔をしかめながら書類に記入しているのは、ポール・ベルグルンドだった。

41

アンナ・クラウストンは歩いて丘をのぼり、集会場へとむかった。赤ん坊がいっしょでないと、妙に解放された気分だった。身も心も軽くなったような気がした。入江のそばの低地に霧がかたまっていたので、丘の上の集会場はまるで孤島にあるかのように見えた。目に映る風景でさえ、いつもとちがって感じられた。

集会場のドアをあけたとき、そこにいるのがイヴリンだけだったので、アンナは驚いた。集会場の長いほうの壁ぎわに組み立て式のテーブルがならべられており、イヴリンはそれに白い布をかぶせているところだった。勢いをつけて布をひろげているので、まるで帆がはためいているように見える。集会場の真ん中には、やや小さめなテーブルがいくつかカフェ形式でおかれていた。講演者たちは奥のいちばんいい椅子にすわることになっていて、そこには原稿をのせる台とスクリーンと映写機が用意してあった。紅茶わかし機はすでに蒸気の音をたてており、いつでもつかえる状態だった。すべてが効率よく、きちんとととのえられていた。

イヴリンはエプロンをしていたが、その上からでもアンナには彼女がこの講演会のためにおめかししているのがわかった。緑のイヤリングをつけ、小ぶりのパンプスをはいている。

「あたしはなにをすればいいのかしら?」

「食器棚から茶碗と受け皿をもってきてもらえないかしら」イヴリンはそういってから、つづけた。「サンディが、サンバラ空港でグウェン・ジェームズを拾ってから、島を案内してまわったの。キャンプ小屋《ポッド》とか、セッターの小農場の試掘現場とか。ハティが亡くなったところよ。なんだかぞっとするけど、本人が見たがったの。サンディが迎えにいくことになってるの」

準備をしてるわ。催しがはじまる直前に、サンディが迎えにいくことになってるの。彼女はいま〈ピア・ハウス・ホテル〉にいて、

「そうなの」どうしてグウェン・ジェームズはここにいることに耐えられるのか、アンナには理解できなかった。自分の息子になにかあったら——地面の穴のなかで、あんなふうになって発見されたら——アンナは集会場で知らない人たちのまえにひっぱりだされ、じろじろみつめられたいとは思わないだろう。メレンゲを食べ、薄い紅茶を飲みたいとは思わないだろう。この女性は、いったいどんな母親なのだろう?

アンナは茶碗と受け皿を紅茶わかし機のそばにならべた。食器棚から取りだすときに、島の女たちがいつもやるように、清潔なティータオルでひとつずつ拭いていった。

「もっと手伝いの人がくるのかと思ってたわ」アンナはいった。

「ジャッキーに、どうにかなるっていったの。うちの人がさっききて、家具を動かすのを手伝ってくれたわ」イヴリンは組み立て式のテーブルを離れて、いまは壁のところで試掘現場の写真をピンで留めていた。ハティとソフィがいっしょにしゃがんで作業をしている写真があった。ハティがカメラにむかって顔をあげ、頬笑んでいる。こんなに幸せそうなハティを見たことは、アンナの記憶では一度もなかった。いい写真だった。誰が撮ったのだろう、とアンナは思った。

ロナルドかもしれない。去年の夏、彼は試掘現場に長いこといた。イヴリンがつづけた。「ジャッキーの話じゃ、きょうもアンドリューは興奮気味なんですって。彼が落ちつきしだい、彼女はくることになってるわ。アンドリューは欠席よ。そのほうがいいわね。ここで騒ぎがあっちゃ、まずいもの」

イヴリンとしてはジャッキーがいないほうがありがたいのだろう、とアンナは思った。自分が完全に仕切っていられるからだ。アンナには、その気持ちがよくわかった。

集会場のドアがあいて、アンナの目に太陽を背にした男の人影が飛びこんできた。うすぼんやりとした日の光にふちどられている。また別の霧のかたまりが海から押し寄せてきているのだ。人影がなかにはいってくると、それがジミー・ペレスだということがわかった。アンナがそこにいるのを見て、驚いているようだった。イヴリンとふたりきりで話をしたかったのだろう、とアンナは思った。彼はいま、自分のまえにある選択肢を検討し、この状況にどう対処すべきかを考えていた。イヴリンはドアに背をむけていたので、ペレスがきたことにまだ気づいていなかった。

「イヴリン」

イヴリンがさっとむきなおった。「あら、ジミー。ずいぶんはやいのね。はじまるのは七時からよ」

「あなたとふたりきりですこし話ができれば、と思ったもので。できれば、二、三分ほど、ウトラの小農場のほうへ戻れませんか」

一瞬、間があいた。心なしか、イヴリンの背筋がぴんとのびたように見えた。「悪いけど、それは無理だわ。ほかのお客さまがあらわれるまえに、やっておくことが山ほどあるから」

「どうしても、いま話しあっておいたほうがいいと思うんです」ペレスが言葉をきった。「あとで騒ぎになっては、まずい」

また、あの言葉だ、とアンナは思った。騒ぎ。この人たちは、いったいなにを恐れているのだろう？　かれらがふたりきりで話せるように、アンナは席をはずすと申しでてもよかった。だが、イヴリン本人がそれをいちばん望んでいないのがわかったので、ためらわれた。

イヴリンはじっくりと考えているようだった。表面上は、すごく落ちついて見えた。「あら、その心配はないと思うんだけど、どうかしら、ジミー？　知ってのとおり、あたしは騒ぎたてるような人間じゃないわ。急ぐ必要はない。あたしがどこへもいかないことは、わかっているでしょ」

この会話には自分が理解していない意味がこめられている、という印象をアンナはもった。ペレスはしばらく立ちつくしていたが、うなずくと、きびすを返して出ていった。彼の姿が見えなくなると、イヴリンがエプロンのへりをもちあげ、それで顔を拭いた。彼女が弱みをみせたのは、このときだけだった。それから、イヴリンはまえかがみになり、食器棚からディナー用の大きな皿の山を取りだした。「ケーキは、これにのせて出せばいいわね」という。「どこかにナプキンがあるはずよ。講演が終わるまで、ケーキには食品包装用ラップをかけておきましょう」ペレスとかわした会話については、ひと言もふれなかった。

いろいろあったものの、講演会が大成功だったことは、アンナも認めざるを得なかった。大受けだった。イヴリンはエプロンをはずすと、別人になった。自信と知性にあふれ、じつに魅力的だった。島の人たちでさえ、感心していた。彼女は招待客を集会場に招きいれ、地元民と来住者をひきあわせた。グウェン・ジェームズを案内して壁の写真をすべて見せてまわり、ハティを島に迎えられてどんなに楽しかったかを語って聞かせた。「ハティは、それはもう熱心でした。彼女の手にかかると、歴史が生き生きとしたものになりました。セッターにいた貿易商の目をとおして、当時のウォルセイ島を見ることができました。かれらはわたしたちの祖先ですけど、それを蘇らせてくれたのは島の外からきたハティだったんです」講演者たちを紹介するとき、イヴリンはメモを見ずにすらすらとしゃべった。「このプロジェクトをもっとも熱心に支えていたふたりの人物の不慮の死は、じつに痛ましいことでした。けれども、このふたりのためにも、わたしたちはセッターでの発掘をつづけ、それを成功させなくてはならないのです」

どこか別の土地で暮らしていたら、イヴリンはやり手の女性実業家になっていただろう、とアンナは思った。彼女が会議用テーブルの上座から部下たちを叱咤激励しているところが、目に浮かぶようだった。

ジミー・ペレスは女性を同伴して戻ってきていた。芸術家っぽい感じのあか抜けした女性で、小柄で潑剌《はつらつ》としている。ふたりは、ちょっと変わったカップルだった。ペレスがむっつりとして感情をおもてにあらわさないのに対して、彼女のほうはつねに動きまわり、なんにでも興味を示すように見えた。なんとなく彼女に見覚えがあるような気がして、アンナはしばらく考えていた。それから、ようやくこの女性が誰だかわかった。レイヴンズヴィックに住んでいる、画家のフラン・ハンターだ。『シェトランド・ライフ』の最新号と高級紙の日曜版の芸術欄に、彼女を取りあげた記事が載っていた。数年後には、あたしもそうなっているのかもしれない、とアンナは考えた。そして、それをきっかけに、彼女の頭のなかで未来図が形作られはじめた。特集記事であたしの糸紡ぎと編み物が紹介され、あたしはそれを〝ウォルセイ・コレクション〟と名づける。インスピレーションの源となるのはセッターの小農場にあった貿易商の家や硬貨のデザインで、ロナルドに頼んで、当時の衣装や装飾品について調べるのを手伝ってもらおう。それでじゅうぶんな収入を得られるようになったら、ロナルドは漁師をやめられるかもしれない。ふたりでこれを商売にして、やっていけるかも。突然、どんなことでも可能に思えてきた。

ペレスは、講演者たちからいちばん離れた集会場のうしろに立っていた。たしかに席はすべて埋まっていたが、アンナは彼があえてその場所をえらんだのだと思った。集会場のなかで起きていることを、すべて視界におさめておきたいのだ。サンディ・ウィルソンはハティの母親といっしょに、まえのほうの席にすわっていた。サンディの父親の姿はどこにもなく、アンナは意外に思った。イヴリンは無理にでも夫をつれてきそうなものだが。サンディはアンナの結婚式のときとおなじスーツを着ていた。顔が赤く、居心地が悪そうだ。ロナルドはこのすべてにうんざりしていただろう。アンナには、それがわかった。彼が家にとどまる口実をあたえてあげたんだから、あたしに感謝してもらいたいくらいだわ！　はやく家に帰って、この晩の様子をロナルドに話したくてたまらなかった。なんのかんのいっても、ロナルドは歴史に対して情熱をもっていた。きっと興味があるはずだ。

ジャッキーはぎりぎりになって――ちょうどイヴリンがしゃべりはじめようとするときになって――会場に駆けこんできた。めずらしく穏やかな天気だったにもかかわらず、風に吹かれて乱れたような恰好をしていた。大急ぎで用意をして出てきたといった感じで、ジャッキーらしくなかった。彼女の姪のひとりが美容師で、夜の外出のまえには必ず髪をセットしにくるのだが、きょうはブラシをかける時間さえほとんどなかったように見えた。

アンナは集会場の反対側にいるジャッキーを見て、またアンドリューの具合が良くなかったのだと思った。義理の娘としては、このふたりにもっと思いやりをみせるべきなのだろう。ロナルドが実家に手伝いにいったとき、あんなに文句をいうべきではなかった。夫の両親に対して、すこし不親切だった。

こうしたことを頭の片隅で考えながら、アンナは講演を聞いていた。顔に聞き入っているような表情をはりつけてすわっていたので、彼女の心がここにないことは誰にも気づかれなかっただろう。でも、みんなおなじなのかもしれない、とアンナは考えた。ちらりと聴衆のほうを盗み見て、黙ってうやうやしく聞いている人たちがなにを考え、なにを思っているのかを想像しようとする。講演者がスピーチを終えて席につくたびに拍手が起こったが、もしかすると、みんなの頭のなかでも、関係のないさまざまなイメージが映画のように通りすぎているのかもしれなかった。あたしたちは、おたがいをよく知ってると思っているけど、それぞれが秘密をかかえているんだわ。

最初に演壇に立ったのは、ポール・ベルグルンドだった。アンナは彼に会ったことがなかった。頭蓋骨がみつかったときは出産で島を留守にしていたし、それ以外のときでもイヴリンから紹介してもらう機会がなかったのだ。ポール・ベルグルンドの話は、ひじょうにみじかかった。それに、そのアクセントのせいか、失礼なくらいそっけなく聞こえた。

「大学は、これまでつねにウォルセイ島のプロジェクトを熱心に支援してきました。そして、それはハティ・ジェームズの悲しむべき死にもかかわらず、この先も変わらずにつづいていくでしょう」

イヴリンはもっと多くを期待していたのではないか、という印象をアンナは受けた。確固たる資金援助の約束とか、プロジェクトに参加する大学院生の増員とか、プロジェクト全体の拡充とか。だが、いまの状況を見るかぎりでは、このプロジェクトは忘れ去られることになりそうだった。すくなくとも、大学からは。

ヴァル・ターナーの講演のほうがイヴリンの期待に添うものであることは、あきらかだった。念入りに準備されており、図表などをつかって、貿易商の家にかんする背景情報やハンザ同盟の重要性が説明されていった。話が頭蓋骨の発見のくだりにさしかかると、聴衆の関心はいや増したようだった。砕けた肋骨からなにがわかるのかという説明があり、プラスチックの箱のなかで鈍い光を放っている小さな硬貨がお披露目される。「ここがシェトランドのなかでも重要な遺跡となることは、間違いありません」

アンナは腕時計に目をやった。赤ん坊は、搾っておいた母乳のボトルをもう飲んだだろうか？　きょう、こちらにくるまえにすこし飲ませてみたのだが、べつに問題はなさそうだった。いろいろな考えにくわえて、また別の思いが頭のなかをよぎっていく。あの子をおいてくるべきではなかった。まだ、あんなに小さいのに……。罪の意識。そう、母親はつねにそれをかかえて生きていかなくてはならない。慣れるしかないのだ。

つづいて、ジミー・ペレスが聴衆のまえに進みでた。ヴァル・ターナーが彼を紹介する。

「それでは、ハティ・ジェームズの悲しむべき死について、ペレス警部からみなさんにお話があります」

会場じゅうに興奮がみなぎっていた。頭蓋骨と硬貨がお披露目されたときでさえ、これほど聴衆の興味がかきたてられはしなかった。グウェン・ジェームズの彫りの深い無表情な顔を見て、アンナは彼女がまえもって知っていたのだと思った。ペレスがなにか発表するのを知っていて、会が進行するあいだ、ずっとそれを待っていたのだ。あらかじめ、警告されていたにちがいない。アンナは脈がはやくなるのを感じた。彼女もまた、ペレスの話に興味津々だった。

ペレスはテーブルの手前に立ち、それにもたれかかっていた。やがて、テーブルを手で押すようにしてまっすぐに立つと、直立不動の姿勢でしゃべりはじめた。「警察は、ハティ・ジェームズの死に疑わしい点があると考えています。彼女の死は、自殺ではありませんでした。この殺人には確かな目撃者がいて、犯人逮捕の日はそう遠くない、とわれわれは考えています。

とはいえ、ひきつづきウォルセイ島のみなさんからの協力と情報提供をお待ちしていますので、どうかよろしくお願いします」一瞬、完全に静まりかえったあとで、抑えた感じのざわめきがはじまった。ペレスの発言がなにを意味しているのか、アンナにはよくわからなかった。いま島の人たちは、グウェン・ジェームズがこの場にいなければよかったのに、と考えていることだろう。たしかに彼女は有名人だが、それよりも自由にうわさ話ができるほうがずっといい。

今夜の催しも、そろそろ終わりにちかづいてきていた。講演がすべてすむと、島の女性たちはテーブルの奥に移動して、巨大な金属製のポットから紅茶を注いだ。皿からは食品包装用ラップが取りはずされ、いまではそのほとんどが空になっていた。ペレスは集会場のなかをまわって、地元の人たちと話をしていた。というより、むしろ地元の人たちの話に耳をかたむけていたといったほうがいい。アンナは、そういう印象を受けた。彼女がいつ見ても、ペレスは黙って話し相手の顔をじっとみつめていた。

アンナは、もう家に帰りたかった。グウェン・ジェームズは急に途方に暮れてしまったような感じで、サンディが気をきかせて――彼にこれほどの気配りができるとは、アンナは思ってもみなかった――〈ピア・ハウス・ホテル〉まで車で送っていこうと申しでていた。サンディがグウェン・ジェームズのコートをさがしているときに、外で煙草を吸っていたふたりの男が戻ってきた。

「帰り道には気をつけろよ。霧がすごくて、目のまえの手だって、ほとんど見えやしない。道路からはずれないようにしろ」サンディがグウェン・ジェームズのためにドアをあけたとき、男たちのいうとおりだということがアンナにもわかった。なにも見えなかった。遠くのシェトランド本島はもちろんのこと、まわりの家の明かりでさえ。

42

サンディは、人が歩くくらいののろのろ運転で〈ピア・ハウス・ホテル〉にむかっていた。今夜の催しが無事に終わって、ほっとしていた。誰もがサンディの母親の仕切りの見事さをほめていたし、母親は、彼の記憶ではここしばらくなかったくらいの落ちつきをみせていた。母親がこの先もそういう状態でいてくれることを、サンディは願った。いまはとにかく、グウェン・ジェームズをきちんと部屋まで送り届けなくてはならなかった。それがすめば、リラックスできるかもしれない。サンディは運転席のなかで身をのりだし、車が道路からはずれないようにすることだけに神経を集中させた。草地のへりがつねに両側にあることを確認する。グウェン・ジェームズは煙草を吸っていた。サンディはひと晩じゅう彼女を観察し、冷静さを失わないその態度に感心していた。きっと修練を積んできているのだろう。政治家は、ある種の俳優でなくてはならないのだ。政治家の真似事のようなことをしているにすぎない彼の母親でさえ、必要とあらば演技することができた。これまで何年にもわたって、サンディは母親が心にもない笑みを浮かべ、意味のない口当たりのいい決まり文句をつかって、ラーウィックからきたお偉いさんたちにウォルセイ島でのプロジェクトの話をするのを見てきていた。疲れたり落ちこんだりしているときでも、その笑みが消えることはなかった。

車が集会場を離れるやいなや、サンディはこれがグウェン・ジェームズにとってどれほど大変なことだったのかを目のあたりにした。箱から煙草を取りだす彼女の手は震えていたし、それ以来、ずっと煙草を吸いどおしだった。車がいきなりシンビスターについたので、サンディは一瞬、とまどいをおぼえた。頭上にオレンジ色の街灯、道路の片側に壁、そして反対側に歩道があらわれる。それから、しばらくいったところで、車を〈ピア・ハウス・ホテル〉のまえにとめた。気がつくと、サンディ自身も震えていた。運転のあとで、いっきに緊張がほぐれたのだ。

彼は、グウェン・ジェームズがまっすぐ自分の部屋へあがっていくものと考えていた。すでに食事はすませていたし、ひとりきりになりたいだろう。だが、そうではなさそうだった。

「ああ、一杯やらずにはいられないわ。つきあってくれるかしら、サンディ?」

この天気のせいで人びとは家にとどまっており、高級バーのほうには客がひとりもいなかった。セドリック・アーヴィンは一般のバーの客側のスツールに腰かけていて、ジーンがカウンターのうしろに立っていた。セドリックがサンディに片目をつぶってみせた。

「それで?」サンディはたずねた。

「すべてやっといた」セドリックがいった。

サンディはもっとくわしくたずねたかったが、グウェン・ジェームズがすぐそばに立っていたし、ジーンがすでに注文をとろうとちかづいてきていた。

「ウォッカのトニック割りを、大きなグラスで」グウェン・ジェームズがいった。「あなたは？」

サンディはビールを注文し、ポケットから財布を取りだそうとした。

「わたしの部屋の勘定につけておいてちょうだい」グウェン・ジェームズは席につき、サンディが飲み物をはこんでくるのを待っていた。ハティに対しても、彼女はこんなふうに親分風を吹かせていたのだろうか、とサンディは思った。太っ腹だが、自分の望むものを手にいれることに慣れている人物らしい態度だ。

ふたりが二杯目を飲んでいるときに、ポール・ベルグルンドがはいってきた。集会場からの道中のすくなくとも一部を歩いてきたにちがいなく、髪の毛とコートに細かい水滴がついていた。ベルグルンドはいっしょに飲みたくなかっただろうが、彼がホテルにはいってくるのを目にした瞬間にグウェン・ジェームズが立ちあがり、大きな声で一杯ごちそうさせてくれと申しでていた。無作法にならずに、その誘いをことわることはできなかった。

ジーンがベルグルンドの注文したウイスキーをはこんできたあとで、気まずい沈黙がながれた。共通点のない三人だ、とサンディは思った。ただひとつ、死んだ若い女性をのぞいては。ひとりは彼女を生み、ひとりは彼女とセックスした。そしておれは、彼女をただ変わってると思っていた。

「ソフィもここにいたらよかったんだけど」グウェン・ジェームズがふいにいった。「彼女と話がしたかったわ。ふたりは友だちだったんでしょ？　敬意を表して、彼女もくるかと思っていたんだけど。ここにいたがるかと」

「連絡を取ろうとしたのですが、つかまらなくて」ベルグルンドがいった。「間にあいませんでした。すみません」

グウェン・ジェームズは立ちあがると、どうしても煙草が吸いたいといった。外へ出ていくとき、足もとがすこし怪しかった。この調子で飲みつづけたら、彼女は二日酔いで朝を迎えることになるだろう。かれらのテーブルから、ホテルの入口に立って煙草に火をつけようと悪戦苦闘している彼女の姿が見えていた。

テーブルにふたたび訪れた沈黙を破ったのは、ベルグルンドだった。彼はもっとはやい時間から飲んでいたらしく、それで集会場での講演をあんなにみじかく切りあげたのかもしれなかった。

「いっとくが、わたしは彼女のことが好きだった。ハティのことが。だが、男と女ではちがう、だろ？」

昔だったら、自分はその意見に賛同していただろう、とサンディは思った。だが、彼はハティがどれほどずたずたになったかを見ていた。彼女の手紙を読んでいた。いまでは、そのいいわけが通用するかどうか、よくわからなかった。サンディはビールにちょっと口をつけ、どう返事をしようかと考えた。

ベルグルンドがつづけた。「わたしは結婚していたし、妻と子供たちを愛していた。だが、ハティはその場にいたし、すごく熱をあげていた。どんな男だって、おなじことをしただろう。ちがうか？　たぶん、自尊心をくすぐられたんだな。彼女のおかげで、わたしはふたたび自由になった気がした。魅力的になった気が」

だから、彼女を押し倒さずにはいられなかったってのか？

だが、その質問は口にされずに終わった。グウェン・ジェームズがバーに戻ってきて、全員のグラスがまだいっぱいであるにもかかわらず、カウンターでおかわりを注文していたからである。どのみち、自分にはその質問をするだけの勇気がないのが、サンディにはわかっていた。とても耐えられなかった。ここに黙ってすわって、ふたりの教養あふれるイングランド人がおたがいに茶番を演じるところを見ているなんて。グウェン・ジェームズは、娘の面倒をみてプロジェクトの指導をしてくれたことをベルグルンドに感謝する。ベルグルンドは、ハティがどれほど聡明な学生で将来を期待されていたかについて語る。ハティがどれほどみんなから好かれていたかについて。そんなのを聞かされていたら、吐きたくなるだろう。

サンディはペレスから、グウェン・ジェームズとベルグルンドがベッドにはいるまで〈ピア・ハウス・ホテル〉を離れるな、といわれていた。「今夜、あのふたりに島をうろつかれたくない。わかるな」そして、サンディが異議をとなえようとすると、「これは重要なことだ、サンディ。おまえはグウェン・ジェームズを知っているし、彼女はおまえを信用している。ほかに、これを頼める相手はいないんだ」

だが、サンディはここから逃げださずにはいられなかった。もっと身近なところに解決しなくてはならない問題があったし、なにか行動がしたかった。それに、もしもこれ以上ここにすわっていたら、しらふではベルグルンドと顔をあわせていられないので、もっと飲むことになる。そうなれば、最後にはベルグルンドを殴るか、失礼な言葉を投げかけるかだ。ふたりとも、今夜はもう外には出ないだろう。こんなに霧の濃い晩なのだ。道路までだって、いきつけやしない。サンディは適当な口実をもうけて、その場を辞去した。ホテルを出るとき、フラン・ハンターと鉢合わせした。ペレスが彼女のために部屋を予約しておいたにちがいなかった。フランは彼にむかって小さく手をふると、上階へとあがっていった。

サンディは、母親がひとりでウトラの小農場のキッチンにいるところをつかまえた。母親は洒落た服を脱いで、サンディが物心つくころから着ているぼろぼろの化粧着に着替えていた。温めた牛乳を、マグカップで飲んでいる。母親は顔をあげて息子を見ると、頬笑んだ。

「父さんは？」サンディはたずねた。

「もう寝るように勧めたの。このところ、睡眠不足みたいだから」

「父さんのことが心配なんだ」

「もう、その必要はないわ」母親がいった。「これからは。この数週間、父さんとあたしはいろいろなことをくぐり抜けてきた。このことだって、上手く切り抜けられる」

「どんなふうにはじまったんだい？」母親はすぐにはこたえなかった。「盗みだよ、母さん。

おれがいまいってるのは」生まれてはじめて、サンディは大人どうしとして母親に話しかけているのを感じた。

「盗み？」母親の顔にショックの色が浮かんだ。「そんなふうに考えたことは、一度もなかった」

「おれの上司は、そう考えてる」サンディは淡々といった。「おそらく裁判所も、そう考えるだろう」

「ああ、サンディ」母親がいった。ようやくこの話をする機会ができて、母親が喜んでいるのがわかった。「簡単なことだったんだよ」

「話してくれ」サンディは家についたとき、怒りに燃えていた。母親から答えをひきだそうと、決心を固めていた。いまはただ、相手がなにをいうのかを聞きたかった。

「うちはいつだって、お金に困ってた」母親がいった。「それがここではどういうものなのか、おまえには理解できないだろうね。漁師の家族は、自家用車やお洒落な服や太陽の下ですごす休暇を手にいれる。見たところ、年にふた月くらいしか働いていないくせに。ところがうちは、おまえのお父さんがダンカン・ハンターからもらってくる給料だけで糊口をしのがなくちゃならなかった。ジャッキー・クラウストンなんて、まるで自分の靴についた泥でも見るような目で、あたしを見てた。あたしだって、ちょっとした稼ぎに値するだけのことをやってた。そんなふうに考えたところから、はじまったんだよ。あたしはこの島のために働いて、なにももらってなかった。ところが漁師の家の連中ときたら、稼いだものを全部自分のふところにいれてた。そんなの、不公平としか思えなかった」

　腐敗ってのは、どこでもそんなふうにしてはじまるのだろう。あれだけのリスクを背負い、あれだけの貢献をしたのだから、臨時収入やリベートをもらって当然——政治家や実業家は、そういって自分たちを納得させるのだ。そういうサンディ自身、かれらより上等というわけではなかった。父親が面倒なことになるかもしれないと考えて、かつてダンカン・ハンターの酔っぱらい運転を見逃したことがあったのだ。

「どうやったんだい？」

「ただ必要経費をすこし水増ししたんだよ。あたしはいくつかのプロジェクトで、環境保全《アメニティ》トラストに助成金の申請をおこなった——最初は、地方劇団への助成金だった。ウォルセイ島の地域評議会の名義で銀行口座をひらいて、必要経費の領収書を提出し、そのあたらしい口座宛に小切手を振り出させた。必要経費の一部は、厳密にはプロジェクトとは関係なかったかもしれない。でも、誰も確認しなかった。誰も気がつかなかった。そこからはじまって、じょじょに回数が増えていったんだよ」

「そして、さらにたくさんの金を盗んだ」サンディは胃に穴があいたように感じた。彼は正直者になるようにと、母親に育てられてきた。その昔、シンビスターの店でお菓子を万引きしたとき、母親に命じられて店にひき返し、罪を白状してあやまったことがあった。

「あたしは、ただで働いてたんだ」母親が叫んだ。自分を納得させようと必死になるあまり、その顔には赤みがさしていた。「それは、お給料みたいなものだったのよ」

「環境保全《アメニティ》トラストは、母さんの作った口座に小額の助成金を振り込んだ。アンナ・クラウストンの講習会のための助成金だ」サンディはいった。「けど、アンナがその金を目にすることはなかった」

「借りたんだよ」母親がいった。「返すつもりだった。それに、彼女はあたしに借りがあった。あたしのアイデアや模様を拝借したのに、あたしをパートナーに迎えようともしなかったんだから」

「どうやって返すつもりだったんだよ、母さん？　どうして、おれに一度も助けを求めてこなかった？　それか、マイクルに？　おれたちで母さんの問題を解決できたのに。おれたちは、そのために力をあわせてただろう。それくらい、わかってたはずだ」

母親は両手に顔をうずめ、こたえなかった。

「だから、父さんはセッターを売る件で心変わりしたんだ。そうすれば、母さんが返さなくちゃならない金を工面できると考えて」

「あの人には打ち明けるしかなかった」母親がいった。「ミマの葬式があった晩、あの人はなにかがおかしいと気づいていたから」

「でも、そのあとで父さんは耐えられなくなった、だろ？　ミマの家に、ほかの誰も住まわせたくなかった。父さんが保険金目当てで家に火をつけようとしたって、知ってるかい？　あれは、またおれが馬鹿なことをしでかしたわけじゃないんだ」

「ああ」母親がいった。「いまじゃ、父さんとあたしのあいだに秘密はないからね」

「ミマは例の銀行口座の小切手に連署する人物だった」サンディはいった。「引き出しにあった小切手帳を見たよ。ミマは母さんが金をくすねてるのを知ってたんだ。こういうことに関心のないミマには気づかれない、と母さんは踏んでたんだろうけど」

「証拠はなにもなかった」

「でも、ミマは推測した」サンディはいった。いままで彼がかかわったなかで、これはいちばんきついと同時に、いちばん簡単な事情聴取だった。関係者全員をよく知っているので、かれらの考えが手にとるようにわかるのだ。「ミマにそのことを訊かれたのかい？　ミマが亡くなった日の午後、ふたりでそれを議論してた？」

「彼女は自分の心配をしてた」サンディの母親がいった。「この件が明るみに出たら、みんなからなんていわれるだろうって。〝うわさの的になるのがどんなものか、あたしは知ってる。嘘じゃない、イヴリン、楽しいもんじゃないよ。誰もそんな目にあってほしくないね〟」

「それに、ミマは父さんのことが心配だったんだ」サンディはきつい口調でいった。「それで父さんがどんな影響を受けるかが」

「そうね」母親がいった。「もちろん、おまえのいうとおりだわ。ミマはいつだって、おまえの父さんを愛してた」

「議論のあとで戻ってきて、ミマを殺したのかい？」それは、両親のあいだになにかあると気づいて以来、ずっとサンディを悩ませていた疑問だった。

母親がぞっとしたような目でサンディをみつめた。息子から殺人犯だと疑われていようとは、思ってもいなかったのだ。サンディには、それがわかった。母親は、まだ自分のことを善良な市民だと考えていた。

「ロナルドが銃をもって外をうろついてるのを目にして、あれでミマの口を封じられたらちょうどいいのに、と考えたとか？　悪天候のなかの事故だ。ロナルドがあやまってミマを撃ってくれれば、母さんが金を盗んでたことは誰にも知られずにすむ。そのうちに、自分でそう見せかけられるかも、と考えはじめた？」

「まさか！」母親が叫んだ。「とんでもない！　あたしにそんなことができると、本気で思ってるのかい？」

サンディは返事につまった。彼は、母親がだましたり盗んだりできるとも考えていなかったのだ。

どうやら母親は、説明の必要があると感じているようだった。「あたしは漁師の家に嫁ぐことだってできた」という。「そのころでさえ、漁師の家は農場をやってる家よりも稼ぎが良かった。まだ巨大なトロール船に金をつぎこみはじめるまえだったけど、それでもかれらはこの島の基準からすると金持ちだった」母親が顔をあげ、頬笑んだ。「いまじゃ想像もつかないだろうけど、当時のあたしは、かなりいい結婚相手だったんだよ。みんなから、すごく可愛いっていわれてた。アンドリュー・クラウストンはあたしにべた惚れだったけど、あたしは最初からおまえの父さんと結婚するって決めてた。学校にかよってた子供のころから、おまえの父さんが運命の人だった。頭のいかれた魔女みたいな母親のことも、あの人にお金がないことも、どうだってよかった」

「二階にいって、父さんの様子をみてきたほうがいいかな?」サンディはたずねた。

「いいえ」母親がいった。「やめときなさい。そっとしておくの。あたしが薬をあげといたから、もう寝てるわ」

ふいにサンディは、ひどく疲れていると感じた。立ちあがる。ペレスをさがしにいくつもりだった。長い夜になりそうだった。

「どこへいくんだい?」

「仕事だ」サンディはいった。

ふだんなら、母親は矢継ぎばやに質問を浴びせかけてくるところだった。さもなければ、こんな天気の悪い晩に出かけるべきではないと、息子を説得しようとするか。だが、今夜はサンディを見送るために、黙って立ちあがった。ふたりは一瞬、戸口で足を止めた。母親がぎごちなくのびあがり、サンディの頰にすばやくキスをした。

「おまえのいうとおりだよ」母親がいった。「おまえとマイクルに助けを求めるべきだった」

サンディは生まれてはじめて、母親が自分の非を認めるのを耳にしていた。

43

いっしょにウォルセイ島にくるとフランがいいだしたとき、ペレスはあわてた。別れた亭主のダンカンが娘のキャシーをお泊まりでつれていき、自由な夜ができたことに気づくと、フランはすぐさまこういった。「ねえ、いいでしょ、ジミー。いっしょにつれてって。何週間もあなたに会ってなかったのよ。いい子にしてると約束するから。あなたの邪魔はしないし、いわれたとおりに行動するわ」そんな彼女に、抵抗できるはずがなかった。むげにことわるわけにはいかなかった。

ラクソにむかって北へ車を走らせているあいだ、ペレスはフランの香りや膝におかれた彼女の手を意識しながら、ロンドンの友人たちやキャシーにかんするとりとめのないおしゃべりに耳をかたむけていた。ウォルセイ島の事件についての質問は、一切なかった。ペレスには、彼女の気づかいがわかった。その話はできないとペレスにいわせるような状況を、作るまいとしているのだ。フェリーに乗りこむと、フランは車から降りて外の甲板に出ようと言い張った。もちあげられた金属製の傾斜路にもたれかかり、潮の香りを味わい、空気を肌で感じたいというのだ。

「これがなつかしくて」フランはいった。「最近じゃ、都会にいると息ができないように感じるの」

ペレスは、海の上で誇示行動をとっている一羽のハジロウミバトを指さした。日の光は弱々しく、ときおり船が霧のかたまりにつつみこまれると、陸地はおろか海面さえも見えなくなった。そういうときは、まるでフェリーが重力から解放されて、宙に浮かんでいるように感じられた。いっぷう変わった飛行船だ。

シンビスターにつくと、ペレスはフランを〈ピア・ハウス・ホテル〉につれていき、ふたり用の部屋をとった。

「今夜はダブルの部屋ね、ジミー」デスクにいたのはジーンで、ウインクこそしなかったものの、チェシャ猫みたいににやにやしていた。「はい、どうぞ。ハネムーン・スイートよ」そこは、ペレスがこのホテルで泊まったどの部屋よりもずっと広かった。窓からは港を一望でき、シャワーのほかに巨大なエナメルの浴槽があった。壁紙はカリフラワーくらいある大きなピンクの花の模様で、マホガニーの特大ベッドがおかれていた。

集会場では、ペレスは部屋のむこうにいるフランをずっと見ていた。彼女は全員に話しかけていた。イヴリンとサンディ。ジャッキー・クラウストンと紅茶を注いでいるほかの女性たち。実際に言葉を聞かなくても、その身ぶりからだけで、彼女がなにをしゃべっているのかわかった。彼女とふたりきりになれたら、とペレスはそのあいだじゅう考えていた。両手を彼女の背骨に沿って上から下へとすべらせていき、指先でその曲線を感じられたら……。ミマが亡くなって以来、事件のことがずっと頭から離れなかったが、いまはそれがどうでもいいことのように思えた。

ペレスは無理やり事件のほうに気持ちを切り替えた。ミマとハティの件にさける時間は、かぎられていた。最後に会ったとき、地方検察官はその点をはっきりさせていた。島民にむかってハティの死は自殺でなかったと発表したのは、賭けだった。これが功を奏さなければ、今回の事件では誰も起訴されないだろう。集会場での催しが終わると、ペレスは車でフランをホテルに送り届け、ロビーまで付き添った。「先に寝ててくれ。長い夜になるかもしれないから」

フランはにやりと笑った。「こっちに帰ってきて最初の晩がこれだなんて、ちょっとあてがはずれたわね」

ペレスはバーから見えるかもしれないということなど気にせずに、彼女にキスをした。

フランはホテルの入口に立ち、ペレスの車が走り去るのをいつまでも見送っていた。霧はあいかわらず濃く、ペレスの車のヘッドライトをはね返していた。こんなの馬鹿げてる、とペレスは思った。これから、なにが起きるっていうんだ？　彼は暖かいホテルの部屋と大きくて深い浴槽のことを考えた。

ペレスは集会場とセッターの小農場の中間にある古い石切り場に車をとめて待った。すくなくともあと二時間は、なんの動きもないだろう。すぐそばを車が通過していく音が聞こえたが、なにも見えなかった。時間がひどくゆっくりとすぎていくように感じられた。無音着信音に設定しておいた携帯電話がいきなり上着のポケットのなかで振動をはじめて、ペレスはぎょっとした。弁解口調のサンディだった。

「〈ピア・ハウス・ホテル〉にはいられなかったんです。これからひと晩飲みあかそうとしているふたりを、バーに残してきました。お袋と話をしなくちゃならなくて。わかってもらえますよね」

ペレスは大丈夫かとたずねたかったが、あたらしいサンディは彼の助けがなくても上手くやっているようだった。

「おれはどうします？」サンディがいった。「セッターで待つのがいいんじゃないかと思ったんですけど。火事のあとで、みんなはおれがあそこをひきはらったと考えてますし」

「そうだな」ペレスはいった。「そうしてくれ。だが、明かりはつけるな。〈ピア・ハウス・ホテル〉でセドリックと会ったか？」

「ええ。すべてやってある、っていってました」

「反応はどうだったって？」

「訊けませんでした。ミセス・ジェームズとベルグルンドがそばにいたんで」

ペレスはゆっくりと車から降りた。長いことすわっていたせいで、すでに関節がこわばっていた。道路を歩いていったが、ときおりそこからはずれて、靴底に道ばたのやわらかい草があたるのを感じた。闇が液体のようにびっしり周囲をつつみこんでおり、ペレスは溺れているような感覚をおぼえた。

ひと息ついて態勢を整えようと足を止めたとき、前方の道路で足音がするのが聞こえた。ペレスから遠ざかっていく。それはまさに彼が予期していたとおりの動きだった。すでに真夜中をすぎていたし、今夜は無邪気に夜の散歩を楽しむような天候ではない。ペレスが微動だにせずに立ちつくしていると、足音は遠くへと消えていった。

　できるだけ音をたてないようにして、慎重にゆっくりとあとをおう。なんだか滑稽だな、とペレスは思った。まるで子供がかくれんぼをしているみたいだ。とてもプロらしいやり方とはいえない。いきなり、どこからともなく四角い光があらわれた。地上の浮標《ブイ》といった感じで、上のほうに見えている。丘の上にあるジャッキーとアンドリューの屋敷の明かりにちがいなかった。カーテンをひいていない正面側の窓のものだ。それが道路から見えるということは、霧がすこし晴れてきたのだろう。いまやペレスは、犯人がどこへむかっているのかを確信していた。自分の位置を教えてくれる目印がすくなくともひとつはあるので、これまでほど五里霧中といった感じがしなかった。こういう晩にシェトランド・バスで海に出ていった男たちのことを、ペレスは想像した。レーダーも全地球測位システム《GPS》もなしに、海図と羅針盤だけで海に出ていった男たちのことを。

　セッターの小農場にちかづくにつれて、ペレスは顔にそよ風があたるのを感じた。やはり霧は晴れてきているのだ。そろそろ小農場のすぐちかくまできているはずだったが、サンディは彼のいいつけを守って、明かりをまったくつけていなかった。いまそちらへむかっていることをサンディに警告できたらいいのだが、とペレスは思った。だが、話し声を聞かれたり家のなかで電話の呼出音がする危険をおかしたくなかった。犯人はすでにふたりを殺しており、その行動は予測がつかなかった。ペレスが歩くのをやめると、完全な静寂があたりを支配した。それを破るのは、規則正しい間隔でときおり聞こえてくる霧笛だけだった。遠くで小さな光が動いていた。誰かが懐中電灯を手にもって歩いているのだ。霧がいちばん濃かったときには、見えなかったものだった。

ペレスの靴底にあたる地面の感触が変わった。道路をはずれて、セッターの小農場の家につうじる穴ぼこだらけの小道にはいったのだ。前方で犯人がつまずいた。一瞬、足音が途絶え、それからふたたびはじまる。ペレスは、これまで以上に接近していた。まえのほうで懐中電灯の光が家の壁にあたり、つづいて試掘現場のまわりの小道にむけられる。浮遊選別《フローテーション》用タンクと掘りだされた土の山が、ちらりと見えた。ペレスはじっとしたまま動かなかった。音を聞かれてはまずい。いまは、まだ。前方では光が動きつづけていたが、足音はしなかった。犯人はいま草地を歩いているのだろう。光が止まり、大きく弧を描いてまわりを照らしたので、ペレスは姿を見られないように家の壁にぴたりとへばりつかなくてはならなかった。

一瞬、完全に静まりかえった。

「セドリック！」男の声がした。怒っているわけではなく、懇願するような感じだった。「セドリック！　そこにいるのか？　おれになんの用だ？」

いきなり強力なスポットライトがあてられて、ロナルド・クラウストンの姿が浮かびあがった。無人地帯をあちこち照らすサーチライトにとらえられた男が、ぎょっとして立ちすくんでいるように見えた。そのすぐ隣には試掘現場の溝が、うしろにはまだ霧につつまれた土の山があった。これで、あとはてっぺんに鉄条網の張られた高い壁があれば、冷戦時代のスパイ映画の一場面だな、とペレスは思った。ロナルドは腕にショットガンをかかえていた。

「セドリック」今度はもっとしっかりとした声だった。「ゲームはよしてくれ。この件を話しあおう」

「セドリックはこない」サンディだった。強力な懐中電灯だけで、なにも武器を手にしていない。ロナルドは光に対して目を細めた。ペレスは闇にまぎれたまま、男たちのうしろに駆け足でまわりこんだ。しゃがみこんで、待つ。サンディの第一声を聞いた瞬間から、ペレスには彼が激怒しているのがわかった。これまで見たこともないくらい腹をたてている。

「それで、どうするつもりだ、ロナルド?」サンディが怒鳴った。「おれも撃つのか? 霧の夜だしな。ウサギを狩りに出てたといえばいい。でなきゃ、岩でおれの頭を殴ってから、手首を切るか? 本土からきてたあの若い娘にやったみたいに」間があいた。ペレスはサンディのすすり泣きを耳にしたような気がした。「どうしてそんなことができたんだ、ロナルド? 若い娘に?」

ロナルド・クラウストンは霧のなかにじっと立ちつくし、なにもいわなかった。

「なんのためだったんだ?」サンディがつづけた。「一族の名誉か? クラウストン家の名誉のために、人がふたりも死ななきゃならなかったのか?」

「馬鹿いうな!」ようやくロナルドが挑発に応じて口をひらいた。怒号のような声だった。「名誉なんか関係ない。結局は、金さ」

ロナルドがショットガンの銃口をあげた。サンディはその場に立ち、片手に懐中電灯をもったまま、両腕をひろげた。ペレスは光のなかに駆けだしていった。
「ショットガンを寄越すんだ」ペレスはゆっくりと穏やかな口調でいった。「ふたり同時に撃つことはできないぞ」

ロナルドがむきなおり、一瞬ためらった。ペレスは手をのばし、ショットガンを彼の手から取りあげた。すこし抵抗があったものの、すぐにロナルドはおとなしく手を放した。それをつかうかどうかという決断をせずにすむことに、感謝しているような感じだった。ペレスはショットガンを地面に投げ捨てると、手錠をかけるためにロナルドの両腕を背中にまわした。一瞬、かれらは奇妙なダンスでも踊っているみたいに、ぴたりと身を寄せあっていた。サンディが両腕をおろした。そのとき、ペレスは気づいた。サンディは彼がちかくにいるのを知らなかった。自分は友の手にかかって死ぬと思っていたのだ。かつて、祖父がそうであったように。

44

ペレスは丘の上にある警察署の取調室にすわって、ロナルド・クラウストンが弁護士に付き添われてはいってくるのを待っていた。外はまだ暗かった。狭い窓のそばにいって立ち、町の明かりを見おろす。一月の末にひらかれるバイキングの火祭り、アップ・ヘリー・アーの期間中には、このまえを仮装者たちが行進し、あたりはパイプの音や男たちの歌声で満たされる。

歩道は見物客で立錐の余地もなくなり、その顔はたいまつの火でこうこうと照らしだされる。いまは、すべてが静まりかえっていた。

外の廊下で、ささやきかわす声がした。ドアがあき、ロナルド・クラウストンが中年の弁護士にともなわれてはいってきた。ペレスの部下のモラグもいっしょだ。廊下で声をかわしていたのは、弁護士とモラグだった。ロナルドは夢遊病者のような状態で、すごく落ちついているものの、目はどんよりとしていた。テーブルのそばで立ちどまる。弁護士に肩をふれられ、すわるようにうながされなければ、彼はそのままそこに立ちつづけていただろう。

ペレスはテープレコーダーのスイッチをいれ、日付と時間をいい、同席者の名前をあげていった。それから、すこしのあいだ黙ってすわっていた。これは彼にとって勝利の瞬間のはずだったが、いま感じているのは深い悲しみだけだった。ロナルド・クラウストンとウォルセイ島で起きた連続殺人の話は、死んだ中世の貿易商やシェトランド・バスやミマの不品行とともに、ずっと語り継がれていくことだろう。そして、その過程で、現実の人びとの身に起きた悲劇は忘れ去られていくのだ。

「どうして、ミマ・ウィルソンを殺したんです？」

返事はなかった。

「わたしが思うに、あなたはお父さんからそうするように命じられたのでは」ペレスはひとりごとをいっているのと変わりなかった。「あなたはいつでもお父さんからいわれたとおりにしてきた、でしょう？　発作で倒れたあとでも、彼はあの大きな家の本当の支配者だった。あなたは彼にさからえなかった。大学をやめて〈カサンドラ〉号で働くようにいわれると、そうした。あなたには〝自分〟というものがあるんですか、ロナルド？　そろそろ結婚して家庭をもつころだというのも、両親が決めたのでは？　そろそろ漁師の家を継ぐつぎの世代をもうけるころだというのも？」

なにしろ、こっちはそういうプレッシャーをよく知ってるんだ。それが男にどういう影響をおよぼすかを。

ロナルドが顔をあげた。はじめて目の焦点がペレスにあっていた。「アンナはこの件になんの関係もない。ほっといてくれ」

「だが、彼女はかかわらざるを得ない。夫が人殺しなのだから。あなたの息子もそうだ」それから、ほとんど間をおかずにつづけた。「自分の祖父が人殺しだということを、いつ知ったんです？　まだ子供のころですか？」

ふたりはにらみあった。

いまでは目のまえにいる男がおこなった行為を知っているにもかかわらず、ペレスはふいにかすかな同情心をおぼえた。こんなふうに感じるなんて、おまえはどこかおかしいんじゃないのか？

ロナルドが話しはじめた。「親父からそのことを聞かされたのは、おれが上級試験を受けてるときだった。おれは大学にいくつもりでいた。お袋はそれでかまわなかったが、親父は激怒した。おれのいるべき場所は家族のところであり、船の上だといって。〝おまえはわかっちゃいない。いまあるものを手にいれるために、おれたちがどれだけのことをしてきたか。それなのに、いまおまえはそのすべてを投げ捨てたがってる〟。そういって、親父が話してくれた」

「それでも、あなたは大学へ進んだ？」

「ああ、それでもな。親父の話を聞いたあとでは、船とは一切かかわりをもちたくなかった。もう二度とウォルセイ島には戻るまい、と考えてた」

「だが、お父さんが病気で倒れると、気が変わった？」

ふたたび、みじかい沈黙がながれた。

「義務感からだと思う」ロナルドがいった。

「それと、金だ！」ひどく手厳しい口調になっていたので、ペレスは驚いた。自分の声とは思えないくらいだった。「贅沢は癖になる、と自分でいっていたでしょう。本土にいるうちに、安楽な暮らしがなつかしくなったとか？」

ロナルドはなにもいわなかった。

「お父さんは、あなたを温かく出迎えた」ペレスはつづけた。「放蕩息子の帰還だ！」

ここでロナルドが口をひらいた。「この件にかんして、親父の話をするつもりはない。親父は年寄りで、病人だ。おれは殺人を認める。親父には安らかな余生を送らせたい」

ペレスは急に猛烈な怒りをおぼえた。もはや同情心は完全に消えうせていた。「まったくもって、それはもっとも彼にふさわしくないものだと思いますがね」

ロナルドが顔をそむけた。

ペレスはひと息ついてからいった。「それでは、あなたが話さないというのであれば、わたしが語って聞かせましょう。ここでなにが起きていたのかについて、説明します」ペレスの頭のなかには、まだ血まみれで溝のなかに横たわるハティの姿が残っていた。それなのに、どうして自分はここにすわって、彼女を殺した犯人と理路整然とした会話をかわしていられるのだろう？　一瞬とはいえ、どうして犯人に同情心をおぼえることができたのだろう？　それは、そうするのがおまえの仕事だからだ、とペレスは思った。おまえがほんとうに上手くやれることは、それしかないからだ。

ペレスはしゃべりはじめた。部屋にはほかに誰もいないかのように、テープレコーダーがかろうじて拾えるくらいの小さな声で、ロナルドにむかって語りかける。「戦争中のことです。シェトランド・バスには、三人の勇敢なウォルセイ島の男たちが参加していた。ジェリー・ウィルソン、セドリック・アーヴィン――現在〈ピア・ハウス・ホテル〉を経営している男の父親のほうです――そして、あなたのお祖父さんのアンディ・クラウストン。かれらはその活動で人の命を救っていた。そこへ、若きノルウェー人の男がやってきた。ペールです。彼もまた勇敢な男であり、その名前を忘れるわけにはいかない。彼はある特別な任務をおびて英国へやってきた。兵士というより、むしろ会計士として。抵抗運動の活動資金となる金を持ち帰るためです」

ロナルドの目が大きく見開かれた。

「どうして、わたしがそれを知っているのか？」ペレスはつづけた。「それは、刑事というのが過去をほじくり返すものだからです。ある意味では、考古学者でもある。わたしはノルウェー大使館に連絡を取り、シェトランドの歴史家たちと話をした。ペールは姿を消したとき、ノルウェーの通貨で大金を所持していた。半ダースの煙草の缶に密封してあった金です」ペレスは顔をあげた。「おとぎ話みたいだ、でしょ？　冒険物語とか、こびと《トロウ》族のお話のひとつといっても、おかしくない。埋められた財宝。夢みたいな話だが、このときは、それが実際に存在していた。もっとも、その金は消え、誰もがペールの裏切りと持ち逃げを確信するようになるのですが。

だが、ペールは勇敢で正直な男だった。ミマは当時から自由奔放な女性で、このハンサムなよそ者といちゃついていた。彼はミマにやさしかった。未来の夫よりも、ずっと。ジェリー・ウィルソンは、ふたりがベッドにいるところを発見して逆上し、男を殺した。そして、友人の手を借りて、男の死体を始末した。その友人というのが、クラウストンだった。アンディ・クラウストン。あなたのお祖父さんだ。ペールがいなくなったといううわさは、すぐにひろまった。ウォルセイ島のようなところでは、いつだってそうです。そこで、かれらは自分たちなりの話をいくつかでっちあげて、ながした。そのうちのひとつが、セドリックに伝えられた〝ペールは裏切り者だった〟というものです」ペレスは言葉をきった。取調室に水のボトルをもってくればよかった、と後悔していた。喉がからからに渇いていたし、寝不足のせいで頭がぼうっとしていた。顔をあげて、ロナルドを見る。ロナルドも疲労困憊しているはずだった。なにせ、最初に人を殺して以来、ほんとうに気の休まるときはまったくなかっただろうから。

ペレスはつづけた。「かれらは男の死体をセッターの小農場に埋めた。なにもあまり育たず、自然のままの牧地としてしかつかえないと考えられていたところに。ミマは、そのことを知らなかった。ノルウェー人が死んだという確信さえなかった。金のことも知らなかったが、おそらくジェリーは、将来金が手にはいると彼女に約束したんでしょう。〝そのうち、おれたちみんなが金持ちになる。そしたら、おまえはいい家といい服を手にいれ、世界中を旅するんだ〟。戦争が終わってペールのことが忘れ去られたら金をつかいはじめる、という計画だったにちがいありません。だが、ジェリーが自分の分け前を目にすることはなかった。そのまえに溺死したからです」ペレスは顔をあげ、無理やりロナルドと目をあわせた。「なにがあったのか、お父さんから聞いたんですか？　彼はまだ十歳だったが、その場にいて、すべてを目撃していた」

ようやくロナルドが口をひらいた。「かれらは小さな船で海に出た。激しい嵐に見舞われ、ジェリーが波にさらわれて船から落ちた。祖父は友人を救うか自分の息子を救うか、えらばなくてはならなかった」学校で習ったことを暗誦しているような口調だった。

ペレスはテーブルの上に身をのりだし、自分の顔をロナルドの目のまえにもっていった。

「でも、実際は？」という。「実際には、なにがあったんです？」

もはやロナルドは超然としていられなくなっていた。「かれらは金のことで争っていた。ジェリー・ウィルソンがはじめたんだ。おれの祖父さんがやつを押し、やつは船から落ちた。おれの親父はジェリーが溺れるのを見てた。十歳のときだ。ジェリーが波にのみこまれて沈んでいくのを見てた。だが、親父が泣きはじめると、祖父さんは〝赤ん坊みたいな真似はよせ〟といった。〝やるかやられるかだったんだ、アンドリュー。わかるか？　このことは誰にもいうんじゃないぞ。おれが人殺しで捕まるのを見たくないだろ？〟」

「そして突然、クラウストン家は金持ちになった」ペレスはいった。「なににつかったんです？　ベルゲンにいって、あたらしい船を買った？　それから、今度はもうすこし大きな船を？　だが、あなたのお祖父さんはかしこかった。まずは、すべてを投資にまわした。急に札びらを切るような真似はしなかった。金の出所にかんするうわさがいくつかながれたが、島の人たちはそれを幸運と倹約のせいだと考えた。それと、彼が戦争中にシェトランド・バスで海軍のためになしとげた大きな功績が認められたせいだと。やがて、あなたのお父さんはそれを受け継いだ。もしかすると、一族の富はすべてたゆまぬ努力の賜物だ、と自分を納得させていたのかもしれない。彼はジョゼフ・ウィルソンよりもいい暮らしを送っていた。ダンカン・ハンターの下でこきつかわれ、週末に小農場で働いて、ようやくかつかつの生活を送っていたジョゼフ・ウィルソンよりも。彼は〈カサンドラ〉号を買い、それであなたの一生も安泰だった。ふたりの若い女性がセッターの小農場を掘り返しはじめるまでは……」

「彼女たちがみつけた骨はノルウェー人の恋人のものだ、とミマは考えた」ロナルドがいった。「そいつの頭蓋骨だと」

　実際、掘りだされた骨のひとつはノルウェー人のものなのかもしれない、とペレスは思った。ほかの骨とは合致しなかった四つ目の破片は。ペレスは頬杖をついた。「やがて、ミマはジェリーから聞かされていたいろいろな話を思いだした。こっそり貯めこんであるという外国通貨のお宝の話を。歳月をさかのぼって、五〇年代にクラウストン家が買った大きなあたらしい船のことも記憶に蘇ってきたのかもしれない。〈カサンドラ〉号のまえにあった船のうちの一隻。ノルウェー製の船だ。ミマはいくつか疑問をもっただけかもしれない。だが、彼女も金が欲しかった。自分のためではなく、息子のジョゼフのために。イヴリンが借金をしていて、ミマは息子の家族を助けたかった。ついにウィルソン家が分け前にあずかるときがきた、と彼女は考えた。そういうことだったんですか？」

　ロナルドがうなずいた。

「テープレコーダーにむかって、声に出していってください！」とげとげしい口調で、ぶっきらぼうにいう。なぜなら、ペレスは一瞬、自分が目のまえの男にふたたび同情していることに気づいたからである。あの溝のなかに横たわっていたハティの姿を、自分に思いださせなくてはならなかった。

「ああ、そうだ」

「だが、あなたは彼女を殺そうとは考えていなかった？」

「とんでもない！　おれには息子が生まれたばかりだった。それがどんなものか、わかるか？　わが子を腕に抱くのがどんなものか、妻の出産を見届けるのがどんなものか？　それ以上に大切なものなんて、ありゃしない……」

「ミマを殺したのは息子のためだった、というんですか？」ペレスの声があまりにも冷たくけわしかったので、学校でいっしょだったころから彼を知っているモラグまでもが、ぎょっとしてペレスをみつめた。まるで知らない人がしゃべっているみたいだった、と彼女はあとになって食堂で語った。

「ちがう！　そうじゃない！」

「では、説明してください。どうして無防備な老女を殺したのかを」

「ミマは親父の家に話をしにきた……」

「あなたのお母さんも、その場に？」平手打ちのように鋭い合いの手がはいる。

「お袋は家にいたが、親父にキッチンからおいだされた。だから、会話の内容は知らなかった。金は払えない、と親父はミマにいった。資金はすべて〈カサンドラ〉号に注ぎこまれていたんだ。それに、たとえ船を売りたくても、それを親父ひとりでは決められなかった。ほかにも出資者が何人かいたから。それならこの件を孫息子にいうしかない、とミマはいった」

「サンディのことですね？　彼が警察で働いているから？」

ふたたびロナルドがうなずいた。今回、ペレスはテープレコーダーのために声に出していうようにと指示しなかった。もっと差し迫った質問があったからだ。「そしてお父さんは、あなたにこの件を解決するように頼んだ？　ミマがこれ以上問題を起こさないようにしろと？　家族のために？」

ロナルドは口を固く閉ざして、しゃべることを拒んだ。

「ミマが亡くなった晩のことを話してください」ペレスはいった。「すべての出来事を、ひとつ残らず」

「あの日は、赤ん坊がほとんど寝ようとしなかった」ロナルドがいった。ふいに顔が上気したように見えた。部屋のなかは暑くないにもかかわらず、汗をかきはじめていた。「疝痛《せんつう》のせいで、ぴーぴー泣いてた。動物の鳴き声みたいだった。子豚とかの。そんなんじゃ、たとえ眠ろうったって眠れやしない。アンナはぴりぴりしてた。赤ん坊には我慢強く接していたが、おれにはことあるごとにあたりちらしてた。おれはラーウィックにいって、図書館とスーパーマーケットをのぞいてくることにした。すこし家から離れたほうがいい、と思ったんだ。予定よりもはやいフェリーで戻ってきたんで、帰る途中で実家に寄った。親父はミマからの電話を受けたところだった。サンディが島に帰ってきてて、ミマに会いにくることになってるって電話だ。親父はひどい状態だった」

「それで、あなたは彼のかわりに問題を解決するといった」

「なんとかしなくちゃならなかった！」ロナルドが不自然なくらい大きな声でいった。「親父はすっかりおかしくなってて、お袋をおびえさせてた。だから、おれがミマと会ってくる、といったんだ。無茶をいわないように彼女を説得して、かわりになにか条件を提示してくる、と」沈黙がながれた。ペレスは相手がつづけるのを待った。先ほどまでよりも落ちついた声で、ロナルドがふたたび話しはじめた。「自分の家に戻ると、おれはアンナと夕食をとった。それから、アンナがおれにあたりはじめた。酒のことや、赤ん坊のことで。とにかく、もう耐えられなかった。そこにはいられなかった。おれはウサギを撃ちにいくといって、出かけた」

「だが、あなたはセッターの小農場にいった」

「ほ、ん、と、うにウサギを撃ちにいくつもりだった」ロナルドがいった。「なにも計画してなかった。だが、おれの頭のなかでは何度もくり返しおなじ考えが駆けめぐっていた。ミマが過去のことをあばきたてはじめたら、いったいどうなるのか？　それで、おれは彼女に会いにいった」

ここでもペレスは黙って相手が先をつづけるのを待った。弁護士の女性は、取り調べをもっとはやくすませるために質問をつづけてもらいたいというような目つきでペレスをみつめた。膝の上で、両手がそわそわと動いていた。

「霧がたちこめていた。セッターの明かりが見えた。ドアが閉まってても、ミマのテレビの音が聞こえた。おれはドアをノックして待った。ミマが出てきた。匂いで、彼女が飲んでたのがわかった。ミマはいつでも一杯やるのが好きだった。〝それじゃ、アンドリューは自分の汚れ仕事をやらせるために、息子を寄越したんだね〟。ミマはそういった。それから、黄色いレインコートを着こむと、おれを押しのけるようにして庭に出ていった。〝あいつらがあたしの恋人を埋めた場所を見せてやろう〟と彼女はいった。〝骨を検査すれば、なにもかも明るみに出るんだ〟。ミマはおれの先に立って、ずんずん歩いていった。家のわきをまわって、野原にむかった。すごく簡単なことだった。ミマはまだしゃべってて、おれはその不満をそれ以上聞いてられなかった。彼女だけ先にいかせた。おれがついてこない理由を確かめようと、彼女がふり返った。おれはショットガンをもちあげ、彼女を撃った」ロナルドは耳をふさごうとするかのように、両手で頭をかかえこんだ。それから、ぼんやりと高窓のほうをみつめた。外は明るくなりかけていた。「いったん銃声がおさまると、あたりは完全に静まりかえっていた。もう話し声はしなかった。帰る途中で、ウサギを何羽か撃った。どうして手ぶらで帰宅したのか、アンナに説明しなくてすむように」

「ハティのほうは？」ペレスはたずねた。「彼女はどうしても死ななくてはならなかったんですか？　しかも、あんなふうに？」

「彼女は感づいてた。ミマが亡くなってから数日のあいだに、ある考えにたどりついてた」ロナルドがいった。「すべてを解き明かしていたわけじゃないが、おれの家族がかかわってることに気づいてた。ミマが電話でおれの親父と話すのを聞いてたんだ。骨のことを話すのを。それに、彼女をあの土地にとどまらせておくわけにはいかなかった。彼女はあそこの発掘にとりつかれてたから、生きてるかぎり、掘るのをやめなかっただろう。そうなれば、いつの日かノルウェー人の死体が発見されて、すべてが明るみに出る。身元が判明すれば、みんなは金のことを思いだすだろう。煙草の缶に密封されていたクローネ紙幣のことを」

「そうなると、あなたたちはもはやウォルセイ島の裕福なクラウストン一家ではいられなくなる」

　ロナルドは目をそらして、しゃべりつづけた。「ハティは、ミマが電話でおれの親父と話すのを聞いてた。ふたりが言い争うのを耳にしてた。だが、おれがミマ殺しに関与しているなんて、思ってもいなかった。なにせ、おれは本土の大学にいってた男だ。大学の連中とのつきあいで教養を身につけた男。本を読み、歴史を知ってる男だ。彼女は指導教官と話をしたあとで、たまたまおれと出会った。〝ちょっといいかしら、ロナルド？　ペレス警部に電話したことを、あなたに知らせておきたかったの。あなたのお父さんが病気なのは知ってるわ。でも、ミマを撃ったのは彼かもしれないって、あたし本気で思ってるの。あなたにまえもっていっておきたくて……〟」

「くわしく話してください。どうやって彼女を殺したんです？」

「セッターの小農場まで、彼女といっしょに歩いて戻った。興味があるふりをして、こうたずねた。〝それじゃ、ここには古い死体のほかに、もっと最近の死体が埋まっているかもしれないんだ？〟そのとき、彼女が背中をむけたので、おれは角のないすべすべした石で彼女の後頭部を殴った」

「皮膚を傷つけるほど強くは殴らなかった」ペレスはいった。「それでも、彼女は気絶した。わかりました。それであなたは彼女の自殺を偽装することができたわけだ。どうして彼女の手首を切るのにポール・ベルグルンドのナイフをつかったんですか？」

「そうだったのか？」ロナルドが驚いてペレスを見た。「知らなかった。あそこにあったのを、ただつかっただけだ」

その淡々とした言い方に、ペレスはふいにむかつきをおぼえた。ふたたびロナルドのほうに身をのりだす。「どうやったら、あんなことが彼女にできるんです？」

ロナルドは考えていた。それから、ペレスの質問を文字どおりに受けとめてこたえた。「おれは血に慣れてる。魚のわた抜きや家畜の処理で。彼女はすでに意識がなかった。自殺に見えるようにしなくてはならなかったんだ」ロナルドはふと、あることに思いあたった。「今夜のセドリックの電話は、あんたがかけさせたんだな。それに、目撃者がいるって話は、あんたのでっちあげだった。帰ってきたアンナから、そのことを聞かされた。あの日の午後、セドリックはセッターの小農場にはいなかったんだ」

そうだ、とペレスは思った。だが、彼はまったく無関係だったわけじゃない。セドリックの父親も、やはりシェトランド・バスに参加していた。その彼に「自分も分け前が欲しい」といわせて囮役をつとめさせるのは、理にかなっていた。

「人がふたり殺されたんです」ペレスはいった。「それを止めなくてはならなかった」

ペレスは立ちあがり、ふたたび窓の外を見た。美しい朝だった。水面で日の光がきらめいていた。

45

その晩、かれらはレイヴンズウィックにあるフランの家に集まっていた。フランが夕食を作り、食事がすむと、みんなでキッチンのテーブルを囲んで、ワインを飲みながらしゃべった。料理はすでにかたづけられていたが、チーズの皿と赤ブドウの鉢はまだ静物画のようにかれらのまえにおかれていた。フランがまずキャシーを先に寝かしつけたがったので、時間は遅かった。サンディは、あきらかにそわそわしていた。ふだん彼が参加しているつきあいとは、勝手がちがうのだ。ペレスはまえもって、町に戻るにはタクシーを呼べばいい、と提案していた。だが、それでもサンディはペレスやフランよりも飲む量をひかえていた。醜態をさらしたくないのだ。とはいえ、彼は招かれたことを喜んでいた。ペレスには、それがわかった。

「アンナの様子は？」サンディがくるとすぐに、フランはたずねていた。彼はひと晩じゅうウォルセイ島にいて、いくつも供述をとっていたのだ。

「もちろん、ショックを受けてます。落ちつくまで、本土にある実家に身を寄せるそうです。シェトランドに戻ってくるといってますけど、そいつはどうですかね。彼女は一生懸命ここに溶けこもうとしてたけど、最初からシェトランド人の妻にはむいてなかった」

「あたしはどう？」フランが小さな笑い声をあげながらたずねた。「シェトランド人の妻にむいていそう？」

ペレスは彼女がなにをしているのかわかっていた。サンディはロナルドを友人と考えており、いまでもまだウォルセイ島で起きたふたつの死を彼個人に対する裏切りとみなしていた。フランは、そんな彼の気分を明るくしようとしているのだ。彼女の質問に、それ以上の意図はこめられていなかった。

「ああ！」サンディがいった。「あなたなら、どこで暮らそうと、すんなり溶けこめますよ」

「ロナルドのご両親は起訴されるのかしら？」フランがブドウに手をのばし、チーズをもうひと切れカットした。

「ジャッキーのほうはない」ペレスはいった。「息子がなんらかの形で事件に関与しているのでは、と疑っていたのだとしても、実際のところ、彼女はなにも知らなかった。それに、クラウストン家の富の出所を彼女が知っていたという証拠は、どこにもない」

「時代をずっとさかのぼれば、イギリスじゅうの金持ちが、全員その富をいかがわしいやり方で手にいれてるわ」フランがいった。「戦争で略奪したり、貧乏人から搾取したりして」

ペレスは笑みを浮かべただけで、なにもいわなかった。フランは数杯飲むと、よく自分のことを人民の擁護者だと信じこむのだ。

サンディが椅子のなかで姿勢を変えた。「でも、アンドリューを起訴する材料はじゅうぶんそろっているはずですよね？　われわれは彼が関与していたことを知っている。ノルウェー人の男の死体を海に捨てたとおれにいうことで、警察の注意をセッターの小農場からそらさせようとした。ペールの死体を掘りだして、財務捜査官にアンドリューの過去の事業の記録を調べてもらったら、地方検察官を納得させられるだけのものが手にはいるはずです」

サンディにとっては、アンドリューが犯人だと考えるほうが、ロナルドを人殺しとして考えるよりも楽なのだろう、とペレスは思った。サンディは旧友にあざむかれていた。その見事な演技に、サンディもペレスも一杯くわされたのだ。

「ああ」ペレスはいった。「そうかもしれない」そういった捜査にどれくらい時間がかかるものかをペレスは知っており、アンドリューがその最後まで生きているかどうかは微妙なところだった。もしかすると、あの丘の上の大きな家で、悲嘆に暮れている妻――息子を刑務所にとられ、孫を本土の親戚にとられた妻――とふたりきりで暮らすというだけで、じゅうぶんな罰になるのかもしれなかった。

　ペレスはレイヴン岬の灯台のほうを見おろした。今夜はよく晴れており、霜がおりるかもしれなかった。夏が訪れるまえの最後の寒波だ。ふいにペレスは、ポール・ベルグルンドのことを思いだした。笑みを浮かべて、サンディのほうにむきなおる。「ベルグルンドの祖母はスウェーデン人で、ノルウェー人じゃなかった。ミマの恋人とは無関係だ。おぞましい男であることに変わりはないが、人殺しではない」

「それじゃ、おれはまたしても間違ってたわけだ」サンディがいった。いくらか緊張がとけ、いつもの調子を取り戻しつつあった。サンディのグラスが空になっているのに気づいて、ペレスはそれにワインを注ぐと、自分のグラスにもそうした。もう何時間も寝ていないような気がした。いまはカフェインとアルコールの力だけで、どうにかやっていた。

「土のなかの骨か」まぶたがくっつきそうになりながら、サンディがいった。「戸棚のなかの骸骨だな」かれらはしばらく黙ってすわっていた。それから、サンディが携帯電話を取りだしてタクシーを呼び、フランがコーヒーをいれるために立ちあがった。

　サンディを見送ろうと外に出たとき、ペレスは寒さに息をのんだ。月が出ており、海が銀色に輝いていた。レイヴン岬の灯台の光線が、海岸とフランの家のあいだにひろがる野原をよこぎっていく。思わず見入ってしまう光景だった。何時間でもそこに突っ立って、ながめていられそうだ。そうするかわりに、ペレスは無理やり空に目をむけた。このあたりには街灯がなく、星はきれいにくっきりと見えた。フランがそのまえに立ち、両腕を彼の腰にまきつけてくる。

押しつけられた彼女の肉体が、厚手の上着をとおしてでもはっきりと感じられた。

サンディを乗せたタクシーが走り去っても、ふたりはそのままそこに立っていた。

「これがどんな感じのものなのか、都会にいるあたしの友だちにはどうしても理解できないの」フランがいった。「説明するのよ。明かりに汚されていない空。完全な静寂。でも、かれらには想像できないの」

「みんなをここに呼んで、見せてやればいい」

フランがペレスのほうにむきなおった。はじめは顔が陰になっていたが、やがて彼女がペレスを見あげたので、その目に月の光がきらめいた。

「考えてたんだけど」フランがいった。「みんなを結婚式に呼ぶっていうのはどうかしら」

謝辞

ウォルセイ島は実在の島で、わたしの知るなかで、もっとも気さくな土地のひとつです。リンドビーという集落は存在せず、そこに登場する人物や土地は――学生たちが滞在するキャンプ小屋《ポッド》もふくめて――すべて架空のものです。フェリーが発着するシンビスターは実在しますが、〈ピア・ハウス・ホテル〉は存在しません。

本書の執筆にあたっては、多くの方のご助力をいただきました。感謝いたします。そうした方々からさまざまな専門知識を伝授していただいたにもかかわらず、おそらく本書には誤りがあるでしょうが、それらはすべてわたしの責任です。アンナ・ウィリアムスとヘレン・サヴェージからは、考古学にかんする助言をいただきました。ブラッドフォード大学のキャシー・バットとその同僚の方たちには、シェトランドで発掘された遺跡について説明していただき、本物の赤い骨を見せてもらいました。ヴァル・ターナーには、原稿に目をとおして手順の細かい誤りを正してもらうと同時に、本書でそのお名前を使用する許可をいただきました。

第二次世界大戦中にルンナを拠点におこなわれていたノルウェー人たちの抵抗活動にかんする情報は、デヴィッド・ハワースの名著『シェトランド・バス』を参照させていただきました。ノルウェーの内水で使用するための小さな船の建造のことは、その本にも書かれています。けれども、その建造がウォルセイ島でおこなわれていたかもしれないというのは、わたしの臆測にすぎません。

犯行現場の取り扱い方法にかんしては、今回もヘレン・ペッパーから助言をいただきました。サラ・クラークには、難産のときに考えられる合併症について教えてもらいました。ボブ・ガンは、ウサギとショットガンにかんする知識をあたえてくれました。イングリッド・ユーンスン、アン・プライアー、スー・ビアードシュルからは、ワインを飲みながらの会話をつうじて、シェトランドにかんするさまざまな事柄を聞かせてもらいました。

ウォルセイ島にいる友人たちに感謝します。親切にもてなし、編み物をする女性たちの写真を貸してくださったアンジェラとジョン・ラウリーのアーヴァイン夫妻。素晴らしい滞在先をみつけてくださったポーラとジョンのダン夫妻。作家生活のなかでも最高に楽しい夜を提供してくださった誠実で温かみのあるウォルセイ読書会の方々には、とくに感謝いたします。〈ビジット・シェトランド〉と〈シェトランド・アーツ〉の職員の方々には、今回もご協力とご支援をいただきました。そして、シェトランドの図書館の関係者といっしょに働くのは、いつでも大きな喜びです。

最後に、本書を執筆するうえで助けになってくれたサラ・メングック、モーゼズ・カルドナ、ジュリー・クリスプに、深く感謝いたします。ジュリーは、あらゆる物書きにとって夢のような編集者です。

解説

三橋　曉

犬好きならば、この地域を原産地とするコリーを小型にしたような、やたら元気で俊敏にかけまわるシープドッグの犬種を連想するかもしれない。服飾方面に詳しければ、産地名で呼ばれる軽くて暖かな羊毛のツイードを思い浮かべるだろう。そんな牧羊犬と毛織物の故郷として知られるスコットランド北方沖に浮かぶ大小一〇〇以上の島からなる群島地域、シェトランド諸島を舞台に繰り広げられるアン・クリーヴスの〈シェトランド四重奏《カルテット》〉。お待たせしました、そのシリーズ第三楽章にあたる『野兎を悼む春』をお届けします。

本作に先立つ『大鴉の啼く冬』と『白夜に惑う夏』の両作は、わが国でもいちはやくその真価が受け入れられ、既にこの新作を待ちかねていた読者も多かったことと思う。しかし、アン・クリーヴスの作品を手にとるのはこの『野兎を悼む春』が初めてという方も、心配は無用だ。前二作を読んでいなくても十分に楽しめるし、過去に遡って冬と夏の物語をひもとくのは、この物語の最後のページを閉じてからでも遅くはない。

ところで、ＣＷＡ（英国推理作家協会）賞のダンカン・ローリー・ダガー（最優秀長編賞）に輝いた『大鴉の啼く冬』でアン・クリーヴスがわが国の読者に紹介されたのは、今からわずかに四年前のことだが、この女性作家の母国イギリスにおけるデビューは一九八〇年代にまで遡る。四半世紀に及ぶこれまでの作家歴をたどってみると、ほぼ年一作のペースで並行する複数のシリーズとそれ以外の作品を交互にものしている健筆ぶりだが、不思議とこれまでわが国に紹介される機会には恵まれなかった。

伝統を誇る英ミステリの深い森には、実力は十分なのに翻訳されないという紹介の不幸を背負った作家が少なからず存在する。なぜこれほどの作家が？　と驚かされた例としては、デイヴィッド・ロイド警部&ジュディ・ヒル部長刑事シリーズのジル・マゴーン（エリザベス・チャップリンの別名もあり）が七年、フロスト警部シリーズのR・D・ウィングフィールドが十年をそれぞれデビューから日本での初紹介までに要している。二十余年かかったアン・クリーヴスはその最たるものになるのだろうが、長い歳月を待たされた甲斐は十分にあったといっていい。

さて、前置きはこのあたりにして、本題へと話を進めていこう。この〈シェトランド四重奏〉は、イギリスの一地方に舞台を限定しながらも、過去二作品ではそれぞれに異なるローカル色を鮮明に打ち出してきた。主人公の警部らが所属するシェトランド署は、スコットランドの最果てに位置するシェトランド州の州都でもあり、本島の心臓部にあたるラーウィックが所在地だが、前々作は本島南部の架空の町レイヴンズウィックが、さらに前作では州都から遥か北西に隔たったビディスタ（こちらは実在する）が主な舞台となった。そしてこの『野兎を悼む春』では、本島とはフェリーが通う海峡をはさんで東側に位置するウォルセイ島で物語の幕があがる（蛇足になるが、さらに次作の *Blue Lightning* では、スコットランドとシェトランド本島の間に位置するフェア島が舞台となるようだ。どうやらペレスは恋人のフランを伴って里帰りしたこの故郷の島で、事件に遭遇するらしい）。

このウォルセイ島というのは、〈シェトランド四重奏〉の過去二作では既におなじみ、主人公ジミー・ペレス警部の部下のひとり、サンディ・ウィルソン刑事の生まれ故郷でもある。ペレス警部は、これまで本土インヴァネス署の主任警部ロイ・テイラーとのツートップ体制で事件に取り組んできたが、今回の事件では、後述するようにこのサンディとの二人三脚で捜査にあたることになる。

※以下、本作『野兎を悼む春』の内容に具体的に触れていきます。察しのいい読者におかれましてはネタバレのおそれもあると思います。どうか、作品の方を先に読まれますようおすすめします。

物語は、ある春の晩のこと、ロナルドとアンナのクラウストン夫妻に、小さな命が誕生するところから始まる。二十時間にも及ぶ難産だったが、アンナは無事に一家の跡継ぎである長男を出産した。それからほどなくして、セッターの小農場では、年老いたミマ・ウィルソンが黄色いレインコートを羽織った姿で死体となって見つかるという事件が持ち上がる。かねてより発掘作業が続けられていた敷地内の遺跡では、二週間前に人間の頭蓋骨のかけらが見つかったばかりだった。

あのハワード・ヘイクラフフトも、その歴史的な名著『娯楽としての殺人』（一九四一）の序文で、大編隊を組んでロンドンに爆弾を雨あられと降らせたナチスドイツ空軍の空襲に対し、人口八百万にも及ぶロンドン市民たちの心の友として彼らを支えたのがミステリ小説だった、という第二次大戦下の逸話を例に引いているが、生への希求と死の恐怖は往々にして背中合わせに存在する。『野兎を悼む春』の冒頭でも、新しい命の誕生と老女の死という形で、まずふたつの情景が読者に示される。

物語のプロローグにあたるこの印象的なふたつのシーンは、ほどなく重なり合い、父親になったばかりのロナルドが、ウサギを狙ったショットガンの誤射で老女の命を奪ってしまったらしいという見方が強まっていく。しかし、ペレスはこの不幸な事件を起訴に相当しないと考える一方で、どうしても腑に落ちない点があることに気づく。ミマの地所に向けて発砲しなかったというロナルドの証言と事実との矛盾。そして、普段から夜には外出しない老女が雨にもかかわらず事件の晩に限ってなぜ外にいたのか、という素朴な疑問である。

新任間もない女性地方検察官のローナ・レインは、地域社会の平穏を守るという名目と政治的な配慮から、やはり起訴を見送るが、部下の懸念を斟酌し、検死解剖の結果が出るまでしばらく水面下での調査を続けるようペレスに命じる。かくして、縦が六マイル、幅が二マイル半という小さな島で、ペレスの捜査が始まるのである。

小さなコミュニティがミステリにとってうってつけの舞台となることは、アガサ・クリスティの作り出したセント・メアリー・ミード村や、エドマンド・クリスピンの『金蠅』や『消えた玩具屋』に登場するオクスフォードの町などの例を改めて引くまでもないことと思うが、本作のウォルセイ島もその例外ではない。古くは、バルト海沿岸の都市が手を結び、相互の交易を保護したという、中世ヨーロッパの共同体ハンザ同盟の下で重要な港としての役割を果たし、第二次世界大戦ではドイツの侵略に抵抗するかつての母国ノルウェーに手を貸し、男たちがシェトランド・バスに参加して勇敢に行動したという輝かしい歴史を誇る土地柄でもある。しかし、外部の介入を歓迎しない閉鎖性や濃い血縁関係は、長年にわたって島で暮らす人々の間に因縁や確執を生んできた。

プライバシーなど存在しないに等しいこの島で、あくまで秘密裏に捜査をすべし、という難題を抱えることになったペレス警部は、このコミュニティの一員でもあるサンディ刑事に白羽の矢を立てる。この若い刑事は、死体で見つかった老女ミマの孫であり、彼女を誤って撃ったとされるロナルドの従兄弟なのである。優柔不断な性格で、普段の勤務態度も褒められたものではないが、弱音を吐きながらも、この重要任務に取り組んでいく。

ペレス警部の手となり足となり大忙しの彼の活躍は、本作に「サンディ刑事自身の事件」というサブタイトルを呈上したくなるほどだが、悪戦苦闘する未熟な部下に厳しく接しつつも、ペレスは温かなまなざしでサンディの行動を見守る。そう、本作は、新米警官が一人前の刑事に成長していく姿を描くビルドゥングスロマンとしての側面もある。

　一方、このサンディ刑事とはまた別の意味で物語のキーパーソンといえるのが、その儚い存在感でこの物語にやるせない悲劇の色合いを添えている大学院生のハティ・ジェームズである。十代でT・S・エリオットの『荒地』に強い影響を受け、そこに描かれた虚無と混迷の世界に自家中毒を起こしたほどの感受性の持ち主で、周囲の環境に溶け込むことを苦手とし、精神の平衡を失って入院するなどの過去があるが、考古学との出合いが彼女の転機となる。自らの学説を立証するために始めた遺跡発掘の仕事を通じて、彼女はシェトランドの地に自分の居場所を見出しつつあった。

　しかし、敬愛するミマを襲った突然の死がきっかけとなって、彼女はふたたび心の安定を失っていく。そして学術的な名声を目前にしながら、数奇な運命に巻き込まれていってしまうのだ。この〈シェトランド四重奏〉でクリーヴスは、さまざまな登場人物に語り手を交替させる多視点の手法を用いているが、中でもサスペンスフルに作中の緊張感を高めているのが、常に何かに慄《おのの》いているかのようなこのハティの視点だろう。まるでミマの死がもたらした動揺を増幅するかのように、ハティの揺れ動く視点は読者を不安に陥れていく。

　ところで、これらの登場人物たちが衛星のように周囲を取り巻き、その中心にあって、昔も今も、そして良くも悪くも世間の目を集めるミマことジェマイマ・ウィルソンとは、いったいどんな女性なのか？　実は、物語が始まるや、早々に表の舞台から退場してしまうこの老女こそが、この『野兎を悼む春』の真の主人公なのではないかと思う。

作者は、島の人々の思い出話や事件関係者の証言から、美しく、自由奔放で、生命力溢れるミマの人生を読者に彷彿させていく。島中の男性から注目を集め、女性からは脅威の的だった若かりし頃。ハンサムな青年と早々に結婚するも、その夫を海の事故で亡くし、ふしだらな後家として浮名を流したその後。さらには生来の詮索好きから島のスキャンダルに通じ、密かに人々から恐れられていた晩年と、わが道を往くヒロインの人生の軌跡が、ペレス警部の捜査を通じて次々と浮かび上がっていくのである。

このように、ミマは本作における生と死のシンボルとでもいうべき存在なのだが、さらに深読みをするならば、彼女が愛してやまなかったひとり息子のジョゼフとの関係をはじめとして、孫にあたる刑事のサンディとその母親のイヴリン、そしてミマの存在を心の支えにするハティと政治家の母グウェンといった、ミマと繋がるいくつもの母と子の関係もまた、重要な物語の核となっている。

そこに描かれる母と子の絆は、ときに結びつきの強さゆえに反撥し合ったり、冷淡を装う内側には深い愛情が秘められていたりと、その形は一定ではない。さらに、ややもすると誤解や軋轢を生み、愛憎のドラマに発展することもある。クリーヴスは、そんな濃密な人間関係を蜘蛛の巣のように作中に張り巡らせることにより、本作にたちこめる不穏な緊張感を見事に醸しだしているのだ。

それにつけても、発掘された古い骨、ミマの死、さらに第二の事件と続く、セッター農場で見つかった三つの死体をめぐる謎が混沌とした状況に陥る中、読者の気持ちを晴らしてくれるのが、愛すべきペレス警部の活躍だろう。もしもその下で働きたい上司のアンケート調査があれば、ナンバーワン間違いなしという部下思いの一面については先に記したが、この警部には愛する女に胸を焦がしてやまないロマンチストの一面もある。本作でも、『大鴉の啼く冬』で知り合い、『白夜に惑う夏』で恋仲となった画家のフラン・ハンターのことを思っては、思考を中断させてしまう場面が何度も登場する。捜査官としては辣腕なのに、プライベートでは人懐っこさを覗かせる人間性が、実にほほえましい。

しかし、事件が新たな局面を迎える後半、がぜんペレス警部の身辺も慌しくなっていく。埋もれた過去を掘り返すのが仕事だから、刑事というのは考古学者のようなものだ、というようなことをペレス警部自身は述べているが、事実、この物語は中盤にさしかかったあたりから、過去へと遡っていく。すなわち、英雄的な行動で後世にも称えられたシェトランド・バスの男たちの間に、いったい何が起きたのか？　そして、その仲間でもあったミマの夫ジェリーはなぜ死んだのか？　ペレス警部と相棒をつとめるサンディ刑事は、真相を取り巻く深い霧を、ひとつひとつ晴らしていく。

ミステリとしてのこの『野兎を悼む春』の面白さがさらに加速していくのもこのあたりからで、とりわけラスト数十ページで繰り広げられる多重解決のめくるめく展開は、これまでの二作でクリーヴスが見せた謎解きにも増してスリリングだ。単にフーダニットやホワイダニットの意外性に終始するだけでなく、二転、三転するたびに、ミマをめぐる一族のファミリー・ツリー、そしてウォルセイ島のコミュニティがたどってきた歴史が伏線の数々とともに浮かんでは消えていく。クリーヴスという作家の才智と小説技法の懐の深さを見せつける圧巻のクライマックスといっていいだろう。

クリーヴスを、紹介が遅れた作家の最たるものと書いたが、少なくともこの〈シェトランド四重奏〉に関しては、適切ではないかもしれない。スティーグ・ラーソンの『ミレニアム』の大ヒットに端を発する北欧ミステリが注目を集める今こそが、まさにこのシリーズにとっての時宜到来とも思えるからだ。そのあたりは作者自身も意識しているフシがあって、気候や風土から風習、人々の考え方までが、スカンジナビアのルーツをうかがわせる作りになっている。まるでシェトランドこそは、スカンジナビア五国に次ぐ六番目の北欧の国とでも言おうとしているかのようだ。英国と北欧の文化が幸福な出合いを果たしたブレンデッド・ミステリの芳香を、どうか心ゆくまで味わっていただきたいと思う。

訳者紹介　1962年東京都生まれ。慶應大学経済学部卒。英米文学翻訳家。主な訳書にクリーヴス「大鴉の啼く冬」「白夜に惑う夏」、ケリー「水時計」、サンソム「蔵書まるごと消失事件」などがある。

検印
廃止

野兎を悼む春

2011年7月29日　初版
2023年5月19日　5版

著　者　アン・クリーヴス

訳　者　玉《たま》　木《き》　亨《とおる》

発行所　（株）東京創元社
代表者　渋谷健太郎

162-0814/東京都新宿区新小川町1-5
電　話　03・3268・8231-営業部
03・3268・8204-編集部
URL　http://www.tsogen.co.jp
暁印刷・本間製本

ISBN978-4-488-24507-8　C0197